心を捧げた侍女

ヘザー・グレアム

風音さやか　訳

MIRA®

The Queen's Lady

by Heather Graham

Published by Harlequin K.K., Tokyo, 2009

ジョーン・ハモンド、ジュディ・デウィット、クリスティとブライアン・アーラーズに、
常に大きな支えとなってくれたことに対し愛と感謝をこめて。

心を捧げた侍女

■主要登場人物

グウェニス（グウェン）・マクラウド……スコットランド女王の侍女。イズリントン島領主。

アニー・マクラウド……グウェニスの世話係、遠縁の女性。

アンガス・マクラウド……グウェニスの叔父。

メアリー・スチュアート……スコットランド女王。

ジェームズ・スチュアート……メアリーの異母兄。

ダーンリー卿ヘンリー・スチュアート……メアリーのいとこ。

メイトランド……メアリーの家臣、大使。

メアリー・フレミング……メアリーの侍女。

デイビッド・リッチオ……メアリーの秘書。

ローアン・グレアム……ロッホレイブン、ファー諸島の領主。伯爵。

キャサリン……ローアンの妻。

ギャビン……ローアンの家臣。護衛隊長。

トリスタン、トマス……ローアンの執事。

ブライス・マッキーベイ……マッキーベイ一族の当主。

ファーガス・マッキーベイ……ブライスの叔父。

ボスウェル卿ジェームズ・ヘプバーン……スコットランド貴族。

ライザ・ダフ……魔女の嫌疑をかけられた娘。

エリザベス……イングランド女王。

プロローグ

火刑の前

グウェニスは足音と金属のふれあう音を聞き、衛兵たちが彼女の独房へやってくることを知った。

ついにそのときが来たのだ。

自分が死ぬ運命にあることは最初からわかっていたし、顔をあげてあざけりの表情を浮かべ、毅然《きぜん》とした態度で死に臨もうと決意していたにもかかわらず、グウェニスは血管を流れる血が冷たい氷と化すのを感じた。死が遠くにあるときはいくらでも勇敢にふるまうことができたが、いざ死に直面してみると恐ろしくてしかたがなかった。

彼女は目を閉じて勇気を奮い起こそうとした。

少なくともグウェニスは、自分の足で立つことができた。これなら自白を強要された哀れな人たちと違って、うずたかく積まれた薪の前へ強引に引きずられていくことはないだろう。さまざまな拷問の道具を用いられて自分の邪悪な行いや生き方を無理やり認めさせられた人々は、自らの足で歩くことすら難しかった。彼女は最初から尋問者たちが望んでいた答えを与え、皮肉に満ちた自白をするあいだ、裁きを下す者たちをあざけった。おかげで、女王はかなりの金を節約できたに違いない。というのも、囚人の口を割らせるために拷問する残忍な者たちは、そのおぞましい仕事をすることによって国から報酬を得ているからだ。

すんなり答えたおかげでグウェニスは、骨を折られ、血を流し、見るも無残な姿となって火刑柱まで引きずりだされる恥辱を味わわずにすむ。

また金属の鳴る音がして、足音がしだいに近づいてきた。

深く息をしなさい、と彼女は己に言い聞かせた。堂々たる態度で死を迎えるのよ。わたしは無傷だから、処刑場へ自分の足で歩いていくことができる。むごい仕打ちを受けて立つこともできずにただ引きずられていく人たちと比べたら運がいいわ。だけど、それでもやはり怖い……。

グウェニスは背筋を伸ばして立っていた。だがそれは誇りからではなく、寒さのあまり凍ったようになって体を曲げられなかったからだ。しかし、それも長くは続かないだろう。恐ろしい死の愛撫《あいぶ》で凍りついている体を、炎《のろ》はたちまち溶かしてしまうに違いない。炎は刑罰の苦しみを増すためのものではなく、呪《のろ》われた人間を完全に滅して塵《ちり》に帰すためのものだ。死刑を宣告された者は、薪へ点火される前にたいてい絞め殺されている。たいていの場合は。

しかし裁きを行う者が怒り狂っているときは、囚人が火刑柱にくくりつけられるなり点火されるので、死刑執行人が刑に処せられる人間の死期を早めて苦しみから解き放ってやる余裕すらない。グウェニスには敵が数多くいた。大声でほかの人たちを弁護し、自分自身のために闘った。彼女の死がすぐに訪れることはないだろう。

グウェニスが作った敵の数はあまりにも多く、それが有罪判決と目前に迫っている死につながった。彼女をとらえたあとで、罪状をでっちあげるのはたやすいことだった。

悪魔の存在を信じ、魔術こそがこの世の諸悪の根源だと思いこんでいる人々は大勢いる。グウェニスが献身的に仕えてきた女王メアリーもそのひとりだ。彼らは、悪魔が心の弱い人間のもとを真夜中に訪れて契約書に血で署名をさせ、罪のない人々に呪いと魔術をかけるのだと確信していた。そしてまた罪の告白が不死の魂を救い、耐えがたい責め苦と死のみが魂を全能の神のもとへ帰してくれるのだと考えている。実際、そういった信念を抱いている人たちが多数派だ。スコットランドをはじめヨーロッパのほとんどの国で、魔術を使った者は死罪になる。

グウェニスは魔術をかけたことなどなかったし、牧師たちもそれを知っていた。彼女の罪は女王を愛して忠誠をつくしたことだ。そして女王は無謀にも、自分を愛する者たちすべてを断罪しようとしている。

だが、そうした理由が問題なのではなかった。見せかけの裁判や判決の残酷さが問題なのでもない。わたしはもうすぐ死ぬ。それこそが問題なのだ。

わたしは平静でいられるかしら？　熱い炎を肌に感じたらどうなってしまうの？　泣き叫ぶ？　もちろん泣き叫ぶに決まっているわ。恐ろしい苦痛に襲われて。

わたしがしてきたことは正しかった。

だが、今となってはそれも役に立たない。

それに、死や苦痛の恐怖よりも後悔の念のほうがはるかに大きい。わたしは理想にしがみつくのと引き替えに、どれほど大きなものを手放すことになるのか気づかなかった。あとに残していく者を思う苦しみは心の深い傷となり、塩を傷口へすりこまれたかのように熱くうずいている。彼らがわたしの体に加えようとしている仕打ちも、わたしの魂をさいなむ苦悩ほどはおぞましくない。わたしがこの世からいなくなったら……。

ダニエルはどうなるの？

どうにもなりはしないわ。神がそこまで残酷なはずはない。裁判、処刑……それらはわたしを、わたしのみを黙らせるものだ。ダニエルなら大丈夫よ。あの子は愛情深い人たちに囲まれている。なによりあの子の父親が、なにも悪いことが降りかからないよう守ってくれるだろう。たとえわたしが彼にひどい仕打ちをしたとしても。

足音が近づいてきて独房の前でとまった。暗い地下牢《ろう》へ持ちこまれたランタンの光で、グヴェニスは一瞬目がくらんだ。やってきたのは三人。わかったのはそれだけだ。やがて目が明るさに慣れるにつれ、心臓が激しく打ちだした。

彼がいる。

まさか彼が、わたしの人生をこんな形で終わらせようと考えているわけがないわ。いくら彼が怒って警告したり脅したりしたとはいえ、こんな仕打ちができるはずがない。彼はしばしば、わたしが女王にそっくりだと指摘した。率直さがどれほど大きな災厄を招くことになるのか気にもとめずに軽率に自分の考えを口にすると。彼の指摘があたっていたことは認めざるをえない。彼は、政治上の不正と陰謀からなるこの茶番劇に関与しているのかしら？　彼はかつてわたしを胸に抱き、心が頭を支配しうることや、情熱が人に正気を失わせ、愛が分別を根こそぎ吹き飛ばしてしまう事実をかいま見せてくれたというのに。

わたしたちは多くのものを分かちあった。あまりにも多くのものを。

だけど……。

男性の心というのは風向きと同じようにくるくる変わって、相手を裏切るものだ。そうするのは自分が生き延びるためであったり、地位や富を得たり、領地や一族を繁栄させるためだったりする。彼は本当にこの滑稽《こっけい》きわまりない芝居に一枚かんでいるの？　どうしてもそうは思えない。

盛装したローアンは実に威風堂々としていた。髪がランタンの明かりを受けて金色に輝き、あらゆる点で典型的な貴族といった風貌《ふうぼう》だ。一族の色のキルトをまとい、いかにも剣士らしい広い肩に毛皮で縁どりしたマントをかけている。彼は今、両脇《りようわき》に牧師と死刑執行人を従えてグウェニスの前に立っていた。彫りの深い顔に冷酷な表情を浮かべ、暗いまなざしに冷ややかな軽蔑《けいべつ》をたたえている。冷たくて長い指が彼女の心臓をわしづかみにした。この人が助けに来たと考えるなんて、わたしはなんて愚かだったのかしら。

ローアンはわたしを助けるどころか、さらに苦しめるために来たのだ。彼も今日の政治的策略と無関係ではいられない。長年にわたる流血の時代を通して爪を研いできた多くの貴族と同様に、ローアンもまた形勢を見る力を養ってきていて、優勢となる側に加担する。それは戦場であれ議場であれ変わりはない。

グウェニスは身じろぎもせずにローアンを見つめた。ほかのふたりは眼中になかった。彼女は汚れきった自分の姿を無視しようと努めた。衣服は破れて湿り、地下牢の埃《ほこり》やかびでごわごわしている。ローアンに凝視されたくらいで心の弱さを見せたくはない。着ているものはぼろぼろだったが、堂々と刑場へ出て立派に最期を迎える決意をかため、威厳を保ちつつ立っていた。グウェニスを見つめつづける彼の目は、まるで地獄の暗い穴かと思えるほど陰鬱《いんうつ》な光をたたえている。燃え盛る火がもたらす苦しみに耐えてこの世の生を終えたとき、彼女はこの暗い穴を通して地獄へ落ちていくのだ。

ローアンの凝視に軽蔑のまなざしで応じていたグウェニスは、牧師が罪状と判決を読みあげて処刑のときが来たと告げたこともほとんど意識していなかった。

「柱にくくりつけて火あぶりの刑に処す……灰と化して風に吹き飛ばされ……」

グウェニスはまっすぐに立ち、まばたきもせずに毅然として頭をあげていた。そのときようやくその場にいる牧師がマーティン師であることに気づいた。わたしを絶望の淵《ふち》へ追いやって恐怖をあおり、火刑柱にくくられたあとも新たな告白をさせようというわけね。そう考えてグウェニスは笑いだしそうになった。わたしが群衆の前で悪魔の手先であることやさまざまな魔術を行ってきたことを認めれば、わたしは単なる政治闘争の犠牲者にすぎず無実であるという人々の声は小さくなって消え、国じゅうに抵抗運動を巻き起こすような大きな叫びにはならないからだ。

「レディ・グウェニス・マクラウド、おまえは人々の前で自分の罪を告白しなければならない。そうすれば安らかな死を迎えられる」マーティンが言った。「今ここで告白し、祈りをささげるんだ。心から悔いれば、天にましますわれらが父はおまえの魂を永遠に地獄の底へ閉じこめておくことはないだろう」

グウェニスはローアンから目が離せなかった。彼はほかの人たちよりもはるかに背が高くて堂々としている。ローアンもまた彼女から視線をそらさず、憎々しげに見つめてくる。グウェニスは、自分の目に映っているのが恐怖ではなく軽蔑でありますようにと祈った。

「せいぜい用心することね、牧師さん」彼女は穏やかに言った。「わたしは有罪を宣告されたけれど、人々の前で話すことになったら自分は潔白だと言うわ。みんなの前で嘘《うそ》の告白なんて絶対にしない。そんなことをしたら、天にいらっしゃる主にまで見放されてしまうもの。わたしは死んだら天国へ行くのよ。主はわたしが無実であることも、あなたたちが政敵を追い落とすために神の名を利用していることもご存じだわ。お気の毒に、地獄で永遠の業火に焼かれるのはあなたのほうよ」

「冒涜《ぼうとく》だ！」

ローアンが怒鳴ったので、グウェニスは驚いた。

かんぬきが外されて独房の扉が荒々しく開けられた。気がついたときにはローアンに髪をつかまれ、無理やり上を向かされて彼の目を見つめさせられていた。ローアンのもう片方の手はグウェニスの頬にあてられている。

「この女に人々の前で話をさせてはならない。彼女はほかの人たちの魂をも地獄へ引きずりこむだろう」ローアンは憎悪と確信のこもった声でわめいた。「嘘ではない。こうした人間の魔術や呪文《じゆもん》の威力がどれほど強いかは知っている」

そんな言葉をローアンの口から聞くなんて！　かつては永遠にわたしを愛すると神の前で誓ったこともあったのに。

彼がグウェニスの苦しむさまを見に来ただけでなく、いっそう苦しめるためにやってきたのだと知って、彼女の心は砕け散った。

ローアンの大きな手と長い指は剣をふるうことに慣れているにもかかわらず、そのふれ方は不思議なほどやさしかった。彼が手を伸ばして指で頬をそっとなでてくれたことを思いだし、グウェニスは悲しみを新たにした。かつてローアンは、目に喜びをたたえてグウェニスを見つめた。ときには怒りを浮かべることもあったが、たいていは燃えあがる情熱がこめられていて、その激しさは彼女の魂を揺さぶったものだ。

けれども今、彼の目に浮かんでいるのは暗い残酷な光だけだった。

なすすべもなくとらえられていたグウェニスは、ローアンが彼女に目を据えたままわずかに身動きしたのを感じ、彼の手になにかが握られていることに気づいた。それはガラスの小瓶だった。ローアンは小瓶をグウェニスの唇にあてがい、耳もとに口を寄せて彼女にしか聞きとれないような小声でささやいた。「これをのむんだ。さあ、早く」

うつろな目で彼を見たグウェニスは、ほかに道がないことを悟る一方で、思わずほほえみそうになった。深い海や晴れた空よりもなお青い彼の目は必死でなにかを訴えていた。突然、グウェニスは悟った。この人はお芝居をしているんだわ。わたしを忘れたわけではなかったのよ。

「頼む、早くのんでくれ」ローアンがささやいた。

彼女は目をかたく閉じてのみこんだ。

たちまち周囲の壁がぐるぐるまわりはじめた。結局のところローアンには慈悲の心と、ふたりが分かちあった激しい情熱の記憶が残っていて、わたしが恐ろしい業火に身を焼かれる苦しみを味わわなくてすむよう、毒をのませてくれたのだ。

「この女は悪魔の娘だ！　人々を愚弄《ぐろう》しようとしている」グウェニスはローアンの大声を聞き、首へまわされた彼の手に力がこもるのを感じた。

ローアンは慈悲の心に促されてわたしを絞め殺すのではなく、群衆の前でわたしに話をさせないために殺すのだとここにいる人たちに思わせようとしている。

しだいに視界が暗闇《くらやみ》に包まれていき、四肢の感覚が麻痺《まひ》してきた。彼女はもはや自分の力で立っていることができずにローアンにぐったりともたれかかり、燃え盛る火に焼かれる前に死ねることに感謝した。

それでいながら、グウェニスはローアンに対して怒りを覚えていた。信頼を寄せて命よりも大切に思っていたこの人が、天にものぼる心地をともに味わったこの人が、わたしの命を奪おうとしているなんて。

彼女は再び、青い炎のように明るく輝くローアンの目を見た。彼の燃えるような目は、死んだあともわたしにつきまとうのかしら？

グウェニスの唇が動いた。「ろくでなし」

「地獄で会おう」ローアンが応じた。その声はささやきにすぎなかったが、彼の目に燃える炎と同じく永遠に彼女につきまとうに違いない。

ローアンの口もとに浮かんでいるのは笑みだろうか？　いまわの際だというのにわたしをあざけっているの？　かすむ目で彼の目を見つめたグウェニスは、そこに悲しみとともに別のなにかが浮かんでいるのを見てとった。ローアンはなにかを伝えたがっている。ほかの人たちに気づかれてはならないなにかを。

彼女はローアンの目に宿る考えを必死に読みとるとともに、自分の思いを伝えようとした。

〝ダニエル……〟

息子の名前を口にしたかったが、その勇気がなかった。グウェニスにはローアンがダニエルを愛してくれること、息子がなに不自由なく育つに違いないことがわかっていた。彼がとりはからってくれる。わたしと違って、ローアンは移り変わる権力の餌食《えじき》にはならないだろう。彼は有能な政治家だ。ローアンの敵たちが彼の力を過小評価したことはなかった。

今や闇にすっかり囲まれていたが、グウェニスは少しも苦痛を感じなかった。彼女はことを進めるにあたって、もっとうまいやり方があったのではないだろうかと思った。

女王ももっと上手に世の中を渡っていく方法を学んでおけばよかったのよ。

だけど彼女と同じように、わたしは情熱に任せて身勝手な善悪の定義に固執していたのではないかしら？　自分の立場を守りながらも、危機に陥っている女王を助けるもっといい方法があったんじゃないの？　女王もまた命を落とすかもしれない。すでに女王は、人生において価値あるものすべてを放棄させられている。

わたしにはそうなることが見通せなかった。わたしたちの誰も見通せずにいた。破滅は権力と壮麗さ、たとえようもなく美しいきらびやかな夢とともに始まっていたのだ。薄れゆく光のなか、グウェニスはそれがかつてどれほど華麗に輝いていたかを思いだしていた。

第一部　帰国

1

西暦一五六一年八月十九日

「あれは誰かしら？」女王の後ろをうろうろしていた侍女のひとりがささやいた。船は予定よりも早くリースに到着した。グウェニスにはささやいたのが誰なのかわからなかった。スコットランド女王メアリーには幼いころ一緒に故国を離れた四人の侍女がいる。みな女王と同じメアリーという名前だ――メアリー・シートン、メアリー・フレミング、メアリー・リビングストン、メアリー・ビートン。グウェニスは彼女たちが大好きだった。四人とも気立てのいい魅力的な女性で、それぞれに個性を備えているが、まとめて〝四人のメアリー〟とか〝女王のメアリーたち〟と呼ばれている。ちょうど今、誰がささやいたのかをグウェニスが判別できなかったように、ときとして彼女たちがひとりの人間に思えることがあった。

女王も含め、甲板にいる人たち全員が岸で船の到着を待っている代表団を眺めていた。

グウェニスの見たところ、女王の美しい黒い目には今日の天候と同じように靄《もや》がかかっているようだ。

先ほどの質問を聞いていたようには思えなかった女王が、突然、質問の答えを口にした。

「ローアンよ。ロッホレイブンの領主ローアン・グレアム卿《きょう》。数カ月前に、彼はわたしの腹違いの兄のジェームズと一緒にフランスへやってきたわ」

グウェニスはその名前を耳にしたことがあった。ローアン・グレアム卿はスコットランドで最も勢力のある貴族のひとりと見なされている。彼にまつわる悲しい出来事を耳にした覚えがあったが、どんな内容だったかは思いだせなかった。グウェニスはまた、彼が大胆な発言をすることや、人々に耳を傾けさせるだけの人間的魅力と政治力を兼ね備えた人物だと評されていることも知っていた。

そのときグウェニスは、ローアン・グレアムが自分の人生につきまとう定めにあるのを感じた。摂政である女王の異母兄、ジェームズ・スチュアート卿の隣に立っているローアン卿を見過ごすことは不可能だった。メアリーは身長が百八十センチもあって、彼女に仕えているたいていの男たちよりも背が高い。ジェームズ卿はそれほど背が高くないが、たとえ女王より高かったとしても、その横にいる男性は陸地を覆う靄のなかでさらに高くそびえていたに違いない。薄日を受けて明るく輝くブロンドの髪が彼を、その昔この国を侵略したバイキングか黄金の騎士のように見せている。身につけているのは一族の色である青と緑の服だ。女王の帰国を歓迎しようと集まっているきらびやかな衣装をまとった人々のなかにあってさえ、ローアン卿の姿はひときわ目を引いた。

ロッホレイブンはハイランドの一地方だ。スコットランドにおいても、ハイランド人は独特の民族と見なされている。女王よりもスコットランドに詳しいグウェニスは、彼女自身がハイランド出身のせいもあって、かの地の領主が場合によっては危険人物になりうることや、領主一族が結束すると強大な力を発揮できることを知っていた。

だからといって、女王がスコットランドの民を恐れなければならないわけではない。メアリーは請われて国へ帰ってきたのだ。しかし、グウェニスが知っていて女王が知らないことがあった。今からわずか一年前にプロテスタントがスコットランドの公認宗教となり、ジョン・ノックスのような狂信的で説得力に富む者たちがエディンバラで説教をしている。そのため、カトリックを信奉している女王が危険な立場へ追いこまれる恐れがあった。そのことについて考えると、グウェニスの胸に怒りがわきあがった。メアリーは国民ひとりひとりに信仰の自由を与えようと考えている。それなら、女王にも同じ自由が与えられるべきではないだろうか。

「故国。スコットランド」ふたつの言葉を心のなかで同じ意味ととらえようとしてか、メアリーがつぶやいた。

グウェニスは物思いから覚め、主君であり友人でもある女王の身を案じた。グウェニス自身は故国へ帰れるのがうれしかった。女王の四人の侍女たちと違い、彼女がスコットランドを離れていた期間はわずか一年にすぎない。六歳の誕生日を迎える前に国を出たメアリーは、スコットランド人というよりフランス人も同然だった。フランスを離れる際、メアリーは長いあいだ船の手すりにもたれ、涙ながらに〝さようなら《アデュー》、フランス〟と何度もくりかえしていた。

一瞬、グウェニスはスコットランドを思う気持ちに駆られ、女王に対して憤りを覚えた。グウェニスは故国を愛していた。スコットランドの岩の多い海岸ほど美しいものはない。春と夏のあいだは灰色と緑と薄紫色の微妙な色あいで覆われていた陸地が、冬の訪れとともに幻想的な白い光景へと変わる。彼女はまた、険しい岩山に似つかわしいスコットランドの頑強な城が好きだった。だが、メアリーに憤りを覚えたのは不当だったかもしれない。女王は長いあいだ故国を離れていたのだ。フランス人たちがスコットランドのことをいまだに野蛮人の住む国で、洗練されたフランスとは比べようもない未開の地であると考えているのは否定できない事実だった。

メアリーはまだ十九歳にもならないうちに未亡人になった。もはやフランスの王妃ではなく、ほとんど知りもしない故国の支配者となるのだ。

女王が周囲の者たちにほほえみかけて快活に言った。「わたしたちは勝利をおさめた」

「そうですよ」メアリー・シートンが同意した。「エリザベスにさんざん卑劣な脅しを受けましたけど」

　無事に通行させてほしいと要請したのにエリザベス女王がなんら返事をよこさなかったので、フランスの港を出るときには一行の胸に大きな不安が渦巻いていた。イングランドの女王が途中で待ち伏せをしてメアリーをとらえる気なのではないかと、多くのフランス人とスコットランド人が案じた。実際、航海の途中でイングランドの船に行く手をさえぎられたときは恐ろしかった。しかしイングランドの船の乗組員たちはただ敬礼をし、メアリーが乗っている船以外の船を調べて海賊が乗っていないかどうか確かめただけだった。エグリントン卿がとめ置かれたものの、取り調べがすみしだい安全に送り届けるとの確約を得た。タインマウスではメアリーの馬と騾馬《らば》が押収されたが、これも適切な書類を入手したらそっくり送りかえすとの条件つきだった。

「見ているだけで胸がどきどきするわ」メアリー・シートンが背の高いスコットランド人を指さした。

　女王は再び岸へ目をやって問題の男性を見つめ、あっさり言った。「彼はあなたにふさわしくないわ」

「彼のような人はほかにも大勢います」グウェニスの言葉に、全員がいっせいに振りかえって彼女を見た。グウェニスは顔を赤らめた。「スコットランドは世界で最も勇猛な戦士を生む土地として知られていますから」そう言ったあとで、むきになっている自分が恥ずかしくなった。

「なんとしてもこの国に平和をもたらさなくてはならないわね」女王は岸へ視線を向けたまま、かすかに身震いした。

身震いをしたのは寒さのためではないだろう。メアリーはフランスのほうがスコットランドよりもはるかにすばらしく、気候が温暖なうえに快適な設備が整っていると考えていた。文明国の人々のほとんど、とりわけフランス人は、フランスを芸術と学問の中心地と見なしており、王族同士の結婚によってその偉大な国と結ばれたスコットランドは運がよかったと思っている。メアリーはフランスで最高級のものばかりを味わっていた。グウェニスは、贅沢《ぜいたく》に慣れきった女王が故国の質素な生活に失望するのではないかと心配した。

岸で起こった歓声にメアリーが晴れやかな笑顔でこたえた。海上で五日間過ごしたあと、予定よりも早く到着したにもかかわらず、かなりの数の群衆が押しかけていた。「好奇心だけで集まったのよ」メアリーが冷淡な口調でささやいた。

「みな自分たちの女王を歓迎しに来たのです」グウェニスは反論した。

メアリーはほほえんで手を振り、顔に輝かしい笑みを浮かべて船を降りた。真っ先に出迎えたのは異母兄のジェームズ卿だった。続いて彼のあとに従っている主だった家臣たちが歓迎の挨拶《あいさつ》をした。群衆は口々に喜びの叫び声をあげている。単なる好奇心で集まってきたにしろ、実際に女王の姿を目のあたりにして、当然ながら深い感銘を受けたことだろう。メアリーは母国スコットランドの言葉を覚えていて、澄んだ声で少しの訛《なまり》もなく流暢《りゅうちょう》に話すことができた。顔立ちが美しいだけでなく、背が高くてほっそりしており、しかも身のこなしに気品と威厳が備わっている。

グウェニスは女王とジェームズ卿のすぐ後ろに控えていた。背の高いブロンドの男性、ローアン卿が彼女の脇《わき》をすり抜けて通り、身をかがめてジェームズ卿にささやいた。「移動を開始するべきです。女王はうまくふるまいましたが、ぐずぐずしていると群衆の気分が変わりかねません」

ローアンがさがるとき、グウェニスは目に怒りをこめて彼をにらんだ。だがローアンは意に介さず、それどころか愉快そうに口もとをゆがめたので、グウェニスの怒りはさらに強まった。メアリーは思いやり深い女王だ。フランス国王であり幼いころからの大切な友人でもあった年下の夫を亡くしてからは、まだ年若くてフランス育ちではあるものの政治的力量に富んでいるところを示してきた。この男性がメアリーの能力に疑いを抱くとしたら、わたしが憤慨するのは当然だわ。それは女王に対する反逆だもの。

まもなく全員が馬上の人となり、あとはホリルード宮殿へ出発するばかりとなった。宮殿で食事をとっているあいだに、女王の部屋が準備されることになっている。グウェニスはほっと安堵《あんど》のため息をついた。今回の帰国はよい方向へ作用するはずだ。人々はこれからもメアリーのもとに結集するだろう。グウェニス自身は慣れ親しんだ故国の土を踏めただけで満足していた。今日はいくぶん靄がかかっていてフランスの気候に慣れた人たちには陰気に感じられるかもしれないが、灰色と薄紫色がまじった空は岩山の多い陸の景色と同じく、スコットランドの荒々しい美しさの一部なのだ。

「女王はこの国で愛され尊敬されることでしょう。たとえここがフランスでなくても」侍女のメアリーのひとりが言った。

リースの町を馬で通っていくとき、グウェニスは奇妙なことに寒けを覚えてうろたえた。寒けを覚えなければならない理由はなにひとつない、と自分に言い聞かせる。人々は通り過ぎていく女王一行に熱烈な歓迎の声を浴びせていた。不穏な動きはどこにも見られない。

「なぜ顔をしかめているんだい?」

グウェニスがびっくりして振りかえると、後ろを進んでいたローアン・グレアムがいつのまにか横へ来て彼女を愉快そうに見ていた。

「顔をしかめてなんていません」グウェニスは言った。

「そうか、ぼくの考え違いだったようだな。人々に歓呼の声で迎えられたとはいえ、女王の前途は多難だ。きみにはそれを見通せる知性が備わっているように思えたんだがね」

「女王の前途が多難ですって?」彼女は憤慨して問いかえした。「なぜわたしがそんなことを心配しなければならないんですか?　世の中の問題すべてが女王にのしかかってくるとでも?」

前方を見据えているローアンの目には、愉快さとよそよそしさが入りまじった奇妙な表情が浮かんでいた。「昨年プロテスタントに宗旨替えした国へ、カトリックの女王が突然帰ってきたんだ」グウェニスを振りかえる。「それは問題の種になるんじゃないかな?」

「女王の腹違いのお兄様であられるジェームズ卿は、どちらの宗派を選んでもかまわないと請けあってくださいました」

「たしかにそのとおりだ」彼が大きな笑い声をあげた。なんて無作法な男性なのかしら。

「あなたは女王が神を信仰する権利を認めないんですか? 認めないなら、さっさとハイランドへ帰るべきじゃないかしら」彼女はさらりと言った。

「これは手厳しい。大変な忠誠心だな」

「あなたも同じくらいの忠誠心を女王に抱くべきです」グウェニスははねつけるように言った。

「きみがスコットランドを離れていたのはどのくらいの期間だった、レディ・グウェニス?」ローアンがやんわりと尋ねた。

「一年です」

「だとしたら、きみがそうした主張をするのは愚かさゆえだろう。それとも残念ながらきみは、ぼくが考えたほど知識や知性を持ちあわせていないのかもしれない。きみは忠誠心を口にするが、知ってのとおり忠誠心は自らの努力で獲得すべきものだ。おそらくきみの若き女王は忠誠をつくすに値する人間なのだろうが、長いあいだ国を離れていたのだから、自分がそれに値する立派な人物だということを国民に示す必要がある。きみは一年間外国へ行っているあいだにわが国の実態を忘れてしまったのか？　この国には君主も政府も意味を持たない地域があって、そこでは忠誠はなによりも自分の一族にささげられる。よその国と戦争をしていないときは、国のなかで氏族同士が戦いをくり広げているありさまだ。ぼくはスコットランドに忠誠をつくしているし、メアリーがわれわれの女王である限り、忠誠をつくすだけでなく、なにかあれば命を投げだしてでも守るつもりでいる。しかし女王が君主として立派に国をおさめたいと願っているなら、国民をよく理解して尊敬と愛を勝ちとらなければならない。国民に愛されるようになれば、女王の名において大きな戦いが行われることはないだろう。歴史が示すように、情熱に駆られて死に急ぐ無謀な君主は必ず国に戦争をもたらす。メアリーがそのような君主かどうかは、ときが示してくれるに違いない」

グウェニスは信じがたい思いでローアンを見つめた。彼の言葉には威嚇がこめられているように感じられ、彼女は怒りをこらえて反論した。「あなたはハイランドの猟犬ほどの礼儀作法すら身につけていないいんですね」

ローアンは腹を立てる様子もなく、ただ肩をすくめただけだった。ふいに彼がまた大きな笑い声をあげたので、グウェニスは怒りを募らせた。「どうやらフランスで一年間暮らすあいだに、きみはすっかり高慢になってしまったらしい。きみのお父さんがハイランドの出身であることを忘れたのかい？」

　今のは巧妙な非難なのかしら？　グウェニスの父はジェームズ五世とともに戦場へ出て亡くなったが、国王と違ってたいした財産は持っていなかった。イズリントン島の領主ではあったものの、高い岩山からなる沖合の小さな島は住人がどうにか食べていけるだけの食料を生産できるにすぎない。彼女がメアリーに仕えるためにフランスへ渡ったのは、財産があったからではなく、女王の父ジェームズ五世に仕えた亡き父への尊敬の念からだ。

「わたしの聞いたところでは、父はとても勇猛果敢で常に礼儀正しい人でした」彼女はきっぱりと言った。

「まいった。辛辣《しんらつ》だな」ローアンがつぶやいた。

「いったいどうしたんですか、ローアン卿？　今日は大いに喜ばしい日。若い女王が生まれ故郷へ帰ってきたんです。まわりを見てください。人々があんなに喜んでいるじゃありませんか」

「そのとおりだ」彼は同意した。「今のところはね」

「気をつけたほうがいいですよ。あなたの言葉をほかの人たちが聞いたら、反逆行為と受けとられかねません」グウェニスは冷ややかに言った。

「ぼくが言いたいのは、今のスコットランドは彼女がずっと昔に離れたスコットランドとは大違いだということだ。それどころか、きみが出ていったころのスコットランドとも違う。だが、メアリーの帰国をぼくが喜んでいないと考えているとしたら、きみは間違っている。ぼくは全力をあげてメアリーの王座を守り抜くつもりだ。それにぼくは、人は誰しも心から神を信仰するべきだと考えているし、わが国のカトリック教会や国民を分断させる結果になったささいな違いに目くじらを立てるのはよくないとも思っている。政策を書き記したり解釈したりするのは権力者だが、それゆえにしばしば命を落とすのは罪のない人々だ。ぼくは思ったことをずけずけ口にするたちなんだ。そしてきみのメアリーを守るつもりでいる。必要とあれば、彼女自身の意思に反してでもね。きみは若い。そして若者特有の理想を抱いている。神のご加護がきみにもあらんことを」ローアンが穏やかに言った。

「わたしの願いは、わが国の粗野な人間の相手をしなくてすむよう神様がとりはからってくださることです」グウェニスは顎をあげて言いかえした。

「きみのように魅力的で献身的な女性の願いとあっては、神も願いを聞き入れずにはいられないだろう」

グウェニスは馬を前へ進ませ、粗野なローアンとのあいだに距離を置いた。背後から低い笑い声に追いかけられて、彼女は身震いをした。ローアンのせいで喜ばしいはずの一日が暗いとばりに覆われた気がした。なぜ彼のくだらない言葉に不愉快な思いをさせられなければならないのかと腹立たしかった。

そこで馬の向きを変えてローアンのところへ引きかえした。乗馬はグウェニスの得意とするところで、その手並みを周囲の人々に示すのはまんざらでもなかった。巧みな手綱さばきでローアンのもとまで戻ってくると、再び馬の向きを変え、彼と並んで馬を進めはじめた。

「あなたは女王のことをなにもご存じないじゃありませんか。あの方は幼いころにフランスへ送られて夫をあてがわれたのです。夫になられた国王はお気の毒なことに小さいころから病弱でしたが、彼女は国王に対して終始誠実な友人であり妻でありました。国王が亡くなる直前の病状は悲惨だったにもかかわらず、女王が弱音を吐かれたことは一度もありません。死の間際まで献身的につくされて、亡くなられたあとは堂々とした態度で死を悼み、そのあとも威厳を保ちつづけました。世界中から次の結婚相手に関する請願や助言を携えた使節や家臣が押しかけたときも、女王は立場上求められることを充分に理解したうえで、スコットランドにとってなにが最善であるかを含め、選ぶべき道を慎重に考え抜いたんです。そんな方を疑うなんて！　なぜそんなことができるんですか？」グウェニスは激しい口調で問いただした。

「なぜなら風向きはすぐに変わるものだからだ」

「あなたも風のようにくるくる変わるんですか、ローアン卿？」

思いがけず興味をそそる子供にでくわしたかのように、彼はやさしいとも言えるまなざしでしばらくグウェニスを見つめつづけた。「どうしたっていつかは風が吹く。そしてその風が強ければ、森の大木だってたわむだろう。嵐《あらし》が吹き荒れているときは用心しなければならない。たわまない枝は折れると決まっている」

「それこそがスコットランド人の問題です」

「きみもスコットランド人じゃないか」

「ええ。そしてわたしは、偉大な領主たちが買収されて簡単に主義主張を変えるのを何度も見てきました」

ローアンが前方へ視線を向けた。好き嫌いはともかく、彼が男らしい横顔の持ち主であることはたしかだ。きれいにひげを剃《そ》った力強い顎に、高くて広い頬骨、鋭い目、そして広い額。仕返しを恐れずに人を見下した態度をとれるのは、その容貌《ようぼう》ゆえかもしれない。

「きみはどうか知らないが、ぼくはこの国の人々をよく知っているんだよ。彼らは迷信深くて、悪の存在を信じている。神の存在を信じる一方で、悪魔の存在も信じているんだ」

「あなたは信じていらっしゃらないの？」

彼は再びグウェニスを見た。「神の存在は信じている。信じる心は安らぎをもたらしてくれるからね。それに善が存在するなら、悪も存在するに違いない。しかし神ほどの偉大な存在にとっては、人がどちらの解釈を信じようが問題ではないだろう。残念ながら、神がぼくの耳に本当の知恵をささやいてくれることはない」

「なんてことかしら。あなたの自信たっぷりなふるまいを見ていると、神があなたに知恵を授けたのだと思いたくなります」グウェニスは言いかえした。

ローアンの顔にかすかな笑みが浮かんだ。「ぼくは悲惨な出来事を数多く見てきた。哀れな年老いた女性たちが魔女の烙印《らくいん》を押されて火あぶりになるのを見たし、偉大な男たちが信念ゆえに同様の刑に処せられる場面も見た。ぼくがなにを信じていると思う？　妥協だよ。はっきり言うが、女王がしなければならないことは妥協なんだ」

「妥協？　それとも屈服ですか？」グウェニスは激しくなる口調をどうにか抑えて尋ねた。

「妥協だ」彼がきっぱりと言った。

今度、馬を前へ進めたのはローアンだった。おそらく侍女に知識を披露したところで無駄だと考えたのだろう。それともわたしに興味を失ってしまったのかしら。

「あなたのことを女王にご報告しなくてはなりませんね」グウェニスはローアンに植えつけられた疑惑が気になってつぶやいた。スコットランドの貴族たちは強大な力を有しているから、メアリーはなんとしても彼らの忠誠心をつなぎとめておく必要がある。

一日が過ぎていくにつれ、ローアンは用心深く見張っていなければならない人物だという考えがグウェニスのなかで確信にまで高まった。スコットランドのためにも女王のためにも、好ましくない人物を宮廷に出入りさせるのは避けなければならない。たくさんの貴族と庶民が女王の帰国を歓迎して挨拶に来た。あたりには希望と幸福がみなぎっているように思われた。それも当然のことだ。メアリーは溌剌《はつらつ》とした若さや知恵を、故国へ帰ってきた喜びを、母国の民に接したうれしさを国民の前に示したのだ。たとえ心は悲しみに打ちひしがれていようとも。

たしかに彼の言うことにも一理ある。グウェニス自身は愛する祖国が野蛮で未開の国だとは思っていないが、荒々しい岩山が連なる風景であるためしばしば殺伐としていて危険であることは否定できない。スコットランドの貴族たちと同じように。

そう、ここはフランスではないが、この国には愛らしい女王にささげるものが多くある。

エディンバラへと続く道を進んでいくあいだ、ローアンは女王を歓迎するために集まった民衆が分別ある行動をとっているのを見て喜んだ。沿道に並んだ人々のなかには、女王を楽しませるために雇われた特別な衣装をまとっている者たちが大勢いた。頭にターバンを巻き、黄色いタフタ製の膨らんだズボンをはいてムーア人に扮《ふん》した五十人の男が、財宝を献上しに来たかのように一行に向かって深々とお辞儀をしているかと思えば、急ごしらえの舞台の上から天使の格好をした四人の娘たちが女王に会釈をしている。ひとりの子供がおずおずと進みでて、聖書と詩集を献上した。

女王が到着する前に激しい議論が交わされた際、プロテスタントの領主たちのなかには、火あぶりになっている司祭の人形をメアリーに見せようと主張した者が何人かいた。しかしほとんどの領主は、あまりに悪趣味だと猛烈に反対した。馬に乗って道を進んでいく途中、ここはもはやカトリックの国ではないことを暗に示すものがいくつかあった。偶像を崇拝したために火刑に処されている者の人形。聖書を手渡す際に子供がほのめかした、女王は自国の宗教を信仰するべきだという言葉。ただしいずれも押しつけがましいものではなく、新しい女王が気に入らなければ無視してよしとされた。それにその日のお祭り気分は本物で、人々は美しい君主の帰還を心から喜んでいるようだった。

女王の周囲の動きを注意深く観察していたローアンは、知らず知らずのうちに女王の侍女のレディ・グウェニスを見ている自分に気づいた。彼女の視線は女王とそのとり巻きの人々に注がれている。グウェニスは目をみはるほど美しい。実際のところ彼女に限らず、女王の侍女たちはみな魅力にあふれている。そうした若く美しい女性ばかりをはべらせているのは、女王本人が大変な威厳と魅力を備えているために、きれいな女性たちに囲まれていても自分の輝かしさが損なわれることはないと考えているからだろう。そこに女王の性格の一端が表れているとローアンは思った。

それにしても、レディ・グウェニスのどこにこれほど強く引かれるのだろう？　たしかに愛らしくはあるが、同じことはほかの多くの女性たちについても言える。おそらく話し方や目つきに興味をそそられるのだ。彼女のなかでは火がくすぶっている――髪と同じ色の火が。グウェニスの髪は完全な茶色やブロンドではなく赤みがかった色をしている。そして緑と茶と金がまじっているような目。彼女は女王ほど背が高くないが、男でもメアリーほど身長のある者はあまりいないから、そばにいる侍女たちが小さく見えるのは驚くにあたらない。それでもグウェニスは女性としては高いほうで、百七十センチ近くはありそうだ。彼女は忠誠心が旺盛《おうせい》で、言葉を巧みに操って主張をはっきりと述べる能力があることを示した。要するに鋭い知性の持ち主なのだ。グウェニスは誰かをやりこめるとなったら完膚なきまでにたたきのめすだろうと考え、ローアンはにやりとした。誰かを憎むときは、相手を憎悪の炎で焼きつくすに違いない。そして愛するときは、燃えるような激しい情熱をもって愛するのだろう。

突然、焼けつくような奇妙な苦痛に襲われ、彼は不思議に思った。自分の悲惨な運命ならとうに受け入れているのに。いつまでも忘れられないだろうし、心の傷が癒《いや》されることは決してないだろうが、だからといって男の欲望がなくなったわけではない。ただし、それにはけ口を与えるのは、ときと場所と相手に恵まれたときのみだ。今、目の前にいる女王の若い侍女は、軽々しく扱っていい女性ではない。だから……。

決してものにしようとしてはならない。

近づかないに限ると思ったものの、先ほどの楽しいやりとりを思いだすと、つい顔がほころんだ。グウェニスはたいそう愉快な人間で、非常に興味をそそられる。

ふいにふたりの目と目が合ったが、彼女は顔を赤らめもしなければ、目をそらしもしなかった。それどころか挑むようにじっとローアンを見つめてきた。彼が厚かましくも女王の帰国に対して懸念を表明したことを考えれば、グウェニスがそうした態度をとることは理解できる。ローアンとしても認めざるをえないが、女王の帰国セレモニーは今のところきわめて順調に運んでいた。自分でも驚いたことに、最初に目をそらしたのは彼のほうだった。気まずさを隠すためにローアンは馬を前へ進め、ジェームズとメアリーのほうへ近づいていった。人々は相変わらず女王に歓声を浴びせている。しかし……。

スコットランドに狂信者たちがいることを知るローアンは、女王一行が何事もなくホリルード宮殿へ到着したところでようやく安堵の胸をなでおろした。

今日の群衆の様子から見ると、女王は国民に受け入れられて愛されるに違いない。もしかしたら崇拝されるかもしれない。今朝、目覚めたときに胸に巣くっていた不安はいったいなんだったのだろう。事実上スコットランドの支配者である、女王の異母兄のジェームズは、妹の帰国を心から喜んでいるようだった。ローアンはジェームズに同行してフランスへ渡った折に彼女に拝謁した。メアリーは、優雅さ、冷静さ、明敏な頭脳といった国民が君主に望むものをすべて備えていた。そのうえたいそう美しく、並外れた身長は堂々とした容姿をいっそう威厳あるものにしている。ローアンの心配はひとえに、彼女が人生のほとんどをフランスで過ごしてきたことにあった。

ローアン自身はフランスに対してなんの反感も抱いておらず、フランス貴族がしょっちゅう口にするスコットランドへの中傷をむしろ愉快に思っていた。褒め言葉と受けとったことさえある。たしかにローアンたちの国は文明の中心から遠く離れていて、荒涼とした土地が多い。それにハイランドの領主たちのなかには、傲慢《ごうまん》で気性の荒い者たちもいる。彼らはめかしこんだ宮廷人ではなく勇猛な戦士なのだ。だが、その胸には勇気と誠実さがみなぎっている。この国の人々はいったんある信念を受け入れると、生半可なことでは変えようとしない。プロテスタントを受け入れた今が、まさにそうした状況と言える。

そしてメアリーはカトリック教徒だ。

だからといって女王を非難したいとは思わず、むしろ信仰の強さを立派だと考えていた。メアリーは生を受けたときからカトリックの神とともに生きてきて、信仰が揺らいだことは一度もない。ローアンはこれまでの人生で、宗教の名において行われる残虐行為を数限りなく見てきた。

現在、イングランドの王座にあるのはプロテスタントのエリザベスだった。エリザベス女王は思慮分別に富んだ女性で、軽々しく死刑を宣告する君主でないとはいえ、すべきことは勇気を持って断行する。おおかたの予想を裏切って、彼女は国民がいずれの信仰を選ぼうとも死なずにすむ王国を築きあげた。

しかしここスコットランドでは、プロテスタントが熱狂的に受け入れられてからわずか一年にしかならない。しかもローアンが知るように、スコットランド人は受け入れたものを極端なほど大切にする。彼が未来に不安を抱くのも当然と言えた。

ようやくホリルード宮殿へ到着したとき、ローアンは心の重荷がいくらか軽くなった気がした。エディンバラの市壁の外にあるホリルード宮殿はまわりを美しい森に囲まれた壮麗な建物で、そこから眺める景色はすばらしい。もともとは塔のある要塞《ようさい》として造られたものだが、メアリーの父親ジェームズ五世の時代に拡張され、スコットランド・ルネサンス様式に改修された。その仕事にあたったのは、フランスから連れてこられた石工たちだ。ホリルード宮殿はヨーロッパ大陸にあるどの宮殿と比べても見劣りしないと、ローアンは常々誇りに思っていた。宮殿の本館と隣接する修道院は、十七年前、イングランド軍が侵攻してきた際に焼け落ちたが、そのあと数年をかけてみごとに修復された。

到着した際の様子をうかがっていたローアンは、メアリーがスコットランド女王として暮らすことになる新居を見てうれしそうな顔をしたのでほっとした。上陸してからのメアリーは絶えず笑顔で如才なくふるまっていたが、ローアン自身が長年駆け引きの必要な場面で同じようにふるまってきたため、宮殿を見たときの彼女の喜びが心からのものであることがわかった。

彼はグウェニスもまた心配そうに女王を見守っていることに気づき、注意を女王からグウェニスへと移した。

レディ・グウェニスは謎《なぞ》めいた女性だ。その言葉遣いやふるまいから、宮廷における自分の立場を軽くは考えていないことがわかる。そして本物の友情をメアリーに対して抱いているようだ。しかも愚かな人間ではない。生まれた国をそう長く離れていないグウェニスはスコットランドを心から愛しているとはいえ、長い年月を外国で暮らした女王と違ってこの国に危険が潜んでいることを感じとっている。おそらく彼女自身でさえ認めたくないほど強く意識しているのではないだろうか。

メアリーととり巻きの貴族たちが到着したとき、宮殿の主《あるじ》となる女王から言葉をかけてもらうために、執事や召使いたちが中庭に勢ぞろいしていた。みなかしこまって、話し声はおろか咳払《せきばら》いの音ひとつ聞こえない。メアリーは彼らの期待を裏切らなかった。このときもローアンは、非の打ちどころのない女王ぶりを示したメアリーの強い性格と強烈な個性に賛嘆の念を抱いた。彼女は丁寧な言葉遣いで愛情をこめて、出迎えの準備を整えてくれた人々の労をねぎらった。そのあと女王の相手を異母兄のジェームズが引き受け、つき添ってきた者たちはそれぞれが宿泊する部屋を各自で見つけるように言われたため、ちょっとした混乱が生じた。フランスからつき従ってきた護衛たちがほっとした様子で、宮殿は予想以上に設備が整っていて住み心地がよさそうだとか、ただし残念ながら文明の遅れている国だけあって美しい絵や音楽や詩に欠けているなどとささやき交わす声が聞こえた。

「ローアン？」

聞き慣れた声を耳にして振りかえると、ジェームズが女王と並んで立ち、なにか言いたそうにローアンを見ていた。北西の塔が女王の住まいに選ばれたと知っていた彼は、助けを求められていることに気づいてうなずいた。

「よろしければおつきの方たちを案内しましょう」ローアンは宮殿の召使いのひとりにうなずきかけ、メアリーの侍女たちを寝泊まりする部屋のほうへ連れていった。先頭を歩く彼の背後でしきりに忍び笑いが起こり、フランス語のささやきが交わされる。スコットランド貴族の多くがフランス語に堪能《たんのう》なことを侍女たちが知らないらしいことに驚き、ローアンはやれやれと思った。侍女たちは彼の服装や尻の格好について話したり、ウールのキルトの下がどうなっているのか想像をたくましくしたりしている。

メアリーが新しい召使いや政治家たちを相手にどうふるまっているかが気になり、ローアンは侍女たちの相手をすることにいらだちを覚えた。盛大な歓迎を受けてホリルード宮殿に落ちついた女王にジェームズが気を配っているかどうかが心配だった。

侍女たちを引き連れて壮麗な宮殿内を案内し、女王や彼女たちの住まいとなる部屋を指し示すあいだも、四人のメアリーはローアンの気を引こうとした。侍女たちはみな愛らしく、陽気で活気にあふれている。それでいながらローアンの知る限り、今や未亡人の生活を余儀なくされている若い女王と同じくらい純潔でもあった。いつかは侍女たちも立派な家柄の相手と結婚するのだろうが、今はただおもしろおかしく生きたいのだ。若いのだから当然だろう。だがローアンは、できるだけ丁重にふるまおうと努めた。

しかしグループのなかでひとりだけ、笑いもしなければ彼の気を引こうともしない女性がいた。彼女は黙ってついてきて、耳を傾けているだけだった。レディ・グウェニスだ。

グウェニスに観察されていることを知って、ローアンはひそかにほほえんだ。彼女はローアンを信用しておらず、警戒心を抱いている。ほかの侍女たちと違って、彼のキルトの下に興味を抱いてもいない。グウェニスはローアンを嫌っている――あるいは嫌いだと思いこんでいるようだ。

「宮殿が気に入ったかい？」侍女たちの部屋がある棟まで案内したとき、とうとう彼はグウェニスに声をかけた。「ここから先は、きみたちだけで行けるかな？」廊下が長くて部屋の配置は複雑だが、フランスのもっと壮麗な宮殿に比べたらたいしたことはないだろう。それでも新しい住まいへ着いたばかりなので、多少は迷うかもしれない。

「ここからはわたしたちだけで大丈夫です」グウェニスがきっぱりと言った。

ローアンは彼女がほかの侍女たちと少し距離を置いていることに気づいたが、それも当然かもしれないと思った。かなり以前にフランスとの結びつきが確立され、両国の交流が盛んになってからというもの、スコットランド貴族の多くがわが子を幼いうちにフランスの学校に送りこんでいるが、グウェニスは彼らと違って幼いころにスコットランドを離れたのではなかった。

今、グウェニスは目を細めて疑わしそうにローアンを見つめていた。疑い深い顔をしていても、彼女はとびきり美しかった。それに弁が立ち、知識も豊富だ。ローアンの見たところ言葉とは裏腹に、グウェニスもまた女王の身を案じている。聡明《そうめい》で手厳しいと同時に、どことなくうぶなところもあった。

彼はグウェニスから離れ、失礼すると言う代わりに小さくうなずいた。ジェームズと女王のところへ戻ろうと長い廊下を引きかえす途中、ふと足をとめて窓の外へ目をやった。そこから石造りの大きなエディンバラ城が眺められた。空は城の石と同じ灰色をしている。八月というのに雨がちの寒々しい天候が続き、今も霧が荒涼とした城壁を覆っていた。灰色に淡い薄紫がまじっているのを、ここを故郷と思う人々は美しいと感じるだろう。しかし、青い空に慣れている人たちは不吉に感じるかもしれない。ローアンは両側に商店が立ち並ぶ大通りのロイヤル・マイルへ視線を移した。商店では世界中から運ばれてきたさまざまな品物が売られている。エディンバラはすばらしい都市であり、ホリルードはすばらしい宮殿だ。きっと女王はこの町と宮殿を、そして歓呼の声で迎えてくれた国民を好きになるだろう。

ひょっとしたらぼくは母国の弁護にむきになるあまり、とり越し苦労をしているのかもしれない。だが女王についてきたフランス人の護衛たちがこの国を小ばかにしているのを聞くと、むきになりたくもなる。ここは寒いし、土地もエディンバラ城の下のごつごつした岩のように荒涼としていると彼らは言う。フランスの店のほうが立派だし、フランスの宮殿のほうがはるかに美しいと。ホリルード宮殿を造ったのはフランスの石工たちであるというのに。

ローアンはよその国の人間になったつもりでこの都市を眺めてみた。不吉な感じがする灰色の空のなかに、かつて要塞であったエディンバラ城の塔がまがまがしくそそりたっている。ここに住む人々もまた、頑丈な要塞と同じように粗野で荒々しい。

岩に対する大理石。羊毛に対するシルク。

ローアンは歯ぎしりをした。必要なのは時間だ。時間さえあれば、若い女王やそのとり巻きたちが必要とする変化がわが国にもたらされるだろう。

スコットランドとフランスのあいだに築かれた絆《きずな》は古くて頑強だ。だが……。

どのような同盟も単なる友情の上に築かれることはない。スコットランドもフランスもイングランドと戦争をしてきたので、共通の敵意が両国に同盟を結ばせ、友情を育《はぐく》んだのだ。しかし友情はしばしば表面的なものにすぎず、さらなる大きな利害が絡むと簡単に壊れる。そこにジレンマがあった。

フランスで育った女王が帰国した今、両国の同盟の深い水底でいったいなにが煮えたぎっているのだろうか?

2

「もうへとへとよ」メアリーはため息をついてベッドの上へ身を投げだした。そして天井を見あげ、普通の若い女性と同じように小さな笑い声をあげた。「正直に言って驚いたわ。すてきなところじゃない」室内を見まわしてからくるりとまわってうつぶせになり、かたわらに立つグウェニスに目をやる。「本当にすてきだと思わない？」メアリーのささやきを聞いて、グウェニスは彼女がフランスを恋しがっているのだと悟った。

「すばらしいところです」グウェニスはきっぱりと言った。

メアリーは再びベッドの上であお向けになり、小声で言った。「王冠っていやになるほど重いのよ」

「陛下――」

メアリーが起きあがってかぶりを振った。「お願い、かた苦しい言葉遣いをするのはやめて。今はわたしたちふたりきりだもの。わたしはあなたに頼るしかないの。あなたはそれほど長くスコットランドを離れていたわけではないし、報酬目あてで仕えているわけでもない。わたしを試しているのでも、値踏みしているのでもないもの。だから、名前で呼んでちょうだい。仲がいい友達みたいに。現にあなたはわたしの友達だし、それこそが今のわたしにとって真に必要なものなのよ」

「メアリー、帰国は大成功でした。国民は若く美しい女王が国へ帰ってきたことを大いに喜んでいます」

メアリーが首を振った。「今日会った人たちはわたしに敵意を抱いているようだった」

「彼らは……」グウェニスはなんと言えばいいかわからずに口ごもると肩をすくめた。

「たしかに敵意を抱いているかもしれません」彼女は認め、ためらったあとで続けた。「それというのも狂信的なジョン・ノックスのせいで、自分たちの教会を熱烈に信奉しているからです」

「そうね。彼らにはイングランドを見習うことなどとうていできなかったし、かといって古い宗教を信じるのも気に入らないから独自の教会を建てるしかなかった」メアリーはため息をつき、豪華な天蓋《てんがい》つきベッドの自分のかたわらをたたいてグウェニスに座るよう促した。グウェニスが腰をおろすやいなや、メアリーは彼女を抱きしめた。「ここは寒いわ。あなたは寒くないの？」

「暖炉で火が燃えています」

「ええ、すぐにあたたかくなるわね。それにしてもここは奇妙なところだわ。フランスで夫がまだ生きていたころは、女王であることに不思議なほどの安心感があった。だけどここでは、女王の資格があるのかどうか試されているみたい」

「忘れてはいけないのは、お母様が亡くなられたあと、腹違いのお兄様のジェームズ卿《きょう》が実権を握ってこられたことです。時間とともに状況が変わってきたとはいえ、貴族も聖職者もあなたの帰国を歓迎するために集まりました。事態はいい方向へ向かいますよ」

「そうかしら？」メアリーは立ちあがって暖炉のところへ行き、火に手をかざした。途方に暮れているように、それどころか悲しんでいるようにさえ見える。「もし……」言いかけてやめ、肩をそびやかして振り向いた。「わたしは着いたばかりだし、わたしたち全員がまだ喪服に身を包んでいる。それなのに港で出迎えて宮殿まで護衛してきた大領主や貴族たちがなにを考えていたのか、あなたにわかる？」

「なにを考えていたんですか？」

「わたしの再婚のことよ」

グウェニスはほほえんだ。「陛下――」

「友達。今夜のわたしたちは友達同士なのよ」

「メアリー、あなたが夫の死を深く悲しんでいるのはわかっています。ですからこんなことは言いたくありませんが、フランス国王が亡くなられた瞬間から、世界中の王侯貴族があなたの次の結婚をとり沙汰《ざた》してきました。あなたは女王ですから、結婚は個人的にも政治的にも世界の歴史を変えかねません。まだ深い悲しみに沈んでいらっしゃるときにこのような現実に直面するのはつらいでしょうが、これが世の習いなのです」

「わたしは商品なのね」メアリーが小さな声で言った。

「あなたは女王です」

メアリーは暖炉の前を行ったり来たりしはじめた。「わかっている、わかっているわ。ただ国王にふさわしい埋葬をする間もなく自分の将来を決めなければならなくて、あまりにせわしなかったから。今日、船を降りて故国の土を踏んだとき、わたしは重大な過ちを犯した気がしたの。あなたも知ってのとおり、カトリックの王家からいくつか結婚の申しこみがあった。歩むべき正しい道なんてあるのかしら。わたしがカトリックの王家に嫁いだりしたら、スコットランドを敵にまわすことになる。だけど今日ここで、わたしたちを出迎えた人たちがなにを考えているのかがわかった。彼らは自分たちの仲間の誰かを、わたしの配偶者に据えたがっているのよ。スコットランド的なものを大切にする人、純粋なスコットランド人の血が流れている人、外国育ちであるわたしの弱点を補える人を。ああ、グウェン、国民はいったいなにを望んでいるの？　わたしは幼いときから教わったり読んだりしてきたものを忠実に守ることしかできない。これが神だと教えられた神を信じるしかないのよ。彼らはそれを変えるよう望んでいるのかしら？」

「誰もそんなことを望んではいません」

メアリーは首を振って彼女の言葉を否定した。グウェニスは残念ながらメアリーのほうが正しいだろうと考えた。

「彼らはあらゆることをわたしに期待している。だけどわたしは移り気ではないから、今までどおり自分がふさわしいと思う神を信じて敬うわ。ただ……」メアリーは背を向けてうなだれた。

「ただ？」彼女の顔になにかを見てとり、グウェニスはほほえんだ。

「わたしは夫を愛していたけれど、あの人は……いつも病気がちだった」

「ロマンスはなかったのですね」グウェニスはささやいた。

メアリーは向きを変えてベッドへ駆け戻った。「わたしはひどい女かしら？　とても心引かれる男性に出会ったのよ。夫を亡くした直後に。実を言うと、その人は遠い親戚《しんせき》にあたるの」いたずらっぽい目でグウェニスを見つめる。「とてもハンサムな人よ」

「どなたです？」

「ダーンリー卿ヘンリー・スチュアート」

「まあ」グウェニスはつぶやいて目をそらした。メアリーにも本当の幸せが訪れていいはずだ。女王はこれまで周囲から期待されるとおりに生き、自分に与えられた責務を果たしてきた。そのメアリーが声に興奮をにじませて打ち明けてくれたのが、なによりもうれしかった。

ダーンリー卿ヘンリー・スチュアートはメアリー同様、故イングランド国王ヘンリー八世の姉マーガレット・チューダーの孫だ。グウェニスはダーンリー卿とほとんど面識がなかったが、彼のことはよく知っていた。現在は、エリザベス女王の〝客人〟としてイングランドに住んでいる。スコットランド人である父親のふるまいをエリザベスに対する敵対行為と見なされ、その罰として父ともどもイングランドにとめ置かれているのだ。だが母親がイングランドの大貴族の家柄だったため、ダーンリー卿のイングランド滞在は監禁生活にはほど遠かった。

グウェニスはメアリーと一緒に一度、ほんの短時間だけダーンリー卿と会ったことがある。国王であるフランソワが死去した際に、彼はフランスを弔問に訪れた。メアリーの言うとおり、ダーンリー卿は実にハンサムで魅力的だった。ただしグウェニスの聞いたところでは、ほかの貴族たち、とりわけハイランドの多くの人々から毛嫌いされている。ダーンリー卿は酒や賭事《かけごと》をはじめ道楽ならなんでも好きな放蕩《ほうとう》者だ。スチュアート家の血筋であると同時に、イングランド人の血も引いている。もっともそれを言うなら、スコットランド貴族の多くがイングランド人の血を引いているが。

突然、グウェニスは不安に襲われてメアリーを見た。けれどもメアリーはグウェニスの目つきを、自分が好意を持った男性に対する非難とは受けとらなかったようだ。

「そんな目でわたしを見るのはやめて！　多くの人の目に好ましく映る魅力的な男性に出

会えたことを喜んでもかまわないでしょう？　分別をなくしたわけではないから、心配しないでちょうだい。わたしは喪に服している身だし、なんといってもフランソワを心から愛していたんだから。もっともそれは情熱的な愛というより、思いやりに富んだ友情というほうが正しいかもしれないけれどね。いずれにしても今は喪中だから、軽々しく将来のことを決めたりしない。慎重にふるまって、助言者の言葉に耳を傾け、今後しばらくは決定を下さないことにするわ。今はまだスペインのドン・カルロスやほかの国々の王子たちとの結婚話を吟味しているところよ。わたしの強みは、誰を選ぶのかという決定権を握っていること。ほかの誰よりもこのわたしにとって、結婚は愛情ではなく政治的な結びつきの問題なの」

「あなたはきっと正しい決断を下すに違いありません。ですが、ご自分が幸せになる道を夢見てもよいのではないですか」グウェニスは言った。

毛皮飾りのついたローブをまとったメアリーは、背が高くて優雅だった。彼女は大きな黒い目でグウェニスを見つめてささやいた。「わたしは怖いの。いくら正しくふるまおうと努力しても国民を幸せにできないのではないかと考えると、不安でしかたがないのよ」

「まあ！　そんなふうに思ってはいけません。大変な歓迎ぶりだったじゃありませんか。あなたはすばらしい女王になりますし、現にすばらしい女王です」

「この国はあまりにも……あまりにもフランスと違いすぎる」

「彼らはあなたの臣民です。あなたを愛しているんですよ」

「彼らはとても……」メアリーは言いよどんでからにっこりした。「とてもスコットランド的だわ」

「ここはフランスではありませんので。ですが、すばらしい民の住むすばらしい国です。外国の権力者が軍事的な支援が欲しいとき、どの国に助けを求めると思いますか？　彼らはスコットランド人を味方に引き入れるためなら、莫大《ばくだい》な報酬をもいとわないでしょう。わたしたちスコットランド人は勇猛で強く、しかも忠義心の篤《あつ》い民族ですから」

「わたしが求めているのは平和よ」

「もちろんです。ただ、平和はしばしば力によって得られるものです」

「スコットランドでは違うわ」

「常にそうとは限りません。考えてみてください。わが国が独立を勝ち得たのは、ウィリアム・ウォレスやあなたの祖先のロバート・ザ・ブルースのような人たちの決断力と勇気のおかげなのです。そしてスコットランド人は詩を詠む才能と科学の知識にも富み、外国へ留学して世界のことを学んできます。あなたがスコットランド人を愛すれば、彼らもあなたを愛するでしょう」

メアリーがため息をついた。「そうなるよう祈ることにするわ。ありがとう、グウェン。四人のメアリーたちも大切な友達だけれど、あなたと違ってスコットランドのことをなにも知らない。わたしと同じように、長いあいだこの国を離れていたんですもの。今夜のわたしには、あなたの友情と理解が必要だったの。あなたは期待を裏切らなかった」

「あなたをよく知る人はみな、あなたが情け深くて聡明《そうめい》な女王であると知っています。わたしなんて必要ありません。ただご自分の力を信じ、国民を理解するよう努めればいいんです」

「努力するわ。偉大な女王になるつもりだもの。ええ、そうよ、イングランドの王座についているエリザベスよりも偉大な女王に」

グウェニスの背筋を冷たい戦慄《せんりつ》が走った。エリザベスは非常に強力な君主であることを証明しつつある。彼女はメアリーよりも十歳近く年上で、数年前からイングランドの女王の座についている。そのうえ政治の舞台におけるメアリーの対抗者でもある。というのはメアリー・チューダーが亡くなったとき、フランスの王族はエリザベスをヘンリー八世の非摘出子と見なして王位を継ぐ権利はないと断言し、メアリー・スチュアートこそがスコットランドとフランスの女王のみならずイングランドとアイルランドの女王になるべきだと主張したからである。

政治は危険きわまりないゲームと化す恐れがある。メアリーにはエリザベスを王座から追い落とす意図などないことをグウェニスは知っていた。しかし、メアリーは自分の信じる宗教にあくまでも忠実であろうとする。そしてイングランドの国民がエリザベス以外の女王を望まないばかりか、カトリックの君主はごめんこうむりたいと考えていることは、誰の目にも明らかだ。そうなれば必然的に争いの種が芽生えることになる。

何世紀ものあいだイングランドとの戦争に苦しんできたため、スコットランド人はイングランド人によってこれ以上同胞の血を流されるのは願いさげだと考えていた。だが同盟というのは例外なく、他国にとっては胸もとに突きつけられた短剣と同じだ。イングランドはスコットランドとフランスの親密な関係を警戒し、スペインは三国を用心深く見守り、逆にその三国はスペインを慎重に監視していた。こうした利害関係にメアリーの将来の結婚は大きな影響を与えるものと思われた。メアリーの選択しだいで同盟関係に大義名分ができると同時に、敵を作る可能性もある。

グウェニスの考えを読んだかのように、メアリーが穏やかな口調で言った。「いずれ結婚するにしても、相手はプロテスタントのスコットランド人を選ぶのが最善だと思うわ。それにしても彼はハンサムだと思わない？」

「どなたのことです？」

「ダーンリー卿よ」

「あら、ええ」

メアリーはおかしそうに目を細めた。「ハンサムと聞いて、ほかの男性を思い浮かべたのね？　誰なのかは見当がつくけれど」

「本当ですか？」

「ローアンでしょう？」

グウェニスは驚き、思わず背筋をこわばらせた。「あの方は無礼きわまりない人です」

「遠慮がないだけよ。あなたはこの国の民のことをわたしに教える立場にあるんだから、戦いと政治の双方に長《た》けた領主が無遠慮なことくらい知っておかなくてはね。彼は申し分ないスコットランド貴族の典型なの」

「でしたら、あなたがローアン卿を好きになればいいでしょう」

「わたしをからかっているの？」

グウェニスは眉間《みけん》にしわを寄せた。「からかってなんかいません」

メアリーが笑い声をあげた。「そう。すると、噂《うわさ》は思ったほど広まっていないのね」

「いったいなんの話ですか？」

「知ってのとおり、わたしの父にはわかっているだけで十三人の非摘出子がいるの。なかには立派な人物もいるわ。兄のジェームズのように」メアリーの口調には辛辣《しんらつ》な響きがこもっていた。

一時期、ジェームズ・スチュアート卿を摘出子と認めて王位を継がせようという主張が巻き起こったが、結局は立ち消えになった。

グウェニスの眉間のしわがいっそう深くなった。「まさかローアン卿はあなたのお父様の非摘出子なんですか？」信じがたい思いで尋ねる。

メアリーは再び笑った。「違うわ。ローアンは父の非摘出子のさらに息子にあたるの。ローアンの母親は、わたしの父がつきあった女性とのあいだにできた最初の子よ」

「それは本当ですか？　それとも単なる噂？」

「そんなに心配そうな顔をしていると、額のしわが消えなくなるわよ。はっきり言っておくけれど、ローアンの血筋は申し分ないものと見なされている。だけど、自分の甥《おい》に魅力を感じるかとなると話は別だわ。それに彼は結婚しているの」

「まあ」グウェニスはつぶやいた。

「ローアンにまつわるとても悲しい話があるのよ。彼が結婚した相手はブレクマンのレディ・キャサリンなの」

「ブレクマンの領主の令嬢ですね。ですが、ブレクマンはイングランドの土地ではないんですか？」

「そうよ。でもわたしが知っているのに、どうしてあなたはこの話を知らないの？」メアリーがきいた。自分しか知らないことを話せるのがうれしいようだ。「ここ数カ月間、兄と頻繁にやりとりしてきた手紙のなかに書いてあったの。本当に悲しい話よ。ふたりは激しい恋におち、ローアンが大胆にもキャサリンの父親に結婚の許しを求めたんですって。わたしの兄もエリザベス女王も、ふたりの結婚を正式に認めたわ。結婚してすぐにキャサリンは子供を身ごもった。だけど臨月が近づいたころ、彼女は馬車の事故で大怪我《けが》をして高熱を出したの。おなかの子供は助からず、キャサリンは精神に異常を来して体も回復しなかった。今では完全に正気を失って、ハイランドにあるローアンの城で暮らしている。ひとりの看護婦と、忠義心に篤いローアンの執事が世話をしているそうよ。体が弱っていて、もう長くはないという話だったわ」

グウェニスはただ女王を見つめつづけた。

メアリーが悲しそうにほほえんだ。「口を閉じなさい、グウェン」

「まあ、その……なんて悲しい話でしょう」

「ええ、彼に恋をしてはだめよ」

「恋をするですって？　あの方はとんでもない粗野な男性です」

メアリーがにっこりした。「そう思っているなら、こんなことを話したところで興味はないだろうけれど、ローアンはもう妻と一緒には暮らしていないらしいわ。幼い子供のような心を持つ妻にとっては残酷な仕打ちよね。それと、彼はそうした状況にあっても一定の品位を保ってきたそうよ」

「品位を？」

「もちろん兄を通して聞いた話だから、たしかではないのよ。ローアンは独身主義者になったわけではないけれど、女性とのつきあいについては慎重で、相手にするのは捨てられても傷つかない女性たちなんですって。あなたが傷つくのは見たくないわ」メアリーが真剣な口調で言った。

「心配しないでください。わたしは誰とも恋におちるつもりはありませんから。恋をすると人はみな愚かになります。それにたとえ恋におちるとしても、相手は断じてローアン卿みたいなハイランドの野蛮人ではありません」グウェニスはきっぱりと言った。

メアリーはかすかな笑みを浮かべて火を見つめた。「そこがわたしとあなたの違うところね。わたしは激しい恋におちて、燃えるような情熱に身を焦がしてみたいわ。だけどわたしにとって、結婚とは契約なのよ。でも、せめて一度くらいはそうした恋を味わいたい……」

「メアリー」グウェニスは不安になってささやいた。

「大丈夫よ、グウェン。結婚するときは国民に対する責務を忘れないようにするけれど、女王にだって夢見ることくらいあるのよ」メアリーは気にしないでというように手を振った。「今日は長くてつらい一日だった。これからもこういう日々が続くのね」

女王が寝る時間だとほのめかしていることを悟り、グウェニスは慌ててドアへ向かった。

「では、おやすみなさい、陛下」

「グウェン――」

「もう失礼しますから陛下と呼ばせていただきます」

「あなたはいつまでもわたしの友達よ」

グウェニスはにっこりして頭をさげると部屋を出て、新たな住まいとなる大宮殿の自室を目指して歩きだした。長い廊下を急ぎ足で進んでいったが、話し声を耳にして立ちどまった。声は小部屋のひとつからもれてくる。

「ほかに手段はありません。約束をとり消すわけにいきませんからね」そう言ったのは深みがあって力強い、誰のものかすぐにわかる声だった。ローアン・グレアム卿の声だ。

「それでは自ら災いを招くようなものだ」その声の主も即座にわかった。ジェームズ・スチュアート卿だ。メアリーの異母兄は本当に女王の味方なのだろうか？　それとも自分こそが王座につくべきだと考えて、ひそかに王冠をねらっているのだろうか？

「そうかもしれませんが、それ以外に手はないんです。あとは宗教上の迫害は行わないという女王の決意が揺るがないことを願うしかありません」

「だとしたら、きみが言ったように準備をしなければならないだろう」

「ええ」

ふいにドアが大きく開いてローアンが出てきたので、グウェニスは驚いた。廊下に立って盗み聞きしていたところを見つかってしまった。険しい目つきでにらまれ、グウェニスは目をしばたたいて、ごくりと唾《つば》をのみこんだ。

「あの……迷ってしまって」彼女はどうにか言った。

「迷った？」ローアンが疑わしそうに問いかえした。

「本当です」グウェニスは憤慨して答えた。

ローアンが苦笑した。「侍女の部屋は向こう側にある。あそこの角を曲がればよかったんだ。もっとも、きみが本当に自分の部屋を探していたのならだが」

「ほかになにを探していたというんですか？」

「ほかになにを？」ローアンはグウェニスの言葉をくりかえしてあざけるようなお辞儀をしたが、なにも答えずに向きを変えて歩み去った。グウェニス自身が驚いたことに、彼女はあっさり無視されたことに激しい怒りを覚えた。

なぜ怒っているの？

嫌っている人に無視されてもかまわないじゃない。精神を病んだ妻を抱えていることは気の毒に思うけれど、女王の話によればそれほど潔癖な生活を送っているわけでもないらしい。しかも無礼で厚かましく、気に障ることといったら……。

グウェニスは疲れていた。早くベッドへ行って横たわり、ぐっすり眠りたかった。そうすれば彼のことなど考えないですむだろう。

あてがわれた部屋は狭かったが、自分だけの個室だった。どうしてもひとり部屋が欲しかったわけではない。フランスで女王と一緒に旅をしたときは、ひとり部屋を与えられたこともあれば、四人のメアリーたちの誰かと同じベッドで寝たこともある。メアリーたちが一緒だと、いつも笑い声が絶えなかった。彼女たちはその日に会った名だたる王子や貴族や外交官たちのまねをするのが好きだったからだ。女王と同じように、四人のメアリーもダンスや賭事を好み、とりわけ音楽を楽しんだ。彼女たちは幼いころからずっと一緒だったために家族も同然になっていて、グウェニスのこともその一員として迎え入れてくれた。しかし、グウェニスが完全にメアリーたちの仲間になることは決してないだろう。

このホリルード宮殿では、わたしひとりで寝ることになる。グウェニスは今後の新しい住まいとなるベッドルームを見まわした。小窓がひとつと小さな暖炉がついていた。暖炉の火に照らされている窓を見て、グウェニスはステンドグラスがはまっていることに気づいた。一羽の鳩《はと》が木の枝にとまろうとしている絵柄だ。その絵の下に描《か》かれているスチュアート家の紋章が、弱い明かりのなかで色鮮やかに浮かびあがっていた。

祖国へ帰ってきて、自分だけの部屋があるのはいいものだ。四人のメアリーたちはスコットランドのことをほとんど覚えていない。グウェニスは彼女たちが好きだし、友情を失いたくはなかったが、絶えず祖国をフランスと比べられて悪口を聞かされるのは耐えられなかった。

誰かに腹が立ったら、ここへ来て枕《まくら》に顔をうずめ、わめき散らすことができるだろう。考え事をしたければ、ここへ来ればひとりになれる。

そして隠れたくなったら……。

いったい誰から隠れなければならないというのよ？　グウェニスは自分をあざけった。そんなことはどうでもよかった。このすてきな小部屋は彼女の聖域なのだ。快適なマットレスに、ふっくらした枕。暖炉脇《わき》のドアを開けたグウェニスは目をみはった。驚いたことに、この部屋にはバスルームまでついているのだ！

とにかくわが家でくつろげるのはすばらしい。

グウェニスは服を一枚一枚脱いでトランクへ詰めた。部屋が狭いので散らかすわけにいかない。やわらかなウールのネグリジェはあたたかくて着心地がよかった。だが疲れていたにもかかわらず、ベッドに横たわったあともなかなか寝つけなかった。

頭に浮かんでくるのはローアンのことばかりだ。

そのとき突然、中庭でけたたましい音がして、悩ましい考えにふけっていたグウェニスは現実に引き戻された。

彼女はベッドを飛びだした。女王になにかあったらと考えて恐怖に駆られ、靴もガウンも身につけずに廊下へ走りでる。階下の騒ぎはまだ続いていた。なにを叫んでいるのかわからない金切り声が聞こえ、そのあとに人々の話し声が続いた。

音に仰天してやはり廊下へ出てきた人たちと一緒に、グウェニスはメアリーのベッドルームを目指して脱兎《だっと》のごとく駆けた。廊下に面したドアが開いていた。室内へ駆けこんだグウェニスの目に映ったのは、窓辺に立って中庭を見おろしているメアリーの姿だった。

「大丈夫よ」女王は片手をあげ、われ先にとベッドルームへ転がりこんできた臣下たちにほほえみかけた。「臣民がわたしを歓迎しに来てくれたの。セレナーデを演奏してくれているのよ。ほら、聴いてごらんなさい」陽気な声で言い、疲れきった様子ながらも笑みを絶やさなかった。

「いやはや《モン・デュー》！」フランスからついてきた護衛のひとり、ピエール・ド・ブラントームが大声をあげた。「あれはセレナーデではありません。尻尾《しっぽ》を踏まれた猫が何百匹も鳴きわめいているといったところです」

「バグパイプの音よ。よく聴いてごらんなさい、美しい音色でしょう」グウェニスは思わずいらだちをこめて言った。

「今さら聴くまでもない。前に聴いたことがあるからな」ブラントームはむっとした様子で応じ、グウェニスの生まれ育った土地が文明から遠く隔たった片田舎であることを思いだしたかのように目を細めてにらみつけた。

「とてもいい音色だわ。女王が美しい音色だと感じているのは明らかよ」グウェニスはブラントームに向かってきっぱり言った。ブラントームは自分を外交官であり家臣であると見なしているが、グウェニスは王室内における彼の本当の役割がなんであるのか、いつも不思議に思ってきた。スコットランドに関するものをなんでもあざけるので不愉快だったけれど、どうやらメアリーを心底敬愛しているようなので大目に見ることにしていた。

「ええ、わたしはバグパイプの音色が好きよ」メアリーが言った。「ねえ、ピエール、あなたもこういった音楽を美しいと感じる感性を養わなくてはね」

「やかましい音ですね」ブラントームがそっけなく感想を述べた。

それは否定できなかった。中庭に集まった何百人ものスコットランド人は、バグパイプの演奏に合わせて調子外れの合唱をしているかのようだった。

メアリーは不安そうで緊張しているように見えたが、さすがに女王だけあって小さな声で言った。「本当にすてきだわ」

その場にいた者たちは即席の演奏会が終了するまで耳を傾けた。もっとも、フランス人の使節や召使いたちは終始小声でささやきあっていた。やがて演奏が終わり、人々はおしゃべりをしたり笑い声をあげたりしながらそれぞれのベッドへ戻っていった。

グウェニスは最後まで残ってメアリーに挨拶《あいさつ》をし、今度は迷わずに自分の部屋へ戻った。再びベッドへ入って今回はすぐに寝ついたが、ローアンの狂気に陥った哀れな妻が夢に出てきた。哀切に満ちたバグパイプの音に合わせて歌を歌っている。そして今はもはや夫ではなく庇護《ひご》者にすぎない背の高い男性が、どこか遠くに立っていた。

〝彼に恋をしてはだめよ〟メアリーが警告した。

ありえないわ、とグウェニスは思った。

恋をするどころか、なんとか嫌いにならずにすめばいいと願っているくらいなのだから。

3

帰国して何日かたつうちに、グウェニスは最初に抱いた不吉な予感がしだいに薄れてきたので安心した。スコットランドの国民が女王を愛しているのは明らかだった。

女王についてきたフランス人たちや、フランスでの生活が長いため自分をフランス人と思いこんでいるスコットランド人たちは不平をこぼさなくなった。ホリルードは美しい宮殿であるだけでなく、若い女王につくしたいという熱意ある人々であふれていた。女王はといえば、どんなときも周囲の者たちにやさしく接した。宮殿をとり囲む鬱蒼《うっそう》とした森は馬を乗りまわすのにふさわしいと、たちまち家臣たちの人気の場所になった。そして市内のどこからでも岩山の上にそびえる壮大なエディンバラ城を眺めることができた。

頑丈な石造りの城の光景はまた、後ろ髪を引かれる思いでフランスをあとにしてきた人たちの心にも影響を及ぼした。ある日の午後、グウェニスが四人のメアリーをロイヤル・マイルへ買い物に連れだしたとき、メアリーたちは口々にスコットランドの首都は独特な魅力にあふれていると褒めたたえた。こうしてなにもかもが順調に運ぶかと思われた。

やがて最初の日曜日がやってきた。

「こんなことはフランスではありえない」フランス人の家臣のひとりが断言した。

グウェニス自身はプロテスタントだが、女王に仕えている限りは彼女につき従ってまずカトリックのミサに参列し、そのあとでプロテスタントの集会に出席するつもりだった。すでに女王は身支度を終えて、あとは教会へ出かけるばかりとなっている。異母兄のジェームズ卿《きょう》からは、フランスにいたときと同じようにミサに出てもかまわないと言われていた。

メアリーの母親はフランス人で熱心なカトリック教徒だったし、メアリーが幼くしてスコットランドを離れたときは、カトリック排斥の声はまだ高まっていなかった。

グウェニスはジェームズ卿を知るにつれ、彼自身は宗教改革によって確立されたスコットランド教会の信奉者であっても、メアリーとの約束は守るつもりであると信じるようになった。彼は生まれながらにしてかたい信念を持つスコットランド人で、その言葉を疑う理由がなかった。もしかしたらジェームズ卿は心のどこかで、自分こそが王冠をいただくべきだと考えていたかもしれない。しかしスコットランド教会に帰依していても、彼は多くの点でメアリーに似ていた。妹と同じように、宗教上の違いによる暴力沙汰《ざた》を憎んでいたのだ。ミサへの参列を認めたのはそうした思いの表れと言えた。

宮殿のすぐ前にある小さな礼拝堂の周囲に群衆が集まって、不満と威嚇の声をあげていた。ミサを執り行うことになっている司祭はおびえきり、祭壇へ歩いていくのもままならない状態だった。ろうそくを手にしている召使いたちはがたがた震え、数人の群衆に手をかけられたときは今にも逃げだしそうになった。

　群衆のなかから怒声があがった。

「司祭を殺せ！」

「われわれはまた偶像崇拝に苦しまなければならないのか？」

「神よ」司祭は落ちつかない様子であたりを見まわしながら祈った。

　そのときローアン卿を従えたジェームズ卿が歩みでて、礼拝堂の周囲に集まっている群衆をにらみつけ、大声を張りあげた。「ミサはわたしが許可したんだ」

「諸君、女王と交わした約束を尊重してくれ」ローアンが同じように大声で言った。

「あなた方は女王たちとは違う。あなた方はカトリック教徒ではない！」大声が返ってきた。

「女王はそれぞれが選んだ宗派の違いによって迫害が行われてはならないとはっきり言い渡された。君主の気まぐれで誰もが異端者となりえたかつてのイングランドと同じく、わが国でも忌まわしい火刑の炎が燃えあがるのを見たいのか？」ローアンが厳しい口調で応じた。

　まだ不満のつぶやきが聞こえるものの、騒ぎはしだいにおさまってきたので、ジェームズとローアンと信頼できる男性たちからなる護衛部隊に守られて、女王一行は礼拝堂に入った。

司祭はミサのあいだずっと震えていてとてつもない早口で説教をしたため、グウェニスはあっというまに儀式が終わった気がした。

メアリーは明らかに動揺していたが、なんとか平静を保って人々に手を振り、宮殿へ戻っていった。ジェームズが抗議に集まった人々に立ち去るよう命じた。

グウェニスはメアリーが先ほどの騒ぎですっかり意気消沈しているだろうと思った。だが女王は、驚くほど立ち直りが早かった。

「彼らはすぐに理解してくれるわ」メアリーが礼拝堂からそのまま女王の部屋へついてきていた侍女たちに向かって言った。「カトリック教徒に対する暴力を、わたしは断じて許さない。それだけでなくスコットランド教会も含めて、どのような宗派の信者に対する暴力も許さないつもりよ」メアリーは刺繍《ししゅう》が好きだったが、大変な読書家でもあり多くの言語に通じていた。今はスペインの詩人の作品を読んでいる最中だった。彼女は手にしている本からふいに目をあげ、グウェニスを見据えて激しい口調で言った。「ノックスのせいよ！　彼はまさに狂信と暴力の権化だわ」

室内は静まりかえった。一瞬、グウェニスは女王に憎々しげににらみつけられている気がした。このなかで最近のスコットランドの情勢にいちばん詳しいのはグウェニスなのだから、なんとかして今朝の騒動を避ける方法を見つけるべきだったと非難されているように思えた。

グウェニスは深呼吸をした。メアリーがプロテスタントの宗教改革者であるジョン・ノックスを暴力で屈服させたり罰したりする気がないことはわかっていた。そのような手段に出れば、宗教上の迫害はしないという自らの立場にそむくことになる。そればかりか国民の反感を買い、王室に対する反乱を引き起こすはめになるのは火を見るよりも明らかだ。グウェニスは口もとに悲しげな笑みを浮かべて首を振った。メアリーは暴力を望んではおらず、ノックスを理解しようと努めている。ふいにグウェニスは、女王が彼と議論を闘わせたがっているのだと悟った。

「陛下……ノックスは世界各地を旅していて非常に博識であるにもかかわらず、女性は男性よりも劣っているという信念の持ち主なのです」

「だけど、男性にはわたしたち女性が必要なのよね?」そう言ったのはメアリー・リビングストンだ。顔に朗らかな笑みを浮かべ、ほかのメアリーたちやグウェニスを順番に見まわした。

グウェニスはほほえみかえしたが、すぐに女王へ視線を戻して真剣な口調で言った。

「スコットランドのほとんどの男性は女性を劣った存在と見なしていますが、彼らは陛下を言わば必要悪として容認するつもりです。そしてまた、不適格な支配者は排除すべきだと考えています。つまり……殺すべきだと。ノックスは弁舌が巧みなうえに、激しい気性の持ち主です。新しい教会は最初のうちはミサを執り行っていましたが、彼が貴族たちを説得して自分の考えを受け入れさせました。ちょうど一年前にスコットランド教会が正式に確立されたのには、ノックスの力が大きく影響しています。彼は聡明《そうめい》である一方で狂信的でもあり、用心しなければなりません」

「なんとしても彼と会わなくてはならないわ」メアリーが言った。

グウェニスは反対しようとした。だが、なんと言えばいいのだろう？　女王が決めたことは絶対だ。

しかし、メアリーはノックスが説教しているところを見たことがない。そしてグウェニスはあった。

ジョン・ノックスが女王に謁見する日、ローアンはジェームズにつき従ってホリルード宮殿へ赴いた。ローアンたちはまずノックスと会って挨拶《あいさつ》を交わし、彼を女王の待つ謁見室へ連れていった。女王のかたわらにいたのはレディ・グウェニスただひとりだったが、ローアンは驚かなかった。おそらく彼女は、過去にノックスが説教するのを聞いたことがあるのだろう。女王に仕えるほかの侍女たちは、生まれはスコットランドでも故国のことをなにひとつ知らない。そのなかにあって、スコットランドの最近の情勢を理解しているのはグウェニスだけだ。

ノックスが要注意人物であることを知っているローアンは、今日は火花を散らす激論が闘わされるのではないかと心配した。狂信者というのは例外なく危険人物だ。

四十代後半のジョン・ノックスは、人を射抜くような鋭い目つきをしていた。エディンバラにある大教区の教会の聖職者であり、人々に対して絶大な影響力を持っている。しかし今日の彼は、作法にのっとった礼儀正しい態度で女王に挨拶をした。女王は挨拶を返し、ふたりだけで話をしたいと言ってグウェニスたちにさがるよう命じた。メアリーの異母兄のジェームズ、ローアン、グウェニスの三人は少し離れた暖炉のそばへ行って椅子に座った。そこからならふたりの会話を妨げずに様子を見張ることができる。

「いやな天気だ」椅子に腰をおろしたところで、ジェームズが気を遣ってグウェニスに話しかけた。

「急に秋が訪れたように感じられます、閣下」グウェニスが応じた。

ジェームズがほほえんだ。ローアンは言葉を発するのがためらわれて、ただグウェニスを見つめていた。実を言えば、三人は自分たちだけで会話をしているふりをしながらも、なんとか女王とノックスの話している内容を聞きとろうと耳を澄ましていた。

最初は問題なさそうだった。いくらか無愛想ではあったものの、ノックスは礼儀正しかった。メアリーがスコットランド教会を妨害する意図はないことをはっきり述べ、それに対してノックスが持論を展開する。やがて議論が白熱してきた。

メアリーは人それぞれが選んだ信仰を尊重すべきだという考えであるのに対し、ノックスは信仰における真実はひとつしかないという考えの持ち主だった。ノックスの主張によれば、君主がカトリックだと、教徒たちが勇気を得て立ちあがりプロテスタントへ宗旨替えをしたスコットランドに、カトリックをよみがえらせる恐れがあるという。外国の王侯貴族や軍隊もそれに手を貸そうとするかもしれないというのが持論だった。

「一度のミサはわたしにとって、武装した一万の敵兵よりも恐ろしいのです、陛下」ノックスが独善的な口調で言った。

メアリーは再び道理を説こうとした。「すでに確立されたものを壊すつもりはないのよ。あなたはご存じないの？　わたしは偉大な学者たちに学び、聖書についても、わたしの信じる神についても理解しているわ」

「陛下は間違った考えを持つ学者たちに誤った方向へ導かれたようですね」

「だけど学問に通じた多くの人たちは、神の言葉をあなたと同じようには解釈していないわよ」メアリーが反論した。

議論はまた堂々めぐりになった。

「神の光を見ようとしない君主に対して人々が立ちあがるのは正しいことです」ノックスが言った。

「正しいわけがないわ。わたしは神に選ばれて女王になったんだから」

「女のようなか弱い生き物が王座につくのは適切ではありません。陛下に王位が与えられたのは偶然の賜物《たまもの》。国民にとってはとんだ災難です」

「断っておくけれど、わたしはか弱くなんかないわ。見てのとおり、あなたよりもはるかに背が高いじゃないの」

再びふたりの声が低くなった。

ローアンはグウェニスがほほえんでいるのを目にして驚き、彼女に向かって眉をつりあげた。

「女王は議論を楽しんでいらっしゃるわ」グウェニスが言った。

ジェームズさえもが妹を誇らしく思っているようだった。「メアリーは非常に聡明で、言葉という武器を自在に操ることができる」

うなずいたローアンはグウェニスに見つめられているのを感じた。「ええ、女王はよく渡りあっています。しかし、ノックスは引きさがらないでしょうね」

そのとき、またしてもメアリーの声が高くなった。

グウェニスが立ちあがりかけた。ローアンがグウェニスに向かって小さく首を振ると、驚いたことに彼女は迷ったあとで再び腰をおろした。

ノックスがメアリーに向かって、懸念はあるものの、使徒パウロが暴君ネロの支配下で生きたように彼女を女王として受け入れてもいい、とずうずうしくも言い放った。そしてさらに、女王がかたくななのは学識に欠けているからだと嘆いてみせた。それに対してメアリーは、自分はたくさんの書物を読んできたと反論した。

結局、議論は行きづまった。

けれども全員が立ちあがったとき、ローアンはメアリーがノックスという人物について多くを発見したと確信していた。ノックスのほうも、劣った生き物であるはずの女王に対して尊敬の念を抱いたようだ。

ノックスが部屋を出ていくやいなや、メアリーが三人に向き直った。「なんて不愉快な人かしら」

「陛下、ご忠告したように――」グウェニスが言いかけた。

「だけど実を言うと、ノックスとのやりとりを楽しんでいたの」メアリーが言った。「彼はどうしようもないほど頭がかたくて、間違った考えを持っているけれど。それにしても兄上」ジェームズに話しかける。「わたしに悪意のないことが、なぜあの人にはわからないのかしら？　わたしは国民を大切にして国を統治し、スコットランド教会を尊重するつもりでいるのに」

ジェームズが途方に暮れてため息をついたので、ローアンが代わって言った。「ノックスは狂信者です。あのような男にとっては救済への道はひとつしかありません。陛下は彼のやり方を見習わないほうがよろしいかと」

「断じて見習わないわ」

ローアンは感謝のお辞儀をした。

メアリーがグウェニスを見た。「彼と対等に渡りあえたわ」

「そうですね」

メアリーは三人に明るく笑いかけた。「これから狩りに行きましょう」

「狩りに？」驚いたジェームズが気難しい顔をして問いかえした。

「たくさん働いたあとは、たっぷり遊ぶものよ」

ジェームズは目をぐるりとまわした。

「そんなに気難しい顔をしないで。狩りというものがなかったら、羊や牛の肉以外にどんなお肉も食べられないでしょう？　今日は馬に乗って狩りにくりだしたい気分なの」

「さっそく手配いたします。ほかの侍女やフランス人の護衛も呼び集めましょうか？」グウェニスが申しでた。

「いいえ、今日は少人数のほうがいいわ。お肉とチーズとワインのランチボックスを持っていって、さわやかな青空の下で食べましょう」

ジェームズはまだ女王を見つめていた。「メアリー、処理しなければならない重要な問題が山積みなんだ。おまえはまだエリザベスとの条約に署名していないだろう」

「エリザベスがいまだにわたしを後継者と認めないからよ」メアリーが鋭い口調で応じた。「でも、問題が山積みなのはたしかね。いいわ、明日から真剣にとり組むと約束する。王座にふさわしいと兄上が考えているような女王になるわ。だけど、今日はだめよ。一時間後に中庭に集合しましょう。ぐずぐずしていると日が暮れてしまう」ジェームズがまたもや反対しそうなのを見て急いで続ける。「神様がなぜ宮殿の近くにすばらしい森を用意してくださったと思うの？　宮殿に住む人たちがそこで楽しむためよ。人はみな食べなければならないことを忘れないで。それと、仕事の手順についても話しあいましょう、ローアン」

ジェームズが太い眉をつりあげた。女王の言葉に驚いたのだ。だが、グウェニスはにっこりしていた。それを見たローアンは、彼女が女王の性格をよくわかっているのだと確信した。けれどもグウェニスは、女王がぼくになにを望んでいるのかまでは知らないだろう。

メアリーは乗馬や狩りが得意で、犬小屋には優秀な猟犬が何頭もいたし、それ以外にも小形の愛玩犬《あいがん》をたくさん飼っていた。森へ出かけるときの彼女はこのうえなく幸せそうだった。ジェームズもローアンも渋い顔をしていたが、メアリーは絶対に四人だけで行くと言い張った。グウェニスにはジェームズやローアンの不安が理解できた。ノックスのような狂信者が神にそむく君主を国民は排除する権利があるなどと説教しているときに、護衛もなしでのんびり狩りに出かけるなんてとんでもないと思っているのだ。ノックスの狭量な考えでは、自分の教えに従わない者はすべて不信心者ということになる。ふたりは、女王が宗教的熱狂者の襲撃を受ける恐れがあると案じていた。

メアリーは臣民が王家の人間に危害を加えることなどありえないと信じていたので、当初はふたりの忠告に耳を貸さなかったが、最後には折れて森のあちこちに護衛を配置しておくことを認めた。そうして一行は、うるさく吠《ほ》えながら馬の周囲を駆けまわる猟犬たちを従えて森へ出発した。

スコットランドはヨーロッパ大陸ほど土地が肥沃《ひよく》でないし、木々が青々と茂ってもいないが、その森は気味が悪いほど鬱蒼として、しかも美しかった。まだ秋にはなっていないものの、緑の林冠の下には闇《やみ》が足早に訪れるだろう。メアリーはジェームズと並んで先を進んだ。ローアンと一緒に後ろからついていったグウェニスは、先を行くふたりの会話を聞きとれなかった。ローアンが黙りこくったままなので、彼女は気づまりだった。

ローアンは考えにふけっていて、グウェニスの気持ちにも気づいていない様子だったが、突然彼女のほうを向いて尋ねた。「きみはもうすぐ帰郷するんだろう?」

グウェニスはローアンを見つめた。こうして帰国しておきながら、故郷のイズリントン島へ帰ろうとは一度も考えたことがなかったのだ。彼女は最初に浮かんだ答えを口にしなかった。

〝わたしは故郷で必要とされていないんです〟

「そんな先のことは考えてもみませんでした」

「そんな先のこと？　しかしきみは、かなり以前からスコットランドへ帰ることになるのを知っていたはずだ」

「たぶん女王のことしか頭になかったんです」そう言ったあと、グウェニスは急いで先を続けた。「あなたはおわかりになっていないわ。ここしばらく女王にとってはとてもつらい日々が続きました。高い身分にあるにもかかわらず、女王は臣下を気遣うとても思いやりにあふれた方です。大変な時期に国王フランソワの看病をしつづけ、亡くなるまでそばを離れませんでした。そして夫の死を悲しんでいる最中であっても、各国から哀悼の意を表しにやってくる顔も知らない王侯貴族や使者たちを礼儀正しく迎えられました。そうしながらも、今後の身の振り方まで考えなければならなかったんですから」

　ローアンは笑みを浮かべてグウェニスを見ていた。あざわらっているらしい。

「ほかの人ならともかく、あなたは女王を批判するのでなく、彼女の心情を理解してあげるのが当然ではないでしょうか」グウェニスは手厳しく言った。

　彼は笑みを消し、前方に視線を向けた。「以前から思っていたんだ。われらが善良なる女王は、きみのように忠実な友人がいて幸運だとね」

「ありがとうございます」グウェニスはぎこちなくつぶやき、うろたえていることを隠そうとして言った。「女王をよく知る人たちは心から彼女を愛しています。わたしだけでなく、女王を知っている人はみな彼女を愛しているんです」

「そうだとしたら、女王は実に運がいい」ローアンが穏やかに言った。

「こっちへいらっしゃいよ」女王がふたりに呼びかけた。

そのとき、前方の森のなかで枝のこすれる音がした。

「猪《いのしし》だ」ジェームズが言った。「ほうっておこう。しとめ損なった場合に備えるだけの人数がいない」

だが、メアリーは兄の言葉に耳を貸さずに馬を駆った。女王は弓の名手だ。グウェニスはメアリーなら必ずしとめるだろうと確信した。しかしジェームズは心配してあとを追い、ローアンも低いつぶやきをもらして彼らに続いた。

グウェニスも追いかけようと牝馬《ひんば》を走らせた。もっとも狩りはあまり好きではない。一度、手負いの動物がゆっくりと死んでいくのを見たことがある。美しい獣の目から命の光が消えていくのを見守っているとき、二度と狩りには参加したくないと思った。だが今回のように、どうしても断りきれないときもある。

前方に通ったことのない道が曲がりくねって続き、森のなかへ消えている。ひとりになったグウェニスは、ほかの三人とは違う道へ入ってしまったことを悟った。乗馬は得意なので不安はなかった。しかし馬をとめてどこで迷ったのだろうと首をひねっているときに、茂みがざわめく音を聞いた。

馬もその音を聞き、おびえてあとずさりをしはじめた。グウェニスは手綱をしっかり握って、なだめようと話しかけた。

豊富な乗馬経験もこのときばかりは役に立たなかった。突然、牝馬が後ろ足で立ちあがり、甲高くいなないて、背中から倒れこんだ。気がついたときはグウェニスは地面に転がっていた。牝馬は体を起こして駆け去っていった。

「待って！　この裏切り者！」グウェニスは叫んだ。

よろよろと起きあがって手足をさすり、どこも骨が折れていないことを確かめた。全身が痛み、頭のてっぺんから爪先まで土や羊歯《しだ》の葉にまみれている。彼女は馬と自分自身の両方に腹を立てた。落馬したのはしかたがないとしても、もっと早く立ちあがって馬を落ちつかせ、手もとに引きとめておくべきだった。

そのときまた茂みのざわめく音がして、猪が出てきた。

左の肩から矢が突きでている。怒り狂った獣の脇腹《わきばら》を血が伝い落ちていた。矢で射抜かれて重傷を負い、ふらついてはいるもののすぐには倒れそうもない。

猪がグウェニスを見た。

彼女はその小さな目を見つめかえした。なんという巨体だろう。どのくらいの体重があるのか見当もつかない。

死になさい、と心のなかでつぶやく。ああ、お願い、今すぐ死んでちょうだい。

だが、手負いの獣は死にそうになかった。前足で地面を蹴《け》るとよろめいて荒い鼻息を吐き、グウェニスのほうへ突進しはじめた。

彼女は悲鳴をあげて逃げだした。必死に走りながら、見通しのきく道やよじのぼれそうな木を探す。

聞こえるのはひづめの音かしら？　それともわたしの鼓動の音？　このまま逃げまわっていれば、あんなに血が出ているのだから、猪はそのうちに動けなくなって死ぬだろう。とんでもなく長い時間走りつづけた気がしたが、背後から迫る音はいつまでもやまなかった。

死に物狂いで駆けていたグウェニスは、木の根につまずいて勢いよくやぶのなかへ倒れこんだ。もう終わりだと半ば観念したが、それでも必死に転がって立ちあがり、再び逃げようとした。

猪は今にも襲いかかろうとしている。

そのとき別の大きなひづめの音が近づいてきて、空を切り裂く音がした。

喉を矢で射抜かれたとき、猪はグウェニスから二メートルと離れていなかった。獣は一歩後退し、ぐらりと倒れこんで動かなくなった。

グウェニスは息を吐いて地面にへたりこんだ。体が震えるのを抑えられない。力強い腕を体にまわされて助け起こされたときも、まだ呆然《ぼうぜん》としていた。自分を臆病《おくびょう》者だと思ったことはないが、膝ががくがくして力が入らなかった。やがて彼女は、猪をしとめたのがローアンであることに気づいた。彼はグウェニスを抱きあげて、子供をあやすようにやさしく話しかけた。「大丈夫だよ。もう終わった」

ローアンの首に両腕をまわしてしがみついたグウェニスは、相変わらず体を小刻みに震わせながら、たくましい彼の胸に身を預けた。

「彼女はあんなふうに矢を放つべきではなかった」ローアンがつぶやいた。

〝彼女〟がメアリーを指しているのは明らかだった。彼は女王を非難しているのだ。

グウェニスは胸にわきあがった怒りによって力を得た。体の震えがとまったとき、ローアンもまた震えていることに気づいてしばらくは黙っていたものの、結局は口を開かずにいられなくなった。グウェニスは彼の腕のなかで身をこわばらせた。「女王は弓の名手ですよ。ジェームズ卿が追いかけたのがいけなかったんでしょう。彼のせいで女王の気が散ったんです」

「ジェームズは女王の身を心配したんだ」即座にローアンが言いかえした。「どうやら彼はきみの身も心配するべきだったようだな」

「おろしてください」グウェニスは無能な愚か者と見られるのが腹立たしかった。

要求どおり地面へおろされたが、足もとがおぼつかず、再びローアンにもたれかかった。

わたしはどうしようもない愚か者だ。まだ膝が震えていて自分の力で立てない。

ローアンがグウェニスの体をつかんで倒れないように支えた。彼女は懸命に力を振り絞り、なんとか自分の足で立ってローアンから離れた。わたしは滑稽《こっけい》きわまりない格好をしているに違いないわ。乗馬帽はどこかへ飛んでいってしまい、ヘアピンのとれた髪は乱れて、落ち葉や小枝が絡まっている。顔には泥がこびりついていて、乗馬服はすっかりよじれた状態だ。

おかしな格好にうろたえてむきになっているのだとわかっていたし、命の恩人であるローアンにつっけんどんな態度をとるのは間違いだということもわかっていた。彼に見つめられているうちに、グウェニスは頬が赤く染まるのを感じた。必死に口を開いてなにか言おうとしたが、自尊心や羞恥心《しゅうち》に妨げられて言葉が出てこなかった。

グウェニスがいつまでも押し黙っていると、ローアンの目に失望が浮かんだ。彼女はいっそう混乱した。この人にどう思われているかが、なぜわたしはそんなに気になるの？やっとのことでささやき声を絞りだした。「女王のせいではありません」その言葉だけでは充分でないとわかっていた。助けてもらったのだから、当然礼を述べる必要がある。ローアンに見つめられているせいか、口が言うことを聞かなかった。

だがどうにか残っていた誇りをとり戻し、礼儀にのっとって言った。「ありがとうございます。あなたのおかげで助かりました」

感謝の意を表すのが礼を失するほど遅かったにもかかわらず、ローアンは深々とお辞儀をした。「国へ帰ってきたのだから、乗馬の達人について馬の乗り方を学んだほうがいいんじゃないかな」そう言って向きを変え、馬のほうへ歩きだした。

彼の馬はおとなしく主人を待っていた。

グウェニスは今やすっかり力を得た足ですばやくローアンのあとを追い、きっぱりと言った。「乗馬は得意なんです」

「ほう?」

彼女は再び頬を染めた。「馬がおびえて、振り落とされただけですよ」

「なるほど」

ローアンはグウェニスの言葉を信じていないようだ。「馬が後ろ足で立ちあがって、背中から倒れこんだからです」

「そうだろうね」

「あなたは本当に我慢ならない人ですね!」グウェニスは大声をあげた。

「悪いね。それで、どうして我慢ならないんだ?」

「わたしの話を聞こうとしないじゃないですか」

「もちろん聞いているよ」

「わたしの言うことはひと言も信じないんでしょう」

「そんなことを言ったかな？」ローアンがきいた。

グウェニスは歯がみしたいのをこらえ、裾《すそ》を踏んで転ばないように、破れた乗馬用スカートをつまみあげた。「もう一度お礼を言います。助けてくださってありがとうございました」そう言い残して小道を歩きだした。

ローアンがあとを追ってきたことに気づかなかったので、腕をつかまれたときはびっくりした。グウェニスは振りかえって彼を見あげた。息がつまり、心臓が激しく打っている。ローアンを好いていようといまいと、彼が背が高くてたくましく頼もしいことは間違いない。そしてまた、どうしようもないほど癪《しゃく》に障る。それなのにローアンにふれられてもまったくいやな気はしなかった。

「どこに行くんだ？」

本当にどこへ行こうとしているのかしら？

「女王を捜しに」

「歩いてか？」

グウェニスは息を吐いた。「しかたがないでしょう。馬がどこかへ行ってしまったんですもの」

「来るんだ」彼女がかたくなに立ちつくしているので、ローアンは笑った。「ぼくを怖がらなくてもいい」

「怖がってなんかいません」

「怖がっていなくても、警戒しているだろう」

「あなたは女王に敬意を抱いていないようですね。今後は敬意をもってお仕えするべきです」グウェニスはきっぱりと言った。

「ぼくは全身全霊を傾けて女王に仕えている」

「だけど、あなたが愛しているのはスコットランドでしょう」

ローアンが顔じゅうに笑みを広げた。「ぼくの愛しているのがスコットランドだとしたら、女王はスコットランドの代表者だ。違うかい？　さあ、来てくれ。馬で行くほうが早く女王たちを見つけられるだろう」

「あなたみたいな不愉快な人と一緒に馬に乗るなんて、絶対にごめんです」

彼は大声で笑った。「そう言うと思ったよ。それにしてもひどい言われようだ」

「そんなことは少しも思っていらっしゃらないくせに」

ローアンが手を伸ばしてグウェニスの額にふれ、落ち葉の絡まっている髪を額からかきあげた。奇妙なほどやさしいしぐさだった。ふいに彼女は言い争いを打ちきりたくなった。わたしの願いは……。

もう一度彼の指を肌に感じることよ。

グウェニスは慌ててあとずさりをした。ローアンには妻がいる。たとえ重い病にかかっていようとも大切な妻がいるのだ。

「さあ、来てくれ」今度の口調にはじれったさがこもっていた。彼女の後ろへ飛び乗った。グウェニスを抱えあげて大きな牡馬《ぼば》の背に座らせてから、ローアンは有無を言わさずグウェニスには逆らうすべがなかった。ローアンがグウェニスの体に腕をまわして手綱をとったとき、彼女はごくりと唾《つば》をのみこんだ。これほど粗野で無作法な人が、なぜ今まで覚えたことのない感情をかきたてるのかしら？

こんな気持ちになるのは愚かだし、間違っている。

馬に乗るのは難しくなかった。大きな漆黒の牡馬はローアンに御されるまま安定したなめらかな歩調で迅速に進んだ。みじめさと興奮の入りまじった落ちつかない気分で後ろへもたれたグウェニスは、彼と体がふれあっていることをかつてないほど強く意識していた。

ようやくふたりはジェームズとメアリーが待つ林間の空き地へ出た。女王はグウェニスの様子に動転して悲鳴をあげ、ローアンが彼女を馬から降ろすやいなや駆け寄って力いっぱい抱きしめた。それから体を離してグウェニスの目をのぞきこみ、怪我《けが》をしていないかどうか確かめた。

「怪我はない？　ごめんなさいね。わたしが悪かったのよ」メアリーは自分の責任であることを認めながらも、怒りのこもった目をジェームズに向けた。「なにがあったの？　猪を見つけたのね。いいえ、猪に見つかったんでしょう。ああ、グウェン、あなたにもしものことがあったら……」

「猪は死にました。誰かにとってこさせましょう」ローアンが言った。

メアリーは彼に感謝の視線を投げ、再びグウェニスを見た。「本当に大丈夫なの?」

「ひどい格好にはなりましたけれど、大丈夫です」グウェニスは請けあって大きく息を吸った。「危ういところでローアン卿が駆けつけてくれたんです。彼が……」なぜこんな簡単なことがそんなに言いにくいの? 「わたしの命を救ってくださいました」

「ローアンには大いに感謝しないといけないわね」メアリーが言った。

彼は女王の言葉に軽く頭をさげた。「陛下のお役に立てるなら、どのようなことでも喜んでいたします」

ジェームズがぶっきらぼうに言った。「宮殿へ戻ろう。レディ・グウェニスには休息が必要だ」

「あなたの馬は?」メアリーがグウェニスにきいた。

「たぶん今ごろは馬小屋へ戻っているでしょう。帰り道を知っているに違いありません」

ローアンが代わって答え、自分の馬を指した。「ステュクスは大きくてたくましいですから、レディ・グウェニスと一緒に乗っても難なく馬小屋までたどりつけます」

状況を考えれば、抗議したところで無駄であるだけでなく愚かに見えるだろう。グウェニスは黙って従った。

馬小屋に着くと、グウェニスの様子を見て驚いた馬丁が大声で助けを求めたため、召使いや衛兵たちが駆けつけた。そのとき彼女の耳に、ジェームズが低い声でローアンに話しているのが聞こえた。「今後、メアリーのお供で森へ気晴らしに出かけるようなら、侍女たちに乗馬を習わせる必要がある」

グウェニスはジェームズに反論しようと振りかえったが、意外な人物がその役を買ってでた。

「レディ・グウェニスの乗馬の手並みは女性として抜群です。おそらくどの男にも引けをとらないのではないでしょうか。誰でも転倒する馬に乗ったままではいられません。馬が引っくりかえれば落馬するのは当然です」

ローアンが弁護してくれたことにグウェニスが驚いていると、がっしりした背の高い衛兵が近づいてきて彼女の腕をとり、宮殿内へ連れていこうとした。

「ひとりで歩けるわ。土がついているだけで、どこも怪我はしていないの」

そう言っただけでは信用してもらえなかった。女王がうなずきかけたのを見て、やっと衛兵はグウェニスの腕を放した。

それ以上心配の的でいることに耐えきれず、グウェニスは逃げるように自分の部屋へ駆け戻った。

なぜ彼女を見ているとこんなにも乱れるのだろう？　ローアンは驚きつつ、去っていくグウェニスを見つめていた。彼女の目や声にこもる激しい情熱のせいだろうか？　それとも荒々しいとさえ言える態度の下に潜んでいる無邪気さのせいか？

「ローアン」メアリーが言った。

「なんでしょう」

「あなたと宮殿の外で話したいと思っていたけれど、なかなか機会がなかったの。これからわたしの部屋へ来てくれないかしら？」

「お望みのとおりに」

グウェニスを助けに行っているあいだに、メアリーとジェームズのあいだで話しあいが持たれたらしい。ジェームズの表情からして、メアリーがどんな話をするつもりなのか知っているのは明らかだ。実際、女王の部屋にほど近い小さな謁見室へ先導したのはジェームズだった。

三人のために特別なフランス産のワインが運ばれてきた。ローアンは上等なスコットランド産のエールやウイスキーのほうが好みだったが、女王の選んだワインに丁寧な賛辞の言葉を述べた。メアリーは外国の大使などを迎える際に座る背もたれの高い立派な椅子ではなく、暖炉の前に置かれた美しいブロケード張りの安楽椅子のひとつに座った。

ジェームズは腰をおろさないで暖炉の脇に立った。メアリーが座るよう促したので、ローアンはなんの話かと興味を覚えながら椅子のひとつに腰をおろした。

「たしかな筋から聞いたところによれば、あなたはイングランドの女王と親しいらしいわね」

不意をつかれたローアンは椅子に深く座り直した。驚いてどうする、と自分をしかりつけた。メアリーには長年仕えてきた有能な大臣が何人もいる。当然、彼らから報告が入っているだろう。

「妻の母がエリザベス女王の母君の遠縁にあたるものですから」

「親族とはいいものだと思わない？」メアリーがきいた。「だけどわたしたちは親族を大切にしなさいと教えられるのに、政治や王位継承の問題が生じたとたん、大切にすべき人たちに邪悪な行為をなそうとするのはおかしな話だわ。でも、今はそんなことはどうでもいいの。エリザベスとわたしは複雑な駆け引きをくり広げている。わたしは手紙やほかの者たちの報告によってしか彼女を知らない。わたしたちのあいだには深刻な問題が横たわっているのよ。わたしがいまだに二国間の条約に署名していないのは、エリザベスが遺言に署名するのを拒んでいるからなの」

そのいきさつについては、すでにローアンも知っていた。彼は慎重に言葉を選んだ。

「おそらくエリザベス女王は自分をまだ若いと思っていて、死後のことなど考えたくもないのでしょう」

メアリーは不満げな様子だった。「わたしを正統な王位継承者と認めるべきだわ」

ローアンは黙っていた。エリザベスがためらう理由をメアリーはわかっているに違いない。現在のイングランドは揺るぎないプロテスタントの国になっている。エリザベスがカトリック教徒を自分の後継者として認めたりしたら、国内に大きな対立が生まれる恐れがある。ローアンの知る限り、イングランド国内のプロテスタント勢力は、カトリックであるスコットランド女王を君主に迎えたがってはいない。血筋から言えばメアリーの主張は正当なものであったが、ヘンリー七世にはほかにも曾孫《そうそん》がいる。たとえば〝九日女王〟として知られる哀れなレディ・ジェーン・グレイの妹キャサリンだ。ヘンリー八世のひとり息子のエドワードが死去したあと、プロテスタントの一派はジェーンを王座に据えた。ヘンリー八世とアラゴンのキャサリンの娘であるカトリックのメアリー・チューダーを支持する勢力はジェーンの支持者たちを排除し、結局ジェーンは断頭台の露と消えた。ジェーンが首を切られたのは親族に促されるまま王座についたからではなく、信仰を変えろというメアリー・チューダーの要求を拒絶したからだ。正統な王位継承者であるメアリー・チューダーには大勢の支持者がいた。王座についた彼女は多くのプロテスタント指導者を断頭台送りにしたため、〝血まみれメアリー《ブラディ・メアリー》〟のあだ名をつけられた。メアリー・チューダーの死後にイングランドの王座を継いだエリザベスは、宗教上の理由による迫害を禁止したが、流血の記憶は今なおイングランド国民の心を深くむしばんでいる。彼らがカトリックの支配者を望んでいないのはそのためだった。

「エリザベスがためらっている理由はご存じのはずです」ローアンは言った。

「だけど、エリザベスのほうはわたしの考えを知らないわ。わたしは今やスコットランド教会にすっかり帰依してしまっている国民に、自分の信仰を押しつける気はまったくないのよ。それをエリザベスが知れば妨害をとりやめると思うの。あなたは彼女と親しいようだから、拝謁して健康を祝す折に、わたしについてあなたが知りえたことを話してもらえないかしら」

「ローアン、メアリーはきみにロンドンへ行けと言っているんだ」ジェームズがそっけなく言った。

ローアンはジェームズを見つめた。ときどき彼という人間がわからなくなる。ジェームズは摂政を務めてきた関係上、スコットランドの国民をよく知っている。法律をわきまえていて、王冠を渡すからと妹に帰国を要請したのはジェームズなのだ。それでいながら、自分が父ジェームズ五世の唯一の嫡出子ならスコットランドはもっとすばらしい国になるだろうとひそかに考えているのではないだろうか。

「もちろん命令には喜んで従います」ローアンはためらってから続けた。「ただ、一度領地へ帰るつもりでいたのです。いろいろと片づけなければならない問題がたまっているものですから」

メアリーがローアンの腕に手を置いた。彼女の目に深い同情の色が浮かんでいるのを見てとり、女王の支持者たちが言っていることは真実だと悟った。メアリーは周囲の者たちへの思いやりを欠かさない女王なのだ。

「まず自分の領地へ戻って、そこで必要なだけ過ごすといいわ。そのあとでグウェニスにつき添って西へ行き、それからロンドンに向かってほしいの」

「レディ・グウェニスにつき添ってとは？」ローアンは問いかえした。

「グウェニスの叔父で、彼女の領地の管理人でもあるアンガス・マクラウドが、わたし宛《あて》に手紙をよこしたの。彼はグウェニスに帰ってきてもらいたがっているわ。久しぶりに一族の者たちに元気な姿を見せてほしいんですって。彼女を無事にイズリントン島へ送り届け、そのあとイングランドへ行ってもらえないかしら」

女王の依頼にローアンは驚いたが、なぜか同時に狼狽《ろうばい》もした。「エリザベス女王に会うのを急いでおられるなら、わたしは領地へ行ったあと、そのままひとりでイングランドへ向かうほうがよいかと思います」

メアリーがかすかに顔をしかめた。「いいえ、できればグウェニスをまずイズリントン島へ送り届けて、それから一緒にイングランドへ行って彼女をエリザベスに会わせてやってほしいの。そのために、あなたにグウェニスの後見人役を務めてもらいたいのよ。そして彼女にはイングランドの現状を把握し、帰国後わたしが隣国のことを理解できるよう教えてもらいたいと考えているわ。そうすれば二国間の平和をいっそうたしかなものにできるでしょう」

罠《わな》にはめられた。

ローアンには断るすべがなかった。女王に向かって〝あなたは手を出さずにいられないほど魅惑的な女性を警護するよう一介の男に命じているのですよ〟などと言えるはずもない。

いや、ぼくの考えや欲望がどうであれ、ぼくに求められているのは誠実な護衛役だ。

「この件に関してはメアリーからわたしに相談があった」ジェームズが口を開いた。「きみがエリザベスを親善訪問するのは意義あることだし、レディ・グウェニスを連れていけば大いに役立つだろう。メアリーに仕えてはいるが、彼女自身はプロテスタントだ。それにメアリーを心底愛しているものの、考え方も態度もフランスの流儀に染まっておらず、どこからどこまでもスコットランド人と言える。非公式ながら、レディ・グウェニスなら女王の大使を務められるだろう」

「彼女はこのことを知っているんですか？」ローアンは尋ねた。

「まだ知らないわ」メアリーが言った。「だけどグウェニスなら、わたしがなにを求めているかすぐに理解してくれるでしょう。わたしは生まれて数日後に王座につき、それからずっと女王と呼ばれてきたけれど、スコットランドにはまだ帰ってきたばかりよ。わたしがこの国をよくしたい、平和な国にしたいと願っていることを、国民に理解させなくてはならないわ。あなたはもっとも重要な事柄において、真の友情に満ちた手を差し伸べることができる人だと思うの。大臣や大使がかっとした弾みに愚かなことを口走れば、わたしはそれに拘束されるけれど、あなたは非公式の身分で行くのだから、わたしはあなたたちが交わす言葉に縛られることはない。エリザベスにわたしからの贈り物を届けてちょうだい。彼女はきっとグウェニスに魅了される。庶民であれ国王であれ、グウェニスの愛らしさと聡明さに魅了されなかった人を、わたしはひとりも知らないもの。彼女の人柄がわたしの役に立ってくれるわ」

「いつ出発したらよろしいでしょうか?」

「今度の安息日のあとに」女王が重々しい口調で答えた。

4

グウェニスは驚いた。

メアリーに遠くへやられることが信じられなかった。もちろん女王には四人のメアリーたちがついているが、グウェニスは女王がいちばんあてにしているのは自分なのだと思っていた。女王にはスコットランドに詳しい彼女がぜひとも必要なのだと。

厚かましいとは思ったものの、グウェニスは意見を述べずにいられなかった。「今、おそばを離れるわけにはいきません。陛下にはわたしが必要です」

メアリーがほほえんだ。「ねえ、わたしを信用していないの？　たしかにわたしは幼いころ国を出たけれど、スコットランドに関する書物をたくさん読んでいるし、なにかと助言してくれる兄のジェームズがいる。何事も急がず慎重に行うつもりよ。多くの人々に会うために、もう少ししたら国内の都市をあちこち訪ねてまわろうと考えているの。あなたを追い払おうとしているんじゃないわ。未来に対するわたしの望みを、いちばん信用できるあなたに託そうとしているのよ」

グウェニスは女王の言葉にたじろいだ。

エリザベスはメアリーよりも十歳近く年上だ。何年も権力闘争や騒乱や人々の死を目のあたりにしたあと、二十五歳で王位についた。一時期は幽閉生活を余儀なくされたこともある。王族としての扱いを受けていたものの、幽閉であったことに変わりはない。それというのも、彼女の異母姉のメアリー・チューダーがプロテスタントの反乱を恐れたからだ。だがやがてメアリー・チューダーがこの世を去り、エリザベスが正式に王位についた。若くもなければうぶでもなかった彼女は、精神的に強い公平な君主であるという名声を得た。しかしスコットランドの女王であるメアリーはいまだに、強く望みさえすれば物事は正当化されると信じているのだ。

「わたしは陛下の求めておられる任務なんてとても果たせません」グウェニスは言った。

「ほかの人には頼めないから、あなたにお願いしているのよ。グウェニス、そう長いあいだではないわ。ハイランドで数週間、南を目指す旅で数週間、ロンドンで一カ月くらい過ごせば戻ってこられる。あなたほどこの任務にふさわしい人はいないの。わたしはエリザベスから正式な返事をもらってくるよう求めているわけではないのよ。将来に備えての地ならしをしてきてもらいたいだけ。それは大臣や大使たちがなしとげたいと願っていることにつながるわ」

「ご期待に添えなかったら？」

「あなたなら大丈夫よ」メアリーが言い、話はそれで終わりとなった。

出発は日曜日の礼拝のあとと決まった。

女王の意向はすでにローアンにも伝えてあるという。そう聞いてグウェニスは、ローアンも彼女と同じく相当いらだっているに違いないと思った。グウェニスを守る責任を押しつけられて、彼が喜ぶはずはない。彼女が日曜日にカトリックのミサとプロテスタントの礼拝の両方に出席しようと決めたのは、わざと出発を遅らせてローアンをさらにいらいらさせようという思惑があったからだ。

ところがグウェニスの計画は、思わぬ方向へ展開することになった。

ジョン・ノックスが説教師をしているエディンバラ市内の大教会はやめたほうがいいと考えたグウェニスは、宮廷内のプロテスタント信者数人と一緒に、市の南西にある小さな教会堂へ馬で行った。

デイビッド・ドナヒューという名の牧師は、年齢は五十歳前後で、穏やかな話し方をするいかにもやさしそうな人物に見えた。だが説教が始まったとたん、グウェニスは厄介な立場に置かれたことを悟った。ドナヒューは侍女の四人のメアリーたちが〝たたき屋〟と呼んでおもしろがる人物のひとりだった。

国内の堕落したカトリック教徒を非難して熱弁をふるいはじめた瞬間から、ドナヒューは聖書台をたたきつづけていた。しかもそうしながら、グウェニスをじっとにらみつけてくる。やがてドナヒューは彼女を指さした。

「偶像を崇拝する者は神を冒涜《ぼうとく》する者です！　こうした不敬な連中がこの世に災いをもたらすのです。彼らは邪悪な闇《やみ》と憎悪と死を呼び寄せる魔女の同類です」

グウェニスは衝撃のあまり身じろぎもできずに座っていた。だが、やがて牧師の説教が響き渡るなかで立ちあがった。

そして怒りにわれを忘れ、ドナヒューを逆に指さした。さまざまな思いが猛烈な勢いで頭のなかをよぎる。心に燃えあがった炎に今にも焼けつくされそうで、慎重に言葉を選ぶことができなかった。

「神は自分だけの友だと信じている人、神は自分だけに善悪を教えてくださると思いあがっている人、そういう人こそが災いをもたらすのです。神の崇高な目的を知る人は、この世にひとりとしていません。他人を非難するばかりで自分の欠点に気づかない人こそが、危険で邪悪な存在なのです。神の御前《みまえ》に召されるまでは誰も神のことを知らないとわきまえている君主、国民に信仰の自由を許そうとする君主、そのような君主に恵まれた国の民は自分たちの幸運に感謝するべきです。ときどきわたしは考えます。わが国の女王があまりに寛大で賢明であるがゆえに一滴の血も流されないのは、かえって残念なことではないだろうかと」

話し終えたあとも、グウェニスはしばらくドナヒューをにらみつけていた。それから身を翻し、座っている人たちにぶつかったりつまずいたりしながら、急いで信徒席を離れた。

集まった人々は声も出さずにただ呆然《ぼうぜん》としている。できるだけ威厳を保ちながら通路を抜けて出口へ向かうあいだ、グウェニスは人々の視線と沈黙を痛いほど意識していた。

そして教会堂を出ようとしたところで、はたと足をとめた。またもや聖書台をたたく大きな音が説教壇のほうから聞こえてきたのだ。

「悪魔が送りこんできた魔女だ！」ドナヒューがわめいた。

グウェニスは振りかえった。「あなたにそう思われるのは心外です。わたしにはあなたのほうこそ悪魔の手先に思えました」心のなかは煮えたぎっていたが、声は思いのほか落ちついていた。

「ふたりともやめるんだ！」

グウェニスは驚いて声がしたほうを見た。最前列に近い信徒席からローアン・グレアムが立ちあがるのが見えた。彼はまず牧師をにらみ、続いてグウェニスをにらみつけた。

「神聖な教会堂のなかで、魔女だの悪魔の手先だのと非難しあうなどもってのほかだ。ドナヒュー師、会衆の魂に語りかけるのが牧師の務めのはず。個人攻撃や政治的な扇動をするのに説教の場を利用するのはやめてもらいたい。それからレディ・グウェニス――」

「彼は女王を攻撃したのよ！」グウェニスは怒りに声を震わせた。

「二度とそのようなことはさせない」ローアンがきっぱり言い、再びドナヒューのほうを向いた。「女王はほかの信仰に対して寛容な態度を示し、スコットランド教会の活動を認めておられる。彼女はただ幼いころより親しんできた宗教に忠実でありたいと願い、それをとやかく言われたくないだけだ。他人の考えにくちばしを挟んだり、特定の宗教を信じろと命じたりはしない。そうした女王の信仰や考えを尊重しようではないか。われわれは自分たちの魂の心配をしていればいい」

教区の人々がその晩どのような会話をするか、グウェニスはありありと思い描くことができた。しかしそのときの彼らは、驚きのあまりただ座っているだけだった。だが内心では次にどのような見せ場がくり広げられるのかと期待し、興奮していたに違いない。

だがそれ以上の展開はなかったので、彼女はほっとして転がるように外へ出た。日が照っているのが不思議に感じられた。

墓石のあいだを割れた飛び石が曲がりくねって続いている。その上を急いで進んでいったが、墓地の周囲にめぐらされた低い塀のところで立ちどまり、石に手をかけてひと息入れた。

そのとき、きびきびした足音が近づいてくるのを耳にした。振り向いて、追いかけてきたのがローアンだと知っても彼女は驚かなかった。

「いったいなにをしでかすつもりだったんだ?」ローアンが激しい口調で問いただした。

「なにをしでかすつもりだったかですって?」グウェニスは信じがたい思いで問いかえし

た。「ドナヒューはわたしたちの女王を攻撃したのよ」

「今後しばらくのあいだ、国じゅうの多くの聖職者が女王を攻撃しつづけるだろう。彼女はカトリックだ。スコットランド人というのは、徹底的にやり通さなければ気がすまない。国の名前を冠する教会への彼らの入れこみようは半端じゃないんだ。きみはすでに高々と燃え盛っている火にさらに油を注いでいるだけだ。女王につき従ってミサに参列したあとで、今度はここの礼拝に出席するなんて」

「わたしはプロテスタントを選んだの。わたしがミサに参列するのは、女王が行くところにはどこでもついていくと誓ったからよ」グウェニスは憤然として言った。

「きみがミサに参列しなくても、女王は理解してくださる」

「それでは女王が選んだ信仰をわたしが支持していないことになるわ」

「きみは女王の信仰を大切にしていると示したがっているが、すでにきみ自身の信仰を選んでいるじゃないか」

「この国の民はひとり残らずプロテスタントだというの？」グウェニスは言った。「いつのまにそうなったのかしら？　勅令が発布されてまだ一年にしかならないのに。だとしたら、わたしたちはなんなの？　羊かしら？　誰も自分の頭で考えず、ころころ信仰を変えるの？　朝はローマカトリック教会に帰依し、夜になったらスコットランド教会に帰依する。そして明日になると古代の山羊《やぎ》の神を崇拝しはじめるわけ？　ローアン卿《きょう》、あなたは女王を弁護しなかったわね」

　彼は腕組みをしてグウェニスを見おろしていたが、やがて首を振った。「無理やり人々の考えを変えさせる力がぼくにあると思うのかい？　決闘するから表へ出ろと白髪の牧師に要求すればよかったのか？」

「あなたは女王の弁護をするべきだったわ」

「そして牧師の怒りをさらにあおればよかったというのかい？　わからないのか？　彼は戦いを望んでいる。女王をけなす者たちがいても、きみが無視すれば、彼らの怒りをあおらずにすむんだ」

「彼はわたしを指さしたのよ」グウェニスは歯がみした。

「きみは黙って聞き、彼の言葉など反論する値打ちもないという態度をとっていればよかったんだ」

「そんなことはできないわ」

「だったら、もうここを出たほうがいい」

「あなたはそんなに臆病《おくびょう》者なの？」まだ怒りのおさまらないグウェニスはローアンを見あげて尋ねた。

　ローアンは怒りに目を細めたが、どうにか気持ちを抑えたようだ。「ぼくは若くもなければ無鉄砲でもない。ぼくには人々の気持ちがわかる。説教中の牧師を黙らせようとすればかえって勢いづかせ、その叫び声は聖職者の言うことを信じたがる会衆の心に深くしみ入るだろう。怒りに駆られてきみがわめけば、彼の言葉が正しい証拠だと見なされるだけだ。あの場にはちゃんと分別の備わった人たちもいた。そうした人たちはきっとあとで、さっきの出来事について穏やかに話しあうだろう。女王はやさしさと正義心と国民を思いやる心の持ち主であることを示しつつあると語りあうに違いない。怒りに任せたきみの反論より、思慮分別に富んだ落ちついた言葉のほうが、はるかにしっかりと人々の心に届く。どうやらきみはわかっていないようだが」

グウェニスは視線をそらした。「彼はわたしを魔女と呼んだわ。どうしてそんなことができるのかしら」

ローアンは深々とため息をついた。「狂信的な行為によって国を混乱させようとたくらむ者がなにを言おうと、われわれが平然としていればなにも起こりはしない。ぼくが思うに、おそらく女王はカトリックの立場を崩さないだろう。そしてこの国にはほかにもカトリック教徒がいる。さっきの牧師のような人間にはそれが我慢ならないんだ。そして内心ではカトリック教徒が反乱を起こすのではないかと戦々恐々としている」ためらったあとで言い添えた。「女王がスペインのドン・カルロスとの結婚をきっぱりあきらめてくれたらいいんだが」

グウェニスはうろたえて彼を見た。メアリーがスペインの皇太子との結婚を考えていることは、誰ひとりとして——兄のジェームズ卿でさえも知らないと思っていたのだ。彼女はうなずいた。「女王は国内のプロテスタントの男性と結婚するのが最善だと思うとおっしゃったわ」

「そうか。じゃあ、そのような結婚が実現することを祈ろう。しかし、まず女王自身の支配権を確立することが重要だろうね。ほら、きみの馬が来た」ローアンが指さした。「いったんホリルード宮殿に戻ってからハイランドへ向けて出発しよう」

ローアンは彼女の手をとって牝馬《ひんば》のクローイのところへ連れていった。この馬は惨憺《さんたん》たる結果に終わった狩りのあと、ちゃんと馬小屋へ帰っていた。あんなことが起こったあとなのでほかの馬を選ぶこともできたが、グウェニスはこの馬と仲よくなるのだと心を決めていた。馬がおびえて逃げ去ったことは責められない。グウェニスも手負いの猪《いのしし》を前に震えあがったのだ。

馬に乗るのに手を貸してもらう必要はなかったものの、ローアンは手伝うと決めているようだし、くだらないことでまた口論するのは避けたかったので、グウェニスは彼の手を借りて乗った。

「あなたはわたしの弁護も女王の弁護もしなかった」馬にまたがったローアンが横へ並びかけたとき、グウェニスは再びなじった。

「ぼくはきみたちふたりの弁護をした。きみを守る責任があるからだ」ローアンがそっけなく言った。

「そんな責任は負わなくて結構よ。自分の身くらい自分で守れるわ」

ローアンが愉快そうにほほえんだので、彼女は驚いた。「本当かな？　そうだとしたら、きみは魔女に違いない」

「やめてちょうだい！」

彼は笑った。「褒め言葉のつもりだよ。なにしろきみには人の心に影響を及ぼしたり魅了したりする力があるからね。その場を大混乱に陥れる力が」

ローアンはさっさと先へ進んだ。グウェニスの胸の内は煮えくりかえっていた。できるものならさっきの牧師を表へ引きずりだして、彼のほうこそ心の小さい悪人だとののしりたかった。またローアンに対しても腹が立ち、これから何日も、何週間も、何カ月も一緒に過ごさなければならないことを恨めしく思った。

「出発する前に、もう一度女王と話さなくてはならないわ」ホリルード宮殿へ着いたとき、グウェニスは言った。

「どうしてだい？」

「このまま出発したら、わたしたちはいつかきっと殺しあいを始めるわ。あなたと一緒に行かずにすむよう女王にお願いするつもりよ」

「せいぜい頼んでみるがいい。ぼくだってきみみたいな足手まといがいなければ、旅がはかどるというものだ」ローアンが言った。

　たしかにそのとおりだろう。わかってはいたが、ローアンの無造作な言い方が我慢ならず、彼の髪を引きむしりたい衝動に駆られた。

「あなたからも女王に話してみたらどう？」彼女は言った。

「話したよ」

「説得が足りなかったんじゃないの？」

「レディ・グウェニス、ぼくはきみより何年も長くこの世に生きてきた。戦いのやり方なら心得ているよ。武器が剣であろうと言葉であろうとね。経験からして、引くべきときは引いてあとで巻きかえしをはかるべきだと知っている。それに愛する祖国の歴史についても学んできた。ぼくは向こう見ずではない。戦うべきときをわきまえているんだ。ぼくは女王との議論に負けた。きみがもう一度女王に議論を挑むのは自由だが、一時間後には出発するからそのつもりでいてくれ」ローアンがきっぱりと言った。

　グウェニスはメアリーと話してみることにした。女王は狭い謁見室でジェームズ卿から、今日ジョン・ノックスが行った説教の報告を受けていた。ノックスは女王も女王の考えも受け入れていないものの、彼女が非常に聡明《そうめい》で頭が切れることは説教壇の上から認めたという。ただし女王は間違った教育の結果、道を踏み外していて、君主がそんなありさまでは国に災いをもたらすので、ノックスたち聖職者が正しい信仰の道へ導いてやらなければならないと言ったらしい。

ジェームズ卿の報告をおかしそうに聞いていたメアリーは、グウェニスを見ていっそうにっこりした。「あら、勇ましい蜂鳥《はちどり》が帰ってきたわ。ねえ、あなたはわたしを守るためなら、全スコットランド教会を敵にまわす覚悟があるんですって？」

グウェニスは戸口で立ちどまって眉をひそめた。なぜさっきの出来事がこれほど早く女王の耳に届いたのだろう？

メアリーが刺繍《ししゅう》の手をとめて立ちあがり、グウェニスに歩み寄って抱きしめた。「あなたが行ってしまったら寂しくなるわ」体を離してからも、グウェニスの手を握りしめたままだった。

「わたしは行かなくてもかまいません」グウェニスは言った。

「いいえ、行かなくてはだめよ」メアリーはジェームズを見やった。「とりわけそんなことがあったあとだからこそ、行く必要があるの」

「わたしは陛下の弁護をしたんです」

「あなたの篤《あつ》い忠義心には感謝しているわ。自分の関心事以外は目に入らない狭量な狂信者たちには、わたしも腹を立てている。だけど力ずくで黙らせても暴動が起きるだけだから、好きなようにしゃべらせておくの。そうすれば、やがて口を閉ざさざるをえない雰囲気が国内に生まれるかもしれないでしょう。さあ、もう旅に出る準備はできた？　早く故郷を見たいんじゃないの?」

見たくなんかない、とグウェニスは思った。故郷へ帰ったところで父も母もいない。いるのは、義務がこの世のすべてと考えている気難しい厳格な叔父、アンガス・マクラウドだけだ。彼女の故郷は四方を海に囲まれた文字どおり岩の要塞《ようさい》で、住民は漁をしたり、羊を飼ったり、岩ばかりのやせた土地を耕したりして細々と生計を立てていた。人々には家族や愛する者たちがいて、たいていは幸せに暮らしている。しかしグウェニスの叔父は彼女に浮ついた生活を送ることを許さず、与えられた責務を果たすよう強いた。きっと彼はジョン・ノックスと気が合うことだろう。

「陛下のことが心配でなりません」グウェニスは言った。

メアリーがにっこりした。「わたしは本当に幸せ者だわ。でも、あなたは行かなくてはならないの」

これ以上議論したところで勝ちめはない。ローアンにはわかっていたのだ。こうなったら時間に間に合うよう、急いで旅の支度を整えなければならない。遅刻することで、ローアンにまたあのいらだった顔をする機会を与えるのは、あまりにも癪《しゃく》だ。

「では……さようなら《アデュー》」

「すぐに帰ってこられるわ。長く思えても、過ぎてみればあっというまよ」

グウェニスはうなずき、ふたりは抱きあって別れを惜しんだ。そのあとジェームズ卿がそばへ来て心のこもった別れの挨拶《あいさつ》を述べたので、グウェニスは驚いた。彼はなかなか感情を表に出さないたちだと知っていたので、ぎこちない手つきで肩をたたかれたときはうれしかった。「神のご加護があらんことを、レディ・グウェニス。きみがいないと寂しくなるよ」

グウェニスはほほえんで礼を述べると、涙がこぼれそうになって逃げるようにその場を離れた。これが人生なのよ、と彼女は自分に言い聞かせた。女王は幼いころに母親から引き離されて外国へ送られた。夫となるよう定められた男性と会い、好きであろうとなかろうと結婚するために。女性というものは結婚の約束を守るために、絶えずあちらへ行ったりこちらへ行ったりする。そしてしばしば、あさましい獣も同然の男のもとへ商品のように売られていくのだ。

一瞬、グウェニスの心が凍りついた。慣例上、父親の称号を受け継いだのはグウェニスだが、彼女の将来を決める権限は叔父のアンガスが握っている。ただ、グウェニスは宮廷で高い地位にあるため、彼女の人生を決めるにあたっては女王の承認を得なければならない。グウェニスは神に感謝した。

メアリーならわたしが気に入らない相手と結婚させられるのを許すわけがないわ。それとも許すのかしら？

いいえ、許さないに違いない。わたしを旅に出すのも、強大な権力を持つイングランドの女王との友情を築くチャンスがあるかどうか探らせるためだ。メアリーは侍女の誰にも自分の考えを押しつけたことがないもの。

今回を除いては。そう考えたあとで、裏切りとも言える恩知らずな考えを抱いた自分をしかった。

グウェニスがお気に入りの自分の部屋へ戻ると、ふくよかな中年女性が待っていた。ぽっちゃりした頬と豊満な胸の持ち主で、にっこりほほえんでいる。「お嬢様、わたしはアニー・マクラウドと申します。名字からおわかりのとおり、お嬢様とは遠縁にあたります」アニーはばら色の頬に朗らかな笑みを浮かべた。「お嬢様のお世話と旅のお供をするよう言いつかってまいりました。どうかおそばに置いてください」

グウェニスは顔をほころばせた。やっと底抜けに明るくてお人よしで、彼女のそばにいたいと願ってくれている人物に出会えた。

「会えてうれしいわ、アニー」

「荷物を従者たちのところへ運ばせておきました。お嬢様さえよろしければ、わたしはいつでも出発できます」

いよいよ旅立つときが来たのだ。

教会へ向かう前に、グウェニスは気分を新たにして神の御言葉で祝福してもらおうと思い、外出着に着替えていた。それがこんな形で役に立つなんて。でも、そんなことはどうでもいい。旅に出るつもりがあったにせよなかったにせよ、支度は整っていた。

「時間だわ。さあ、行きましょう」

グウェニスはホリルード宮殿における避難所だった部屋のドアを閉めた。石の階段をおりていくとき、心は重く沈んでいた。中庭で数頭の荷馬と、護衛としてつき添う者を含めた従者の一団、そしてローアンが待っていた。


レディ・グウェニスが厄介な老人でも病人でもないのがせめてもの救いだ、とローアンは思った。彼ひとりで旅するなら、一日に八十キロは楽に進めるだろう。大荷物を抱え四輪馬車を従えての旅となれば、這《は》うようにしか進めない。ありがたいことにグウェニスの荷物は軽かった。彼女について一緒に旅をすることになった陽気な中年女性のほうがはるかにお荷物になりそうだが、命じられて来た彼女を責めるわけにいかない。見かけによらずアニーは馬の扱いが上手で、おとなしい馬を巧みに乗りこなしていた。だがグウェニスたちは鞍《くら》の上で長時間過ごしたことがないので、脚を伸ばしたり飲み物をとったりするために、ローアンは定期的に一行を休ませなければならなかった。

彼だけだったら初日にスターリングまで行けただろうが、女性連れだったので、その夜はエディンバラとスターリングのほぼ中間にあるリンリスゴー宮殿で一泊することにした。

門を守っていた衛兵たちはローアンを見てすぐにロッホレイブンの領主と気づき、いそいそとなかへ招き入れた。宮殿の執事はグウェニスの名前と身分を知っていて、関心を抱くと同時に魅了されたようだった。着いたのは遅い時間だったが、ローアンとグウェニスは大広間へ案内され、四人の護衛たちは馬小屋の上の部屋へ、ローアンのもうひとりの従者とアニーは台所へ連れていかれて食事を提供されたあと、召使いたちの部屋のひとつへ案内された。がっしりした体つきの老執事エイモス・マカリスターが話し好きだったせいで、ローアンとグウェニスは夜遅くまでつきあわされた。エイモスはメアリーがこの宮殿で生まれたときの様子や、それからわずか六日後に父親のジェームズ五世が亡くなったときの様子を語った。グウェニスは顔に笑みを浮かべて、幼いころのメアリーについて語る老執事の話をうっとりと聞いていた。ローアンは何事もなく一日が過ぎたことを喜んだ。とりわけ今朝の出来事を考えれば。馬に乗っているあいだ、ローアンとグウェニスは礼儀を欠かない程度の距離を保っていた。これなら明日からもなんとかうまくやっていけるだろう。

次の日の晩も同じように楽しく過ごすことができた。スターリング城の執事は彼らを喜んで迎え、手厚くもてなしてくれた。グウェニスはスターリングがたいそう気に入ったらしかった。事実、この城は堂々たる姿を誇り、町は美しかった。一行がやってきたのを見て人々は通りへくりだし、歓迎の言葉をかけたりささやき交わしたりした。グウェニスが人々の歓迎に笑顔でこたえるのを目にして、ローアンは彼女が魅力的な非公式の大使であることを認めないわけにいかなかった。

それまで順調だった旅が暗転したのは、翌日の午後、ハイランドへの道をたどっていたときだ。

一行はグラン湖のほとりの小さな村に差しかかった。湖といっても小さな池にすぎない。彼らが村の近くへ来たとき、叫び声が聞こえた。

ほとんどの道のりをアニーと馬を並べて進んできたグウェニスが、牝馬を急がせてローアンの横へ並んだ。「なんの騒ぎかしら？」

彼は首を振った。「さあ、なんだろう」

グウェニスは馬を駆って先を急いだ。

「待つんだ！」

ローアンはグウェニスについて馬を走らせ、数軒のこぎれいな田舎家や、教会、小領主の屋敷と思われる建物のかたわらを通り過ぎて、小川が流れる村の中心部に達した。

すでにグウェニスは馬をとめていた。顔に恐怖の色がありありと浮かんでいる。

ローアンはすぐに理由を悟った。叫んでいるのは大勢の村人たちで、小領主が抱える兵士とおぼしき一団が彼らをあおっていた。あざけりの言葉を浴びているのは火刑柱に縛りつけられた若い女性で、足もとには薪や枝が山と積まれている。娘は服をはぎとられて、リネンの白い下着しか身につけていない。長い黒髪が乱れ、顔は深い絶望と苦痛にゆがんでいる。

「火あぶりにする気だわ！」グウェニスが大声をあげた。

「おそらく魔術を行ったとして有罪になったか、異端者の烙印《らくいん》を押されたかだろう」ローアンは言った。

グウェニスが憤慨して目を大きく見開き、彼をじっと見つめた。「そんなくだらない話を信じるの？」

「きみの敬愛する女王も信じているんじゃないかな」ローアンは穏やかに言った。

「だけど、ここで裁判が開かれたのかしら？」グウェニスが尋ねた。「エディンバラではないのに？　どんな法律によって？　誰が決めた法律で？」

「たぶんこの土地の法律だろう」

「だったらとめないと」

グウェニスが一緒でなかったらぼくはどうしただろう、とローアンは考えた。スコットランドの法律の厳しさには、愕然《がくぜん》とすることもたびたびある。彼がまだ少年だったころ、羊の腿肉を盗んだというだけで、若い男がエディンバラの聖ジャイルズ大聖堂前の広場で縛り首になるのを目撃したことがあった。処刑をとめられなかったローアンの父親は悲しそうに、〝これが法律なのだ〟と言った。

迷信にとらわれないローアンは、ある種の女たちは邪悪な目を持っているとか、悪魔と契約を交わすことができるなどという話をはなから信じていなかった。しかし、法律というものがある限りは……。

「なんとかしてちょうだい！　お願い、ローアン、あの人たちは今にも火をつけようとしているわ」グウェニスが叫んだ。

「なにかあったらすぐに行動を起こせるよう、ここで待機していてくれ」ローアンは護衛隊長のギャビンに命じた。

ローアンは、グウェニスに称号なしのファーストネームで呼ばれたのははじめてだと気づいた。彼女の目には誠実さと真剣な懇願が浮かんでいた。グウェニスは情にもろいのだ。そして情のもろさは、ぼくたち全員の破滅の原因になる。

彼は馬を走らせて村人のあいだを駆け抜け、うずたかく積まれた薪の前で馬をとめて問いただした。「いったいなんのまねだ？　どんな権利があって死刑を執行する？」

村人たちはローアンの馬の巨大さと毛並みのよさや、身につけている衣服の色と柄から王室の関係者であることを悟ったようだ。ほとんどの者は黙って後ろへさがったが、ひとりだけ黒衣をまとった聖職者が前へ出てきた。「わたしはここの教会の牧師です、閣下。この女は正式な裁判にかけられて有罪を宣告されたのです」

「正式な裁判だと？　ここでどのような法廷が開かれているというんだ？　女王の認可を受けたものか？」

「この土地の問題でしたので」牧師が言いかえした。

ローアンは群衆を見まわした。彼らは沈黙したままだ。聞こえるのは火刑柱にくりつけられた娘の低いすすり泣きの声だけだった。

「その娘を放してやれ」ローアンは穏やかに言った。

「しかし、この女は裁判にかけられたのです」

「正規の法廷ではないだろう。生死にかかわる重大な問題はもっと権威ある法廷で裁かれなければならないと知っているはずだ」

牧師はしげしげとローアンを見て、まとっている衣服の色と柄に目をとめ、待機している武装した護衛たちに気づいてあとずさりをした。「あなたはファー諸島の領主、ローアン・グレアム卿ですか?」不安そうに尋ねる。

「そのとおりだ。スコットランドのスチュアート家に忠誠を誓っている」

牧師が眉をつりあげた。「あのフランスのスチュアート?」

「スコットランドの女王だ。女王の母君が亡くなられたあと摂政を務めてこられたジェームズ・スチュアート卿に長年お仕えしてきた」

ひとりの女性が歩みでた。でっぷりした中年女性で、顔に決意をみなぎらせている。しかし人生になんの楽しみもなく、疲れ果てて世間への敵意にむしばまれているらしい様子に、ローアンは哀れみを覚えた。

「領主様、あなたはご存じないのです。ライザ・ダフはわたしをよこしまな目つきで見ました。そうしたら次の日に、うちの豚が死んでしまいました」中年女性が言った。

ひとりの男性が加勢した。「おれのところだって、ライザ・ダフがおれを見たら、子供が急に咳《せき》をしはじめて寝こんでしまったんですよ」

「ほかにおまえたちを見た者はいないのか？」ローアンは鋭い声できいた。「まったく、人の命は神の手にゆだねられているんだ。たまたま不運が降りかかったからといって、もっと権威ある法の裁きを待たず、勝手にこのようなおぞましい処刑をしてもかまわないと思うのか？」彼は腰にさげた革袋から金貨を数枚出してふたりの前へほうり、不満を抱いている中年女性に言った。「死んだ数より多くの豚を買うがいい」それから男に向かって言う。「おまえもそれだけあれば子供の薬を買えるだろう」

ふたりは地面にしゃがみこんで金貨を拾った。牧師がローアンをにらみつけた。

グウェニスは馬を進めて牧師を上から見据え、ローアンのほうを向いてささやいた。「それほど嫌われているなら、彼女をここへ残してはだめよ。村人たちはお金だけとって、明日になればまた同じことをするわ。わたしたちはただ彼女の処刑を遅らせただけになってしまう」

グウェニスの言うとおりだった。

ローアンは再び牧師を見おろした。「この娘をわたしの屋敷へ連れ帰って召使いとして働かせることにする。魔女だというあなたの非難が正しいとわかったら、エディンバラの正規の法廷で裁きを受けさせよう」

最後の言葉はつけ加える必要がなかったかもしれない。金貨とローアンの地位によって、すでにその場の雰囲気は彼に有利になっていた。

「適切で公正な提案に思えます。その娘がいなくなれば、村人たちに災厄が降りかかることはなくなるのですから」牧師が言った。

「早く娘をおろしてやれ」ローアンが命じた。

グウェニスが静かに言い添えた。「それと、彼女が旅をするのにふさわしい服を一式用意してもらいましょう。馬も一頭必要になるわ」

ローアンは驚くと同時に愉快に思ってグウェニスを見た。

牧師が抗議しはじめた。「魔女を生かしておくために、われわれが出費を強いられなければならないのですか？」

「ローアン卿が与えた金貨で、馬一頭と衣類を充分にまかなえるはずよ。何頭も豚を買って、医師の診療代を支払ったあとでもね」グウェニスが楽しそうに言った。

言いかえす者はなかった。やがて薪の山の近くにいた男性たちがライザを火刑柱からおろしだした。

支えている縄をほどくにつれて、彼女は倒れかかった。グウェニスはすばやく馬を降りて駆け寄った。男性たちはライザを解放するのには手を貸しても、丁寧に扱う気はなさそうだった。グウェニスはやさしさと強さの両方を示し、ライザを抱えて馬のいるところへ連れ帰ってからローアンを見あげた。「彼女をひとりで馬に乗せていくのは無理よ。それに、早くここを離れたほうがいいと思うの」

〝誰かが気を変える前に〟

グウェニスは口に出さなかったが、ローアンは彼女の目に浮かぶ考えを読みとった。

「馬を用意しろ。その娘が元気になったときのためだ。それから服を」彼は命じた。

馬を一頭連れてきて、衣類の包みをグウェニスに渡すと、牧師をはじめ村人たちは後ろへさがった。ローアンは再びグウェニスの目を見て、彼女がなにを考えているのか悟った。

ライザは見るからに弱りきっていて、とうていひとりで馬に乗れる状態にない。体力が回復するまで、馬を引いていかなければならないだろう。

ライザが馬の乗り方を知っていればいいが。

知らなかったら……いずれにしても馬を引いていくしかない。

ローアンは馬を降りてライザをグウェニスから受けとり、まだ意識が朦朧《もうろう》としながらも感謝のまなざしを向けてくるライザを自分の馬に乗せた。それからグウェニスに手を貸そうとしたが、そうするまでもなく彼女は軽やかに馬に乗った。「今後、勝手な正義を振りかざして人を裁かないよう心してかかるように。われわれはいずれまたここを通る」彼は牧師に警告した。

そして馬上にぐったりとして座っている〝魔女〟の後ろへまたがり、グウェニスの横へ並んだ。

急いでその場を去ろうとすれば、村人たちが心変わりをして追いかけてくるかもしれない。ローアンが向けた目から、グウェニスは彼の考えを読みとったようだ。彼らは村人の目があるあいだはゆっくりと進んだ。

「さて、少し速度をあげて、早くこの村を離れよう」村境まで来るとローアンは言った。切りたった崖《がけ》や岩の多いハイランドにはまだ入っていなかったので、快調に馬を飛ばすことができた。その年のスコットランドはおかしな風と季節外れの寒さに見舞われていたが、まだ地面が凍ったり雪が降ったりはしておらず、その点もありがたかった。

低木林の脇《わき》を流れる小川のほとりへ来たところで、ようやくローアンは馬をとめ、片手をあげて一行にとまるよう合図をした。

「ああ、もう体じゅうが痛いわ」アニーがこぼした。

ギャビンが馬を降りてアニーを助けおろした。

「やつらは追ってきそうにないですね、ローアン卿」ギャビンが首を振った。村人たちの行為を非難しているのは明らかだ。

「ああ、追いかけてはこないだろう」ローアンは応じた。「しかし、面倒があった場所とは、なるべく距離を置くほうがいい」

彼は馬を降りて、そっとライザを抱えおろした。アニーが気遣わしげな声を出してグウェニスともども駆け寄った。

「誰かワインを持ってきてくれる？」グウェニスが男性たちのほうを向いて頼んだ。

「はい、すぐに」護衛のひとりのダークが応じた。

ローアンは松葉が厚く散り敷く地面にライザをおろし、太い木の幹に背中をもたせかけさせた。グウェニスを見つめるライザの目つきから、グウェニスが地上に舞いおりた慈悲深い天使に見えているのだとわかる。事実、グウェニスの髪は木もれ日を受けて金色に輝き、目には同情が浮かんでいた。彼女はダークからワインが入った革袋を受けとってライザの口にあてがった。

「ゆっくり飲みなさい」グウェニスがそっと言った。

ライザは言われたとおりにしたが、そのあいだもグウェニスから目を離さなかった。やがてグウェニスが革袋をどけると、ライザが言った。「助けていただいてありがとうございました。誓ってもいいですが、わたしは無実です。メグは豚のことで怒っていたんじゃありません。わたしが彼女のぐうたらな亭主に魔法をかけて誘惑したと思いこんでいるんです。わたしは本当になにもしていません。助けていただいて感謝します。このご恩は一生忘れません」彼女はとぎれとぎれに誓った。

「まず体力を回復させましょう。それにきちんとした服を着ないとね。あそこの林のなかで着替えるといいわ」グウェニスは言った。

「わたしが手伝いましょう」アニーが申しでて、ライザと一緒に林のなかへ入っていった。

ローアンに見つめられているのを感じたのか、グウェニスが顔を赤らめて小声で言った。

「彼女は無実だと思うの。他人を見ただけで災いをもたらす力を神が特定の人間に与えるなんてありえないのに、どうしてそんなことを信じてしまうのかしら」

ローアンはため息をついた。「ああ、そこだよ。人の心にどれほど邪悪な考えが存在しうるかを知ったら、きみは驚くだろう」

「ライザは断じて魔女ではないわ」グウェニスは言いきったあとで、そっと言い添えた。

「ありがとう」

彼女が一緒でなかったら、はたしてぼくはこうした明らかな不正をとめていただろうか、とローアンは思った。

「ぼくはきみの願いどおりにしたまでだ。正しい裁判が行われたようには見えなかったし、あの牧師に死刑を宣告する権利があるとも思えなかったからね。あのような重大な判決は、もっと権威ある法廷で下されるべきだ。しかし残念ながら、これまで多くの人々が魔術を用いたかどで処刑されてきた。きみは魔術など信じないかもしれないが、それを用いた者は極刑をもって罰せられるべきだとされている。きみが敬愛するあの女王ですら魔術を信じているんだ。ジェームズ卿も同じだよ。概してスチュアート家の人々は呪《のろ》いや魔術の力を信じこんでいるらしい」

　グウェニスがほほえんだ。「ローアン卿、わたしの見たところ、あなたはとても教養があって博識なようね。あなたと同じように、わたしも知っているわ。人形を作って針を刺せば他人から血を抜きとれるとか、薬草をせんじて魔法の薬を作れるとかいったことを信じている人たちがいることを。だけど邪悪な知恵や技術を持っていると非難される人々の多くは、ある種の薬草や花の効能を知っていて病気の治療に用いているにすぎない。他人を助けるために最善をつくす人たちがひどい目に遭わされてきたのは、人間は知っていることよりも信じていることのほうに重きを置くからだわ」

「いずれにしても薬草から薬を作ったりすれば、魔術を行ったとして告発される恐れがある。悪魔と契約を交わした異端者というわけだ」ローアンはうんざりして言った。

「あまりにも愚かでは――」

「それが法律なんだ」

　彼女はうなずいてそっけなく言った。「ありがとう。あなたと話せていろいろ勉強になったわ」

「どんな形であれ、きみの役に立つのがぼくの仕事だからね」ローアンはあっさり言ってお辞儀をした。声が皮肉っぽくなったのは、彼女の愛想のない感謝の言葉になんとなくかちんときたからだ。

グウェニスの謎《なぞ》めいた部分にローアンは引かれていた。そしてまた容姿の美しさや人柄のよさにも、関心をかきたてられずにはいられなかった。

ぼくは家へ帰ろうとしているんだ、と彼は自分に言い聞かせた。

とたんに心が石のように重くなった。かつてのローアンは激しく人を愛し、その人のためなら神に、あるいは王や祖国にそむいてもいいとさえ考えていた。

ところが今では……。

今も妻を愛してはいるが、つらい経験のおかげで、かつての激しい情熱は傷ついた子供や体の弱った老人に対する思いやりと同種の愛情へと変わった。

「もう出発しなければならない。さあ、みんな、馬に乗るんだ」ローアンはぶっきらぼうに言うと、グウェニスに背を向けて大声でアニーにライザを連れてくるよう命じ、従者たちに馬に乗るようせかした。

ライザを馬へ乗せるあいだ、彼はグウェニスにじっと見つめられている気がした。見る者の心を惑わすあの一風変わった目の奥に、今はどんな感情が隠されているのだろうか?

5

ハイランドはグウェニスの故郷だったが、彼女はいつもそこを無法者とも言える粗野な人々が住む未開の地と考えてきた。

もっとも無法地帯とまでは言えず、法律はあった。ただし領主や族長が好き勝手に規則を作り、それを法律と称しているにすぎない。フランスで過ごした結果、グウェニスは母国の人々の欠点が見えてきて不満を抱くようになった。大領主や貴族たちが一致団結して外敵と戦えば、スコットランドは強国として栄えることができるはずだ。ところが彼らは自分たちの資産を増やすことしか頭になく、領地を接する者同士で争いをくり広げている。ウィリアム・ウォレスがスコットランドの主権を維持するために戦った時代より前に戻ったかのように、領主たちは国の未来よりも私有財産のことばかり心配していた。異民族間の結婚が行われる土地では無理もないことではあったが。スコットランドの大領主の多くが、相続や結婚によってイングランド内の領地を手に入れた。イングランドの土地はときとして、スコットランドの土地よりも値打ちがある。

領主たちは塀の上に座って、どちらに勝利の風が吹くのかを見定めてから有利な側へつこうとする。協力してことにあたれば相当な力を発揮できるというのに。

考えにふけっていたため、グウェニスは故郷の美しさが目に入らなかった。彼女は拷問されたわけではなかったが、体が衰弱しきっていた。それに村が提供した馬はおとなしかったけれども、ライザ・ダフが加わってから、一行の歩みはますます遅くなった。ライザは乗馬の経験がまったくなかった。そのため一行は、しばしば休憩を余儀なくされた。とりわけハイランドに入って険しい道や急な坂が多くなると、しょっちゅう馬を降りて休まなければならなかった。

やがて彼らは細い道に入り、だらだらと続く坂道をのぼって、とうとう薄紫色の草花に覆われた丘の頂上に達した。眼下に美しい谷が横たわっている。肥沃《ひよく》な土地が広がるその谷はちょうど刈り入れの時期にあるらしく、畑で働く農夫たちの姿が見えた。秋がしだいに深まりつつあった。もう少しすると、ここにも厳しい冬が到来するだろう。豊かな畑のかなたにある岩の上に、要塞《ようさい》のような形をした住居が立っていた。沈みつつある夕日を受けて、石造りの建物が金と銀に輝いている。要塞を囲む堀の前を、きらきら光る小川が曲がりくねって流れていた。エディンバラ城ほど堅固でも巨大でもないが、いかにも要塞らしく、自然の立地条件を利用して防衛力を高めているのが見てとれた。堀の向こうに、塀をめぐらした中庭があった。そこでは商人がさまざまな品を店で売ったり、女性たちが忙しそうに駆けまわったりしている。さらにまた、たくさんの豚や鶏が飼われている囲いも見えた。

　グウェニスがローアンに目をやると、彼は谷を見おろしながら張りつめた表情を浮かべていた。誇りと悲しみがまじった、大きな苦悩にさいなまれている表情とでも言えばいいだろうか。

「あれがロッホレイブン城かしら？」グウェニスは小声で尋ねた。

　ローアンが振り向いた。「いや、ロッホレイブン城はイズリントン島の北方の島にある。しかし、ここはロッホレイブンの土地の一部だ。あの要塞はグレイ城と呼ばれている。一族の名前のグレアムは〝グレイ・ホーム〟から来ているんだ」

「あのお城もあなたのものなの？」グウェニスは尋ねた。

「ああ。城はその向こうの島々への入口にあたる」

「本当にすてきなお城ね」グウェニスは言った。

「暗いみじめな家だよ」

　ローアンの言葉に彼女は困惑した。

　丘の上でしばらく休憩したあと、彼は言った。「さあ、先を急ごう」

　住民たちは一行が向かってくるのに気づいたが、堀にかかっている跳ね橋はすでにおろされていた。たぶん常におろしてあるのだろう。絶えずどこかで戦いが行われてきたスコットランドだが、現在は小康状態が保たれている。跳ね橋をおろしておけば畑仕事をする農民が自由に出入りできるし、郊外の家に住む人々が塀のなかの市場へいつでも買い物に来ることができる。それ自体がひとつの村とも言えるグレイ城は、大いに栄えているようだった。

グウェニスたちが近づいていくと、子供たちが駆けだしてきて、彼らに向かって花をまいた。ローアンと同じ色柄のキルトをまとった男性がひとり馬に乗って、門の前で一行の到着を待ち構えていた。

「ローアン卿《きょう》、ローアン卿」子供たちが歌うようにくりかえした。ひとりの少女がローアンが乗っている巨大な牡馬《ぼば》の前へ歩みでた。それまで険しい表情だったローアンが顔をほころばせて腕を伸ばし、少女を抱きあげて自分の前へ乗せた。

「だんな様！」門の前の男性が喜びの声で迎えた。「だんな様がこちらへ向かっているとの連絡がありました」

「トリスタン、久しぶりだな。万事順調か？」

「今年は大豊作です」トリスタンと呼ばれた男性が答えた。年は四十歳前後だろうか。鞍《くら》にまたがった姿は背筋がぴんと伸びていて肩幅が広く、顔はひげに覆われ、長い黒髪には白いものがまじりはじめている。

「こちらはレディ・グウェニス・マクラウド。レディ・グウェニス、彼は執事のトリスタンだ。トリスタン、今夜はここに泊まる。ひょっとしたら明日の晩も泊まるかもしれない。そのあいだに渡し守に命じて、レディ・グウェニスと連れの者や馬をイズリントン島へ運ぶ船の手配をしておいてくれ」

「承知しました」トリスタンはうやうやしくお辞儀をしてからグウェニスのほうを向き、にっこりして再びお辞儀をした。

「妻の様子はどうだ？」ローアンが低い声できいた。

トリスタンは快活な表情を保ちつつ静かに言った。「いつもどおり心をこめてお世話しております」

「それで、体のほうは？」ローアンが張りつめた顔をして尋ねた。

「だいぶ弱っておられるようです」

「ぼくは先に行く。トリスタン、レディ・グウェニスと連れの者たちに部屋を用意してくれないか？」

ローアンはそう言って馬を駆り、グウェニスには目もくれずに急いでなかへ入っていった。

トリスタンと駆けまわっている子供たちと一行があとに残された。トリスタンは四人の護衛たちと顔見知りらしく、片手をあげて挨拶《あいさつ》をした。

「あなたのことは叔父上よりうかがっております」トリスタンが口を開き、ローアンが去ったあとの静寂を破った。「ご安心ください、イズリントン島は何事もなく平穏だそうです」

「どうもありがとう」グウェニスは礼を述べた。

「さあ、どうぞ。ここはエディンバラとは違いますが、できるだけ快適に過ごせるようはからいます。きっと楽しい滞在になるでしょう」

「ええ、そうね」そう言ったものの言葉とは裏腹に、グウェニスは楽しめそうな気がしなかった。豊かな大地に草木が茂り、石造りの住まいは見るからに頑丈そうだが、あたりには悲しい雰囲気が漂っている。その悲しみは岩や石塀にまでしみこんでいるように思え、先へ進むのがためらわれた。ローアンの妻に会うのが怖かった。

跳ね橋を渡って中庭へ至るまでのあいだに、トリスタンが領地の簡単な説明をした。彼は囲いのなかの羊を指さし、城の立っている岩山には家畜の餌《えさ》になる草が生えないが、その向こうの土地にはいくらでも生えているのでそこで放牧するのだと語った。

「近年になって建てられた王宮に比べたら、グレイ城は小さくてみじめに見えるでしょう。ですが国をあげての戦争であれ、ハイランド内の小競りあいであれ、一度として敵に占拠されたことがありません。この岩山で暮らすスコットランド人を攻撃しようと考える者はいないのです」

「本当にすばらしいお城だわ」グウェニスは言った。

「どうぞこちらへ。馬を馬小屋に入れて餌をやりましょう。あなた方にも休息が必要ですね。空腹ではありませんか？　すぐに大広間に食事の用意をさせましょう」

彼らは塀をめぐらした大きな中庭をトリスタンについて進んでいった。人々が仕事の手をとめて、興味津々といった様子で一行を眺めている。グウェニスを見て、男性も女性も笑みを浮かべ、深々とお辞儀をした。宮廷における彼女の地位を聞き知っていたのだろう。グウェニスは彼らにいちいち笑みでこたえた。

働いている人たちには、どこか見る者の心を引きつけるものがあった。しばらくして、グウェニスはそれがなんであるかに気づいた。彼らはみな幸せそうで、それぞれの生活に満足しているように見えたのだ。

「ようこそハイランドへ、レディ・グウェニス」ひとりの男性が呼びかけた。

「どうもありがとう」グウェニスは応じた。

「なんてすてきなところかしら」背後でアニーがささやいた。

グウェニスも同感だったが、彼女はなぜか後ろめたさを覚えていた。グウェニスは客人としてここへ来ただけだ。しかしこの城はローアンの家で、彼の病弱な妻も住んでいる。気がとがめるのはおそらく、ローアンに選ぶ権利があれば、苦痛しか思いだせないこの場所へ彼女を連れてこなかったに違いないとわかっているからだろう。

トリスタンのそばへ馬を進ませ、グウェニスはそっと話しかけた。「こんなことを言うのは失礼かもしれないけれど、こちらの奥様はご病気と聞いているわ。わたしたちが来たことで迷惑をかけたくないの」

「われわれはおもてなしできることを喜んでいるのです」

「ありがたいけど、わたしたちのせいで奥様の具合が悪化するようなことになったら申し訳ないわ」

トリスタンがやさしい目でグウェニスを見て静かに言った。「奥様はもはや回復する見こみがないのです。日ごとに弱っていくのをわれわれはただ見ているだけで、誰にも手の施しようがありません。名医を何人も招いて診てもらいましたが、みなお手あげでした。われわれにできるのは、せいぜい苦痛を和らげてさしあげることくらいです。そして折にふれ、奥様を誰もがお慕いしていると耳もとでささやいています。あなた方の来訪が迷惑だなんてとんでもありません。この城に泊まっていただけることを、われわれは心から喜んでいます。あなたのことを勇気と気高い心を兼ね備えた女性だと思わなかったら、たとえ女王の命令であろうと、ローアン卿はあなたを城へお連れしなかったでしょう。さて……着きました。お待ちください、手をお貸しします」

彼は大きな石段の前で馬を降りた。石段は上階の頑丈なドアへ続いていた。建物は一階が馬小屋で、二階から上が住居になっているようだ。いざ戦いとなったときに中庭まで攻めこまれても、城は守る側に有利なようにできている。正面には窓がなく、なかから矢を射るための細長い矢狭間《やざま》がついているだけだ。実際に暮らしてみれば快適かもしれないが、グレイ城は住み心地のよさではなく、防御を第一に考えて造られた要塞だった。

グウェニスが馬から助けおろしてくれたトリスタンに礼を述べているあいだに、駆けつけた馬丁たちが手を貸してアニーとライザを馬から降ろした。連れの女性たちは台所へ案内するとトリスタンが言った。どうやらライザはグウェニスのお供と見なされたようだ。料理人のひとりに連れていかれる前にアニーがグウェニスのほうを向いて、城の内部を探検し終えたらすぐに彼女の着替えを手伝いに行くと請けあった。アニーは長旅の疲れで見るからにぐったりしていたし、ライザも疲れきっているのが見てとれる。グウェニスはトリスタンを振りかえって頼んだ。「彼女たちに食事をさせたら、寝る場所へ案内してあげてちょうだい」

「いいえ、とんでもない」アニーが抗議した。

「みんなもう休むことにしましょう」グウェニスは言った。「トリスタン、悪いけれど食事はわたしの部屋へ運んでもらえないかしら。ローアン卿はわが家に帰ったばかりですもの、きっと奥様とふたりきりで過ごしたいに違いないわ。お邪魔したくないの」

「承知いたしました」トリスタンが言った。

城のなかへ入ってからも数多くのドアを通り抜けて、さらに大広間を横切らなければならなかった。大広間には天井がなく、空が眺められた。ここまで敵が侵入してきた場合に備えて、頭上から矢を射たり煮えたぎった油を浴びせたりできるようになっているのだ。どこまでも堅固に造られているとグウェニスは感心した。

大広間の壁には剣や盾がずらりとかかっていた。新しいものもあれば大昔のものもあり、城の頑強さと永続性を物語っているように感じられた。どこまでも続くかと思われる廊下をトリスタンに導かれて進み、上階へと続く広い石段の下に出た。

「ローアン卿の家は本当に大きいのね」階段の上へ達したときに彼女は言った。

「いいえ、たいしたことはありません」トリスタンが陽気な声で言った。「上がローアン卿の住まいで、下が使用人たちの部屋になっています。そこが本館で、先はもうありません。どういう造りになっているのか、すぐにのみこめますよ。お連れの女性たちはあなたの隣の小部屋へ案内させました。ローアン卿の部屋はこの右手で、わたしはその隣の小部屋にいますので、なにか用事があればお申しつけください」

彼は長い廊下に沿って並ぶたくさんのドアのひとつを開け、グウェニスを先に部屋へ通した。すでにトランクが運びこまれて奥のクローゼットの前に置かれていた。来客用の部屋なのだろうがとても立派で、ホリルード宮殿の彼女の部屋よりもはるかに大きい。

旅の汚れを落とせるようにとすでに湯が用意され、ワインやパンやチーズなどがのったトレイがサイドテーブルに置いてあった。大きな四柱式ベッドにはハイランドの新鮮な大気の香りがするシーツとあたたかなウールの上掛けがかかっている。これ以上のものは望むべくもなかった。

「いかがでしょう？」トリスタンが尋ねた。

「すてきなお部屋ね。ここなら気持ちよく休めるわ」

トリスタンはなかなか去ろうとしなかった。

「ありがとう」グウェニスは言った。

それでも彼はためらっていた。

「あとはわたしひとりで大丈夫よ。いつまでも引きとめたら悪いわ」

すると、ようやくトリスタンは口を開いた。「夜中に悲鳴が聞こえても驚かないでください。心に邪悪な生き物でも棲《す》んでいるのか、レディ・キャサリンはときどき怖い夢を見て夜中に目を覚ますのです。わたしどもはすぐに駆けつけて、朝までおそばで慰めることにしています。たとえ叫び声が聞こえても、怖がる必要はまったくありません」

「お気の毒に」グウェニスは言った。

「ええ、本当に気の毒としか言いようがありません。気の毒なのはローアン卿も同じです」トリスタンが急に憤慨しはじめたので、グウェニスは驚いた。「臣下の心意気を女王がもっと理解してくださればいいのですが。ローアン卿は揺るぎない忠誠心をもって国につくしておられます。それなのに、王位にある者は臣下の忠誠心をなんとも思っていません」そこで言葉がすぎたことに気づいたようだ。「失礼しました。それでは、おやすみなさい」

再び仮面で本音を覆い隠したかのように、最後の言葉は穏やかな口調だった。

トリスタンはにっこりして部屋を出ていった。ひとり残されたグウェニスは、仮の住まいとなる部屋をもう一度見まわした。誰か気のきく者がいるらしく、花瓶に花が生けてある。グウェニスは女王の命令でこの城の客となっただけなのに、後ろめたさはいつまでたっても消えなかった。足を踏み入れてはいけない場所へ踏みこんでしまった気がした。最初、彼女はローアンに対して反感を抱いていた。彼が女王を支持せず、自分を女王の側近のフランス人たちより上等な人間と見なしているように思えたからだ。もっとも側近のフランス人たちもスコットランド人より自分たちのほうがすぐれていると考えているから、その点はお互い様だ。ローアンはすぐに人をあざけるが、それは浅薄な性格だからではなく深い悲しみを隠すためなのだと今ならわかる。あくまでも慎重でありながら、悪事に対しては敢然と立ち向かう心構えの持ち主だ。

彼はグウェニスを二度苦境から救い、さらに旅の途中で寄った村でも彼女の願いを聞き入れた。

今のわたしの心には感謝の気持ちしかない。

旅は長くてつらかった。この部屋に滞在できる幸運に感謝し、思いやりあふれる接待をありがたく受けてここを去る日を待とう。その日が早く来ればいいのだが。

グウェニスは用意されていた湯と石鹸《せっけん》をありがたく使わせてもらうことにした。石鹸がフランス製であることに気づき、彼女はほほえんだ。ゆったり湯につかっていると、アニーがディナーを持ってやってきた。ライザはもうベッドへ入れてきたらしい。ひと晩ゆっくり休めば、みな明日の朝には回復しているだろうとアニーは言った。

アニーはあてがわれた部屋を喜んでいた。「ライザと一緒の部屋ですが、とても広くてきれいです」熱をこめた口調で言ってから、声を低くしてささやいた。「わたしたちの部屋は貴族の方々を泊める部屋に違いありません。きっとお嬢様の近くにいられるようとりはからってくださったんです。なんて親切なんでしょう」

まったくそのとおりだ。グウェニスはアニーに礼を言って部屋へ引きとらせた。ディナーをとる段になってはじめて、彼女は空腹だったことに気づいた。食事をすませると、ネグリジェに着替えてベッドに入った。

だが疲れていたにもかかわらず、なかなか眠れなかった。慣れない城の暗闇《くらやみ》が襲ってくるような気がした。暖炉でちろちろ燃えている火が室内に長い影を投げかけている。

夜中に悲鳴が聞こえるかもしれないと警告された。この城の女主人が悪霊にとりつかれていて、怖い夢を見るのだと。グウェニスはおびえる必要はないわと自分に言い聞かせつつも、びくびくしながら聞き耳を立てずにいられなかった。

キャサリンはローアンが誰なのかわからなかった。妻でありながら自分の夫がわからないとは。

いつも同じと決まっているのに、そのたびに胸が痛む。ローアンは心が血を流しているように感じた。キャサリンは骨と皮ばかりにやせ細り、子供みたいに頼りなく、子猫みたいにか弱く見える。つき添いの看護婦が陽気な声で、ローアンが帰ってきたと彼女に語りかけた。キャサリンはうつろな目でローアンを見つめた。

落ちくぼんだ眼窩《がんか》のなかで、ふたつの青い目が異様に大きく見える。ローアンが額にキスをし、かたわらに腰をおろして手をとったときも、キャサリンはまったく反応を示さなかった。ぼくを怖がらなかったのがせめてもの救いだ。彼女が病にかかってから永遠とも思えるときが流れた気がする。そのあいだずっと、ぼくの心はぼろぼろの状態だった。わかっているのは、たとえキャサリンが手の届かないところへ去ったとしても、ぼくはこの世で人生を全うしなければならないことだ。

ときどき自分がいやになることがある。君主への義務を果たすために城を離れなければならないときは、苦しみから逃れられると思ってほっとするからだ。もっともトリスタンは、キャサリンはなんの苦しみも感じていないと言ってぼくを安心させようとした。

しかしひと月ほど前にトリスタンは、キャサリンの容態が急激に悪化したことを手紙で知らせてきた。遅くにかかった夏風邪が体にこたえたのだろう。

「キャサリン」ローアンは羊皮紙のような肌をした妻の手を握って話しかけた。「きみは変わらずきれいだよ」

彼女は目をしばたたき、なんのことか理解できない様子でローアンを見つめた。

「ぼくだよ、キャサリン。ローアンだ」

キャサリンの目の奥に理解が宿ったように思われ、ローアンは心臓に短剣を突きたてられた気がした。身を乗りだして妻をベッドから抱えあげ、暖炉の前の椅子へ運ぶ。腕のなかの妻は幼子のように軽かった。

妻を胸に抱いて椅子に座っているうちに、ローアンは彼女がなにかにつけよく笑ったことと、彼を見て目に情熱の炎を燃えあがらせたことを思いだした。あのころは世界が希望にあふれていた。

それが今では……。

キャサリンはローアンの腕のなかでぐったりとして座っている。逆らいはしないが、かといって夫に抱かれているのを心地よく感じているふうでもない。それでもローアンは妻を抱いて何時間も座っていた。やがて彼女が眠りこんだのでベッドへ運び、そっと横たえた。

そしてキャサリンの世話をしている看護婦のアガサに声をかけてから自分の部屋へ戻り、風呂に入って着替えた。今、この城を離れるわけにはいかない。しかし女王からは、グウエニスを無事に故郷へ送り届け、そのあとできるだけ早くイングランドへ旅立つよう命じられている。その責務をないがしろにはできない。頭を抱えてどうするべきか思い悩んでいるうちに、自分が疲れきっていることに気づき、少しでも眠っておこうとベッドに横たわった。

心が麻痺《まひ》したようで、苦痛さえ覚えない。ローアンはなにも感じない自分を軽蔑《けいべつ》した。

最初は城へ舞いおりた悪鬼がわめいているように聞こえた。

グウェニスが最初に聞いたのは梢《こずえ》を渡る風の甲高い音と、谷を吹き渡る嵐《あらし》の悲痛な叫びだった。はっと目覚めた彼女はベッドから起きあがった。

再び声が聞こえた。悲しみに満ちた低い苦悩の声が。

トリスタンは、この城の女主人が悪夢を見て泣き叫ぶだけだから怖がらなくていいと言った。だが、悲痛な叫びに胸を引き裂かれる思いがしたグウェニスは、ベッドを出て冷たい石の床を裸足《はだし》で歩き、ドアを開けて外をうかがった。

廊下の突きあたりのドアが開いていて、光がもれていた。声はその部屋から聞こえてくる。

グウェニスはしばらく迷ってその場に立ちつくしていた。彼女はここでは客人だ。城に住む人々の私生活に口だしするべきではないだろう。そうわかってはいるものの、手をこまねいていられなかった。声の主が苦しんで助けを求めているように思えたのだ。

　グウェニスは廊下を進んでいって、開いているドアからなかをのぞきこんだ。人の姿は見えなかったが、叫び声が聞こえる。彼女はおずおずと室内へ足を踏み入れた。

　まず目に入ったのは部屋の奥の大きなベッドだ。最初はベッドに折り重なったシーツと、美しい刺繍《ししゅう》が施された上掛けしか見えなかった。そのうちにシーツと上掛けが動くのが目に入って、低いうめき声が聞こえた。

　グウェニスはベッドのほうへ足を急がせ、ためらいがちに声をかけた。「レディ・キャサリン？」

　うめき声はやまなかった。先ほどよりは小さくなったが、グウェニスの魂のなかで大きく反響しつづけているように感じられる。誰かに助けを求めに行くべきだろうか？

　またもや胸が張り裂けるようなうめき声がもれた。

　グウェニスはベッドへ歩み寄った。

　ベッドの上に幽霊のような小柄な女性がいた。闇のなかになにかが見えるかのように目を見開いて、しきりに寝がえりを打っている。大きな青い目とブロンドの髪にかつての美しさがしのばれた。その髪も今はもつれて、やせこけた骸骨《がいこつ》のような顔に垂れかかっている。そのとき、突然彼女がグウェニスに目を向けた。

「彼らがやってくる」キャサリンがささやいた。

グウェニスは彼女の隣に腰をおろして手をとった。「誰も来ないから安心して」

キャサリンは目に不気味な光をたたえてグウェニスを見つめたが、うめき声はあげなくなった。グウェニスはキャサリンのもつれた髪をかきあげた。

「ここはあなたの家だからなんの心配もないわ。この家にいるのは、あなたを愛している人たちばかりよ」

「神様がついていてくださると知っていたら」キャサリンが唐突につぶやいた。そのときの彼女は完全に正気に見えた。

「レディ・キャサリン、神様はいつだってあなたのそばにいるわ」グウェニスは言った。キャサリンがしがみついてくる。握りしめている骨と皮ばかりの手に、突然恐ろしいほどの力がこもるのが感じられた。「神様はあなたのそばにいるのよ」ほかになんと言えばいいのかわからず途方に暮れたが、ふと幼いころ乳母が教えてくれた歌が頭に浮かんだ。彼女は小さな声で歌いだした。

神はハイランドにおわし、高みより見守りたもう。
岩山の上、夜空のなか。
常にわれとともにあり、
わがかたわらに横たわる。

夜を恐れるな。

闇を怖がるな。

神は常なる光。

闇を照らすかがり火。


「きれいな歌ね」キャサリンがささやいた。「お願い……もっと歌って」

続きを知らなかったので、グウェニスはしばらく黙っていた。

「今の歌が大好き」キャサリンはつかんでいる指に力をこめ、子供のように無邪気な目をして言った。「もう一度歌ってちょうだい」

そこでグウェニスはもう一度歌い、さらにもう一度歌った。

三度めを歌っているとき、驚いたことにグウェニスの手をつかんでいるキャサリンの指からしだいに力が抜け、まぶたがゆっくりと閉じられた。まもなく彼女が穏やかな眠りについたように見えたので、グウェニスはそっと手を引き抜いて立ちあがった。

振りかえった彼女は凍りついた。

室内にいるのはグウェニスだけではなかった。少し離れたところに看護婦が静かに立っていた。ドアを入ったところにローアンがいて、彼を引きとめようとしてかトリスタンがローアンの腕に手をかけている。三人ともまじまじとグウェニスを見つめていた。

たった今ベッドから出てきたばかりのように、ローアンは豊かなブロンドが乱れ、顔に苦悩をありありと浮かべていた。目はまるで忌まわしいものでも見るようにグウェニスを見つめている。弓の弦のように張りつめたローアンの姿を目にしたグウェニスは、彼は飛びかかってわたしを妻のベッドから引き離したいのだと確信した。

それが妻を守るための、ローアンが知る唯一の方法なのだろう。いくら彼が強くても、妻の病を治して昔の美しさと健康をとり戻してあげることはできない。ローアンは無力感にさいなまれているのだ。

「奥様は眠っていらっしゃいます」看護婦がささやいた。

急いでベッドを離れたグウェニスは、自分が幽霊のように見えるに違いないと思った。まとっているのは白いネグリジェだけで、足もとは裸足だし、髪はぼさぼさに乱れている。室内に漂う気まずい沈黙を看護婦の声が破ったあとでさえ、彼女は口をききづらかった。

「ごめんなさい。苦しそうな声を聞いて来てみたら、誰もそばについていなかったから」グウェニスは小声で言った。

ローアンはかたくなに口を閉ざしたまま、グウェニスを見つめつづけている。

「われわれはあなたのすぐあとに駆けつけました。しかし、邪魔をしたくなかったんです」トリスタンが言った。

「誰も妻の気持ちを静めることができなかったのに、きみにはできたようだ」ようやく口を開いたローアンの声はこわばっていたが、出てきたのはやさしい言葉だったので、グウェニスは驚いた。「きみは疲れているだろうから、ベッドへ戻って休むといい。あとはぼくたちがついている」

　グウェニスは逃げるように部屋を出て、自室に向かった。そのときトリスタンに声をかけられ、グウェニスは驚いた。

　すでに自分の部屋のドアの前まで来ていた彼女は、立ちどまって振り向いた。

「レディ・グウェニス、どうか――」

「勝手に入るつもりはなかったのよ」グウェニスはこわばった声で言った。

「その……」トリスタンはなんと言えばいいのかわからないらしく、両手をあげて言葉を探した。「どうかローアン卿を悪く思わないでください。正直なところ、奥様にはもうだんな様のことがわからないのです。あのような奥様の姿を見て、ローアン卿がどれほど心を痛めておられることか」

「わかるわ」

「あなたはとてもやさしい方です。ローアン卿は眠りにつかれ、看護婦も新鮮な空気を吸いたくて少しのあいだ部屋を離れていたのです。わたしも眠っていて、悲鳴にしばらく気づきませんでした」

　グウェニスはうなずいた。ローアンはわたしを憎んでいるに違いない。これまで彼は、わたしのことを変わった女だと考えていただろう。だが自分が抱える苦しみと弱さを秘密にしておきたかっただろうに、わたしにその両方を知られてしまったので、今は憎く思っているはずだ。

「あなたはレディ・キャサリンの気持ちを静めてくださいました。ありがとうございます」トリスタンがお辞儀をした。

「おやすみなさい」グウェニスはそう言って部屋へ入った。

「おやすみなさい、レディ・グウェニス」


ローアンは自分をののしった。今まで何度となく戦場へ出て、地面の上で眠り、夜のかすかな音にも耳をそばだてたものだ。寝ずの番にもつき、どんなときでも用心を怠らなかった。この国では、敵はイングランド人だけとは限らない。よその国と戦争をしていないときは、お互い同士で戦っている。彼は夜中でも油断しないだけの用心深さを身につけていた。

それなのに今夜、キャサリンの悲鳴が聞こえなかった。妻が叫んだのに、目を覚まさなかった。

代わりに、グウェニスがキャサリンのもとへ行った。

そして妻は、ぼくやぼくの声すらわからない妻は、知らない人間にやさしくふれられ、慰めの声をかけられて反応したのだ。

ローアンは朝までキャサリンのかたわらに座っていた。彼女は二度と叫び声をあげなかった。息をしているようにさえ見えない。大きなベッドのなかで、キャサリンは小さな天使に見えた。

グウェニスに感謝しなければならないことはわかっている。だが、心のなかのなにかが逆らっていた。これはローアン個人の苦しみなのだ。キャサリンが非常に美しく、聡明《そうめい》で機知に富み、魅力的でやさしい女性だったことは誰もが知っている。みじめな姿に変わり果てた彼女の姿は誰にも見せたくなかった。

おんどりが夜明けを告げるのを聞いて、ローアンは立ちあがった。妻はベッドのなかですやすや眠っている。彼は身も心も疲れきっていた。少し眠る必要があったが、キャサリンのそばを離れたくなかった。

なぜぼくはグウェニスをここへ連れてきたのだろう？　もちろん女王の命令があったからだ。

客なら客らしくふるまえばいいものを。中庭を散歩してあてがわれた部屋でおとなしく眠り、馬に乗ってこの地方の美しさを見物しに行けばいいのだ。それなのに彼女ときたら、ぼくの私生活にずかずかと踏みこんできた。

キャサリンにしてくれたことに対して感謝すべきなのはわかっているが、グウェニスがここにいること自体が気に入らない。おそらく、彼女がかつてのキャサリンにそっくりだからだろう。健康で美しく、意志が強くて思いやり深いところが。

ローアンはそうした考えを頭から追いだした。

グウェニスは女王の侍女で、フランスで長く暮らしすぎた。自分の国の現実にもう一度目を開き、すべてが自分の思いどおりにはならないことや、国の新しい信仰に難癖をつけることはできないことを学ぶべきだ。

ぼくの妻は死に瀕《ひん》している。いくら天に怒りをぶつけようと、その現実を変えることはできない。

ふいにキャサリンが声を発し、ローアンははっとした。声はあまりに小さくて弱々しかったので、慌てて妻のもとへ戻って彼女の口もとに耳を寄せた。

「天使……」キャサリンがささやいた。

ローアンは途方に暮れた。

「ぼくはここにいるよ、キャサリン。なにか欲しいものがあるのか?」

彼女は青い目を見開き、眉をひそめてじっとローアンを見つめた。「天使が……」

「キャサリン、大丈夫だ。きみはひとりじゃない。ぼくがついている」

「ここにいたわ……」その声もかろうじて聞きとれるほどの大きさだった。

「キャサリン、ぼくだ、ローアンだ。きみを愛している夫だよ」

ローアンの声は聞こえなかったようだ。それとも聞こえはしたが、キャサリンにとって彼の言葉はなんの意味も持たなかったのかもしれない。「ここにいてほしいの」キャサリンがじれったそうに顔をゆがめた。

ローアンは絶望に駆られた。「キャサリン、わかってくれ。ぼくだ、ローアンだよ」

キャサリンには彼の声が耳に入らないらしかった。

「歌を歌ってくれたの。とても美しい歌を。そして悪魔たちを遠ざけてくれたわ」キャサリンがささやいた。

ローアンは息もできずに体をこわばらせた。心は千々に乱れていた。

キャサリンはグウェニスにそばにいてほしいのだ。

「きみの天使を連れてくるからね」彼は妻に告げた。

6

それから三週間近くがたち、最後にもう一度ハイランドの風景を眺められるようにと、城壁の外へ連れだしてもらったレディ・キャサリンは、夫のやさしい腕のなかで息を引きとった。

ローアンは大きな牡馬《ぼば》に彼女とともに乗って岩山の上へ出かけ、眼下に広がる美しい光景を眺めさせた。

死ぬ間際になってキャサリンは正気をとり戻した。この谷が大好きだとささやいてローアンを見あげ、彼の顔に手をふれてから目を閉じたが、その目が開くことは二度となかった。穏やかな死に顔だった。

グウェニスはすぐ後ろに控えていた。キャサリンがグウェニスを天使か真の友人だと思いこみ、いつも近くにいてほしがったからだ。

キャサリンの願いどおりそばに座っている以外、グウェニスにできることはなにもなかった。それがいやだったのではない。誰かに必要とされていると感じ、苦しんでいる人のためにわずかながらも役に立てていると思うと大きな満足感を覚えた。けれどもその一方で、もうすぐあの世へ旅立つとわかっている人とのあいだに誠実な友情を結ぶことは、苦しみを伴った。

死期を迎えたキャサリンがローアンを夫と認め、城の外の田園地帯を見渡せるところへ連れていってほしいと頼んだのを見て、グウェニスはうれしかった。アニーはグウェニスに、精神を病んだ人が正気に戻るのは以前にも見たことがあるが、悲しいことにこうした変化はしばしば死の直前に起こるのだと言った。アニーによれば、それは神によって与えられた最後の輝かしいひとときで、そのあと人は天国へ旅立つのだという。なぜならキャサリンのようなやさしい女性は、天国以外に行くところがないからだ。

ローアンはキャサリンが死に至るまでの数週間を重苦しい沈黙のうちに過ごした。まるでグウェニスなど存在しないかのように、彼はよそよそしい態度をとりつづけた。そうした冷たい態度をとらなかったら、たとえローアンが同情などいらない、とりわけグウェニスに哀れみを受けるのはごめんだと考えていたとしても、彼女は深い同情を覚えずにいられなかっただろう。彼がグウェニスを邪魔な存在と感じながらもキャサリンが頼むのでしかたなく我慢していることを、グウェニスは知っていた。

誰ひとりとして馬を降りなかった。牝馬《ひんば》に乗ったグウェニスの横にはトリスタンがいて、その後ろに牧師のレジナルド・キーオ師、アニー、キャサリンの看護婦のアガサ、それとローアンの家臣が数人馬に乗っている。彼らはグレイ城の主《あるじ》とその妻の後ろに黙って控えていた。

ローアンは長いあいだ黙りこくっていたあとで彼らを振りかえった。「終わった」彼はたったひと言口にした。妻のなきがらをやさしく抱いたローアンの目はうつろだった。そしてそれ以上なにも言わず、ただ馬の向きを変えて丘を城のほうへおりはじめた。

城へ帰りつくと、ローアンは彼らに指示があるまで待つよう言い置いて、キャサリンをベッドへ運んでいった。キーオ師でさえ亡き妻を悼む領主の祈りにつきあうよう頼まれはしなかった。ほかの人たちと同じように、牧師は務めを果たすべきときが来るのを静かに待った。グウェニスは妻の遺体につき添っているローアンを、どのような悪霊が苦しめているのだろうと想像した。彼はしばしばグウェニスの怒りを買うようなふるまいをしたが、キャサリンに冷たい仕打ちをしたとは思えなかった。ローアンは妻が少しでも心地よく過ごせるようできる限り配慮していた。

夕方が近づくにつれて城を覆う冷え冷えとした静寂に耐えられなくなり、グウェニスは馬小屋へおりていって牝馬のクローイを捜した。馬丁の少年もほかの召使いたちと同様に悲しい顔をしていたが、グウェニスの求めに応じてさっそくクローイを引いてきて、乗馬に適した道を教えてくれた。

「このあたりの森を知らない人がひとりで出かけるのは危険です。ここは険しい土地ですから」少年は忠告した。

「あまり遠くへは行かないわ」彼女はそう言って少年を安心させた。

実際、遠くまで出かけるつもりはなかった。だが出かけてまもなく、気がついてみるとグウェニスは目の覚めるような風景のまさに中心地にいた。かなたに切りたった崖《がけ》が天高くそびえ、眼下には深い谷と美しい盆地が広がっている。彼女は農夫たちが働いている畑の脇《わき》を通り、たくさんの羊が群がって白い雲海のように見える放牧地を横切っていった。やがて道は険しい岩山に入った。道が上へ上へと続いているのを意識しながら先へ進んだが、日がどんどん傾きつつあることはほとんど頭になかった。高い崖の上へ出たグウェニスが遠くへ目をやると、海岸線と、海にまばゆく照り映えている夕日が見えた。キャサリンが天に召されたこの日、地上に靄《もや》は立ちこめておらず、空気は澄みきっていて雨の気配はまったくなかった。

海を眺めていたグウェニスの目に、岸へ戻ってくる渡し船が見えた。故郷の島はどのあたりだろうかと、目に手をかざしてまぶしい夕日をさえぎり、海を見渡した。右手の遠くに見える大きな島がイズリントン島に違いない。赤い夕日を受けて輝いている岩の上の建物が、きっとわたしの家族の家だろう。

イズリントン。わたしの故郷。グウェニスは自分が故郷の島をひどく恐れていることに気づいた。彼女が島を出たのは十四歳のときだ。メアリーの母である、ギーズのメアリーの庇護《ひご》を受けてエディンバラの学校で学び、数年後にフランスへ送られた。女王にはいずれ戻らなければならない故国スコットランドの現状をよく知る、新しい侍女が必要だと考えられたのだ。

グウェニスは島を出られるのがうれしかった。やさしい乳母や召使いに囲まれて育ったものの、彼らはみな叔父アンガス・マクラウドの厳しい支配下にあった。アンガスが悪人だったというのではない。ただ非常に厳格な性格で、しかもこの国の法律では昔から男子が称号や領地を継承するのが習わしであるにもかかわらず、グウェニスが父親の称号を受け継ぐことになったので不満を抱いていた。グウェニスの父親がジェームズ五世とともに戦って討ち死にしたとき、五世亡きあと摂政の座についた皇太后ギーズのメアリーが、自分の娘のメアリー・スチュアートを幼くして女王の座につけたのと同様に、グウェニスをイズリントン島の領主の跡継ぎと決めたのだった。

海からまっすぐそそりたっているかに見える岩の上の建物が、まるで歓迎するかのように夕映えのなかで一瞬の輝きを放った。いいえ、あれは歓迎ではなく警告だわとグウェニスは思った。彼女はなんとか気持ちを奮いたたせた。グレイ城の人たちと同じく、グウェニスの心も悲しみに満ちていた。キャサリンみたいなやさしい女性にこんな残酷な運命が振りかかるなんて、あってはならないことだ。そのキャサリンもとうとう神に召された。彼女が今いる世界には苦しみも恐怖もないだろう。そして残されたわたしたちは、これほど美しい日だというのに陰鬱《いんうつ》な雰囲気に包まれている。

日が沈んで、にわかに冷えてきた。突然グウェニスは、そこが夜のとばりに包まれかけている危険な岩山の上であることに気がついた。

「さあ、行きましょう」不安が声に出ないよう気をつけて、彼女は馬に話しかけた。

努力もむなしく馬はグウェニスの不安を感じとったようで、慎重に帰りの道をたどろうとする彼女の手綱を無視し、おびえて跳ねた。

「くだり坂でそんなに跳ねるものじゃないわ」グウェニスは馬をなだめようとしたが無駄だった。「もう二度と振り落とされないから」彼女はきっぱりと言った。

最初の坂をおりて谷へ出た。昼間見た羊の群れはどこにもいなかった。羊飼いが連れ帰ったに違いないが、いったいどこへだろう？　薄暗いなかでは、どこも同じ風景に見える。

グウェニスは手綱を緩めて馬が進むに任せた。野原を横切っているとき、梟《ふくろう》の鳴き声がして飛びあがりそうになった。馬がおびえて暴れたが、彼女は振り落とされないようにしがみついていた。

「いい子ね、家へ帰るのよ」グウェニスはやさしく話しかけて馬を進ませた。

なだらかな野原を行くあいだ、誰にも出会わなかった。

数時間後、グウェニスは道に迷ってしまったことを悟った。どうやら同じところをぐるぐるまわっているか、さもなければ南東ではなく北へ向かっているらしい。彼女は馬をとめて、どちらに海があるのかを感じとろうとした。それがわかれば方向感覚をとり戻すことができるだろう。夜の空気をいっそう冷え冷えとさせる風は北西から吹いてくるに違いないと考え、城のある方角のおおよその見当をつけて再び馬を進ませた。

来るときに見たたくさんの農家はどこへ消えてしまったのかしら？　崖の頂をおりてきてからというもの、誰ひとりとして出会わないなんて。文句を言ったところで無駄だとわかってはいても、道に迷った愚かな自分と馬に悪態をつかずにいられなかった。

とうとうグウェニスは雑木林を見つけたほうがいいと心を決めた。林のなかでひと晩過ごし、朝になったらまた城へ戻る道を探そう。谷の向こうの端にこんもりとした森があるのが月明かりの下で見えた。あそこへ行けばきっと水の飲める小川や、ベッド代わりになる松葉の厚く敷かれた地面が見つかるだろう。

怖がることはないわ。だって、ここ何時間も人っ子ひとり見ていないんだもの。

ローアンは妻の死を悼むのに忙しくて、今夜はグウェニスがいなくても気づかないと思われるから、彼を心配させる気遣いはない。だけど……。

このままいつまでも帰らなければ、アニーやライザが気づいて騒ぎたてるに決まっている。そう考えると、気が焦った。トリスタンが、愛するキャサリンのなきがらにつききりのローアンの耳には入れないで、召使いたちに捜させてくれればいいけれど。

暗い森のなかへ馬を乗り入れた彼女は思わず身震いし、再び愚かな自分にあざけりと叱《しっ》責《せき》の言葉を浴びせた。

そのとき、木立のあいだにちらりと明かりが見えた。

グウェニスは手綱を引いて馬をとめ、暗闇《くらやみ》に目を凝らした。火がたかれているのだと知ってどうしようかためらったが、それも一瞬にすぎなかった。ハイランドは無法者が多いことで知られているけれど、わたしに危害を加える人間はいないだろう。なにしろわたしは女王の侍女で、グレイ城の主ローアン卿《きょう》の客人だ。大丈夫だと確信したグウェニスは、今にも向きを変えて逃げだしたそうな馬を叱咤《しった》し、木のあいだに見え隠れしている火のほうへ向かっていった。

あとになって彼女は馬の本能に従わなかった愚かしさをまたもや悔やむことになるが、このときはなにも知らなかった。

明かりを目指して進んでいたとき、突然、闇が音で満たされ、前方の木の枝がざわめいたかと思うと、背後でそしてさらに横でも草木のこすれる音がした。

馬がおびえて足をとめた。グウェニスは向きを変えて逃げようとした。

だが、遅すぎた。


ローアンは頭を垂れてベッドのかたわらに何時間も座っていた。キャサリンの美しい死に顔には目を向けなかった。長いあいだ会わなかった妻の顔に、死が穏やかな表情をもたらしたことは見なくてもわかっていた。今のキャサリンはぐっすりと眠っているだけのように見える。

彼は苦悩を感じたかった。悲嘆に暮れたかった。なんでもいい……。

耐えがたいやましさを忘れさせてくれるものならなんでも。

ローアンは歯ぎしりした。その昔、彼はキャサリンだけに愛を誓った。彼女はローアンの心に情熱と忠誠心をかきたてた。ふたりはともに笑い、愛しあい、領地の状態や馬について、さらには城の改良点についても心ゆくまで話しあった。

かつては……。

しかし、今となっては遠い昔のことに思われる。キャサリンが事故に遭ってからというもの、ローアンはなにかと用事にかこつけて城から逃げだした。その点、城にとりついた恐ろしい亡霊から離れさせてくれる任務があるのはありがたかった。

そして今回、帰ってきてみたら……。

キャサリンは彼がわからないばかりでなく、知りもしない人間に慰めを求めた。

そして死のわずか数時間前になってローアンが夫であることを認め、死期が迫っていることを悟って、岩山の上へ連れていって最後にもう一度大地と空を見せてほしいと頼んだ。

ローアンはほかの女性に愛をささげたことは一度もないが、しばしばほかの女性とベッドをともにした。相手は捨てられても傷つかない娼婦《しょうふ》たちだ。ローアンの興味をかきたてることなどない、ましてや心をとりこにしたりしない女性たち。彼にとって大切でなく、なんの意味も持たない女性たち……。

それなのに今こうしてキャサリンの遺体を前にしていると、彼女を裏切っていた気がしてならない。ローアンが城を離れたのは任務のためだけでなく、彼の意思によるものでもあった。

キャサリンをないがしろにした自分を罰したかった。冷えきった心のままなにも感じずにただ座っているのでなく、激しい苦しみにさいなまれたかった。

「許してくれ」ローアンは両手を握りしめてささやいた。「ああ、キャサリン、どうかぼくを許してくれ」

最初のうちは廊下の騒ぎに注意を払わなかった。誰も彼の邪魔をするはずがないとわかっていたからだ。キーオ師はローアンに、遺体を清めて柩《ひつぎ》におさめ、葬儀の準備をするべきだと告げたが、その牧師にせよ、あるいはほかの誰にせよ、気がすむまで妻の死を嘆くのを妨げようとはしないだろう。

しかし話し声がしだいに近づいてきて無視できないほど大きくなったので、とうとう顔をしかめて立ちあがり、歩いていってドアを開けた。

四、五メートル先の廊下にトリスタンがいて、アニーやライザと熱心に、しかも大声で話をしている。アニーもライザも見るからに動揺していて、トリスタンの顔にも心配そうな表情が浮かんでいる。

「どうした?」ローアンはきいた。

三人がいっせいに振りかえってローアンを見た。彼らの顔には一様に驚きと不安、そして恐れがあった。

誰も返事をしなかった。

「トリスタン? なぜ黙っている?」

トリスタンが咳払《せきばら》いをした。「お嘆きのところを邪魔したくなかったのです。少々問題が生じましたが、わたしが万事処理いたしますのでご心配なく」

ローアンは顔をしかめて彼らのほうへ歩いていった。「問題とはなんだ?」

「レディ・グウェニスが馬で出かけたきり、まだお戻りにならないのです!」アニーがうろたえて大声をあげた。

「馬で出かけた」ローアンはぼんやりとくりかえした。

「はい」

「誰が許したんだ?」ローアンはトリスタンをにらみつけて問いただした。

「わたしがもっと注意をしていればよかったのですが……レディ・グウェニスは誰の許可も求めずに出ていかれたのです」トリスタンが説明した。主人の叱責を浴びる覚悟でその場にじっと立っている。

不思議なことにローアンは、トリスタンに対してまったく怒りを覚えなかった。グウェニスの性格を知っていたからだ。そして、彼女に対して腹を立てた。しかも奇妙なことに、腹を立てていることがうれしかった。どのような感情であれ、それを抱くことができるのが……。

生きていると実感できるのが。

「彼女はいつ出かけた？」ローアンはきいた。

「暗くなる数時間前だと思います」アニーが答えた。

「わたしが家臣たちを連れて捜しに行きましょう。必ず見つけてきます」トリスタンが請けあった。

「ぼくも一緒に行く」ローアンは厳しい口調で言って歩きだしたが、はたと立ちどまって深く息を吸い、アニーに向かって言った。「キーオ師に伝えてくれ。城の女性たちを使って、妻のなきがらを清めて埋葬用の衣装に着替えさせ、人々が最後の別れを告げることができるよう大広間に通夜の席を整えるようにと」

彼は身を翻して馬小屋へ向かった。

ローアンが自ら捜索する必要などないことはわかっていた。家臣たちだけでも捜しに行けるだろう。しかし、じっとしていられなかった。暗闇には危険が多く潜んでいる。だがあの自信たっぷりなグウェニスは、そんなこともわからないほど愚からしい。ローアンは彼女の首を絞めあげたいくらいだった。彼はグウェニスに対して責任を負っているのだ。キャサリンの死期が近づいたころ、ローアンはメアリーに手紙を出して、イングランドへの出発が予定より遅れることを伝えた。女王は、愛する妻の死を見とるのは夫として当然の義務だからすべての片がつくまでとどまるように、旅立ちが遅くなるのは了解したと返事をよこした。

こうして妻が亡くなった今、なきがらのかたわらで祈りをささげるのが夫の務めだ。それをほうりだしてほかの女性を捜しに行くことなど、誰も期待してはいない。わざわざ彼が行く理由はないのだ。

だがハイランドの暗闇をひとりさまよっているグウェニスのことを考えると、ローアンはやはり捜しに行かなければならないと心をかためた。

「ねえ」ささやいたグウェニスは自分の声が震えていたので驚いた。「誰かいるの？」

そのとき、ひとりの男が横の茂みから飛びでてきて馬の馬勒《ばろく》をつかんだ。おびえた馬が後ろ足で立ちあがろうとしたが、男は手を離さなかった。

「おーい、娘がひとり、森へ迷いこんできただけだ」男はハイランド特有のゲール語で叫んだ。

さらに男がふたり現れて、グウェニスの両側に立った。

「お邪魔をしてごめんなさい」グウェニスは言った。「わたしはイズリントン島のレディ・マクラウドよ。たぶんあなたたちは、わたしの叔父と知りあいだと思うわ。わたしはローアン・グレアム卿の庇護のもとに旅をしていて、今はグレイ城に滞在中なの。今日、そのグレイ城で悲しい出来事があったのよ。申し訳ないけれど、誰か城へ戻る道まで案内してもらえないかしら？　できれば真夜中になる前に帰りたいの」

「レディ・マクラウドだと？」ひとりが歩みでた。誰かが突然たいまつをともしたので、一瞬、グウェニスはまぶしさに目がくらんだ。

男たちにじろじろ観察されているのがわかり、彼女は不愉快になった。口をきいた男のしゃべり方が気に入らない。

「今ごろローアン卿がわたしを捜しているわ」グウェニスは鋭い口調で言った。

「本当か？」さっきと同じ男が尋ねた。

グウェニスはたいまつの火に目をしばたたき、口をきいた男を見定めようとした。男は背が高く、たいそう毛深い。顎ひげが胸まで垂れている。年は五十歳前後で、筋肉が隆々とした大男だ。彼の横に、やはり顎ひげを伸ばした若い男がいる。容貌《ようぼう》が大男とそっくりなところを見ると、息子か親戚《しんせき》に違いない。三人めの男はほかのふたりよりもやせていて、ふたりが黒髪なのに対し、ブロンドの髪をしている。グウェニスは彼のタータンがほかのふたりのものより上質で、履いている靴も立派であることをすばやく見てとった。顎ひげを伸ばしたふたりが履いているのは、くたびれきったブーツだ。

今度口を開いたのは、ひげをきれいに剃《そ》ったブロンドの若者だった。「レディ・マクラウド？」

「こいつは天からの贈り物だ」年かさの男が言った。

「悪いけど、帰り道を教えてもらえない？」グウェニスは内心びくびくしながら頼んだ。

「マクラウド家の人間だとよ！」若いほうの顎ひげの男が言った。

三人ともグウェニスを値踏みして楽しんでいるようだった。

「わたしは女王の侍女よ」

「なるほど、女王が帰国したというのは本当だったのか」ブロンドの若者が言った。

「ああ、カトリック教徒が帰ってきたってわけだ」年かさの男が言って唾《つば》を吐いた。

グウェニスは慌てて言った。「女王は心の広い方よ。国民がそれぞれの信仰を大切にすることを望んでいらっしゃるわ」

「馬を降りなさい、お嬢さん」年かさの男が丁寧な口調で言った。「わたしはファーガス・マッキーベイだ。名前くらいは聞いたことがあるだろう」

グウェニスには聞き覚えがなかった。

けれども、それはどうでもよかった。男は返事を待たなかったからだ。彼はグウェニスの許可も得ずに彼女のほうへ腕を伸ばして鞍《くら》から抱えあげた。グウェニスは逆らわなかった。雄牛ほどもある男に抵抗したところで無駄だ。それにどういう理由からかはわからないが、自分がすでに厄介な事態に巻きこまれてしまったことがわかっていた。彼女がマクラウド家の人間であることに問題があるらしい。マクラウド家とこの男たちのあいだに争い事でもあったのだろうか？

グウェニスは気持ちがなえかけた。だが、今こそ機転をきかせて抜け目なく立ちまわらなければならない。

「女王は本当に公平でやさしい方よ」彼女は地面へ足をおろして言った。「だけど女王に助言をなさっているお兄様のジェームズ・スチュアート卿はとても厳しくて、どんな不正も絶対に見逃さない方なの」

三人の男たちは疑わしそうに目を見交わした。

ブロンドの男が軽くお辞儀をした。「お嬢さん、おれは一族の当主のブライス・マッキーベイだ。おれのことは耳にしたことがあるんじゃないかい？」

グウェニスは彼の名前も聞いた覚えがなかったので黙っていた。

ブライスが黒髪の若者を指した。「彼はおれの親戚でファーガスの息子のマイケルだ。知っているかな？　きみがいるのはマッキーベイ家の土地だよ」

「あら、そうだったの」グウェニスはなんとかほほえんだ。「勝手に入りこんでごめんなさい。お邪魔をしたみたいで、本当に申し訳ないわ。グレイ城への道を教えてくれたら、すぐに――」

「なんのもてなしもせずに帰すのは、あまりに失礼というものだ。それに護衛もつけずに闇のなかへほうりだすなんてできない」ブライスが言った。

「ローアン卿はできたようだがね」ファーガスが口を挟んだ。

「わたしは乗馬が得意なのよ」グウェニスは言った。

「そうかもしれないが、女性がひとりで夜道を行くものじゃない」ブライスがたしなめた。

グウェニスは好奇心むきだしの彼の視線に虫唾《むしず》が走ると同時に、ここは慎重に口をきかなければならないと思った。「今日、ローアン卿の奥様が亡くなったの。彼は悲しみに暮れ、この世にうんざりしていて、そのうえとても機嫌が悪いわ」

彼女の言葉に男たちはまた視線を交わした。

「来なさい。喉が渇いているだろう。向こうにビールがあるし、腹がすいているようなら焼いた肉もある」ファーガスが言った。

選択の余地はなかった。ファーガスに馬の手綱を握られてブライスに腕をとられ、グウェニスは導かれるまま燃えている火のほうへ歩いていった。

火の前に置かれたタータンの上へ座るよう促されて、誰かの祖先だったバイキングの形見とおぼしき角笛にビールを注《つ》いで差しだされた。礼を言って受けとったとき、喉が渇いていたことに今さらながら気づいた。もっとも、ただの水のほうがずっとありがたかった。

ビールは苦く、彼女はむせかえりそうになるのをなんとかこらえた。

ファーガスがグウェニスに小さな肉切れを手渡した。彼はなんの肉か教えなかったが、おそらく栗鼠《りす》だろう。彼女はただ礼を述べ、口に入れてかみはじめた。しかしどうやら思い違いだったようで、栗鼠ではなくなにかの鳥の肉らしい。しかもなかなかおいしかった。だが、グウェニスが食事を始めると、三人の男たちは少し離れた場所へ移動した。グレイ城へ至るいちばんいい道を相談すると言っていたが、グウェニスには三人が彼女をどう扱うか話しあっているのだとわかった。

用心深く耳をそばだてていたグウェニスは、彼らの言葉を切れ切れに聞きとってぞっとした。

「……マクラウド家の人間……」そう言ったのはブライスだ。

「……持参金をたんまり……」これはファーガス。

マイケルが勝ち誇った声をあげた。「……老いぼれアンガスへの仕返しだ！」

「女王が激怒したらどうする？」ブライスがきいた。

「ローアン卿……そっちのほうが厄介だ」マイケルが忠告した。

グウェニスはもっと座り心地のいい場所を探すふりをして、会話をよく聞きとろうとこっそり三人のほうへ近づいた。

ファーガスが興奮したささやき声でしゃべりだした。「そのとおりだ、ブライス。それにおまえが今、あの娘をものにしてしまったら、やつらにはもう手の打ちようがない。違うか？　どうして明日の朝まで待たなきゃならないんだ？　さっさと結婚してしまえばいい。ちっとも難しくないだろう？　娘はあのとおりかわいらしい。それどころか、見ているだけで涎《よだれ》が出そうなほどいい女だ」

「ローアン卿はどうする？」マイケルがきいた。

「やつはあの娘をほうっておいたんだ。妻の死を嘆くのに忙しくて、彼女がいないことには気がつかないだろう。気づいたころには手遅れというわけだ。朝まで待つのはごめんだな」ブライスが言った。

「いったんものにしてしまえば、法律を味方につけられる」ファーガスが同意した。

グウェニスは聞き耳を立てながらも聞こえないふりをして座っていた。恐ろしさに血が凍り、手足は麻痺《まひ》したようになった。だがこの一味から逃れるためには、気持ちをしっかり持って隙《すき》をつく必要がある。彼らが大胆にも彼女を襲おうと相談しているのが信じられなかったが、考えてみればそう不思議なことではないのかもしれない。ハイランド人というのは、しょっちゅう一族同士で戦っては、正しいのは自分たちだと厚かましくも主張する民族なのだ。

どうやらグウェニスの叔父がなにかをしでかし、それが原因で三人はマクラウド家を敵視するようになったらしい。三人はその代償をグウェニスに払わせようとしているのだ。

グウェニスが女王に仕えているという事実も、ここでは役立ちそうにない。メアリーは帰国したばかりでまだ国を完全に掌握しておらず、彼らにとっては異邦人にすぎないからだ。メアリーが彼らへの敵対行為に出れば、彼女の宗教観やフランスとのつながりを恐れている人々の反乱を招きかねない。三人はそうした状況をよくわかっているらしかった。

ブライスがぶらぶらとグウェニスのかたわらへやってきた。なにやら考えている顔を装っているが、目は興奮でぎらぎらしている。彼女は自分の運命が決まったことを悟った。今夜、体を奪われて、朝になったら無理やり結婚させられるのだ。適当な牧師を見つけることぐらい、三人にとってはわけもないのだろう。いったん結婚してしまえば逃げられない。グウェニスは彼女を復讐《ふくしゅう》と金儲《もう》けの手段としか見なさない領主の妻として、さげすまれながら一生を送ることになる。グウェニスの領地はスコットランドのなかでも豊かとは言いがたいが、それでもいくらかの収入をもたらすことができた。

わたしは本当に愚かだ。叫ぼうと思えば叫べるが、誰も聞きつけてはくれないに違いない。マッキーベイの領地内だということ以外、ここがどこなのかすらわからないのだ。彼らはローアンや女王の怒りを買うだろうが、いったん神の御前《みまえ》で誓いがなされ、結婚証明書に署名してあればどうしようもない。わたしは物と同じで、それでおしまいだ。

それに、ここにはわたしを助けてくれる人は誰もいない。救世主が現れる可能性はないのだから、自分でなんとかしないと。

「お嬢さん、雉《きじ》の肉はどうだったかな?」ブライスが丁寧な口調で尋ねた。

「やわらかくておいしかったわ。とてもおなかがすいて喉が渇いていたの。ビールもおいしかった。いろいろと気を遣ってくれてありがとう」グウェニスは言った。

「おれたち名誉を重んじる男としては、困っている女性を見捨てるわけにはいかないからね」ブライスが言った。

「城へ送っていくのは朝になってからのほうがいいだろう」ファーガスが重々しい口調で言った。

「暗がりを馬で行くのは危険だ」マイケルが口を挟んだ。

「そうかしら?」

「このあたりの土地は岩だらけでごつごつしているからな」ファーガスが言った。一族の称号を受け継いだのはブロンドの若者だが、三人のなかでのリーダーはファーガスのようだ。彼がいちばん年長で屈強そうな体をしている。

しかし、深い木立のなかへグウェニスを連れこむことになるのはブライスだろう。なんとかしてブライスを出し抜く必要がある。

そのためには、なにも知らないふりを続けて油断させておかなければならない。ブライスに誘われたら、おとなしく木立のなかへ入っていこう。ふたりきりになれば逃げるチャンスもできるに違いない。

ブライスがグウェニスを見て言った。「きみがもたらしたのは実に悲しい知らせだ。あのレディ・キャサリンがとうとうこの世を去ったとはね」

グウェニスはうつむいた。

「きみはローアン卿と一緒にこの地へ来たんだね？」ブライスが探りを入れてきた。

「ええ、わたしは女王の命令で彼と一緒に旅をしているの」

あとに沈黙が続いた。彼らは迷っていたのかもしれない——女王がグウェニスをローアンの後妻にふさわしいと考えて、彼女をここへよこしたのだろうかと。キャサリンが亡くなった直後にローアンの後妻におさまるなどと考えるのは不謹慎もいいところだが、目の前の三人にそう信じこませて自由になれるのなら、進んで嘘《うそ》をあと押ししようと思った。

「ローアン卿には女王の力を借りて、今以上に権力を拡大する必要などない」ファーガスがブライスを見てつぶやいた。

グウェニスは意気消沈した。どうやら嘘は役立ちそうにない。

だったらどうしたらいいの？

決断のときがやってきた。ブライスが彼女に歩み寄って手を差し伸べた。「さあ、向こうにいい林があるんだ。きみが寝る場所を見つけてあげよう。おれたちがひと晩じゅうついているから心配しなくていい」

「ありがとう」グウェニスはなにも気づかないふりをしつつ、さも感謝しているように彼の手をとって立ちあがり、たっぷり時間をかけてスカートの埃《ほこり》を払った。彼女はブライスの握力を推しはかった。ほかのふたりよりも細身だが、腕力が劣るわけではないようだ。グウェニスは彼を油断させておいて隙を見て一発見舞い、動けなくさせることに望みを懸けた。

ブライスがグウェニスの手をとって歩きだした。足どりから、彼がこのあたりの地形に詳しいことがわかった。

「林のなかに獣がいたらどうするの？」グウェニスは彼の腕にしがみついてささやいた。

「その心配はないよ。森にいるのは主に鹿《しか》で、たまに猪《いのしし》を見かけるくらいだ。その猪にしても、こちらが追いかけなければなにもしない」

ブライスが立ちどまった。そこはまだほかのふたりがいる場所の近くだったので、グウェニスは不安だった。

彼女はブライスの腕を放し、暗闇に早く目が慣れることを祈りながら、やみくもに道を突き進んでいった。

「おい、どこへ行くんだ？」ブライスがかすかにいらだちのこもった声で尋ねた。

「もう少し奥へ行くの」

「だけどおれはこの森に詳しくて、寝るのに最適な場所がどこか知っているんだよ」

「わたしは宮廷に仕える侍女よ」グウェニスは言った。「誰にも見られたくないことがあるわ」

「それ以上奥へ行く必要はない」

「でも、行かないと」駆けだす勇気はなかったが、彼女は歩く速度をあげた。

ブライスが追いついてきたので、グウェニスはいっそう足を速めた。そして火がたかれている場所からかなり離れたと確信できたので駆けだした。

たちまちブライスが追いついて、万力のような指でグウェニスの腕をつかんだ。戦うのはまだ早いと、彼女は自分を戒めてブライスをにらみつけた。

「なにをするの」

ブライスの顔から仮面がはがれ、険しい表情になった。「おとなしくしていれば手荒なまねはしないが、逆らえば痛い目を見る。どちらを選ぶかはきみしだいだ」

「なんの話？」

「マクラウド家はおれに借りがあるんだよ」ブライスが言った。

「あなたと叔父のあいだにもめ事があったの？」グウェニスは相変わらずなにも知らないふりをして尋ねた。

「そのとおりさ。アンガスが戦いをしかけてきて、おれたちはホーク島を失った。今はきみたち一族の領地になっている。だから、きみはおれに借りがあるのさ。ホーク島からあがってくる収益を返してもらいたい。イズリントン島からあがる収益も」

「叔父が不正行為を働いたのなら、わたしが過ちを正すわ」

「ああ、そうしてもらおう」

ブライスが話は終わったとばかりに彼女を抱き寄せようとした。

グウェニスはぞっとしたが、表情には出さずにチャンスを待った。

わたしがあきらめておとなしく言うことを聞きそうだと彼が確信したら……。

そのときこそ、攻撃に打ってでるのだ。

ついにその機会が到来し、グウェニスは思いきり膝蹴《ひざげ》りをくらわせた。ブライスが身をふたつに折ったので、彼女は両手を握りしめて力任せに後頭部へ振りおろした。ブライスがうめき声をあげて地面へ倒れる。それを見て、グウェニスは一目散に駆けだした。

彼女は死に物狂いで夜の森を走った。背後でブライス・マッキーベイが叫んでいた。かまわない。もう行動に移ったのだ。今度つかまったら暴力をふるわれるに決まっている。逃げ延びるしかない。

あたりは暗かったが、グウェニスは知らない道をひた走った。やがて前方に水の音がしたので行ってみると、小川が流れていた。彼女は喉を鳴らして冷たい水を飲み、しばし足をとめた。

そのとき突然、石と石のぶつかる音がして光が夜の闇を照らしたので、グウェニスは驚愕《きょうがく》した。

目の前にファーガスがいた。手にしたたいまつの明かりに照らしだされている。

グウェニスはあとずさりをした。後方のどこかにブライスがいるのはわかっていたが、どうしようもなかった。

「たしかにおまえはマクラウド家の人間だ！」ファーガスが怒り狂ってわめき、すさまじい形相でグウェニスにつかみかかってきた。

身を翻して逃げようとしたグウェニスは、何者かの体にぶつかった。

暗がりのなかでも相手が誰かわかったので、グウェニスは絶望感に襲われた。苦痛に顔をゆがめているブライスだ。彼の背後からマイケルが出てきて、彼女の横へまわりこんだ。グウェニスはブライスにつかまれた腕を振りほどいた。三方を敵に囲まれていたが、なんとか逃げる以外になかった。

今回はファーガスが身構えていて、逃げようとしたグウェニスに飛びかかってきた。だが彼女をとらえる寸前、ファーガスは奇妙な顔をして急に動きをとめた。

そしてグウェニスの足もとへうつぶせにばったり倒れた。彼女は仰天した。

大きな声が闇のなかにとどろいた。その声があまりにも厳しさと威厳に満ちていたので、森全体が静まりかえったように思われた。

「もう一度彼女にふれてみろ、マッキーベイ。亡き妻の魂に誓おう、おまえを殺し、一族を根絶やしにしてやるからな！」

7

ローアンの怒りは少しもおさまらなかった。

おそらく怒りは彼が最も必要としているもの、必死でしがみつこうとしているものだったに違いない。なにかを感じずにはいられなかったからだ。どんなものでもいい、なにかを。

たった今目撃したもののために、怒りはさらに倍増された。

マッキーベイ家は性根の悪い粗野な一族で、野心に富み、領地や収入を増やすためなら喜んで魂をも売り渡す。先祖代々受け継いできた土地を豊かにしようなどとは考えたことすらない。彼らは難癖をつけては近隣の領主へけんかをしかけることで知られている。

そして、たいていは負ける。

これまで摂政を務めてきたジェームズ・スチュアートはハイランドに平和をもたらそうと尽力したが、好き勝手にふるまって彼の努力を台無しにしてきたのがマッキーベイ一族のような連中だった。彼らに限らず、ハイランド人は戦いが嫌いなほうではない。だがその一方で、概して道徳心に富む誇り高い民族だ。彼らなりの法律を持っており、よその領地へ侵入しては人を拉致《らち》する行為を何世紀にもわたってくりかえしながら、女性に乱暴するのは最も卑しい行為として自らに禁じてきた。

　グウェニスはそれをなんとも思っていない連中の懐へ飛びこんでいったのだ。しかもよりによって今夜！　彼女は動きをとめてローアンを見つめていた。荒い息をつき、衝撃に目を見開いて髪を振り乱している。たしかにグウェニスはまれに見る美人だ。あまりに魅力的なので、彼らはほうっておけなかったのだろう。それに、アンガスとの確執も彼らを駆りたてたに違いない。グウェニスは愚かもいいところだ！

「叔父を殺したな、ローアン。おまえはファーガスを殺したんだ！」ブライスがわめいた。

「あいにく死んではいない。気を失っているだけだ。こんな愚かなことで人を殺しはしない。ただし、おまえらの悪事は女王へ報告しておく」ローアンは冷たく言い放った。

「悪事だって？　おれたちはその女性を助けようとしていただけだ。彼女がおれたちを怖がって逃げだしたから、夜の森は危険だと心配して追いかけたんだ」ブライスが主張した。

「嘘《うそ》よ！」グウェニスが大声をあげた。

　ブライスが再び両手をグウェニスのほうへ伸ばそうとしていた。それを見たローアンが馬をわずかに前へ進ませると、ブライスは手をおろしたが、黙っているのは癪《しやく》だと思ったのか口を開いた。

「彼女は誤解している」

「していないわ」グウェニスがはねつけるように言った。

ブライスが彼女をにらみつけた。「していないと思っているなら、それは彼女が魔女だからだ。この女はおれたちにねらいをつけ、なんらかの手を使って森のなかにいるところを見つけだして、邪悪な目をおれたちに向けたんだ」

「愚かな行為をしておきながら、おかしな言い訳をするな！」ローアンが怒鳴った。

「なにをそんなに怒っているんだ？　おれたちはたまたまこの女と出会っただけだ。もっとも……」ブライスが顔にいやらしい笑みをゆっくりと浮かべた。「聞いたところでは、おまえの妻は死んだばかりだというじゃないか。それなのに、早くも将来の計画を立てているようだな。新しい花嫁を奪われると勘違いして、腹を立てているんだろう？」

「今、おまえを殺すこともできるんだ」ローアンが静かに言った。「しかし、そうすれば問題が複雑になる。もっともおまえの命を奪ったところでたいしたとがめは受けないだろうが、おまえを殺せばファーガスとマイケルも殺さなければならなくなる。愚かな領主に仕えているだけで死ななければならないのは、あまりに気の毒というものだ。ぐずぐずしていないでファーガスを見てやったらどうだ。石をやつの頭に思いきり投げつけたからな。自慢じゃないが、今までねらいを外したことは一度もない」

「おまえがいるのはうちの領地じゃないか！」ブライスはわめいたが、前へ踏みだそうとはしなかった。

「おまえの領地はぼくの領地と隣りあっている。おまえは彼女をあの道へ連れていくだけでよかった。そうすれば城壁へたどりつけたはずだ」ローアンは言った。「レディ・グウェニス、こっちへ来るんだ」

そのときになってグウェニスは、ローアンがひとりでないことを知った。背後に馬にまたがった数人の男たちが控えていた。彼女はためらうことなくローアンの命令に従った。

彼は馬の上から手を伸ばしてグウェニスを抱えあげ、自分の前へ乗せた。

「妻が死んだばかりだというのに」ブライスがつぶやいた。

「だからこそ、おまえを生かしておくんだ」ローアンは静かに言ったが、大声で怒鳴るよりもかえってすごみがあった。

ブライスがなにも言いかえさなかったので、ローアンは馬の向きを変えて帰路をたどりはじめた。グウェニスはローアンについてきたのがトリスタンと、エディンバラから一緒に来た護衛たち、それとグレイ城に常駐している三人の家臣であることを知った。彼らはローアンとグウェニスが森の外へ出るまでその場を動かなかった。ローアンはブライスとその仲間を信用しておらず、彼らに背を向けるのは危険だと考えて、安全なところへ出るまで信頼できる家臣たちに背後を守らせたのだ。

グウェニスはなんでもいいから感謝の言葉を――謝罪の言葉を言いたかった。けれども口を開こうとすると、ローアンが鋭い声で制した。「黙っているんだ、レディ・グウェニス」

背後のローアンを痛いほど意識しながら、彼女は城へ着くまでじっと口をつぐんでいた。屈辱感をかみしめていたが、動揺しきっていたのでそれと闘う気力さえなかった。

城ではアニーとライザが帰りを待ちわびていた。

道中ひと言も口をきかなかったローアンは、城に到着したときもグウェニスに声をかけず、彼女をアニーの前へ降ろした。

「あとは頼んだ」彼はぶっきらぼうに言った。

グウェニスは振り向いてローアンの顔を見た。彼の表情は険しく、目は冷たかった。

「ありがとう」彼女はこわばった口調で言った。

「今後、二度とひとりで遠乗りに出かけてはいけない」ローアンが言った。

「待ってちょうだい」グウェニスは言ったが、彼は待とうとしなかった。

「おかわいそうに」アニーはつぶやいたあとでグウェニスをしかった。「なにをなさっていたんです？　よくよく考えて、慎重にふるまっていただかないと。お嬢様は女王にお仕えしているだけでなく、領主としての責任も負っていらっしゃるんですからね。お嬢様は世慣れていないから、男というものがなにを考えているのかご存じないんです……」

アニーはわたしの身に起こった出来事の半分も知らないのだわ、とグウェニスは思ってうんざりした。

「わたしは大丈夫よ」彼女はぎこちなくささやいた。

トリスタンがすぐに馬小屋から戻ってきた。「夜が明ければ忙しい一日が始まります」

グウェニスにやさしくほほえみかけて言う。「下手をすれば大変な事態になるところでしたが、危害も加えられずこうして無事に帰ってこられました。明日に備えて少しでも眠っておいたほうがいいでしょう」

「そうですよ。お休みください」それまで静かに見守っていたライザが、グウェニスのウエストにいたわるように腕をまわした。「さあ、行きましょう。明日になればなにもかもよくなります」

なにもよくなりはしないだろうと、グウェニスにはわかっていた。


女たちが香料や酢や強い酒を用いてキャサリンの遺体を処置した。大広間へ安置しておくあいだ、まるで眠っているかのように美しく保っておくためだ。彫刻を施した立派な木の棺《ひつぎ》も、すでに造らせてあった。

ローアンはその日のほとんどを大広間で立って過ごした。領民たちが次々と弔問に訪れて、速やかに天国へ召されるようにと祈りの言葉を唱えた。ローアンは再び心が麻痺《まひ》していたが、近くに立っているグウェニスを意識するときだけは別だった。彼女を目にするたびに、情熱にも劣らない激しい怒りが胸にわきあがった。けれども、今日のグウェニスを責めることはできない。彼女は微妙な立場にありながらも、堂々とした態度で弔問客たちを迎え、わざわざ足を運んでくれたことへの礼を述べて、全員にワインやビールがふるまわれるよう気を配っている。

村人の多くがグウェニスを好奇の目で見て、あれこれ憶測しているのがわかった。ローアンは城内の家臣や召使いたちでさえ、マッキーベイ家の連中と同様に、グウェニスが彼の愛人ではないかと邪推しているのを知っていた。

それがローアンの怒りをいっそうかきたてた。だが、まったくの邪推とは言えないかもしれない。グウェニスは若くて美しく、そのうえ称号を持っている。領主の結婚相手としては申し分がなかった。

しかし自分はそんなことをする人間ではないと憤慨したものの、ローアン自身が彼女の魅力を否定できないだけに、ますますやりきれない気分になった。

グウェニスを遠ざけたい。彼女を見ていると、わけもなくいらだってしまう。

それはひとえにキャサリンがグウェニスを気に入り、夫であるローアンの顔すらわからないのに、会ったばかりの彼女にそばにいてもらいたがったからだ、と彼は自分に言い聞かせようとした。

グウェニスとは距離を置く必要がある。弔問に訪れた人々に話しかけるグウェニスの完《かん》壁《ぺき》な横顔やまじめな態度、美しい立ち姿に思わず見とれてしまったローアンは、彼女に引かれていることを大声で否定して大広間を出ていきたかった。そして馬を駆って遠乗りに出かけて……。

　なにもかも忘れたかった。

　その日も遅くなってから、トリスタンから少し休憩して食事をするよう促されたものの、ローアンは断った。弔問客がみな帰って扉を閉じたあとの大広間で、グウェニスが少し離れたところに所在なさそうに立っていた。彼女に聞こえるのはわかっていたが、ローアンはかまわずに言った。

「朝まで妻とふたりきりにしておいてくれ」

「しかし、だんな様――」トリスタンが言いかけた。

「ほうっておいてくれないか」ローアンはくりかえした。

　主人をよく知っている執事のトリスタンは引きさがった。ローアンはグウェニスが執事に促されて大広間を出ていくのをぼんやりと意識した。

　それからブロケード張りの大きな椅子を暖炉の前から引きずってきて棺のそばへ据え、そこで眠った。

　ひと晩じゅう、誰にも邪魔されなかった。朝になってトリスタンが様子を見に来たので、ローアンは頼んだ。「妻をひとりにしないでくれ、トリスタン。彼女はひとりになりたくないだろう」

「わたしがついています。だんな様がお戻りになるまでここを離れません」トリスタンは咳払《せきばら》いをして続けた。「よろしければ十時の葬儀に間に合うよう、奥様を礼拝堂へお運びしたいのですが」

「わかった」ローアンはうなずいてその場を離れた。

自分の部屋へ戻ると、そこが以前とはまったく違う部屋だという気がした。キャサリンの病状が進んでからというもの、ローアンは自室で眠ったことがない。家へ帰ってきたときは彼女のそばで寝た――あるいはまったく寝なかったからだ。キャサリンが事故に遭ったとき、彼の人生は一変した。それまでは幸せに満ちあふれていたが、たちまち魂が抜けたようになった。女王が帰国する前から、ローアンは君主につくすことに生きがいを見いだそうとした。誰にでも情熱をささげるものが必要だ。キャサリンが元気なあいだは彼女が情熱の対象だったが、生ける屍《しかばね》となってからは祖国が対象になった。

奇妙なことに、ローアンは事故前の妻のことをほとんど思いだせなくなっていた。それでいながらキャサリンが亡くなった今、ますます心がうつろになった気がした。

公平な人生などこの世に存在しない。キャサリンは思いやり深くて、すべての人々が幸せになれるようにと願っていたのに、彼女自身は残酷な運命に見舞われた。その一方で、多くの残忍な人殺しや愚か者が長い贅沢《ぜいたく》な人生を謳歌《おうか》している。

ローアンは浴槽に湯を用意させて風呂に入り、時間をかけて念入りに身支度を整えた。キャサリンに永遠の別れを告げるには最上の服装をしなければならない気がしたのだ。タータンを身につけ、最後に一族の紋章をかたどった飾りどめをつけたところで、ローアンはためらった。最後の祈りを唱えたら、本当にこれきりになる。しかし、それ以上引き延ばすことはできなかった。

彼が大広間へ行くと、家臣や召使いが勢ぞろいしていた。家臣たちが眠っているキャサリンを起こしたら悪いとでもいうように静かに棺を持ちあげ、キーオ師が先頭に立って、召使いたちが棺の後ろに並んだ。ローアンがうなずくと、キーオ師が祈りの言葉を唱えはじめた。葬列は大広間を出て廊下を通り、明るい日差しのなかへ出て、城壁の脇《わき》にある礼拝堂へ進んでいった。

キャサリンの魂のために述べられる言葉を、ローアンはぼんやりと聞いていた。キャサリンの魂を受け入れてくれるよう神に祈る必要はない。もし神がいるなら、キャサリンはすでに神のみもとへ召されているはずだ。

彼は善良なキーオ師が葬儀にふさわしい言葉だけを述べたことに感謝した。キーオ師は世の中の風潮や善悪といった一般論にも、人はなにを信仰すべきかといった宗教論にもいっさいふれず、ただキャサリンの人柄について雄弁に語った。彼の話が終わると、参列者全員が再び別れを告げに前へ出てきて、棺にキスをしたり花を棺の上や周囲に置いたりした。そして、ついに葬儀は終わった。

ローアンは礼拝堂を出て城へ戻った。男性の召使いたちがキャサリンの棺を地下にある家族の霊廟《れいびょう》へ運びこむために待機していることは知っていた。棺はローアンの両親が眠る下の壁のくぼみに安置されることになっている。そうしてキャサリンは祖先たちの仲間入りをするのだ。

今ごろどこかで石工たちが、墓碑となる立派な石板に記念銘を彫っているに違いない。近隣の領主や村人を再び城へ迎え入れなければならないことはわかっていたが、ローアンはその気になれなかった。彼はその役目をトリスタンと招かれざる客のレディ・グウェニスに任せて馬小屋へ行き、ステュクスにまたがって城の外へ出た。

二日前のグウェニスも今の自分と同じ落ちつかない気分に襲われたのだろうかと思わずにいられない。その考えにローアンは憤慨したが、理由は知りたくなかった。

しかし頭を働かせるまでもなく、彼にはわかっていた。

ローアンがグウェニスを愛人に据えたがっていると思いこんでいる人たちは、それほど的外れなわけではない。

キャサリンが亡くなったばかりなのにグウェニスを欲しいと思うなんて、われながらぞっとする。

グウェニスが失うものなどなにもない娼婦《しょうふ》や身持ちの悪い女なら、ことは簡単だろう。

だが、彼女はそういう人間ではない。生まれながらの領主であり、今は女王の侍女なのだ。ローアンはグウェニスに欲望を抱いている自分が許せなかったし、ブライス・マッキーベイが危うく彼女をものにするところだったことを思いだしてますます怒りを募らせた。

彼は先日キャサリンが息を引きとった高い岩山の上で馬をとめた。

朝になったら、手配が整いしだいグウェニスを送りだそう。彼女を宝石のように大切に守れという命令とともに旅立たせるのだ。叔父のアンガスがグウェニスをどうするつもりでいるのかは知らないが、誰も彼女を悲しませたり好き勝手に扱ったりしてはならないという命令を手紙にして持たせよう。グウェニスをぼくから遠ざける必要がある。実際のところ、彼女はどこかの領主と結婚すればいいのだ。そうすれば、夫以外の男たちの欲望をそそることはないだろう。

とにかく、グウェニスには立ち去ってもらいたい。

「キャサリン」ローアンは小声で言って頭を垂れた。イングランドのキャサリンの実家を夫婦で訪れてから二年以上がたつ。そのときにキャサリンは事故に遭って死の淵《ふち》をさまよい、身ごもっていた子を死産して狂気の世界へ迷いこんだ。おなかの子供が男の子だったことを、ローアンは誰にも話していない。彼は少なくとも、キャサリンの最期に立ちあえたことを喜んでいた。いまわの際に彼女がローアンを夫だと理解し、彼の顔に手をふれてくれたことがうれしかった。しばらくしてから、ローアンは天に向かってそっとささやいた。「ぼくを許してくれ」

　グウェニスは目覚めてはいたもののまだ頭がぼんやりしていたので、早朝にドアをノックされたときにはびっくりした。

　この数日間、ローアンの姿を見ていなかった。城は黒い布で飾られ、重苦しい空気に包まれている。喪に服しているのだから当然だ。しかし喪中でありながらも、ローアンは城内にじっとしていなかった。毎朝、日がのぼる前に馬で出かけ、夜遅くに帰ってくる。みな彼をそっとしておいた。

　外へ出してもらえないためグウェニスはいらだちが募っていたが、先日大変な目に遭ったばかりなのでおとなしく城のなかにいた。

　いや、命じられたとおりにだ。

　グウェニスは愚か者ではないから、またマッキーベイ一族のような男たちと出会って、ローアンたちに迷惑をかけるような愚行はくりかえしたくなかった。だが、なにもすることがないのは退屈なものだ。城には立派な図書室があったので、彼女は読書をして過ごしたが、それでも日がたつにつれて、窓という窓にかけられた黒いカーテンと陰鬱《いんうつ》な雰囲気に息がつまりそうになった。グウェニスはキャサリンが亡くなったことを悲しんでいたけれど、長年キャサリンを知っていた人たち――ローアンのように彼女を愛していた人たちがどういうふうに感じているのかはわからなかった。グウェニスは死を悼み、冥福《めいふく》を祈って悲しみにどっぷり浸りたかったものの、空気を求めてあえいでいる魚みたいな気分であることもまたたしかだった。

ベッドの上で起きあがったとき、再びドアをノックする音がした。

「はい？」

ドアが細く開いた。

「レディ・グウェニス？」

トリスタンだった。

「なにかしら？」

「朝早くに申し訳ありません。アニーからの伝言で、これから荷物をまとめにうかがうそうです」

グウェニスは眉根を寄せた。「どういうこと？」

「実を申しますと、お嬢様方ご一行は今日の午前中に船でイズリントン島へ渡ることになったのです」

「ローアン卿《きょう》はこんなに早く発《た》つつもりなの？」

「いいえ、出発するのはお嬢様方と護衛だけです」

「そう」グウェニスはつぶやいた。

トリスタンが咳払いをした。「着替えられましたら少しお時間をいただきたいのですが、よろしいでしょうか?」

グウェニスは笑みを浮かべた。「もちろんよ」

ドアが閉まるとベッドを出て顔を洗い、すばやく服を替えた。胸飾りの紐《ひも》を結ぼうと苦労していると、アニーがやってきていそいそと手を貸した。「わたしはお嬢様のお役に立つためにいるんですから、なにかあったら呼んでくださいまし」

「自分でできることは自分でしたいの。それに、あなたはとても役に立ってくれているわ。ありがとう」グウェニスは言った。そして城を覆う暗い雰囲気にもかかわらず、アニーがにこにこしていることに気づいた。「どうしたの?」

「あら、わたしの口からは申しあげられません」

「いいじゃないの。あなたはわたしの役に立つためにいるんでしょう?」

アニーが楽しそうな笑い声をあげた。「これぱっかりはだめです」

「どうしてだめなの?」

「トリスタンから直接聞いてください。彼は大広間にいます。この件に関しては、わたしは貝のように口を閉じていますからね」

おかしなことがあるものだと思いながら、グウェニスが急いで大広間へ行ってみると、トリスタンが両手を後ろで組んで行ったり来たりしていた。

「ああ、お嬢様」彼はあたりを見まわし、城じゅうの窓にかかっている黒いカーテンを眺めた。「今はこのような話をするのにふさわしいときではありませんが、あなた方はイズリントン島へ旅立たれてしまいますから」

「だから？」グウェニスは先を促した。

トリスタンの頬が真っ赤に染まった。

「お願い、話してちょうだい」

彼はグウェニスの前へ歩いてきて片膝を突き、彼女の手をとった。「お嬢様、どうかお嬢様のメイドとわたしの結婚をお許しください」

グウェニスは口をぽかんと開けた。「アニーと結婚するの？」

トリスタンが困ったような表情で彼女を見あげた。「いいえ、お嬢様、ライザ・ダフです。彼女はわたしに魔法をかけ、すっかりとりこにしてしまいました。いいえ、魔法ではありません。そのようなことを言えば、また愚かな者どもがライザを火あぶりにしようとするでしょう。この数週間、彼女はわたしをなにかと手伝い、細やかな心配りをしてくれました。わたしは見てのとおり無骨者ではありますが、ライザもわたしを憎からず思っていると確信しています」

彼に期待のこもった目で見つめられ、グウェニスはほほえんだ。「トリスタン、わたしはライザの後見人ではないのよ。彼女にききなさい」

トリスタンが重々しく首を振った。「あなたの祝福をいただきたいのです」

「ローアン卿には話したの？」

「ええ。だんな様はあなたに話すようにと言われました」

グウェニスは顔をほころばせた。「必要なのがわたしの承認だけなら、喜んで与えるわ。ライザが同意すればだけどね」彼女は誰にも結婚を強要するつもりはなかった。

しかし、ライザはすでに心を決めていたようだ。階段へと続く廊下から飛びだして、グウェニスのほうへまっすぐ駆けてきた。今にもグウェニスに両腕をまわして抱きしめそうだったが、なんとか踏みとどまった。ライザの顔は幸せに輝いていた。

グウェニスは笑ってライザを抱きしめた。

「ありがとうございます、お嬢様！」ライザが言った。「わたしが今、生きているのはお嬢様のおかげです。そのうえ、こんな幸せまで与えてくださるなんて。ご恩は一生忘れません。本当ならあのとき死んでいたのに、こうしてトリスタンというやさしい男性にめぐりあうことができました。わたし……」言いよどみ、後ろめたそうに唾《つば》をのむ。「こんなときに自分だけが幸せになって、申し訳なく思っています……誰もが悲しみに浸っているときに。それから、いつ結婚できるかはわかりませんけど——」

「今日よ」グウェニスは言った。

ライザとトリスタンが口をあんぐり開けて彼女を見た。

グウェニスはふたりに告げた。「盛大な結婚式とはいかないだろうけど、ライザ、あなたがこの地にとどまるつもりなら、そして心からトリスタンを愛しているなら、わたしが立会人になってあげるわ。心配しないで。わたしからローアン卿にお願いして、さっそく式を挙げられるよう手配してもらうわ」

ふたりとも口をつぐんでただグウェニスを見つめていた。

「それでは正式な結婚になりません」やがてトリスタンが言った。

「女王はそれで結婚を認めると言ってくださっているわ。女王はジェームズ卿に、なにか事情がある場合は、教会が結婚を認めるようはからってほしいとお頼みになったの。キーオ師はどこ？」そのとき小さな喜びの声が聞こえたので振りかえると、アニーが大広間へ入ってきたところだった。

「牧師様は礼拝堂におられます」アニーが言った。

「それじゃあ、今から礼拝堂へ行って相談しましょう」グウェニスは有無を言わせぬ口調で告げ、さっそく行動に移った。

キーオ師は今日いきなり結婚式を挙げると聞いて唖然《あぜん》としたが、グウェニスがこれから旅立つことや、結婚が成立したことを見届けずにライザを残していけないという説明を聞いて納得した。礼拝堂で相談しているところにローアンが足音も高く入ってきたので、グウェニスは驚いた。ここ数日間と同様に、彼は顔を曇らせていた。

「レディ・グウェニス、護衛隊の準備が整った。一時間以内に出発してもらおう」ローアンがぶっきらぼうに言った。

　グウェニスは背筋を伸ばし、穏やかではあるが決意のこもった声で言った。「そんなに早くは出発しないわ。あなたはトリスタンとライザが結婚したがっていることを前々から知っていたの？」

「きみは反対なのか？」

「とんでもない。それどころか、今日ふたりを結婚させたいの」

　ローアンが顔をしかめたので、彼女はたじろいであとずさりしそうになった。「この城は喪中だというのに」

　グウェニスはうなずいた。「レディ・キャサリンの魂に喜んでもらうためにも、ひっそりと結婚式を挙げさせたいのよ。今から神の御前《みまえ》で」

「書類が整っていません」キーオ師が小声で言った。

「牧師様が祈りを唱えたあとで、適切な書類を作ればいいんじゃないかしら」グウェニスはローアンに視線を向けて唇をかみ、慎重に言葉を選んでそっと続けた。「誰もがみなレディ・キャサリンを尊敬していたわ。だけど、キャサリンの魂に安らぎをもたらしたいなら、長いあいだ彼女に心からつくしてきたトリスタンに愛する妻を、彼が必要としている慰めを与えずにいるのは正しいことかしら？　ローアン卿、あなたをさいなんでいる悲しみをひとまず忘れて、どうかふたりを結婚させてあげてちょうだい」

ローアンは激しい怒りを顔に浮かべてグウェニスをにらみつけた。彼女は怒鳴られるに違いないと身構えた。

「キーオ師、あなたはどう思う?」ローアンが尋ねた。

「このように慌てて結婚するのがよいこととは思えません」牧師はため息をついたが、すぐに両手をあげて続けた。「ですが、ローアン卿……ふたりがごく簡単な神の御言葉でかまわないというなら、そしてあなたとレディ・グウェニスが立会人になってくださるなら……」

「わかった。では、式を挙げよう」ローアンが言った。

グウェニスは驚いて目をしばたたいた。ローアンの怒りは少しも和らいだように見えなかったが、長年キャサリンの世話をしてきたトリスタンには幸せになる権利があると考えたのだろう。

トリスタンは夫であるローアンよりも誠実にキャサリンの面倒を見ていたのだ。

「式を挙げよう」ローアンがくりかえした。

全員がキーオ師を見た。「それでは、祭壇のほうへ」牧師が言った。

「まあ!」アニーがうれしそうな声をあげて両手を握りあわせた。

「ローアン卿はそちらにお立ちください。のちほど花嫁を花婿に引き渡していただきます。

レディ・グウェニスはこの場所に立って証人になってください」

そしてキーオ師は式を執り行いはじめた。敬虔《けいけん》な牧師である彼は自分の仕事を神聖なものと考えていて、たいそう長く話しつづけた。

とうとうしびれを切らしたローアンが咳払いをしてキーオ師の話をさえぎった。「そろそろ誓いの言葉に移ってはどうかな?」

「そうしましょう」キーオ師は恥じ入るように言った。

ライザとトリスタンは幸せに満ちあふれた顔で誓いの言葉を述べ、晴れて結婚した。こうしてずいぶん奇妙な夫婦ができあがった。ライザがかなり年下で、今にも折れてしまいそうなほど細いのに対し、トリスタンは肩幅が広くて見るからにたくましく、岩山のように無骨な容貌《ようぼう》をしている。けれどもふたりの顔はとびきり幸せそうに輝いていた。ローアンもしばし悲しみと怒りを忘れたように、ふたりのためにうれしそうな表情を浮かべていた。

しかし、やがて彼はじれったそうに言った。「これで終わりだな」

「しばらくお待ちください。書類に署名をしていただかなければなりません」

牧師が隣の部屋へ行って、大きな聖書がのっているテーブルの前の椅子に座り、書類の作成にとりかかった。そのあいだ、ローアンはいらだった様子で待っていた。やがて牧師が彼らを呼び入れた。最初に花婿が自分の名前を書きこみ、続いて字の書けない花嫁が名前の代わりに×印を書いて、ローアンとグウェニスが署名した。

ふたりの名前を書きこもうとキーオ師が大きな聖書を開いたとき、グウェニスは最後の書きこみがキャサリンの死亡であることと、その前が死産だったマイケル・ウィリアム・グレアムのものであることに気づいた。

「これで終わりだろう？」ローアンがきいた。

「ええ」キーオ師が答えた。

「ではレディ・グウェニス、すぐに出発するんだ」ローアンが命じた。

彼と目が合ったとき、グウェニスは急に心にさざなみが立つのを覚えた。ローアンは彼女のことは見るのもいやだという目つきをしていた。

グウェニスの愚かな行動のせいで、彼は妻が死んだ夜に彼女を助けに駆けつけなければならなかったのだ。

「すぐに発つわ」グウェニスはきっぱりと言った。

ローアンがうなずいた。

グウェニスは振りかえってまずライザを、続いてトリスタンを抱きしめた。それから細かな彫刻を施してある金の指輪を指から引き抜き、ライザの手に押しつけた。フランスにいたときにメアリーからもらった指輪だ。「これを受けとってちょうだい。それからトリスタン、あなたにはとても親切にしてもらったわ。あなたはわたしたちと一緒に来た葦毛《あしげ》の馬を気に入っているそうね。あれは去勢馬だけど、とてもいい馬よ。フランスで女王が飼われていたのを帰国するときに一緒に連れてきたもので、名前はアンドリューというの。あの馬をあなたに贈るわ」

「ありがとうございます。過分の贈り物をいただき、感謝のしようもありません」トリスタンが礼を言った。

ローアンが咳払いをしたので、グウェニスは彼がまたじれて腹を立てたのかと思った。しかし、ローアンはやさしい口調で言った。「新婚夫婦に家を一軒提供しよう」

わたしが贈り物をしたから自分もふたりになにかしなければならないと気づかされ、それでいらだっているんだわ。だが彼がどんなにいらだとうと、どうでもいい。

ふいに彼女は、すぐにでもここを離れたい衝動に駆られた。早く出ていってほしいとローアンに思われながら、いつまでもぐずぐずしていたくはない。グウェニスは必死に落ちついた態度を保とうと努めたが、そこまで嫌われながらも平然としているのは難しかった。

「では、すぐに出発しましょう」グウェニスはその場にいる人たちに言った。

突然、ローアンが深々とお辞儀をした。「よい旅を、レディ・グウェニス」

彼女はうなずいた。「お元気で、ローアン卿」

ローアンは向きを変えて足早に出ていった。グウェニスはローアンが最後の別れを告げに来ることはないだろうと思っていたが、まもなく彼が中庭へ姿を現したので驚いた。

　グウェニスが乗っているのは、マッキーベイ一族に襲われた夜に不思議にも自力で馬小屋へ戻ってきた牝馬《ひんば》のクローイだった。グウェニスの横にはアニーがいて、ふたりの後ろに護衛としてついていく十人の男たちが控えていた。ローアンが城から中庭へ出てきたのは、グウェニスがトリスタンとライザに別れを告げているときだった。ローアンの馬が馬小屋から引きだされた。

　ローアンは黙って馬にまたがり、巨大な牡馬《ぼば》のステュクスを進ませてグウェニスの横へ来た。

「急がないと暗くなる前に渡し船に乗れない」

「あなたも……一緒に行くの？」グウェニスは尋ねた。

「渡し船のところまでだ。もしかしたらきみが旅立つことがマッキーベイ一族の耳に届いているかもしれない。ぼくにはきみを無事にアンガスのところまで届ける責任がある」

　ステュクスが落ちつきなく足を動かしたので、ローアンは護衛たちに手をあげて合図し、跳ね橋を渡りだした。

「ご無事で、お嬢様！」ライザが牝馬の横を駆けながら叫んだ。

「幸せにね」グウェニスは応じた。

　アニーがそっと言った。「なんてお似合いの夫婦なんでしょう」

　トリスタンが花嫁と並んで小走りに駆けてきたので、グウェニスは片手をあげた。「ありがとう」

彼は首を振った。「ありがとうございます、レディ・グウェニス。ご恩は一生忘れません」

やがてクローイが速度をあげてステュクスのあとを追いかけはじめ、ライザとトリスタンは後ろへ遠ざかった。

渡し船までの旅はほんの二、三時間だったが、グウェニスには何日もかかったように思われた。すぐ後ろにアニーがいたものの、グウェニスは今までに覚えたことのない寂しさを感じた。

海岸へ到着するとローアンは馬を降りた。

渡し船で待機していた家臣がローアンの前へ急いで歩み寄って挨拶《あいさつ》をした。「お待ちしていました、ローアン卿」

「ブレンダン、船を出す用意はできているな？」

「はい、いつでも出せます。無事に島へ送り届けたら、護衛の方たちが戻られるのを待って乗せて帰ります」

「いや、それには及ばない。彼らはぼくが迎えに行くまで、レディ・グウェニスと島で暮らす。いずれは女王の命令で旅を続けることになるだろうが」

見あげるように背が高くて堂々たる体格と頼もしい顔つきをしたブレンダンが、重々しくうなずいた。「わかりました」

「今日の海の具合はどうだ？」

「少々荒れていますが、たいしたことはありません。これよりはるかにひどい海へ船を出したことが何度もあります」

ローアンが突然グウェニスに視線を向けて、かすかなほほえみを浮かべた。「このお嬢さんは荒海などものともしないだろう」

グウェニスは鞍《くら》の上で身をこわばらせたが、きっぱりと言った。「そうね、海を怖いと思ったことはないわ」

ローアンがグウェニスを鞍の上から抱え降ろすときに、一瞬ふたりの目が合った。ローアンからは毛嫌いされていると思っていたけれど、目に嫌悪感は浮かんでいなかった。それどころか彼は、物思わしげな表情を浮かべていた。

抱えられたグウェニスはローアンの手の力強さを感じ、彼の香りを吸いこんだ。彼女自身驚いたことに、頭のてっぺんから爪先へとかすかな震えが走った。地面へ降ろされたときには、足もとがふらつきそうになった。

「これからは、ギャビンがぼくの代わりをする。アンガスに宛《あ》てた手紙をギャビンに預けておいた。アンガスのことは恐れなくていい」ローアンが言った。

「恐れてなんかいないわ。叔父のことをあまりよく知らないだけよ」グウェニスは顔を赤らめて小声で言った。なぜローアンは、わたしが叔父のアンガスを恐れていることを知っているのだろう？

アンガスは冷酷で、義務感に駆られている。わたしは働くことが嫌いではないし、嫌いだと口にしたことは一度もない。地主や領主が暮らせるのは小作人たちが農作業に精を出してくれるおかげだ。だから主人たちも小作人同様に喜んで働く気構えを示さなければならないというのがアンガスの信念だった。そう、わたしは叔父が怖いのではなく、叔父がなにを義務と見なすのかを恐れているのだ。

女王の命令で、わたしはまもなくローアンと一緒にイングランドへ旅立つ。けれどもイズリントンのためになると思えば、叔父はわたしをいちばんいい条件を提示したどこかの領主に無理やり嫁がせるのではないだろうか。

ローアンはしばらくグウェニスを真剣な目つきで見つめたあと、肩をすくめた。「それでも手紙は渡したほうがいい。アンガスが読めば、きみが女王に命じられた任務を果たしていることや、いずれぼくが迎えに行くことがわかるだろう」

グウェニスは自分が息をつめていたことに気づいた。

ローアンがじっと見つめているので、彼女はそっと息を吐いて挨拶をしようとした。やがてなんとか口がきけるようになった。「いろいろとお世話になったわ。迷惑をかけたことは本当に申し訳なく思っているの」

彼はにっこりした。「向こう見ずな行動を反省して、今後は慎重にふるまうよう心がけてくれ。正直なところ、ぼくはマッキーベイ家の連中を軽蔑《けいべつ》している。幸いぼくが到着したのは、やつらが……」言いよどみ、唇をきつく結んでグウェニスを指さした。「今後は無謀な行動を慎むように。きみの行動に注意するようギャビンに言いつけておいた。おそらくアンガスもきみの行動に目を光らせているだろう。念のために、アンガスが一族の長として勝手にふるまってはならないこと、とりわけきみの意に添わない結婚を強制してはいけないことをしたためておいた。きみの将来を決める権利は、女王のみが握っていることもだ」

「ありがとう」彼はわたしの考えが読めるのだろうかと思いながら、グウェニスは小声で言った。

ローアンが再びグウェニスを見た。彼女はローアンもまた話をするのがつらいのだと悟った。「いいや、礼を言うのはぼくのほうだ」

彼は首から細い金のペンダントを外してグウェニスの首にかけた。今までローアンがそれを身につけているところを見たことはない。手のこんだ美しいケルト十字架のペンダントだった。

「キャサリンはこれをきみにあげたかったに違いない。彼女につくしてくれたお礼にきみに贈ろう」

グウェニスの胸にあたたかいものがわきあがった。「レディ・キャサリンはとてもやさしく美しい心を持つ方だった。その奥様を亡くされたことを、本当にお気の毒に思うわ」

ローアンは急に険しい表情をして後ろへさがった。「気をつけて」彼はグウェニスに最後の声をかけるとステュクスにまたがり、一行が渡し船へ乗り移るのを見守っていた。しかし出航準備が完全に整う前にギャビンにうなずきかけ、馬の向きを変えて立ち去った。

渡し船が波立つ海へ乗りだしたとき、陸地を振りかえったグウェニスの目に、岸から少し奥まった高い岩山の上で船を見送っているローアンが映った。

その姿はまるで、岩を削って作られた彫像のようだった。

実際のところ、ローアンは荒々しい大地の一部なのかもしれない。そうした大地のように、彼はなんの感情も示さずに遠ざかっていくわたしを眺めているのだ。

第二部　女王の勝利

8

グウェニスは草の葉をかみながら、女王の手紙を読んだ。

あなたも知ってのとおり、メイトランドはわたしの母によく仕えてくれた非常に優秀な大使です。困るのは優秀ではあるものの、彼はやはり大使にすぎないということです。それゆえにわたしは、あなたがイングランドへ発《た》つ日が早く来ることを切に望んでいます。イングランドの国民がカトリックの君主を心底恐れていることを考えれば、エリザベスが板挟みの状態にあることは理解できます。しかし、わたしがエリザベスの後継者であるという彼女の正式な言葉を待っている現在、わたしの権利をイングランドの女王に譲渡することを定めた条約に署名するわけにはいきません。エリザベスはイングランドの王位継承者としてわたし以上にふさわしい人間はいないと公言しながらも、それを正式な文書にしようとしない。向こうはわたしが条約に署名しない限り自分も署名するつもりはないと主張し、わたしのほうは、彼女が態度を明らかにするまで条約に署名できないというわけです。

ため息をつき、グウェニスは空を見あげた。今日の空はきれいに晴れ渡っている。彼女はイズリントンへ帰ってきて、ここが記憶にあるよりもはるかに美しい土地であることに気づいた。たぶん海の巨大な力や岸壁にぶつかる波の荒々しさを忘れていたのだろう。あるいは豊かな谷や、羊の白い群れが点在する緑の草原の美しさを。天に挑むかのようにそそりたつ頑丈な石造りの城でさえも、今のグウェニスにはいとおしく思われる。

ここの城はグレイ城と違って隙間《すきま》風が吹きこむし、タペストリーは少なく、暖炉にいくら火をたいてもなかなか部屋があたたまらないが、見ためは美しく堂々としている。城はもともと島を外敵から守るために造られたもので、今もその役割を立派に果たしていた。

グウェニスが寝泊まりしているのは城主の部屋だった。彼女が何年も留守にすることがわかっていたときでさえ、叔父のアンガスがその部屋を使うことはなかった。そのようなことをするのは不信心な行為だ。

アンガスは信心深い人間だった。

日曜日の教会の礼拝は長く、ほとんど丸一日かかる。日曜日には誰も仕事をしなかった。城に住む人々でさえ、自分の面倒は自分で見なければならない。アンガスはグウェニスに、ここにいるあいだは漁師たちと一緒に海へ出たり、羊飼いたちと一日を過ごしたりして、彼らの日々の仕事がどんなものであるかを学ぶべきだと主張した。そして召使いたちに、日曜日は休日だから働かずにしっかり骨休めをするよう命じた。

グウェニスの記憶にあるアンガスは人食い鬼みたいな人間だったが、久しぶりに会った叔父からそんな印象は受けなかった。おそらく彼女が精神的にも肉体的にも成長したからであり、世界を見てきたために子供のころのようには簡単に怖がらなくなったからだろう。アンガスはジョン・ノックスを思い起こさせるほど厳格だが、グウェニスが着いたときは温厚な態度を見せ、愛情のこもった挨拶《あいさつ》をした。グウェニスを抱きしめはしなかったものの、にっこりしながらやさしい口調で彼女を誇りに思っていると言った。さらにジェームズ・スチュアート卿《きょう》からの手紙に、女王がカトリック教徒であるにもかかわらずグウェニスがプロテスタントの信仰を貫いていること、宮廷でのふるまいが上品で知性にあふれていることなどがしたためてあったと話した。

アンガスはローアンの手紙を険しい表情で読んだ。そのなかには、ローアンが女王から預かってきた手紙も含まれていた。グウェニスはメアリーの手紙に、グウェニスの将来は王家が握っているのでアンガスが勝手に決めてはならない旨が書かれていることを知っていた。だがローアンの手紙になにが書いてあるのかは、渡し船へ乗る前にローアンから聞いたいくつかの点を除いては知らなかった。ただ叔父の反応から、少なくともブライス・マッキーベイたちと遭遇した夜の出来事について詳しく述べてあることは見当がついた。

手紙を読んだ叔父は怒りの叫びをあげ、マッキーベイ家の連中が一歩でもイズリントンへ足を踏み入れたら不法侵入よりはるかに重い罪を犯したと訴え、エディンバラへ連行して裁判にかけると断言した。

グウェニスは彼女を守ろうとする叔父の強い決意に、危うく感動しそうになった。

「この手の男に限ってさも立派な人間のふりをしたがる」アンガスは白いものがまじった顎ひげを震わせて一語一語はっきりと発音した。「おまえが結婚するのは、より多くの土地と栄誉を手に入れるためだ。相手はわたしが選ぶ領主で、しかも女王の承認を得なければならない。おまえをそんなに安く売るはずがないだろう！」

売る。

なんという言葉だろう。叔父はわざと言ったのかしら？

「ありがとう」グウェニスは小声で言った。「わたしのことをそんなに心配してくれて」

「おまえの心配をするのはあたり前だ」声と表情から、アンガスが大いに気をよくしたのがわかった。

グウェニスは今後もできる限り叔父を喜ばせようと決めた。

荒海へ乗りだして漁師たちのきつい仕事を手伝うのは、グウェニスにとって少しも苦ではなかった。ただグウェニスが船に同乗しているときは、漁師たちの口数が少なくなるようだった。そしてまた今日のように、羊飼いたちと一緒に草原で一日を過ごすのも楽しかった。ここへ来ればちょうど今のようにくつろいで、草や土のにおいをかいだり、刻々と変わりゆく美しい空を眺めたり、届いたばかりのメアリーからの手紙にゆっくり目を通したりできる。

だが……。

女王の手紙を読んでいるうちに、グウェニスは早くエディンバラへ戻りたくなった。メアリーの手紙にはホリルード宮殿の出来事が詳細に書いてあるので、読んでいると今もそこで暮らしているような気がしてくる。けれども、グウェニスは距離を感じはじめていた。故郷へ帰ってすでに数カ月が過ぎた。エディンバラを離れたときから数えると、もう一年以上になる。ロンドン滞在が多少長引いたとしても、今ごろはとっくにメアリーのもとへ帰っているだろうと思っていた。けれどもローアンは妻の喪が明けたにもかかわらず、イズリントンへ彼女を迎えに来なかった。グウェニスはメアリーからの手紙で、エディンバラにおける事情から、ローアンにグウェニスを連れずに宮殿へ戻るよう命じなければならなかった顛末《てんまつ》を知った。しかし、彼女がロンドンへ行ってイングランドの女王に会う計画は今も変わっていない。ただし、それがいつになるかは書かれていなかった。

グウェニスは手紙に戻った。

ああ、あなたがここにいればいいのに。スコットランドの貴族たちはみなけんかっ早く、隙あらば相手の喉にかみつこうとねらっています。異母兄のジェームズには本当に感謝しています。わたしが今までなんとか正気を保ってこられたのは兄の助言があったからです。シャーテルローの息子のアーロン・ハミルトンが、わたしに恋するあまり拉致《らち》をたくらんだという噂《うわさ》がありました。ボスウェル卿ジェームズ・ヘプバーンとハミルトン家の反目は深刻さを増しています。ボスウェルはアーロン・ハミルトンの侮辱に仕返しをしようと考え、アーロンの愛人として知られるアリソンの家へ押し入りました。こんなことは書くのも忌まわしいのですが、そこで暴力沙汰《ざた》があったそうです。エディンバラで起こりかけた暴動を鎮めるために兄のジェームズが近くにいたので、どうにか事態をおさめることができましたが、わたしはボスウェルとアーロンのふたりを逮捕させなければなりませんでした。このようなスコットランド貴族をどう扱ったらいいのでしょう。彼らはフランスの貴族よりもはるかに強大な権力を持っています。わたしは一方の貴族に加担せず、常に公平でいると誓いました。わたしは女王として国民に尊敬されなければなりません。ですが分別を働かせ、ときに寛大さを示しても、女王にふさわしい尊敬を勝ちとるのはたやすいことではありません。スコットランドにはすばらしい点が数多くありますが、わたしが知っている洗練された治安のいい国とは、あまりにもかけ離れています。

グウェニスは手紙の内容にたじろぎ、ほかにはグウェニスを気遣う言葉が少々書かれている程度だったのでその場で処分することにした。下手をすると不届き者がこれを読んで、女王が臣下をどう考えているのか知ってしまうかもしれない。グウェニスは手紙を細かくちぎって風に飛ばした。

立ちあがって伸びをしたとき、今日は結んでいなかった髪に草がたくさんついていることに気づいた。誰もグウェニスの服装に難癖をつけないここでは、草がついているくらいなら問題にならない。着ているのはありふれたリネンのスリップにウールのワンピース、それとケープだ。彼女は上質なリネンの下着の上にペチコートを重ね、その上にスカートをはいた宮殿での生活のことを考えずにいられなかった。エディンバラでは毎日どの宝石を身につけるかが大問題だった。女王は長く豊かな美しい髪をしていたにもかかわらず、たくさんのかつらやヘアピースを持っていて、毎朝身支度を整えるのに一時間以上を費やした。メアリーは衣服や宝石やアクセサリーが好きだったので、近くに仕えていたときはグウェニスもそういったことに関心を持っていた。しかし、イズリントンでは……。

ここでは領主も貴婦人も従者や召使いと変わりがなく、質素な生活を送っている。

立ちあがったグウェニスが木陰に集まってチーズとパンのランチをとっている羊飼いたちに手を振っていると、馬のひづめの音が聞こえた。彼女は振りかえり、目の上に手をかざしてまぶしい日差しをさえぎった。

こちらに向かってくる男性に見覚えはなかったが、恐怖は感じなかった。アンガスはよく訓練された兵士二十人を常に島の警備にあたらせているし、それ以外にもローアンの命令で島にとどまっているギャビン率いる十人の護衛がいた。グウェニスはなんの心配もなくひとりで島内を自由に歩きまわることができた。そして子供のころに興味をそそられた洞穴や浜辺、岩の割れめ、人がめったに行かない沢などを探検したり、木にのぼったりして過ごした。

故郷の島へ帰るのを恐れていたものの、実際に帰ってみたら想像していたのとはまるで違った。ただひとつ動揺したのは、意に反してローアンが絶えず夢に出てくることだった。しかし、現実は厳しかった。グウェニスはマッキーベイ家の花嫁になるにはもったいないほどの家柄だったが、ローアンからは妻として迎えるのにふさわしい家柄とは見なしてもらえないだろう。

メアリーはローアンに恋をしてはいけないとグウェニスに忠告した。彼は王家の血を引いているし、今となっては遠い記憶にすぎないと自分に言い聞かせながら、彼女は馬に乗って近づいてくる男性を見守った。

「お嬢様ですか?」男性の発音には明らかなイングランド訛《なまり》があった。グウェニスの様子を見て驚いたようだ。

おそらく島の領主ともあろう者が裸足《はだし》で草原に立っているとは予想もしていなかったに

違いないと考え、グウェニスは愉快になった。「ええ、わたしがレディ・マクラウドよ」

男性は馬から降りて羽根飾りがついた帽子をとり、グウェニスのほうへ歩いてきた。無表情を装おうと努めているが、彼女を見る目には好奇心がありありと表れていた。「わたしは女王の使者で、ジェフリー・イーガンと申します」

グウェニスは眉をひそめ、心配になって尋ねた。「女王はお元気なのかしら？」

「お元気です」ジェフリーと名乗った男は急いで答えた。「わたしがここへ来たのは、すぐにイングランドへ発つようにとの女王の命令をお伝えするためです」

彼女はかすかにおののいた。わたしはひとりでイングランドへ行くことになるのだ。

「わかったわ」そう言ったものの、彼女は少しもわかっていなかった。

「わたしの馬に相乗りしていけば早く城へ戻れます。細かなことは旅支度をされるあいだに説明できるでしょう」ジェフリーが咳払《せきばら》いをした。「叔父上にはすでに話しておきましたので、今ごろはあなたのメイドが荷造りにかかっているはずです」

グウェニスはほほえんだ。「馬ならあるわ」

島に長期間滞在するあいだに、グウェニスはホリルードの森で猪《いのしし》に襲われたときに彼女を振り落として逃げていった牝馬《ひんば》とすっかり仲よくなっていた。小さく口笛を吹くと、すぐに近くの丘の陰からクローイが現れて、まっすぐグウェニスのほうへ駆けてきた。これには使者も驚いたようだ。彼女は鞍《くら》をつけていない牝馬の背へすばやく、しかも上品に乗ったので、使者はまたもや仰天したらしかった。

「用意はいい、ジェフリー？」グウェニスはきいた。

「はい」

グウェニスは馬を走らせ、はらはらしているに違いないジェフリーをたちまち置き去りにした。鶏などの家畜でいっぱいの中庭で馬を降りたときは気分爽快《そうかい》だった。彼女はにっこりして手綱を馬丁に渡した。

使者が息を切らせて到着した。「レディ――」

「広間へ来てちょうだい」グウェニスは使者に言い、彼を従えて歩いていった。

だが、入口前の石段を駆けあがって城の寒々しい大広間へ歩み入ったところで、はたと足をとめた。そこにはアンガスとギャビン、数人の兵士、それと予想もしていなかった人物がいた。

ローアンだ。

グウェニスの頬が朱に染まった。きっとわたしは農家の娘に見えるだろう。いや、もっと悪いかもしれない。何時間も馬丁の若者と干し草のなかで過ごしてきた、ふしだらな娘に見えるのではないかしら。

彼女は目を見開き、裸足のままその場に立ちつくした。

ローアンの服装に乱れたところはまったくなかった。タータンで作った服を身にまとって、一族の紋章をかたどった飾りどめを肩につけ、帽子を絶妙な具合にかしげてぴかぴかのブーツを履いている。頬から少し肉が落ちたように見えるが、記憶にあるとおり魅力的だ。彼は女王のもとからまっすぐここへ来たらしかった。

ローアンは彼女を眺めまわし、眉をつりあげて口もとに皮肉っぽい笑みを浮かべた。

背が高く細身で灰色の髪をしたアンガスが、彼の隣にいかめしい表情で立っていた。

「レディ・グウェニス」ローアンは帽子をとって丁寧なお辞儀をした。こんな状況で丁寧なふるまいをするのは、あざけり以外のなにものでもなかった。

「ローアン卿」グウェニスはつぶやいて、叔父に視線を走らせた。「こんなむさくるしいところへあなたが来るなんて、思いも寄らなかったわ」

「これは失礼。ジェフリーから聞いていると思ったが」

そのときを見はからったかのように、ジェフリーがあえぎながら大広間へ入ってきた。

「申し訳ありません。彼女が……レディ・グウェニスが……先に行ってしまわれたものですから」

「例によって、騒動の場面に駆けつけていたのかな?」ローアンが言った。

彼の言葉には非難の響きがこもっていたかしら?

なんとか笑みを浮かべたグウェニスは、とりわけ大きな草が一本髪から額に垂れさがっているのに気づいてうろたえた。「この島では騒動なんか起こらないわ。よく訓練された叔父の家臣と、あなたがつけてくれた護衛の人たちがいるもの。天国にだってここより安全な場所はないに違いないわ」

天国などという言葉を口にすべきではなかったかもしれない。ローアンの目が険しくなった。

グウェニスが驚いたことに、アンガスが即座に弁護を買ってでた。「グウェニスは、献身的に仕えていることを主人が承知していると思えば家臣や召使いたちはいっそう熱心に仕えるものだとわかっているのです。今日はわたしが、羊飼いたちと一緒に放牧地へ出るよう彼女に命じました」

グウェニスが感謝の笑みを向けると、アンガスはほほえみかえした。彼女にとってはうれしい驚きだった。

過去にどのような過ちをグウェニスが犯したにせよ、ここへ戻ってきてから叔父の賞賛を勝ち得たことはたしかだ。

「そうでしたか」ローアンがアンガスに言った。「それはともかく、レディ・グウェニスには旅にふさわしい服装をするのに少々時間が必要なようですね」

「そうかしら？　わが国はご存じのとおり野蛮な国よ。そこを馬で行くんだから、どんな服装でもかまわないんじゃないの？」グウェニスは思わず眉をつりあげた。

「もちろんきみはかまわないだろうが、ドレスやきらびやかなアクセサリーが好きなメアリー女王はがっかりなさるんじゃないかな」

「メアリー女王ですって？」

「そうだ」

　グウェニスは眉をひそめてローアンをじっと見た。「わたしたちはイングランドへ行くんでしょう？」

「まわり道をすることになったんだ。女王は領地のハイランドを訪れてみようと考えつかれたらしい」

　グウェニスはアンガスを振りかえった。「叔父様、お客様に食事を用意してもらえるかしら？　わたしは急いで旅の支度をするわ」

　彼女は階段を駆けあがって部屋へ戻った。できるだけ早く支度を整えるつもりだった。ローアンには長くここにいてほしくない。彼に自分の家を批判されたくなかった。

　わたし自身がここを大好きになった今は。

　アンガスが顔をしかめ、ビールが注《つ》がれたジョッキ越しにローアンを見つめた。「女王とハントリー卿が一触即発の状態にあると言われるのですか？　彼はこれまでにも何度も宗旨替えをしていますが、たしか今はカトリックでしたな？　世の中の流れを読むのが巧みで、自分の領地を拡大するためならなんでもする男ですよ。自分を王に肩を並べる人間と考えていて、事実、スコットランドでは女王に匹敵する権力を有しています。それにしても、争いの原因はいったいなんですか？　ハントリー卿はカトリックの君主である女王にとり入るだろうと、誰もが考えていたのですが」

ローアンは深々とため息をつき、どうしたら事態を手短に説明できるだろうかと考えた。

「女王は自分の信じる宗教を国民に押しつけたくはないとはっきりおっしゃいました。女王も国民もそれぞれが選んだ宗教を信仰すればよいと。彼女はどちらの側にもくみする気はありません。第四代ハントリー卿ジョージ・ゴードンの息子、ジョン・ゴードンが決闘でオーグルビー卿に重傷を負わせたのですが、ハントリー卿は息子を司法当局へ引き渡すのを拒んできました。なぜか、カトリックを信仰しているので裁判を免除されると思っているようなのです。そのうえ息子こそが女王の花婿にふさわしいと考えているらしく、女王の怒りを買っています。女王は当初、北方の土地をあちこち訪れて狩りを楽しむつもりでしたが、旅の目的がすっかり変わってしまいました」

アンガスが首を振った。「すると危険な旅になるでしょう。ハントリー卿は何千もの兵士を集めることができます」

そのとき足音が聞こえ、ローアンは振り向いて立ちあがった。グウェニスの姿を見たとたんに、政治問題などどうでもよくなった。

グウェニスは旅にふさわしい身なりをしていた。ぴったりしたベストにしゃれた帽子をかぶり、濃い緑色のベルベットのスカートをはいている。髪はきちんと巻かれて帽子の下におさまっており、今まさに旅に出かける貴婦人といったところだ。実際、彼女は……。息をのむほど美しい。見ているだけで楽しい気分になる。

しかし先ほど頬を紅潮させて、空を舞うように裸足のままで駆けこんできた姿は、もっと美しかった。

ローアンはグウェニスを魔女だと考えている自分に気づいた。部屋へ入ってきた彼女が頭をめぐらしてこちらを見るやいなや、ローアンの心臓は激しく打ちだした。グウェニスは……。

多くの点でキャサリンにそっくりであると同時に、いくつかの点ではまったく異なっている。彼女はすぐに口論を始めるし、自分の主義主張を夢中で並べたてる。ハイランドの岩山みたいに頑固な性格をしていて、少しでも批判や中傷を受けたと感じるなり、鋭い知性を総動員して反撃に移る。

いや、魔女などではない。ぼくは今日の多くの知識人が絶対的真理と考えているくだらない想像の産物を信じていない。グウェニスはただ若くて美しく、男の心をとらえて放さない魅力を持っているだけだ。その彼女がなぜか、はじめて会った瞬間にぼくを敵と決めつけた。

一方、ぼくはといえば……。

いまだに耐えがたいなにかにつきまとわれている。キャサリンがぼくに背を向けたとき、ぼくの心に生じた苦しみに。

ローアンは立ちあがって背筋を伸ばし、グウェニスを見つめたままアンガスへの話を続けた。「女王はマリ伯爵の称号を異母兄のジェームズ・スチュアート卿に与えるつもりです。ハントリー卿はマリの土地とそこからあがる収益を自分のものとしてきましたが、女王はその地を没収しようと考えています」

アンガスもグウェニスが来たことに気づいて立ちあがったものの、頭を垂れてうめくようにつぶやいた。「また戦争が始まるのか」

「そうならないよう祈りましょう。おそらく女王とハントリー卿は妥協点を見いだすのではないでしょうか」

アンガスが疑わしそうに眉をつりあげ、顔を曇らせた。「姪《めい》をあなたに同行させるわけにはいきません。この旅は危険すぎます」

グウェニスがアンガスに駆け寄った。「叔父様、お願いよ。女王がわたしに来てほしいとおっしゃっているの。それに、危険だったら女王が旅をするかしら？　戦いの気配があれば、女王は何千という兵士を集めることができるわ。なにしろ女王なんだもの」

アンガスがため息をついた。

「姪御さんの安全はぼくが保障しますからご安心ください。ぼくや家臣たちが命に代えても守ってみせます」ローアンは言った。

グウェニスのほうを向いたときも、まだアンガスは険しい表情のままだった。「ローアン卿の言うことをよく聞くんだよ、わかったね？」

彼女が返事をためらった。

「グウェニス？」アンガスが迫った。

「女王が彼とは違う命令を下しさえしなければ」グウェニスは言った。

ローアンはうつむいて笑いをこらえた。グウェニスはここの領主かもしれないが、長いあいだ管理してきたのはアンガスなので、彼の支配圏内にいるあいだはアンガスの意見を聞くべきだとわきまえているのだろう。

「本当だろうね、グウェニス？」ローアンは尋ねた。

彼女は威厳のある態度で冷ややかにローアンを見た。「あなたのお荷物にならないよう努力するわ」

「あなたはこの件に関して、どのような立場でおられるのかな？」アンガスが鋭い口調でローアンに尋ねた。

「女王に加担しています」ローアンは物憂げに言った。「ぼくはハントリー卿を恐れていません。ぼくの領地は強大なので、彼もぼくには戦いをしかけようと考えないでしょう。ハントリー卿はカトリックが支配する領土を作ったらどうかと女王に進言しましたが、女王は無謀な提案を退けました。国が決めたことを尊重したのです。女王に落ち度はなにひとつありません。聡明《そうめい》で機知に富み、異母兄であられるジェームズ卿のような有能で博識な人たちの助言を進んで受け入れようとしています」

「では、そろそろ出発したほうがいいでしょう」アンガスが言った。

　グウェニスがうつむいた。目が興奮で輝いているのを叔父に見られたくないのだろう、とローアンは悟った。

「勝手ながらジェフリーを馬小屋へやって、きみの馬に鞍をつけるよう馬丁に頼んでおいた」ローアンがグウェニスに言った。

「ありがとう。そうしておけばすぐに出発できるものね。暗くなる前に本土へ着きたいんでしょう？」グウェニスは小声で言った。

　ローアンたちは城の外へ出た。グウェニスがほほえみながら、叔父に愛情のこもった別れの挨拶をした。そして彼らは馬上の人となり、渡し船へと急いだ。

　海は荒れていた。このあたりは海が穏やかな日はめったにない。けれどもグウェニスは波が立っていることにさえ気づかない様子で、手すりに寄りかかって遠ざかっていく故郷の島を感慨深そうに眺めていた。

「名残惜しいのかい？」ローアンは尋ねた。グウェニスと距離を保とうと考えていたが、それは無理な話だった。

「当然よ」

「なんならぼくが女王に説明しても――」

「早く女王に会いたいわ」グウェニスが慌ててさえぎった。

「そうか」

「わたしと別れたあと、あなたは女王に会ったんでしょう?」

「女王の命令でね」ローアンは言った。

　グウェニスは彼に背を向けて再び海を眺めた。自分には女王がなかなか迎えをよこさなかったことを不満に思っているのだろう。

「女王はきみに、故郷での平穏な生活をたっぷり味わわせてあげたかったんじゃないかな」そう言葉をかけたあとで、哀れみと受けとられかねない同情は彼女には禁物だったことに気づいた。

「なかには平穏な生活を見つけられる人もいるでしょうね」グウェニスが冷たく言い放った。

　ローアンは手すりを離れて歩み去ろうとしたが、グウェニスが追いかけてきて彼の腕に手を置いたので驚いた。彼女を見おろしたローアンの体に震えが走った。大きく見開かれたグウェニスの目は潤んでいた。

「ごめんなさい」

彼はうなずいてその場を離れたが、胸中には早くも新たな不安が兆していた。愛するスコットランドに、今まさに血の雨が降ろうとしている。そうした危険な場所へグウェニスを連れていきたくはなかった。命を懸けて彼女を守るつもりではあったが、たとえ死ぬ気で戦ったとしても守りきれないかもしれないのだ。

船を降りたあと、一行は明るいうちにできるだけ距離を稼ごうと馬を飛ばした。夜になるころには疲れきって、ほとんど会話もしなかった。

このほうがいいとグウェニスは思った。休憩のとき、彼女はアニーと言葉を交わすだけで、ローアンはいつも家臣たちと一緒に過ごした。彼らがときには緊張し、ときには笑いながら語りあう声が切れ切れに耳に届いた。

ハントリー卿の勢力下にある港町のアバディーンで、グウェニスたちは女王の一行に追いついた。女王はスコットランド人とフランス人双方の血を引くサー・ビクター・ドーの屋敷に宿泊していた。彼らが到着したのは、大広間の奥の客間で女王がハントリー伯爵夫人レディ・ゴードンと会っているときだった。

ドアは開け放たれていた。女王もレディ・ゴードンも話を聞かれてもかまわないと思っていたのだろう。あるいは聞いてもらうほうが好都合だと考えて、わざと開けておいたのかもしれない。

レディ・ゴードンは活気にあふれた女性で、年とともに太ってしまった夫のハントリー卿よりもずっといい年のとり方をしていた。魅力的で上等な衣服に身を包み、女王への嘆願を聞かせようとしてか、大勢の侍女を大広間にはべらしていた。

女王は断固として考えを変えないように見えた。決闘にまつわる醜聞を聞いて恐ろしく思うと同時に、オーグルビー卿に好感を持っていたので動揺しているらしかった。

「ご子息は自首しなければなりません」メアリーがレディ・ゴードンに向かって重々しく言った。

「お願いです、息子をそう厳しく裁かないでください」レディ・ゴードンが懇願した。

メアリーが口調を和らげた。「ご子息にはなんとしても自首してもらいます。手荒には扱わないと約束しましょう。けれども法は尊重されなければなりません」

しばらく沈黙が続いたが、やがてレディ・ゴードンは小さなため息をついて同意した。

「では、自首するよう説得します」

別れの言葉が交わされ、レディ・ゴードンが人々の待ち構えている大広間へ出てきて、侍女たちに片手をあげた。

レディ・ゴードンのすぐあとから出てきた女王に、全員が膝を折って深々とお辞儀をした。だがメアリーはそれにも気づかない様子で、グウェニスを見て目を輝かせた。

「グウェニスじゃないの！　ずいぶん早く着いたのね」女王は大声をあげ、グウェニスに駆け寄ってしっかり抱きしめてから、彼女の背後に目をやった。「ローアン卿、心から感謝するわ。わたしの願いをこんなに早くかなえてくれるなんて」

ローアンがうれしそうに挨拶を返したが、グウェニスは彼が当惑しているのを見てとった。室内の全員が彼らを注視していたのだ。

「グウェニス……」レディ・ゴードンがつぶやき、侍女たちを残して女王の前へ戻ってきた。「グウェニスというと、イズリントンのレディ・マクラウドのことでしょうか?」

「ええ。レディ・グウェニス、紹介するわね。こちらはハントリー伯爵夫人レディ・ゴードン。伯爵夫人、彼女はレディ・マクラウドよ」女王は言った。

レディ・ゴードンは挨拶の言葉を述べながらしげしげとグウェニスを見て、それからローアンがいることに気づいた。「あら、そちらにいらっしゃるのはファー諸島のご領主じゃありませんか」

「伯爵夫人でしたか」ローアンがお辞儀をした。

「あなたはハイランドの悪党たちをさぞや大勢従えて旅をしてこられたのでしょう?」レディ・ゴードンはからかうように言ったが、グウェニスは言葉の裏に、ローアンが引き連れてきた兵力をはかろうとする意図を感じた。

「これはこれは、伯爵夫人、ハイランドのプリンセスとうたわれる方がそのような言葉を口になさるとは」ローアンが同じように冗談めかして応じた。

レディ・ゴードンはぎこちない笑い声をあげた。メアリーはふたりのやりとりを慎重に見守っている。

「ええ、わたしたちハイランド人はローランド人とはまったく異なる民族ですわ」レディ・ゴードンが言った。

異なるのは法だわ、とグウェニスは思った。

「もう遅いですし、大変な一日のあとで女王はさぞお疲れのことでしょう。わたしは連れの者たちと一緒に引きとらせていただきます。すぐにまたお会いすることになるでしょうけれど」レディ・ゴードンは膝を折ってお辞儀をし、メアリーの手をとってキスをした。

「ありがとうございました」

レディ・ゴードンが去るとすぐ、ローアンがメアリーにささやいた。「陛下、兵士たちをいつでも動かせるよう近くに待機させているのでしょう？　お願いです、そうだと言ってください」

メアリーは笑い声をあげたが、どことなくうんざりした様子だった。「ええ、そのとおりよ。わたしは伯爵夫人も彼女の夫も信用していないから、兵士たちを連れずにこんなところへ来たりしないわ。ところで、あなたはどれくらいの兵士を連れてきたの？」

ローアンはかぶりを振った。「弓矢をはじめ、大砲や銃の扱いに長《た》けた優秀な男たちが三十人います。しかし、ご用心ください。ここはゴードンの支配下にある土地です」

「わたしはかなりの数の兵士を従えて旅をしているけれど、あなたの家臣たちが加われば心強いわ。あなたたちふたりに会えて本当によかった」メアリーがにっこりした。

そこへジェームズ・スチュアートが入ってきて、腹違いの妹を不安げなまなざしで見つめた。

「レディ・ゴードンは息子を引き渡すことに同意したわ」メアリーが言った。

ジェームズが厳しい顔でうなずいた。

「兄はつい最近、結婚したのよ」メアリーがグウェニスに教えた。

「まあ、それはおめでとうございます、ジェームズ卿」グウェニスが祝いの言葉を述べた。

「ありがとう、レディ・グウェニス」ジェームズがうなずいてから、ローアンに注意を向けた。「ここへ来る途中になにか不穏な動きはあったか？」

「反乱が起こる気配はなかったと断言できればいいのですが、残念ながらそうはいきません」ローアンがはっきり言った。「大軍勢が集結している様子はありませんでした。だからといってゴードン一族が迅速に大軍を集められないわけではないでしょう」

「ゴードン一族を味方として支配下に置くことができるのか、それともここで彼らをたたきつぶしておくべきなのか、今もってわからないのよ」メアリーが言った。

ジェームズがまいったというふうに両手をあげた。「あの伯爵夫人は魔女たちの助言に頼っているんだ」

「魔女ですって？　いくらなんでもそんな……」グウェニスは笑い声をあげたが、メアリーとジェームズに見つめられているのに気づいて話すのをやめた。

「魔女の力を侮ってはいけない」ジェームズが言った。

メアリーを見ると、彼女はそのとおりだというようにうなずいた。

「だけど……まさか陛下はそんなことを信じては……」

「あの伯爵夫人なら喜んで悪霊どもに助けを求めるのではないかな」ジェームズが真剣な口調で言った。

「今のわたしにはもっと大きな心配があるの」メアリーが言った。

「なんだい？」ジェームズが尋ねた。

ローアンは肩をすくめ、メアリーを見て代わりに答えた。「ゴードン一族の力を軽く見ることはできません。彼らが陛下を拉致しようとたくらんでいるとの噂がありました。知ってのとおり、ジョン・ゴードンはハンサムな若者です。おそらく自分は、女王に求婚してもいいだけの魅力を備えていると思っているのでしょう。たとえ最初は無理やり女王をわがものにしなければならないとしても。当地にいるあいだ、陛下は大きな危険にさらされているのです」

メアリーはほほえんでうなずいた。「わかっているわ。罠《わな》にかからないよう用心するから安心して。それにジョン・ゴードンはもうすぐ、エディンバラの牢獄《ろうごく》に収監されることになるから」

「そうですね」ローアンは言ったが、疑わしそうな口調だった。

「まだ心配なことがあるの？」メアリーが尋ねた。

「レディ・ゴードンは愛想よくふるまっていましたが、なにか計略を秘めているように思えました。彼女は陛下を拉致することに反対でないかもしれません。あるいはレディ・グウェニスを」

「わたしを？」グウェニスは驚いて言った。

「黄金が手に入らないときは、人はたいてい銀で満足するものよ」女王がささやいた。

「ほかにも肝に銘じておいていただきたいことがあります」ローアンが女王に言った。

「どんなこと？」

「陛下はジョン・ゴードンをただちに裁判にかけるおつもりはなさそうですし、それほど重い罪でないことを考えれば、彼が死刑になることもないでしょう」

「先を続けて」メアリーが促した。

「ジョン・ゴードンが脱獄すれば、きわめて危険な存在になります」

9

それからの数日間は、お祝い気分と危機感が奇妙に入りまじった雰囲気のうちに過ぎた。

一行は用心に用心を重ねてハイランドのなかを移動した。もっともローアンの見たところ、メアリーに従っている兵力はかなりのものだったので、総攻撃でも受けない限り女王を守り通せるだろうと思われた。しかも女王は行く先々で歓迎され、彼女の身に危険が差し迫っているようには思えなかった。

ストラスボギーの手前まで来たとき、メアリーは異母兄のジェームズや大使のメイトランド、ローアンらと長時間協議した結果、そこにあるゴードンの要塞《ようさい》を迂回《うかい》してダーナウェイ城まで進むと決めたので、ローアンはほっとした。ダーナウェイ城はホリルード宮殿に比べれば小さいとはいえ、それでも非常に大きな広間がある。メアリーが異母兄のジェームズをマリ伯爵に任ずると公に発表したのは、その大広間においてだった。

ダーナウェイ城を出た一行が次に向かったのはインバネスだったが、着いた直後に問題が発生した。

ローアンの恐れていたとおり、ジョン・ゴードンがエディンバラの牢獄《ろうごく》を脱走したとの知らせが届いた。ジョンは千人以上の兵士を集め、女王一行を追走中だという。ゴードン一族のひとりであるアレクサンダーは、女王一行がインバネス城へ入るのを拒絶した。城は王家の所有物だが、ハントリー卿《きょう》がインバネスの州長官だったことからゴードン家が管理していた。

女王の入城を拒むのは反逆以外のなにものでもなく、どのような状況下にあろうと許されるものではない。

一行は城の前の空き地で野営した。女王がジェームズやローアンたちと今後どうすべきか相談しているときに、城門を開けて女王たちを入城させるというハントリー卿からの連絡が届いた。

「あの古狸《ふるだぬき》め。侮辱を受けている女王のためにハイランド人たちが立ちあがろうとしているという噂《うわさ》を聞いて、慌てたのだろう」ジェームズが言った。

ローアンも同感だった。女王は行く先々で、人々に歓呼の声で迎えられていた。しかし……。「武装した兵士たちを先に入城させるほうがいいでしょう」

メアリーは暴力行為をひどく嫌っていたが、ジェームズに城の守備隊長を絞首刑に処すべきだと進言されて青ざめたものの反対できず、彼はただちに城の胸壁につるされた。

大広間で最初の食事をとっているときにメアリーが立ちあがり、長いテーブルを囲んでいる人々に向かってグラスを掲げた。「ハイランドに乾杯。わたしたちもここの勇猛な人たちと同じ服装をしなくてはならないわ。ローアン、あなたは見たところそれらしい服を着ているわね。ほかのみなも、わが一族のタータンを身にまといましょう」

　ローアンはテーブルを囲んで座っている女王の侍女や大使、食事に招かれた主だった兵士たちを見まわし、これからどうなるのだろうと考えた。

　女王はハントリー卿をどう処遇すべきかについて、まだ最終決定を下していない。ハントリー卿は愚かな人間ではない。常に女王の先手を打って、ひとつの領地から別の領地へと絶えず居場所を変えている。そして息子のジョンは、大勢の兵を率いて女王を追ってきているのだ。ローアンは長いあいだ神経を張りつめて警戒してきたために疲れきっていた。

〝女王のメアリーたち〟に囲まれたグウェニスは、楽しく幸せそうに見えた。にこにこしながら隣のメアリー・フレミングの言葉に耳を傾けている。女王の侍女たちはみな美しくて魅力的だが、ひとりとしてグウェニスほどの輝きを放ってはいない。ローアンは彼女から無理やり視線を引きはがし、指でテーブルに見えない地図を描《か》いているジェームズ・スチュアートに注意を向けた。

「このあたりはすべてハントリー卿の土地だ」ジェームズはつぶやき、深刻な表情をして首を振った。「それなのに、これほど陽気なメアリーはめったに見たことがない。ハイランドがずいぶん気に入ったようで、ハントリー卿がもたらす危険に絶えずさらされていながらも落ちつき払っている」彼はジョッキをテーブルにたたきつけた。「メアリーは北方のこの地にカトリックの最後のよりどころがあるという、いかにも心をそそられるハントリー卿のほのめかしに耳を貸したことはない。だがまた、ハントリー卿から現在の地位をとりあげるべきだという考えにもくみしてはいないんだ」

　ローアンは沈黙を保った。ジェームズも相当な野心家だ。メアリーは今でも、真に国民のことを理解しているのだろうか？　ハントリー卿への対抗手段をとる必要があることは、彼女もわかっている。しかし、異母兄のジェームズ率いるプロテスタントの貴族たちに全権をゆだねるのは大きな間違いであることはわかっているのか？

「なあ、ローアン、きみはどう思う？」ジェームズが声をかけ、見えない地図を指さした。

「ハントリー卿の立場からすれば、ここスペイ川を渡るときがねらいめでしょう。だがわれわれの後方からは、千人以上の兵士を引き連れたジョン・ゴードンが迫っています」

「警戒を怠らないようにしよう」ジェームズが言った。

「誰か歌が得意な人はいないの？」楽士たちがさまざまな楽器を抱えて入ってきたとき、メアリーが笑いながら大声で尋ねてみんなの注意を引いた。「みな歌うのが好きだけれど、いちばん上手なのはグウェニスでしょう。さあ、ここへ来て。楽士たちはすてきなハイランドの民謡をなんでも演奏できるの。あなたも歌えるわね」

　女王がグウェニスの手をとって前へ連れだすと同時に、音楽が奏でられはじめた。

彼女はきれいな声をしている、と思いながらローアンは立ちあがった。踊るようにという女王の命令で、テーブルについていたほかの人々も席を立ってフロアへ出ていった。グウェニスの歌を聞いているうちに、ローアンは彼女が毎晩、キャサリンのために歌っていたことを思いだしていたたまれなくなった。

大広間で踊っている人々越しにグウェニスを見ていると、彼女がローアンを見つめかえした。目には申し訳なさそうな表情が浮かんでいる。グウェニスはただ女王の命令に従って歌っているだけなのだ。そうとわかったものの、ローアンはその場にとどまることができず、急いで大広間をあとにした。

ジョン・ゴードンと彼が率いる部隊が森のなかから見張っているのはわかっていたが、女王一行は無事にスペイ川を渡り終えた。

女王一行が川を渡るときをねらって攻撃するのがいちばんなのに行動を起こさなかったのは、おそらく自分たちもまた見張られていることに気づいたからだろう。もしかしたらジョン・ゴードンは、いくら大部隊を擁していようと女王に攻撃をしかけるには充分でないと考えたのかもしれない。

ファインドの城へ着いたとき、降伏して城を明け渡すよう女王が命じたが、城側は応じなかった。側近を集めて協議したところ、大砲を用いなければ攻略できないだろうという結論に達し、結局城を迂回することにした。

アバディーンへ戻ったメアリーは人々の熱烈な歓迎を受けた。女王はアバディーンでため息まじりにジェームズの説得に屈し、もっと多くの武器や大砲を調達して兵士を呼び寄せることに同意した。それに続く数日間、ハントリー卿とメアリーのあいだを使者が頻繁に往復し、女王からは要求をしたためた手紙が、ハントリー卿からはそれに反論する手紙が届けられた。

ある朝、ローアンがジェームズやメアリーと朝食のテーブルについているとき、女王の密偵のひとりが到着した。メアリーが立ちあがって疲れきった密偵を迎えたので、ローアンとジェームズもならった。

「陛下がここで会うことを拒絶なさったので、レディ・ゴードンは憤慨し、馬を駆って夫に会いに行きました。彼女が泣き叫びながら夫に訴えたところによれば、魔女たちが、ハントリー卿は体に傷ひとつ負うことなく、夜には町の公会堂の脇《わき》に死体となって横たわるだろうと予言したらしいのです。彼らは攻撃をしかけてくるつもりです。レディ・ゴードンは夫が死ぬと確信しています」

「いつ、どこで攻撃をしかけるつもりなの？」メアリーがきいた。

密偵はうなだれた。「わかりません。正体がばれたので、わたしは大急ぎで逃げだしてきたんです。そうしなければ、わずかな情報さえ持ち帰れなかったでしょう」

「よくやったわね。あとで褒美をとらせるわ」

ローアンはジェームズを振りかえった。「ハントリー卿はコリシーの野のすぐ近くにあるフェアの丘に陣地を構えるでしょう」

「なぜ確信できるんだ？」ジェームズがきいた。

「彼は女王に味方しているハイランド人の何割かが志を翻すと予想し、それに乗じようと考えているに違いありません」

「寝がえる者たちがいそうなの？」メアリーが穏やかに尋ねた。

「そうは思いません。陛下はそうする理由を与えませんでしたから。それに陛下は……」ローアンは大勢の兵士が死ぬことになると考えてためらった。しかしいずれにしても戦争になるのなら、死ぬのは女王の兵士でなくて敵兵のほうがいい。「ここで攻撃をしかければ、敵は身動きできなくなります。おそらくハントリー卿は今、攻撃されるとは思っていないでしょう。丘から追い落とすことができれば下にあるのは沼地ですから、どこにも逃げ場はありません」彼は床に線を引いて説明した。

「地形に関してはたしかなのか？」ジェームズがきいた。

「ハイランドのことなら自分の庭のように知っています」

「しかし、きみの示した場所をハントリー卿が選ぶとは限らないだろう」

「陣地を構えるとしたら、そこしかありません。ハントリー卿は自分が有利な立場にあると信じて、その地を固守するに決まっています」

ふたりを見つめるメアリーの目が悲しげに曇った。「準備にかからないといけないわね」

真剣な目でローアンを見る。「彼が構える陣地の場所について、あなたの予想があたっているることを祈るわ」


このところ女王はいつも午前中をジェームズやローアン、メイトランドなど主だった側近と会議を開いて過ごしていた。その日の朝、暇つぶしに読書をしていたグウェニスは、突然メアリーが部屋に入ってきたのでびっくりした。

「なんという思いあがりかしら。これは謀反よ！」女王が大声をあげた。

グウェニスは慌てて立ちあがり、メアリーを見つめた。

「さっき知らせが届いたの。ハントリー卿は本気で攻撃をしかけてくるらしいわ。こちらが放った密偵の話だと、レディ・ゴードンのお抱えの魔女がハントリー卿の勝利を予言したようよ。魔女ですって！　魔女なんか呪《のろ》われてしまえばいいのよ。邪悪な技を使う魔女たちを裁判にもかけられないなんて、腹立たしいったらないわ」

グウェニスは黙っていた。メアリーのように教養ある人間が魔術の力を信じているのが、いまだに信じられなかった。

女王が続けた。「ハントリー卿の城や領地をいくつか避けて通ってよかった。信じられない話だけれど、彼はわたしを拉致《らち》して無理やり息子の妻にしようと本気で考えているみたい。まったく、あさましいにもほどがあるわ。反逆もいいところよ」

「そんなたくらみが成功するはずはありません」グウェニスはメアリーをなだめようとしたが、彼女自身も女王の話に動揺していた。

「フランスならこんなことは起こりえないのに」メアリーが言った。

「残念ですが、人間の貪欲《どんよく》さはどこも同じです。人はみな手にしている以上のものを欲しがるものです」

メアリーがグウェニスのベッドにぐったりと腰をおろした。「わたしはこの国に残っている、数少ないカトリックの貴族のひとりと戦争をしなければならないのよ。神様、どうかお許しください」

グウェニスは慎重に言葉を選んだ。「陛下は女王ですから、自分の国をおさめなければなりません。どのような犠牲を払ってでも、スコットランドを守らなければいけないのです」

「ええ、そうね」メアリーは同意し、ふいにうろたえてグウェニスの手を握りしめた。「ローアンはハントリー卿の戦法はわかっていると自信たっぷりだけれど、彼が間違っていたらどうすればいいの？　もしわたしたちが負けたら？」

「わたしたちは負けません」

メアリーは立ちあがって、再び室内を行ったり来たりしはじめた。「たしかなことがわかりさえしたら……」

グウェニスは落ちつきなく歩きまわる女王を見て言った。「知らせをもたらしてくれた密偵に探らせたらどうですか?」

「彼はもう戻せないわ。ほかにも何人かもぐりこませてあるけれど……」

「誰かが真実をつかんでくれますよ。ハントリー卿は長年ここを支配下に置いてきました。それでも大勢の善良なハイランド人が、若く美しい女王を敬愛しています。彼らはあくまでも陛下を支持するでしょう」

女王は歩きまわるのをやめた。「きっと町の人たちはなにか知っているに違いないわ。召使いは噂を小耳に挟んでひそひそ話しあうものよ」

「そうですね」グウェニスは認めたものの、女王はなにを考えついたのかと不安になって眉をひそめた。

「町へ探りに行く必要があるわ」メアリーが断固たる口調で言った。

グウェニスの気持ちは沈んだ。「陛下が行けば、たちまち女王と知れます。町の人々はお辞儀はしても、話をしてはくれないでしょう」

女王はしだいに興奮してきたようで、しきりに首を振った。「変装していくのよ。洗濯女か魚売りの女……メイドでもいいわ。そうして市場へ買い物に来たふりをするの」

　グウェニスは唇をかんで女王をしげしげと眺めた。「陛下では群衆に溶けこめません」

「どうして？」

「背が高すぎますから」

　メアリーはためらった。「だったら男性に扮《ふん》して行くわ」

「それでも危険すぎます」

　メアリーはまた行ったり来たりしだした。「わたしたちはなんとしても勝利しなければならないの。傲慢《ごうまん》なハントリー卿に、卑劣なその息子！　ジョン・ゴードンは自分のように権力と富を兼ね備えた魅力的な男なら、わたしが喜んで国王に迎え、命令に従うだろうと考えているそうよ。わたしは気まぐれな女王で国民の意思をないがしろにするだろうとか、カトリックでない人々をいずれは迫害するだろうとか言っているらしいの。きっと攻撃をしかけてくるわ」

「陛下は優秀な臣下を抱えているじゃありませんか」

「そうした優秀な臣下を失いたくないのよ。だけど、ローアンの予想どおりにことが運ばなかったらどうなるの？　やっぱりメイドの格好をして町へ行って、どんな噂が流れているか探ってくるわ」

　グウェニスは首を振った。「いいえ、いけません。男に扮しようが女に扮しようが、だめなものはだめです」ひとつ深呼吸をする。「わたしが行きましょう。陛下のへアピースを借りてアニーに適当な服を着せてもらい、彼女と一緒に店や市場をまわって人々がどのような話をしているか聞いてきます。それにわたしならわざわざ訛《なまり》があるふりをしなくても、地元の人々に溶けこめます」

「あなたを危険にさらすわけにいかないわ」メアリーは眉根を寄せて彼女を見つめた。

グウェニスは笑った。「だけど陛下は、自分自身を危険にさらすつもりだったじゃありませんか！　あなたは黄金、わたしは銀です、陛下」

メアリーがにっこりした。「あまり遠くへ行ってはだめよ。それから戦いについてなにか耳にしたら、すぐに戻ってきなさい」

「承知しました」

「この任務は誰にも知られずに遂行する必要があるわ。気をつけるのよ。あなたがわたしの侍女だとばれたらどうするの？」

「絶対にばれないようにします」グウェニスは請けあった。

一時間後、アニーの服を着て広間へ戻ったグウェニスは、先ほどの言葉の正しさを証明した。彼女は綿の詰め物をしてブラウスやスカートを膨らませ、汚れた大きな長靴を履いて、黒のヘアピースをつけ、頭からウールのショールをかぶっていた。頬と目の周囲に炭を塗ったのは、一日じゅう火のそばで仕事をしている下働きの女に見せかけるためだ。

グウェニスとアニーがメアリーの部屋へ入ったとき、女王はグウェニスを見分けられなかった。「アニー、あなたの主人はどこにいるの？　あなたが連れてきたのは誰？　ここで働いている下女？」グウェニスが大声で笑いだしたので、彼女は一瞬息をのんだあと、一緒になって笑った。「本当にあなたが言ったとおりね。全然わからなかったわ」

「危険は冒しません。店で買い物をしながら人々の話を聞いてきます」グウェニスは女王を安心させようとした。

メアリーはためらったもののうなずいた。「戦いになるのか確かめなければならないの。だけど暗くなる前にあなたたちが戻らなかったら、衛兵に捜しに行かせるわ」

「必ず戻ってきます」

女王の部屋を退出したグウェニスは、ジェームズとメイトランドとローアンがやってくるのを見て凍りつきそうになった。だが、三人の誰ひとりとして彼女に気づかなかった。ジェームズとメイトランドはまったく注意を払わなかったし、ローアンはアニーにかすかにほほえみかけてうなずいただけだった。

三人が通り過ぎるやいなや、グウェニスはアニーの手をつかみ、笑いをこらえながら廊下を駆けだした。アニーが手を引き抜いてグウェニスをしかった。「こんなのは愚か者がすることです。いいですか、愚かな人間がすることですよ」

「落ちついて、アニー。いいじゃない。ほんの何時間かお芝居をするだけよ」

ふたりは衛兵の前を通り過ぎた。警戒を怠ってはならないというジェームズの説得に応じて、女王が滞在中の屋敷のまわりに配置した者たちだ。

「市内は女王の兵士たちであふれています」アニーが言った。

「ええ、女王は弓の名手や騎馬兵など優秀な兵士を大勢――」

アニーがさえぎってまくしたてた。「だったら安心ですね。無駄なことをしに行く愚か者たちをきっと守ってくれるでしょう」

「市場へ行くわよ」グウェニスは言った。

アニーはグウェニスをじろりとにらみ、しぶしぶ歩きつづけた。「少なくともお嬢様には、市場にいても不自然ではない詭があります」

グウェニスとアニーは同じ主人に長年仕えている奉公人のように、肩を寄せあって通りを歩いた。アバディーンは誰もが知りあいであるような小さい都市でありながら、よそ者が気づかれずに商店街を歩きまわれるだけの大きな都市でもある。

ふたりは露店に並べられた品物を見るふりをしてのろのろ歩いた。あたりには鶏の鳴き声がし、魚のにおいが漂い、布地や針や調理器具などを扱う行商人の声が響いている。玩《がん》具《ぐ》商がグウェニスたちの前で人形を操ってみせたが、ふたりは楽しませてくれたことに礼を言って買わずに先へ進んだ。どの店でも、ふたりは品物を値踏みしては財布の中身と相談するふりをした。最後にグウェニスとアニーは、グラスに注《つ》いだビールを安売りしている店の前で足をとめた。

アニーが商人に向かって顎を突きだし、そんな売り方をしていたらビールに埃《ほこり》が入る、アバディーンの汚い土埃を誰が飲みたがるというのだと長々と文句を並べたてた。彼女がけちをつけているとき、グウェニスはとうとう聞きたかった言葉を耳にした。ハントリー卿が攻撃を計画しているとささやき交わしているのは、近くにいるふたりのメイドだった。

「こうなったら彼は、自分こそが王だと宣言するかもしれないわね」仕事に疲れた様子の小柄な赤毛の娘がくすくす笑ってささやいた。

「ええ、そうなったら伯爵夫人は大喜びでしょうよ。なにしろ女王になれるんだもの」かたわらのかわいらしい茶色の髪の若いメイドが同意した。

「それにハントリー卿は女王をつかまえて、息子と無理やり結婚させるつもりだっていうじゃない。そうしたらスコットランド全部がハントリー卿の支配する国になるわ」赤毛の娘が周囲を気にしつつささやいた。

「わたしたちにとってはそのほうがいいわ」グウェニスは小声で、けれどもふたりのメイドに聞こえるだけの声で口を挟んだ。

機転がきくアニーは商人への文句を長引かせて、グウェニスがメイドたちの会話に加わる時間を稼いでいる。

「誰が王で、誰が女王だろうと、わたしはどうでもいいの。誰が支配者になろうが、朝から晩まで毎日働かなければならないのは同じだもの」赤毛の娘が再び笑った。

茶色の髪の娘が鼻を鳴らした。「あら、ハントリー卿が負けて女王が仕返しをしたら、わたしたちの生活は今よりももっと悪くなるかもしれないのよ」

「だけど、ハントリー卿が負けることなんてあるの？」グウェニスは考えられないというように尋ねた。

赤毛の娘が断言した。「ありえないわね」

「もう行かないと。丘へのぼる兵士たちのために食事をたくさん用意しなければならないから」茶色の髪の娘が促した。

赤毛の娘が言った。「これからフェアの丘で野営するそうよ」

茶色の髪の娘がもうひとりを肘で小突いた。「さあ、早く行きましょう」

「伯爵夫人にこっぴどくしかられるものね」赤毛の娘が言った。

ふたりの娘はグウェニスにうなずいて別れを告げ、急ぎ足で歩み去った。グウェニスが急にアニーの腕をつかんだので、持っているグラスからビールがこぼれた。アニーは結局ビールを買うことにしたのだ。

「帰りましょう」

「帰る？」アニーが問いかえした。

「そうよ、今すぐ！」

ふたりは女王がいる屋敷を目指して歩きだした。もはや商品を品定めしているふりはしなかった。急いでいるのと考えにふけっているのとで、グウェニスはつい駆け足になった。

アニーが後ろから引っ張った。「こんなところを走ったら目立ちます」

グウェニスは息を切らせてついてくるアニーを振りかえり、速度を落とした。けれども視線をアニーに向けたままだったので、前から来るたくましい男にぶつかってしまった。

驚いて見あげたグウェニスは恐怖に襲われた。

彼女がぶつかったのはブライス・マッキーベイだった。

グウェニスは息をつめた。プロテスタントの領主のひとりであるブライスが、カトリックのハントリー卿の領地でなにをしているのだろう。しかし彼にとってはおそらく、プロテスタントかカトリックかなどというのはどうでもいいことなのだ。たぶんハントリー卿に味方して、女王と戦うことを選んだに違いない。

ブライスはさげすむように見おろしただけで、グウェニスの正体には気づかなかったらしく、彼女はほっとした。「邪魔だ。とっととうせろ」ブライスが命じた。

グウェニスはすぐに従った。

彼女の顔にありありと浮かぶ恐怖を見てとってアニーが尋ねた。「どうしたんです？　さっきの方は？」

「ブライス・マッキーベイよ」グウェニスは身震いをした。

アニーは息をのんだ。「ローアン卿の領地と境を接している、あの一族ですか？」

「ええ」

「わたしたちに気づいたかもしれませんね」

グウェニスは首を振った。「わたしを押しのけるところを見たでしょう？　彼は下働きの女なんかに興味はないのよ」

「急ぎましょう」アニーが促した。

だがグウェニスは立ちどまり、大股で人ごみのなかへ消えていく男を見守った。そのときブライスが足をとめ、気になることでもあるように振り向いた。

ふたりの目が合った。ブライスは眉をひそめたが、背を向けて歩み去った。

「彼は女王と戦うために来たのよ」グウェニスは言った。

「女王のために戦おうとして来たのかもしれません」

グウェニスは首を振って否定した。「彼は危険な男で、ローアン卿を憎んでいる。領地を増やしたくてしかたがないのに、ローアン卿が女王を支持し、女王が彼の助言に従っているあいだはできないからよ。だから女王に敵対する気になったんだわ」

「だったら、なおのこと早く戻って報告しないといけませんね」

「わたしたちが知ったことだけでは充分じゃない。ブライスがここへ来ているとしたら、事態はまったく違ってくるの」グウェニスは反論した。

「知りえたことだけで充分ですよ」アニーが言い張った。

「そうね」グウェニスはしぶしぶ同意した。

ふたりが屋敷近くの人けのない通りまで来たとき、背後から近づいてくるひづめの音が聞こえた。振りかえりかけたグウェニスは、軽々と抱えあげられた。馬に乗っているのはブライス・マッキーベイだ。彼女の喉から悲鳴がほとばしったが、ブライスはかまわず馬を走らせた。危険な状態に置かれ、大きなひづめの音に耳を聾《ろう》されながらも、グウェニスはアニーが同じくさらわれたことを知り、遠くに連れ去られる前に誰かに気づいてもらおうと叫びつづけた。

大声を出しながらも、彼女は必死に考えた。ブライスがわたしをさらったのは、正体に気づいたからかしら？　それとも疑いを持っただけなの？

馬が猛烈な勢いで駆けているから、激しく抵抗して落ちれば大怪我《けが》をするだろう。下手をすると死ぬかもしれない。

グウェニスは忌み嫌っている男に抱きかかえられたままじっと耐え、馬にしがみついてなりゆきに任せるほかなかった。

両陣営が部隊を増強しつつあるあいだは忙しかったため、ローアンは寝ても覚めても頭を離れなくなったグウェニスのことを考えないでいられた。けれども戦争が差し迫っている今日に限って、女王の侍女たちのなかにグウェニスの姿がなかったので、彼は胸騒ぎを覚えた。

メアリーにお気に入りの侍女はどうしたのかと尋ねたところ、あいまいな答えしか返ってこなかった。〝さあ、市場にでも行ったんじゃないかしら〟

不安は消えなかった。アバディーンはハントリー卿の勢力下にあるにもかかわらず、人々は女王を歓呼の声で迎えた。そうはいっても、女王の侍女がのんきに町をうろつくなんて無謀もいいところだ。自らもハイランド人であるローアンがよく知るように、ハイランドの人たちは心変わりしやすい。とりわけ現在のように新しい若き女王と、昔から仕えてきた領主とのあいだで気持ちが揺れているときは。

いつもなら邸内で忙しく働いているアニーの姿も見えなかったので、ローアンはますます不安になり、とうとう市場へグウェニスを捜しに行くことにした。屋敷を出たとき、彼はいらだっていた。今や千人以上に膨れあがった女王の兵士たちは、野原や林で野営したり、町の公会堂や近隣の家々に宿泊したりしている。彼らを編成して訓練を施し、どのような陣形をとるのか考えなければならない。ローアンの騎兵隊もまた彼の命令を待っている。無駄に費やす時間などないというのに。

外へ出たローアンは、女王の衛兵と立ち話をしているギャビンを見つけた。ローアンに気づいたギャビンが眉をつりあげ、戦いに関する命令が下されるのを待ち受けたが、ローアンはただ首を振った。「一緒に来てくれ。グウェニスを捜しに行かなければならない」

「一時間ほど前に彼女のメイドを見ましたよ」ギャビンが言った。

ローアンは顔をしかめた。「どこで？」

「下働きの女と市場のほうへ行きました」

「その女はアニーよりも背が高かったか？」

「ええ、かなり」

「グウェニスだ」ローアンはいらだちをこめて言った。「いったいなにをしようとしているんだ？」

ギャビンが笑い声をあげた。「レディ・グウェニスではありませんでしたよ。あれはきっと台所で働いている女です。顔も服も煤《すす》まみれで髪は黒かったし、ひどく太っていました」

ローアンは首を振った。「それはグウェニスだ。彼女が新たな厄介事に巻きこまれる前に見つけたい」

話し終わらないうちに、市場のほうから悲鳴が聞こえた。ローアンはギャビンに命じた。

「馬を引いてきてくれ」

そのとき驚いたことに、馬に乗った男が六人現れて、屋敷を守っている女王の衛兵たちの目の前を駆けていった。男たちのうちのふたりが悲鳴をあげている女性を抱えていた。衛兵たちがさっそく追いかけようとするのを、ローアンは押しとどめた。

「待て、罠《わな》かもしれない。戦いの前に女王の優秀な兵士をできるだけ減らそうとやつらが考えているなら、みすみす罠にはまりに行くことになる。すぐにジェームズ卿のところへ行って、われわれが林のほうへ暴徒を追っていったと伝えてくれ。くれぐれも用心するようにと。それから目立つ道を避けてわれわれを追うよう伝えるんだ」

馬を引いてきたギャビンがけげんそうにローアンを見た。「じゃあ、われわれは罠に飛びこんでいくんですか？」

「いや、林のなかの古いローマ街道を通っていこう。連中はおそらく、人々がよく使う道で兵士たちを待ち伏せしているに違いない」

ギャビンが真剣な顔でうなずいた。「馬に乗っていた連中がまとっていたのは、マッキーベイ一族のタータンでした」

「先頭にいたのはブライス・マッキーベイだ」ローアンは同意した。

「やつらも古い道を知っているかもしれませんよ」

馬の上で激しく揺られ、三十分は乗っていただろうか。グウェニスたちを拉致した一味は、女王が滞在している屋敷から、そして女王のために駆けつけた大勢の兵士たちから遠く離れた場所へ着いた。

彼らが森の奥の狭い空き地で馬をとめたとき、グウェニスは誰ひとりとして追ってくる者がいないと知ってうろたえた。屋敷を守っている衛兵たちの目の前でさらわれたのに、いったいどういうことなの？

だけど考えてみれば、女王を守るのが任務の衛兵のなかに、下働きの女を助けるために持ち場を離れる者がいるかしら？　しかも、女王に仕えているかどうかもわからないのだし。

グウェニスは乱暴に地面へほうりだされたが、声はたてなかった。だが、投げ落とされたアニーは大声で文句をつけた。グウェニスは大急ぎで立ちあがって頭にかぶっているウールのショールを直した。体の痛みを気にすることよりも、変装を見破られないことのほうが大事だ。

ブライス・マッキーベイの目つきからすると、まだグウェニスの正体に気づいていないらしい。

「どうしてこんなひどいことをするのよ？」グウェニスの後ろでアニーがわめいた。「どこの領主様の家来か知らないけど、まっとうなハイランド人のメイドをさらったりして、ただですむと思っているの？」

ブライスが威嚇するようにアニーに近づいた。「おまえたちはハイランドの女じゃないな。しゃべり方でわかる」

「その人はあたしの叔母さんなの！」グウェニスは古いゲール語で叫んだ。ブライスの注意を再び自分に向け、先を続ける前にすばやく頭を働かせる。そしてさも相手を軽蔑《けいべつ》するように地面へ唾《つば》を吐いた。「あたしの叔母さんは女王様にお仕えしているんだよ。あたしは母さんと一緒にアバディーンの近くの森に住んでいる。自分のメイドがひどい扱いを受けたと知ったら、女王様は黙っちゃいない。きっとあんたたちをつかまえに来るさ。本当だよ！」

「勝手に来ればいい」ブライスが言った。

そのときグウェニスは悟った。この森にはブライスの手下が大勢潜んでいる。彼は追っ手が来ることを予想していた。それどころか、わざと追ってこさせようとしたのだ。戦争が始まる前に女王の軍勢を少しでも減らしておけば、ハントリー卿に目をかけてもらえるに違いないと考えたのだろう。

追っ手が来ないのは、それほど不思議ではないのかもしれない。きっと女王の衛兵たちはブライスの策略を見破ったのだ。

グウェニスは彼に指を突きつけてきつい口調で言った。「今度の戦いで女王様が勝ったら、あんたは縛り首になる。いいかい、よくお聞き。縛り首になるんだよ」

ブライスが顔をゆがめた。「なんだと？　おまえは魔女か？　おれたちの運命を予言しようというのか？」

「魔女なんかじゃない。あたしは女王様に忠実なただのスコットランド女さ」

ブライスは腹立たしそうな声を出してグウェニスを部下たちのほうへ押しやった。「逃げないように見張っていろ。この女は……結構若い。おまえたちの好きにしていいからな。そのあとは……そうだな、おそらくハントリー卿はその女を縛り首にするだろう」

グウェニスが背中を押されて転んだとき、頭にかけていたウールのショールが落ちそうになった。馬の上で激しく揺られているあいだに、ヘアピンがかなりとれて女王に借りたヘアピースが外れかかっていた。

「服が脱げかけていやがる」ひとりの男が大声をあげた。

「それにしても汚い娘だな」別の男が言った。

「汚くない売女《ばいた》がいるか？　汚いのがいやなら洗ってやれ。すぐ向こうに小川が流れている」ブライスが言った。

そのとき男たちの背後に、馬に乗ったファーガス・マッキーベイが現れた。「なにをしているんだ、ブライス？　そんな女たちにかまっている暇などない。ちゃんと見張っておかないとだめだろう」

ファーガスは馬を降り、男たちのなかに分け入ってグウェニスの腕をつかんだ。彼女は逆らわないほうがいいと思ってうつむいた。なんとか変装がばれないようにしなくてはならない。しかしそんなグウェニスの考えもむなしく、ファーガスは彼女の顎に手をかけてうわ向かせた。

そして顔をじろじろ眺め、目を探るようにのぞきこんでから、大声で笑いだした。「やれやれ、ブライス、おまえには目がついていないようだな」

たとえ親戚《しんせき》の人間からであれ笑い物にされるのは我慢できなかったらしく、ブライスは大声で怒鳴った。「ファーガス、口を慎め！」

「よく見てみろ」ファーガスが言った。

ブライスはつかつかと歩み寄って、ファーガスの手からグウェニスを引き離し、彼女の髪に手を突っこんでヘアピースをむしりとった。グウェニスはあまりの痛さに思わず悲鳴をあげて目に涙を浮かべた。

ブライスも大声で笑いだし、手下たちに言った。「こいつは愉快だ。早くも女王を出し抜いてやった」目を細めてグウェニスを引き寄せる。「おまえの負けだ、かわいい魔女め。今度はおまえを助けに来るハイランドの領主はどこにもいないからな」

10

ギャビンが木の上からおりてきた。

「かなりの人数です。マッキーベイは一族郎党を残らず引き連れてきたようですね。森のなかに少なくとも五十人は潜んでいますよ」

ローアンは自分たちが無事にグウェニスとアニーをとり戻せる確率を考えた。あまり高くはなさそうだ。だが、ギャビンが古いオークの高い枝へのぼって敵兵を調べているあいだに、ローアンはブライス・マッキーベイが拉致《らち》した女性たちの正体を見破ったところを木陰から目撃した。

そして今、アニーが憤然と歩みでるのが見えた。「ちょっとでもお嬢様に手をふれたら、あんたの全財産を女王様が没収するからね。どうしてあんたたちはハントリー卿《きょう》みたいにころころ宗旨替えするような人間を信用できるのよ？　朝はプロテスタントの教義が真実だと言っておきながら、夕方になるとカトリックこそが本当の宗教だと言いだすような男じゃないの。息子の逮捕に同意しておきながら、舌の根も乾かないうちに女王に刃向かうつもりなんでしょう？」

「黙れ、この老いぼれ」グウェニスに視線を向けたままブライスが怒鳴った。

「彼女は老いぼれなんかじゃないわ」グウェニスが抗議した。ローアンも知っているように、彼女は少々のことではおびえない。「はっきり言っておくわ。わたしに手をふれたらあなたは死ぬ。これはたしかな予言よ」

「自分が魔女だと認めるのか？」

「あなたは必ず死ぬわ」グウェニスがくりかえした。

「結婚式に先立って一緒に寝るっていうのはどうだ？」

「あなた、死にたいの！」

「おれは大勢の部下に囲まれているんだ。そのおれが死ぬとはよく言ったな。神がおまえにそう告げたのか？」ブライスがあざわらった。

「神への揺るぎない信仰があればわかるのよ」

ブライスが手をあげてグウェニスの顔にさわったとたん、彼女はこぶしで彼の頬を殴りつけた。その音は森じゅうに響き渡った。

ローアンが一部始終を目にしてたじろいだとき、肩に手が置かれた。ギャビンだった。

「今、飛びだしていっても彼女を救えませんよ」ギャビンが忠告した。

たしかにそのとおりだろう。必要なのはときを稼ぐことだ。もう少し待てば女王の兵士たちが到着するに違いない。

「なんとかして時間を稼がなくてはならない」ローアンは言った。

「やつらはわたしの顔を知りません」ギャビンが彼を見つめた。

「いいだろう」考えた末にローアンは言った。

ギャビンがにやりとした。「変装用の服も道具もないですが、わたしに役者の才能があるところを見せつけてやりましょう。まあ見ていてください」

ブライスを殴ったのは間違いだった。仮にグウェニスがスコットランド一の剣士であったとしても、これだけの大人数を敵にまわしては勝ちめがない。ましてや剣を持ってもいないのだ。

グウェニスはアニーが主人を守ろうと身構えているのに気づき、自分が軽はずみな行動に出たら自分にもアニーにも災いを招くだけだと悟った。ブライスが殴りかえそうとこぶしを振りあげ、彼の部下たちがつかみかかってきそうなのを見て、彼女は急いで言った。

「やめて！」

驚いたことに、彼らはぴたりと動きをとめた。

「あなたが欲しいのはわたしの領地なんでしょう？　それを手に入れるには、わたしと結婚する以外に方法はない。あなたはわたしの体を奪えば結婚に同意するだろうと考えているようだけど、考え違いも甚だしいわ。領地が欲しいのなら、わたしをぜひともあなたと結婚したいという気にさせてみなさいよ」

ブライスがゆっくりと薄笑いを浮かべた。「まったくたいした女だ」

ファーガスが彼に歩み寄った。「この女はおまえをからかっているんだ。信じるな」

突然、茂みがざわつき、全員が音のしたほうを振りかえった。狭い空き地へ出てきた男を見て、グウェニスは目を丸くした。男が身につけているのはタイツとショートパンツと薄汚れた白いリネンのシャツだけで、髪にも服にもたくさんの木の葉がへばりついていた。

彼はおぼつかない足どりで空き地の中央へ歩いてきて立ちどまり、周囲の男たちを見まわした。「おや、こんな森のなかで結婚式を挙げているんですか。ようこそ、みなさん」深々と身をかがめて芝居がかったお辞儀をする。「あなたたちが今いるのはわたしの土地で、わたしはこの森の牧羊神《パン》です。あなたたちを歓迎しましょう。とりわけうまいビールを持ってきているなら大歓迎です」

ギャビンだわ！

ということは、ローアンもどこか近くにいるはずだ。

「頭がどうかしているんじゃないか。さっさと追い払え」ブライスが不快そうに言った。

「追い払う？　わたしの土地へ勝手に入ってきたのは、あなたたちのほうだ。そっちこそ出ていってもらおう」ギャビンが言った。

「こいつをどうにかしろ」ブライスが部下に命じた。

「ほうっておきなさい。神のしもべである気の毒な人に危害を加えるような男性とは、断じて結婚しないわよ」グウェニスが口を出した。

ファーガスがグウェニスの前へ歩いてきて、腰に両手をあて、顔を突きだした。「なんとも勇ましいお嬢さんだ。われわれの家柄では結婚相手として不足だとでもいうのか？　覚えておけ。たとえ無理強いでも、いったん結婚してしまえばこっちのもんだ」

「そんなことをしてもなんの意味もないわ。女王の承認を得て祝福を受けない限り、結婚は認められないのよ」グウェニスが言いきった。

「国王に承認してもらえばいい」ファーガスが悦に入って応じた。

「あなたはその気の毒な人よりもずっと頭がどうかしているわ」グウェニスは笑った。「そう簡単にいくと思うの？　そうするためにはジョン・ゴードンが勝利をおさめなければならないけれど、女王の大軍を相手に勝ちめがあるのかしら。お気の毒に、あなたはきっと縛り首になるわ」声を張りあげ、空き地に集まっている馬にまたがった男たちや地面に立っている男たちを見まわした。「今度の戦いに敗れたら、あなたたちは主人と一緒に縛り首になるのよ」

ローアンはブライスの部下たちがいっせいにあとずさりをするのを見て、せっぱ詰まった状況にもかかわらず、にやりとせずにいられなかった。

「女王のスパイなんかに脅されてびくびくするな！　戦う前から腰が引けていたら、勝てる戦いも勝てなくなる」ファーガスが大声をあげ、ブライスをにらみつけた。「さっさとその女を向こうへ連れていってものにしてしまえ。そいつはおまえをなめてかかっているんだ。しっかりしろ！」

ファーガスに怒鳴りつけられて、ブライスは慌てて行動に移った。彼はグウェニスをつかんで引っ張っていこうとしたが、彼女はそう素直に従わなかった。ローアンはまたもやグウェニスがこぶしでブライスを殴りつける場面を目撃し、後ろへよろめいたブライスが苦痛のうめき声をあげるのを聞いた。

この機会を逃したら二度とチャンスはないかもしれない。ローアンはすばやく決断を下した。

彼は弓に矢をつがえて引き絞り、ねらいをつけて放った。

矢はブライスの胸の真ん中に命中した。

一瞬、ブライスはなにが起こったのかわからなかったに違いない。驚愕《きょうがく》の表情で突ったったまましばらくグウェニスを見つめていたが、やがてどうと倒れた。

「囲まれているぞ！」誰かが恐怖の叫びをあげた。

たちまち男たちが大声をあげて右往左往しはじめ、おびえた馬が何頭か逃げていった。

「落ちつけ！」ファーガスが怒声をあげ、倒れているブライスに駆け寄った。すでに甥《おい》が事切れているのを知って立ちあがり、すさまじい形相でグウェニスをにらみつけた。ローアンはステュクスにまたがって木々のあいだを縫い、空き地を目指して駆けた。こうなったら弓矢は役に立たない。彼は剣を抜いた。

怒りに駆られたファーガスがグウェニスを絞め殺そうと近づいてきたとき、彼女は心構えができていた。つかみかかってきたファーガスの手をかわし、林のなかへ逃げこもうと空き地を走った。林の際へ達したとき、剣を振りかざしたローアンが空き地へ躍りでた。

ファーガスは逃げずに踏みとどまっていた家臣たちにローアンを殺せと大声で命じた。突然、至るところから無数の人間がわいてでた。ある者は一族の首領を守ろうと駆けまわり、またある者は自分だけ助かろうと逃げまどう。

ローアンの最初のねらいはファーガスを倒すことだったが、切りかかってくる手下たちの相手をするので精いっぱいだった。一方、ギャビンは愚者のふりをかなぐり捨ててブライスの死体に駆け寄り、腰の鞘《さや》から剣を抜いた。

ブライスの家臣たちは剣術に長《た》けたローアンとギャビンの敵ではなかった。なにしろふたりはスコットランドの宮廷に出入りしているときや、イングランドの女王に客として招かれているときに、剣の達人から剣術を学んでいたのだ。ふたりの周囲に死体の山が築かれはじめた。

「ローアン！」大声が聞こえた。

叫んだのはグウェニスだ。背後からひとりの男がローアンに切りかかろうとしていた。

グウェニスは武器がなくても手をこまねいているような女性ではなかった。すばやくしゃがみこんで土をつかみ、男に投げつけた。土が目に入って一瞬ひるんだ男を、ローアンが振り向きざまに切り倒した。

まもなく林のなかを近づいてくるたくさんのひづめの音がし、馬に乗った女王の兵士がどっと空き地へなだれこんできた。戦いの決着がつくのはもはや時間の問題だった。

最後の敵を切り伏せたローアンは馬を降り、怒りをこらえてグウェニスのほうへ歩いていった。

「愚かなまねをしたものだな！　きみは自分とアニーの命を、さらにはギャビンやぼくの命までも危険にさらしたんだ」ローアンは冷たく言い放った。

グウェニスは身をこわばらせて彼をにらんだ。顔は煤《すす》まみれで服はひどいありさまだが、堂々として威厳があった。

「女王に命じられた任務を果たしていたのよ」グウェニスが言った。

ローアンは歯をくいしばった。そう言われては反論の余地がない。彼は背を向けて歩み去った。

「あなたに命を危険にさらすよう頼んだ覚えはないわ！」背後からグウェニスが呼びかけた。

彼は背筋を伸ばしただけで、振り向きもせずにステュクスのところへ戻った。グウェニスは女王に命じられた任務を果たしていたというのか？　そうだとしたら、彼女を無事に女王のもとに送り届けるのは、女王の衛兵の役目だ。

それにローアンは、震えているところをグウェニスに見られたくなかった。

森の空き地での戦闘などとは比べ物にならない、大規模な戦争が間近に迫っている。グウェニスと女王のあいだでなにが話しあわれたのか、ローアンは気にしている暇がなかった。自分の部隊を戦争に備えさせるほうが急務だった。

そのうえメアリーに対しても激しい憤りを覚えていたので、おかしな行動に出ないためにも女王に近づかないでおくほうが無難だと考えた。それにしても腹立たしいのは、女王がローアンの助言を疑って、本当に彼の言葉どおりか確かめずにいられなかったことだ。しかも、そのために侍女のひとりを危険な場所へ送りだすなんて。そういうことは命を懸けて女王に仕えると誓った男たちの仕事ではないか。

ローアンは自分の部隊を確実に掌握していた。今度の戦争の総指揮をとるのはジェームズ・スチュアート卿で、その下にリンゼイ卿、グレーンジのカーコーディ、オーミストンのコーバーンが控えている。今や女王軍に百二十人の火縄銃兵と、大砲を扱う砲兵が多数そろっていた。

戦闘は女王軍の砲兵が丘の上に陣どったハントリー卿軍に砲弾を放つことによって始まった。ハントリー卿の軍勢は大砲と火縄銃の弾で大敗を喫して逃げだしはじめた。ジェームズが号令を発して騎馬兵を敵陣へ切りこませ、そのすぐあとに歩兵がなだれこんで接近戦がくり広げられた。

ハントリー卿の期待とは裏腹に、ハイランド人は女王を見捨てて戦線を離脱することはなかった。戦死したり逃走したりでかなり減っていたハントリー卿の軍勢は、ローアンの予想どおり、丘から追い落とされて沼地へ逃げこんだ。

ハントリー卿と息子のジョン・ゴードン、ジョンの弟のアダム・ゴードンがとらわれて連れてこられたのは、ローアンがジェームズと並んで馬に乗っているときだった。ジェームズが対面しようと馬を前へ進めると、ハントリー卿は彼をにらみつけたあと、突然馬から転げ落ちた。ジェームズは驚いて、大領主ともあろう者がなにをふざけているのかと大声でなじったが、家臣に調べさせてみるとハントリー卿は息絶えていた。

ジョン・ゴードンが馬から飛び降りて父親のそばへ駆け寄った。だが、嘆いている暇はなかった。ジョンも弟のアダムもすぐに縄をかけられたからだ。ハントリー卿の遺体は馬の背にくくりつけられて運び去られた。

戦争は終わった。沼地は死体や体の一部や血で埋めつくされて、惨憺《さんたん》たるありさまだった。こうして女王軍は地元の住民の支援を受け、戦いに勝利した。

滞在先の屋敷へ戻ったグウェニスは、部屋のなかを落ちつきなく歩きまわった。メアリーは部隊を鼓舞するための開戦前の演説に出かけた。女王はグウェニスの同行を許さなかった。グウェニスは一緒に行かせてほしいと頼んだが、女王は自分のせいで大切な侍女を危険な目に遭わせたことをすっかり後悔したらしく、頑として聞き入れなかった。グウェニスは最初、ローアンがメアリーに苦情を言ったためだろうと考えた。だがあとになって、ローアンはあのあとすぐに自分の部隊を指揮しに行き、女王とは会っていないと知った。

アニーがときどき部屋へ戦況の報告にやってきた。

グウェニスはローアンの安否を尋ねずにいられなかった。

「ローアン卿のことはなにも聞いていません。ですが、女王の軍隊が勝利をおさめつつあるようですよ、お嬢様」

そして日の暮れるころに戻ってきたアニーが、女王軍が勝利したことを告げた。

「女王はさぞかしご満悦でしょう。敵兵は皆殺しになったそうです。それと、聞いてください！　ハントリー卿は体に傷ひとつ負わずに馬の上で死んだんですって」アニーが言葉を切って笑った。「レディ・ゴードンのお抱え魔女が予言したとおりになりました。死体はアバディーンの町の公会堂へ運ばれて、ひと晩じゅうそこに置かれるそうです。きっと心臓発作を起こしたんですよ。戦いに破れて首を切られると思ったんです。女王がゴードン一族にどんな処分を下すのか知りませんけど、これだけはたしかです。ゴードン家は二度と女王に盾突こうとはしないだろうし、スコットランドの北東部とハイランドが自分たちのものだと主張することもないでしょう」

「ローアン卿はどうなったの？」グウェニスはきいた。

「わかりません、お嬢様。まだなにも聞いていないんです」

アニーが去ると、グウェニスは再び室内を行ったり来たりしはじめた。危険な場所へ出てはならないという女王の命令に従い、屋敷へ戻ってからは部屋にこもりっ放しだった。だが戦いが勝利に終わって危険が去った今、ローアンが無事でいるかどうかを確かめたい。それどころか、彼に会いたくてしかたがなかった。理由は自分でもわからない。ローアンは彼女にすっかり腹を立てていた。腹を立てる権利などないのに。ローアンもグウェニスも女王に仕える身だ。グウェニスが彼に説明する義務などどこにもなかった。

そう思うものの、彼女はローアンに会いたくて気も狂わんばかりだった。


ローアンは疲労困憊《こんぱい》していた。服も体も敵兵の血で赤く染まっている。

彼は女王の滞在先の屋敷を出て、その夜は郊外の森のなかの狩猟ロッジに泊まることにした。マッキーベイ一族がハントリー卿の歓心を買うために女王側の軍勢を少しでも減らそうとたくらんだ、あの森だ。現在森を占拠しているのは、ロッホレイブンから来たローアンの配下の兵士たちだった。

人々は女王に味方しようと再結集した。ローアンは自分が町の人々から英雄に祭りあげられていることを知って驚いた。ロッジの召使いたちはローアンを大歓迎した。ロッジは昔も今も王家の所有物でハントリー家のものになったことはなかったから、そこで生計を立てている人たちが女王軍の勝利を喜んだのは当然と言える。

彼らはローアンと部下たちのために大量の食事を作らなければならなかったが、嬉々《きき》として仕事にいそしんだ。ローアンが部下たちとのディナーをすませてロッジ内の一室へ引きあげると、すぐに馬丁と従者が大きな浴槽を部屋へ運びこみ、調理場でわかした湯を瓶《かめ》で次々に運んできて満たした。ただ執事だけは、戦闘のような地獄の苦しみを味わったあとで〝体にとりついたかもしれない伝染病〟と闘うのに必要な、自然の防御力まで洗い流してしまうのではないかと心配した。

それを聞いてローアンは笑いそうになり、血と泥に覆われていても、体内には充分な防御力が備わっているから大丈夫だと言って執事を安心させた。

ローアンが大きな浴槽に身を横たえたのは真夜中過ぎだった。室内を照らしているのは暖炉の残り火だけで、あたりは心地よい薄闇《うすやみ》に沈み、周囲に湯気が立ちのぼっている。彼は筋肉がほぐれるのと同時に、心と体から血の汚れが流されていくのを感じた。浴槽の縁に頭をのせて目を閉じ、ため息をついてあたたかな湯と湯気を思う存分味わう。戦いに勝ったのだから歓喜に浸ってもよさそうなものだったが、心には不安が居座っていた。

メアリーは立派な女王であることを証明した一方で、緊迫した状況下では無謀な行動をとりかねないことも示した。

だが歴史上にそうでなかった君主がいただろうか、とローアンは自分に問いかけた。

ぼくがこんなに大きな怒りを覚えるのは、危険な目に遭わされたのがグウェニスだからなのか？　ほかの侍女だったら、女王に裏切られたとこれほど強く感じなかったのではないだろうか？　グウェニス以外の侍女では土地の人々にうまく溶けこめないだろうから、女王が彼女を選んだのは正しかったのかもしれない。

また、ファーガス・マッキーベイの死体がまだ見つかっていないことも不安だった。あの危険な男が復讐《ふくしゅう》の計画をあたためながらどこかに潜んでいるかと思うと、恐怖に近いものを覚えた。マッキーベイ家の領地は没収されるだろう。ハイランドでは一族への忠誠がなによりも優先する。ファーガスが生きていれば、このままですますはずはない。

ふいにローアンは体をこわばらせた。かすかな物音がした。暖炉で薪がはじけた音ではない。

誰かが室内にいる。

彼は体を動かさずに目を細く開けた。家臣たちが寝ずの番を怠っているとは思えないが、それにしても……。

フードをかぶった人間が忍び足で浴槽に近づいてくる。二メートルほど離れたところでいったん足をとめたあと、再び歩きだした。刺客だろうか？　王家の領内に出入りできるハントリー家の忠臣が、自分の身を犠牲にしてでも敵を討とうとやってきたのか？

ローアンがすばやく手を伸ばして侵入者の手首をつかんだとき、押し殺した女の悲鳴が響いた。彼は戦いに備えて体を起こした。

「やめて、お願い！　わたしよ！」

手首をつかまれて急に引っ張られたために、女のかぶっているフードが後ろへずれ、まとっていたケープが床へ落ちた。

驚いたことに、それはグウェニスだった。彼女は白いネグリジェの上に豪華なベルベットのガウンをまとっていた。真紅のガウンには手のこんだ刺繍《ししゅう》が施されている。髪は結わず、顔の炭はきれいに洗い落とされて、天使のようにけがれがなく、名高い魔女のリリスのように官能的だった。

ローアンは歯ぎしりをして手を放し、疑惑と怒りのこもった目でグウェニスをにらみつけた。「なんてことをするんだ！　まだ懲りずに死ぬかもしれない危険を冒すなんて。ここへなにをしに来た？　男のベッドルームをこそこそかぎまわるのが趣味なのか？」

グウェニスは手首をさすりながらあとずさりをした。目には謝罪と挑戦とが同時に浮かんでいた。「こそこそかぎまわってなんかいないわ」

「入浴中の男に忍び足で近づいてきたじゃないか。どんな反応を期待していたんだ？」ローアンは問いつめた。

「わたしは謝りに来たの。それと説明するために」グウェニスが憤然と言いかえした。

「ぼくに会うことはできないと、誰もきみに教えなかったのか？」

彼女の頬が赤く染まった。

「真夜中にそんな姿で屋敷を抜けだすだけでも愚かとしか言いようがないのに、許しも請わずにここへ入ったのか？」ローアンはたたみかけた。

グウェニスは返事をためらったが、やがて肩をすくめた。「頼んだところで拒絶されると思ったから。台所のドアから入ったの。タオルを持ってきてあげたわ」そう言って、ドアを入ったところに置いてある大きなトランクを示した。

ローアンは顔をしかめた。湯のあたたかさで筋肉の凝りはほぐれたが、今度は別の熱い感覚が体を満たし、再び筋肉という筋肉がこわばってきた。

「そうか、タオルを持ってきたというんだな？　それで四人の命を危険にさらした償いは多少できただろう。さあ、出ていってくれ」

グウェニスがローアンを見つめた。彼はグウェニスの目にさまざまな感情がよぎるのを見てとった。だが、彼女は向きを変えて歩きだした。

ローアンは自分でもなにを考えているのかわからなかった。

あるいはなにも考えていなかったのかもしれない。

浴槽を飛びでたローアンはグウェニスを追いかけ、彼女がドアへ達する前につかまえて振り向かせた。再びふたりの目が合った。ほんの一瞬、グウェニスの目から挑戦的な表情と怒りが消えた。そこに浮かんでいるのは、一糸まとわぬ彼の体と同じくらいむきだしのなにかだった。途方に暮れて懇願しているような、ふたりがともに過ごした時間を語っているかのようななにかだ。

そしてまた、別のものもあった。

グウェニスの目は、ふたりのあいだには最初からいさかい以上のものがあったと無言のうちに認めていた。また、性格を理由に彼女を非難するのは間違いだとローアンをとがめ、誠実さゆえに彼を責めるのは間違いだったと自分を非難していた。口を開いたものの、ローアンは言葉が出てこなかった。

その代わりにグウェニスを抱き寄せ、長いあいだ彼女の目を見つめたあとで唇にキスをした。そんなことをするつもりはなかった。実際のところ、そうしたいと思いながらも誘惑にずっとあらがってきたのだ。グウェニスの指がぬれた胸を伝いのぼって肩の筋肉をなぞり、おずおずと湿った髪のなかへ入ってくる。

グウェニスの口が熱く煮えたぎるローアンの情熱にこたえてゆっくりとキスを返す。そのキスが突然、熱く激しいものに変わった。キスは甘いミントの味がした。彼女が唇を押しつけてくる。彼はベルベットのガウンとリネンのネグリジェの下にあるあたたかな体を感じて身震いし、グウェニスを抱きしめてその完璧《かんぺき》な体が自分の体とぴったり合わさる感触を味わった。酒は飲んでいないのだから、心と魂をとらえた欲望と狂気の言い訳はできなかった。

それからグウェニスを抱えあげて大きな四柱式ベッドへ運び、そっと横たえずに一緒にどさりと倒れこんだ。グウェニスの指はおずおずとした動きから自信あふれるものに変わって、ローアンの肩から腕へ、そして背中へと動きまわる。彼は唇を離して再びグウェニスの目をのぞきこんだ。ふたりとも抗議や説明をしようとしなかった。グウェニスがすり寄ってきたので、ローアンはまたキスをした。それはたちまちむさぼるような激しいキスへと変わり、グウェニスのやわらかな口を貪欲《どんよく》に求めるにつれ、彼女の唇が開いて舌と舌が絡まった。

グウェニスがまとっているガウンの前が開いた。ローアンがグウェニスの喉や胸もとに唇を押しあてて薄いネグリジェの上に手を滑らすと、彼の髪のなかにある指に力がこもった。グウェニスが身をよじらせる様子にますます情熱がかきたてられる。彼女の唇がローアンの肩にふれ、舌が本能に突き動かされて彼の素肌を這《は》う。熱く湿った唇でグウェニスを味わううちに、ネグリジェ越しでは我慢できなくなった。

ローアンは暖炉の薄明かりのなかで立ちあがった。そして闇のように謎《なぞ》めいたグウェニスの目を見つめたままガウンとネグリジェを脱がすと、ベッドに横たわる彼女を抱き寄せた。熱くぬれた唇で再び愛撫《あいぶ》し、なめらかな肌に両手を滑らせて張りのあるあたたかな感触を味わう。そのときふと、この不謹慎な行為ゆえにふたりとも地獄へ落ちるのではないかと考えた。なにしろグウェニスは女王の侍女であり、ローアンは命を懸けて女王を守ると誓った男なのだ。だが、このすばらしい瞬間と引き替えに地獄へ落ちるのならかまわない。今ほど世界が正しいと思えたことはなく、長年うつろだった心が満ち足りて、彼の存在そのものから失われていた最も大切なものを見いだせた。天にものぼる心地のこの瞬間が味わえるなら、あとはどうなってもよかった。

ローアンにふれられ、グウェニスが息を弾ませて体をのけぞらせた。そうしながらも指と唇で彼の肌を探る。ローアンはグウェニスの香りにわれを忘れて、彼女の指の軽やかな動きと舌の愛撫に恍惚《こうこつ》となった。グウェニスが全身をぴったりつけて動くにつれ、シルクのような髪がローアンの肌をこすり、いやがうえにも欲望をそそりたてる。彼女を慎重に扱わなければならないことはわかっていたが、互いに唇と手を用いて愛しあううちに、やさしい気遣いを忘れて激しい情熱に身を任せた。下になったグウェニスの体を唇でくまなく探り、胸を丹念に愛撫して彼女の口から小さな叫びがもれるのを聞きながら、さらに下方へと移動させていく。くるぶしに唇をつけ、さらにふくらはぎから腿の内側へと這わせて、徐々に上へ……。

敏感な部分へ。

グウェニスがローアンの背中に爪を立て、彼の髪をかき乱した。彼女の指が背中を滑りおりる。それはやさしい愛撫ではなく、熱に浮かされたような激しい動きだった。グウェニスが驚いたように体を震わせて大きく息を吐いた。そして息を弾ませ、叫び声をあげる。体を起こしたローアンは、グウェニスの目を見つめてからまた唇を重ねた。そしてキスをしながら体の位置を合わせたあと、なめらかに身を沈めた。煮えたぎる血が血管を駆けめぐっていたが、彼女を思いやって慎重に体を動かした。

叫び声こそあげなかったものの、グウェニスは自分のリズムに彼女を引き入れようとするローアンにしがみついてきた。そのうちにグウェニスが体をこわばらせて震えだすのを感じ、彼は自分を抑えるのをやめた。彼女はローアンのなかへ溶けこんでしまいたいと言わんばかりに、彼に両腕をきつくまわした。

やがてグウェニスも体を動かしはじめた……。

ローアンの体のなかを純粋な歓喜が狂気のように駆けめぐった。時間の感覚がなくなり、火も影も消えた。世界を覆っているのは純然たる闇と、目もくらむばかりのまばゆい光だった。彼女は激しく渦巻く情熱となって身をよじらせ、ローアンを包みこんだ。

まずグウェニスにクライマックスを味わってほしかったので、ローアンはのぼりつめようとする自分の欲求と必死に闘った。だがやがてこらえきれなくなり、炎に焼きつくされて死ぬかと思ったとき、グウェニスが体を震わせて身をこわばらせた。彼は自らを一気に解き放った。体を何度も震えが走り抜ける。グウェニスも体を震わせながら、ローアンにしがみついた……。

長い時間がたったあと、ローアンはグウェニスのかたわらに身を横たえた。彼女は目を閉じていたが、すぐさま彼の肩に寄り添って胸に頭をのせた。

ローアンはその場にふさわしい言葉を懸命に探した。そうしているあいだにとうとう、なぜグウェニスのためにあれほどの怒りを覚えたのか、なぜ彼女から必死になって離れる必要があったのかを理解した。

娼婦《しょうふ》とベッドをともにすることはたやすい。

だが、人を愛することは難しい。

はじめて会った瞬間から、グウェニスはローアンを魅了した。ローアンがそんな感情におぼれる権利を持たないときからすでに彼をとりこにしていたが、それは彼女自身の落度ではなかった。

ローアンはキャサリンに対する自分の背信行為に耐えられなかった。生きている限りキャサリンを愛すると誓ったのだから。

グウェニスは話をするそぶりを見せなかったし、ローアンは必死に頭を絞ってもその場にふさわしい言葉が浮かんでこなかった。抵抗しがたいほど強く彼女に引かれているものの、その感情をどう言い表していいかわからなかったので、彼は皮肉に頼ることにした。

「きみはタオルよりもずっとよかった」

とたんにグウェニスが身動きしたことから、彼女の充足感が瞬時に怒りに変わったのがわかった。ローアンは起きあがろうとするグウェニスを引きとめたが、彼女がゲール語の悪態に通じているのを知って舌を巻いた。「放して！」

ローアンは笑いをこらえてグウェニスを強く抱きしめた。くるくると表情が変化する彼女の目に今浮かんでいるのは、闇を貫いて赤々と燃える炎だった。

「だめだ。ここにいてくれ」彼はそっと頼んだが、穏やかな声とは裏腹に、抱いている腕にいっそう力をこめた。

「あなたがわたしをあざけるつもりなら、こんなところにはとてもいられないわ」グウェニスの言葉に、ローアンはまた笑いだしたいのを必死にこらえた。一糸まとわぬ姿でベッドに横たわっているというのに、あまりにも威厳に満ちた言葉遣いだ。

「きみをあざけるつもりなんてこれっぽっちもないよ」

「その言い方！　あざけるつもりはないと言いながら、あざけっているじゃないの」

グウェニスは体をこわばらせたままローアンに寄り添っていた。暖炉の明かりに照らされた顔はたとえようもなく美しく、髪は真紅と金のケープのように輝いている。こらえきれなくなったローアンが笑いだしたので、グウェニスはますます怒りを募らせたが、彼は覆いかぶさって彼女が逃げないようにした。

「誓ってもいい、きみをあざけってなんかいないよ。それにきみが謝りに来たのなら、はっきり言おう、こんなにすばらしい謝り方をされたのははじめてだ」

「今すぐにやめないと――」

「なにをやめるんだい？　きみになんと言えばいいのかわからない。きみがここへ来たことを、ぼくは喜んでいるか？　ああ、喜んでいる。きみがあんなふうに忍んできて……自分自身を与えてくれたことを、ぼくはいまだに信じられないでいるか？　まったくそのとおりだ。きみは真実を知りたいのかい？　すべてを？　ぼくははじめてきみを見た瞬間に、なんて美しい人だろうと思った。女王に仕えるのにふさわしい女性だと思ったよ。ぼくはきみを恐れていたか？　それは疑いのない事実だ」

組み敷かれたグウェニスはわずかに緊張を解いたが、まだ納得しなかった。「わたしを恐れていたですって？　それこそわたしをあざけった言いぐさだわ」

グウェニスがおとなしくなったので、ローアンは首を振って力を抜き、彼女の髪にそっと指を差し入れて美しい顔を眺めた。「あざけってなんかいるものか。本当に恐れていたんだ」

「なぜ？」

「ぼくは欲しかったからだ……きみのことが。そんな望みを抱くのは間違いだとわかっていながら、きみが欲しくてたまらなかった」

グウェニスが目を伏せたので長いまつげが頰にかかった。「今だって間違っているわ」彼女はささやいた。

「ぼくは心から妻の死を悼んでいるにもかかわらず、きみを求める自分を嫌悪していた。それればかりか、キャサリンの死に際に必要とされる人間になれなかったことで、きみを憎んだ。それ以上に自分を憎んだけれどね。今までいろいろな過ちを犯してきたが、心で妻を裏切った自分が許せないんだ」

ローアンの心をさいなむ苦しみを分かちあおうとするように、グウェニスは彼の目を見つめた。

「ここでぼくがしたことに対する謝罪の言葉を聞きたいなら、残念ながら聞かせるわけにいかないよ」

「わたしがいけなかったんだわ」グウェニスは小声で言い、口もとに悲しそうな笑みを浮かべたが、目は真剣そのものだった。そして聞きとれないほど小さなささやき声で続けた。「自分自身でも認められなかったけれど、わたしがここへ来たのは……こうするためだったのよ」

ローアンはほかになにもいらなかった。

彼はもう一度グウェニスにキスをした。

そして再び愛を交わした。グウェニスはさっきよりもはるかに大胆で激しく、美しくて刺激的だった。たとえ一生かかっても、彼女を味わいつくすことは不可能に違いない。欲望をかきたてる肌の甘い香りや、やわらかな唇の感触に飽きることは絶対にないだろう。

けれどもグウェニスが目を開けたままあお向けに横たわり、じっと天井を見つめているのを目にし、早くも彼女が後悔しはじめているのではないかと不安になった。ローアンはグウェニスを抱きしめてささやいた。「どうしたんだい？」心のなかでつぶやいた言葉は口に出さなかった。〝どうしたんだい、ぼくの愛する人？〟

ぼくは彼女を愛しているのだろうか？　そう、愛している。キャサリンを愛したように、ぼくはグウェニスを愛している。彼女はキャサリンに似て思いやりにあふれ、人生はすばらしいものであるべきだとか、誰ひとり傷つけてはならないという信念の持ち主だからだ。

そしてまたグウェニスを愛するのは、彼女がキャサリンと正反対の人間だからだ。グウェニスはすぐに熱くなって、他人のためにわが身を顧みずに危険へ飛びこんでいく。闘争心旺盛《おうせい》な戦士で、頑として負けを認めない。おそらく殺すと脅されても白旗を掲げないだろう。

グウェニスがローアンに向かって言った。「わたしは……来るべきではなかったわね」

「いや、来るべきだったんだ」

彼女が真剣な顔で首を振った。「あなたは知らないのよ。女王はとても慎み深い方なの。

女王の侍女たちはみな歌を歌ったりダンスをしたりするのが大好きだし、華やかな衣装に目がなくて浮ついたところがあるわ。だけどみんな……身持ちがいい《グッド》」

「きみだってとてもすばらしい《グッド》」ローアンはそう言ったあとで、その言葉には多くの意味があることに気づいて唇をかんだ。

「こんなことをして、わたしはまるで……」

「いや、大丈夫だ。ぼくはきみに結婚を申しこむ」

驚いたことに、グウェニスは激しく首を振った。

「いやなのか?」ローアンは衝撃を受けて尋ねた。交渉を重ねた末の互いの利益のためであれ、あるいは単に好きだという理由からであれ、いずれは再婚しなければならない。彼には跡継ぎが必要だった。

相手が誰であるにしろ、これほど早く結婚を申しこむことになるとは夢にも思わなかった。まして自分よりも領地の小さい女性に断られるなんて。その女性は深夜にぼくのベッドルームへ忍んできたというのに。

「わたしは女王の許しを得ないで結婚するわけにいかないの」

「女王がぼくたちの結婚を許可しないと思うのか?」ローアンは憤慨して尋ねた。

グウェニスが口もとに笑みを浮かべた。「わたしは自分の意思でここへ来たんだから、あなたはわたしと結婚しないといけないなんて思わなくていいのよ」

「どのみちぼくは再婚しなければならないんだ」

彼女は身をこわばらせた。またもやまずいことを口走ってしまったようだ。

「だけど、わたしと結婚する必要はないわ。わたしだってあなたと結婚する必要はないのよ」グウェニスはきっぱり言うと、ローアンの体の下から出て立ちあがろうとした。

彼はやさしくグウェニスの腕をつかんだ。「どこへ行くんだ？」

「帰るわ。わたしは女王の侍女よ。女王が目覚めてわたしをお呼びになったとき、わたしがいなかったら心配なさるもの。そして衛兵に捜すよう命じるわ」

ローアンはほほえんだ。グウェニスのまじめさには敬服する。今日は女王にとって大勝利の日だ。戦争に勝っただけでなく、ハイランド人の支持を手に入れたのだ。今夜くらいはぐっすり眠っているだろう。

「まだ行かないでくれ」ローアンは頼んだ。

「これ以上いられないわ」

「もう少しだけ」

このときだけはグウェニスをたやすく説き伏せることができた。

11

グウェニスはローアンを愛していた。

ずっと前から愛してきたので、いつから愛するようになったのか思いだせないほどだ。グウェニスは今、女王が心の奥で望んでいるものが理解できた。メアリーは身分にふさわしい結婚を望んでいる。そしてそれ以上のもの――自分をいっそう輝かしい存在にしてくれる結婚、グウェニスがその夜に見いだしたのと同じ恍惚《こうこつ》感を与えてくれる結婚を望んでいるのだ。恋をし、愛をささげ、そして相手からも愛されるような……。

ふいにグウェニスは現実に引き戻された。ローアンは彼女に結婚を申しこんだが、愛しているとは一度も言ってくれなかった。

次の日の午前中をグウェニスはぼんやりして過ごした。もちろん昨夜のことは誰にも話すわけにいかない。屋敷から抜けだすのを手伝ってくれたアニーにさえも。アニーが狩猟ロッジの台所で働いているメイドの名前を聞きだしてくれたので、グウェニスはそのメイドのふりをしてなかへ忍びこんだのだ。

アニーはグウェニスがローアンのところへ行ったのは、自分で情報を集めに行くと言いだした女王の代わりに市場へ行ったことを説明するためだと信じている。ローアンのところから戻ったあとでアニーに、彼と礼儀正しく話しあって理解してもらえたと告げるあいだ、真顔を保つのが難しかったもののなんとか切り抜けた。

そのあとグウェニスは、メアリーが華やかな衣装に着替えるのを手伝い、国民に向かって演説をする女王につき従った。戦争に勝ったことと国民の支持を得られたことで、メアリーが有頂天になっているのははた目にも明らかだった。だが彼女はまたきわめて真剣な口調で、今回の勝利が非常に大きな意味を持つことや、誰の不幸も望んでいないこと、どんな信仰を持っていてもみなが豊かで幸せな生活を送れるよう願っていること、スコットランドを世界から尊敬される国にしたいことなどを国民に語った。

グウェニスは女王の演説を聞くあいだ、ジェームズ卿《きょう》やほかの軍事顧問たちと並んで立っているローアンのほうを見ないよう努めたが、ときにはちらりと視線を走らせずにいられなかった。ローアンの顔には昨夜、なにかとても特別なことがあったと思わせる片鱗《へんりん》は見受けられなかった。それとも彼にとっては、それほど特別な出来事ではなかったのかもしれない。

けれども、わたしにとっては違う。

わたしはすっかり変わってしまった。

その夜、大広間で戦勝祝いの会が催されているとき、グウェニスは歌ったり踊ったりするよう誘ったらハイランドの人々にもっと楽しんでもらえるだろうとメアリーを説得した。女王が人々にダンスをすすめたところ、真っ先にグウェニスをフロアへ連れだしたのはジェームズだった。彼女は、ローアンがメアリー・リビングストンと踊るのを見て胸を引き裂かれる思いがした。けれどもやがてローアンと踊る番が来ると、さりげない態度をとりつづけられるか不安になった。

「今日一日どうだった？」ふたりが近づいたときグウェニスは尋ねたが、ローアンが答える前にふたりはダンスのステップにのって離れた。

再び近づいたとき、ローアンがほほえんで言った。「すばらしい一日だったよ。ゆうべほどすばらしくはなかったけどね」

グウェニスの頬が真っ赤に染まった。「そんなことを口にするものではないわ」

「人はみな真実を話さなくてはいけないんだよ」

ふたりは離れた。

そしてまた一緒に踊った。

「女王に話さなければならない」ローアンが真剣な口調で言った。

「女王は一日じゅうはしゃぎっ放しだったわ。くりかえすけれど、あなたはわたしと結婚する必要はないのよ」グウェニスは言った。

「ぼくは自分の自由意思で申しこんでいるんだ」

グウェニスの心に痛みが走った。そう、彼は結婚を申しこんでくれた。それが男性として正しいことだから。その申しこみを受けないとしたら、頭がどうかしているとしか言いようがないわ。

だけどわたしは、単にベッドをともにしたいと求められるのではなく、心から愛されたい。ベッドでの相性がいいからとか、立場上ローアンは再婚する必要があるからというのではなく、ぜひにと望まれて妻になりたいのよ。

ふたりがステップに合わせて離れ、再び音楽にのって一緒になったとき、彼女はひと言だけ言った。「たぶん……」

「なんだい？」ローアンが愉快そうに眉をつりあげた。

「ときが教えてくれるわ」

音楽が終わって拍手が起こり、ローアンがグウェニスにほほえみかけた。メアリーがローアンを呼んだので、彼は深々とお辞儀をして女王のもとへ行った。

グウェニスはほかの男性と踊りたくなかったので、すぐにフロアを離れて演壇の上にしつらえられた自分の席へ戻った。そこへジェームズがやってきて隣の椅子に腰をおろし、ため息まじりに言った。「メアリーはときどき向こう見ずなことをしでかす」

グウェニスがジェームズを見つめると、彼はたいしたことではないと言わんばかりに手を振った。

「きみは先日、くだらない任務を負わされて町へ行ったそうだね」

「だけどそのおかげで、ハントリー卿がどこに陣地を構えようとしているのか知ることができたんです。情報を持ち帰ることはできませんでしたが」

ジェームズは考えこみながら視線を前方に向けた。「メアリーが自分で行けばよかったんだ」

グウェニスはただうなずいた。ジェームズが振り向いて彼女の反応を見たかどうかはわからなかった。

「メアリーはまだきみをロンドンへ行かせるつもりでいる」

「ええ」

「王位継承権は非常に重要だ」ジェームズが言った。

「もちろんです」しかし、本当にそれほど重要なのだろうかとグウェニスは考えた。ひとつの国を支配するだけでも充分に思える。

けれども最も立派な人でさえ、さらに多くを欲しがるものらしいと考えて悲しくなった。ローアンは違うとどうして言えるかしら？　彼も心の底では、自分の領地に釣りあうだけの土地を受け継ぐ、イングランドの女性相続人を結婚相手に望んでいるのではないの？

「慎重にふるまわなければいけないよ。エリザベス女王を相手にするときは、徹底的に用心してかかるべきだ」ジェームズが真剣な口調で忠告した。

「もちろんです」彼女はくりかえした。

「きみは大使ではないんだから」

「ええ、承知しています、ジェームズ卿。それに、わたしから行かせてほしいと頼んだのではありません。女王がわたしに行くよう命じたのです」

ジェームズはうなずき、ゴブレットの脚を指でこすった。「きみのロンドン行きに反対しているわけではない。ローアンはエリザベス女王のお気に入りのひとりだ。彼は全力できみを守ろうとするだろう。しかし、くれぐれも用心するように」

「わかりました」

彼は立ちあがって歩み去った。数分後、顔を紅潮させたメアリーが数人の侍女を従えてテーブルへ戻ってきた。「わたし、ダンスが大好きよ」

グウェニスは女王が戻ってきたのを見て立ちあがり、にっこりした。「陛下はダンスがとてもお上手です」お世辞ではなく、実際にメアリーはダンスがうまかった。

「あなただって上手よ」女王がゴブレットを掲げた。「常に忠実で勇敢なレディ・グウェニスに。今夜わたしたちは、ここにいる親しい友人たちにまたも別れを告げなければならないわ。明日、彼女はわたしの大切な友人であるイングランドのエリザベスを訪ねるために南方へ旅立つの」女王の言葉に周囲の家臣たちが賛同の拍手を送った。

グウェニスは膝を曲げてお辞儀をしながら、前もって話してくれればよかったのにと恨めしく思った。いずれ旅立つことはわかっていたが、これほど急だとは考えもしなかった。ローアンにはああ言ったものの、本当のところは彼と結婚したかった。ローアンの妻になりたかった。けれども、こうなっては……。

そのとき、ローアンがリンゼイ卿と一緒に席へ戻ってきた。

「ローアン、さっきあなたと話しあった明日の出発について、たった今レディ・グウェニスに話したところなの。向こうへ着いたら、エリザベスによろしく伝えてちょうだい。もちろん、わたしの大切なレディ・グウェニスをちゃんと守らなくてはだめよ」

ローアンが女王にお辞儀をした。「命を懸けて守ります、陛下。そして、エリザベス女王に陛下のお言葉を伝えます」

拍手と歓声が起こった。ローアンと目が合ったグウェニスは、わたしは光栄に思うべきだと思った。ローアンはハンサムだし、スコットランド随一の戦士のひとりであると同時に学もある。彼は女王に与えられた任務を気に入っていて、わたしの後見人役になることを喜んでいるのだ。

だけど、わたしの望みはそれよりもはるかに大きい。今回の旅は相当長くなる。エリザベス女王に拝謁するまでにはたっぷり時間がかかりそうだ。

メアリーがゴブレットを置いた。「今夜はみなぐっすり休みなさい。あなたたちの支援に対して重ねて礼を言うわ。スコットランドに神のご加護がありますように。グウェニス、最後の夜だから、今夜はあなたがわたしの世話をしてくれるでしょう？」

それは質問ではなく命令だった。

「もちろんです、陛下」グウェニスはその場にいる人々に軽くうなずきかけ、急ぎ足で女王のあとを追った。

ベッドルームへ入った女王は振り向いて両手を打ちあわせ、顔を輝かせた。「わたしはまだ勝った気分に酔いしれているの。国民はわたしを愛しているわ」

グウェニスは同意した。「そうですよ」

彼女はメアリーの背後に立ってヘアピースをとめているヘアピンをとり、女王のつややかな黒髪をつくづくと眺めた。そして、自分の結婚話をどうやって切りだそうかと考えをめぐらせた。そもそも、結婚の話題を持ちだしてよいものだろうか。

「陛下――」

「今のわたしに必要なものがひとつあるの」メアリーがささやいた。

「陛下――」

「夫よ。本当に難しい問題だわ。でも……」メアリーは長いため息をついて振りかえり、グウェニスの両手を握りしめた。「今まではなにもかも順調だった。だけど……いつまでも兄に頼ってはいられないわ。たったひとりで国をおさめている気がするし、それにエリザベスみたいにはなりたくないの。結婚もせず、子供もいない女には」

グウェニスはメアリーを見つめ、なにか言おうと口を開いてからまた閉じた。

「わたしの頭にあるのは、正しい選択をしなければならないということよ。そして、エリザベスに王位継承者だと認めてもらうことも」

かたいつけ襟を外しやすいように、メアリーは体の向きを変えた。女王に仕えて長いグウェニスは、メアリーの衣服やアクセサリーの扱い方を心得ていた。

「わたしも近ごろよく結婚について考えます」グウェニスはささやいた。

メアリーが片手をあげた。「ねえ、グウェン、あなたは今はそんなことを考えていてはだめよ。わかっていると思うけれど、そのうちにわたしがふさわしい相手と結婚できるようとりはからってあげる。だけど、今はそのときではないの。あなたはエリザベスと親しくなり、ローアンの助けを借りて、彼女をわたしの味方に引き入れなくてはだめよ。メイトランドやほかの家臣たちの話では、エリザベスはローアンをたいそう気に入っているらしいわ。オールドミスの彼女はハンサムな若い男性と愉快に過ごすのが好きで、それを隠そうとしたことはなかった。ただエリザベスは、権力をほかの人間と分かちあいたくないのね。あなたがイングランドから戻ったときに、結婚のことを話しましょう。そう遠い先の話ではないわ。いいわね、グウェン」

メアリーが振り向いた。ホックを外すのにグウェニスがもう少し手間どっていたら、女王のブロケードのベストが破けたかもしれない。

「わたしはエリザベスのようにはならないわ！　さあ、寝る準備にかかりましょう。ローアンには明朝の指示を与えておいたから。彼の妻が亡くなったせいで、出発が予定よりもずいぶん遅れてしまったわね。わたしがこの国をおさめるようになって、どのくらいになると思う？　まだそれほどたっていないのに、もう大勝利をおさめたのよ！　エリザベスに会ったとき、ローアンはこの勝利を自慢できるわ」

グウェニスはうなずいた。「わたしも陛下の主張を認めてもらえるよう努力します」

メアリーは満足そうだった。彼女はずっしりしたスカートを脱ぎにかかった。その気になれば、女王は身のまわりのことをほとんど自分ひとりでできる。

「イングランドの正統な王位継承者はわたししかいない。わたしは熱心なカトリック教徒だけれど、イングランド教会をどうこうするつもりはないことを、エリザベスに理解させないと。わたしがカトリック教徒を夫にしたら、もちろんイングランドの国民は激怒するわね。彼らはイングランド人の血が流れている男性を夫に据えたいのよ。だけどよくあるように、イングランド人がわたしたちに敵意を示すようなことがあれば、わたしたちは外国の王の力を借りなければならなくなるわ」メアリーは言葉を切った。「わたしったら、とりとめのない話ばかりしているわね。さあ、あなたはもう自分の部屋へ行って寝なさい。できるだけ早くエリザベスと会って、その報告に戻ってくるのよ」

「はい、陛下」

「さあ、わたしをしっかり抱きしめて、別れの挨拶《あいさつ》をさせてちょうだい」

メアリーは涙ぐんだが、決意はかたかった。グウェニスをやさしく抱いて別れの言葉を述べたあと、部屋から出ていかせた。

自分の部屋へ戻ったグウェニスは、明朝出発することをアニーがすでに知らされていたのだとわかった。今夜着るネグリジェが出されているのとは別に、馬へ乗るのに適した服が用意され、衣類の詰まったトランクが置かれていたからだ。

隣の小部屋からアニーが飛びだしてきて手をたたき、興奮して叫んだ。「いよいよロンドン行きですね！　ああ、お嬢様、もうひとりの女王に会えるんだわ。なんてすてきなんでしょう」

「ええ、もうひとりの女王に会いに行くわ」グウェニスはうなずき、できるだけ陽気な声を出した。そのときの彼女は、王族の人々とは知りあわず、父親がまだ生きていて、普通の女性としてローアンと出会えたらよかったのにと考えていた。

なんて愚かな考えかしら。女王への義務を全うすることがほかのなににも増して重要なのは、最初からわかっていたことだ。義務はどんなときでも愛に優先する。事実、女王に警告されたじゃないの。〝彼に恋をしてはだめよ〟と。

しかし、メアリーとローアンは血がつながっている！　しかるべきときが来れば女王は理解し、結婚に同意してくれるだろう。そうなれば万事丸くおさまるわ。けれども奇妙なことに、グウェニスは不吉な予感しか抱けなかった。

今度の旅は厳しく長いものになるに違いないと、ローアンは覚悟していた。雪や雨が降っただけでたちまち通行不能になるスコットランドの道を、グウェニスにアニー、それとギャビンを隊長とする護衛十人という大人数で行くのだ。グウェニスのお気に入りのギャビンは、ローアンと違ってことあるごとに愉快な言葉やふるまいで彼女を笑わせた。

ギャビンが森のなかで披露した狂気にとらわれた人間の演技に、グウェニスはすっかり魅了されていた。若いギャビンはローアンよりもグウェニスに年が近く、音楽の才能に恵まれていてリュートを上手に演奏する。

旅に出て何日かしたある日、暗い夜道を次の町まで馬で駆けたり、泊めてもらえる屋敷を探したりするよりは、野宿のほうがいいということになった。森のなかでたき火を囲んで座っているときに、グウェニスがギャビンの音楽の才能を褒めた。「あなたって本当に歌や楽器の演奏が上手ね」

「お嬢さんのほうこそ。あの変装にはすっかりまいりました。あれに比べたら、わたしの演奏などとるに足りません」

グウェニスはローアンの家臣全員から敬愛されている。あの日グウェニスが冒した危険に関してローアンはまだ腹を立てていたが、家臣たちは彼女に心から敬服していた。

道中、ローアンとグウェニスは口論こそしなかったものの、かといって鞍《くら》を並べて進むわけでもなかった。彼女と一緒にいるのが苦痛で、ローアンはなるべく距離を置くようにしていた。旅に出る前、女王に結婚の話をしたかったが、メアリーはイングランドの王位継承権以外は話題にしたがらず、自分の置かれた困難な立場や、ロンドンへ到着したあとどのようにエリザベス女王を説得するかといった話に終始した。

「あのときのレディ・グウェニスは、本当にみごとな変装でしたよね？」たき火の前に座ったギャビンに尋ねられて、彼は物思いから覚めた。

「愚かな人間がすることを、みごとと言うならな」ローアンは応じた。

グウェニスが息をのんだ。「女王自らが行くと言い張るから、わたしが代わりに行ったのよ」

「女王に分別を説いて聞かせればよかったんだ」ローアンは木の幹に寄りかかり、腕組みをして言った。

彼女は気を悪くしたふうもなく、頭をあげてほほえんだ。「変装や演技は立派な戦術だわ」

ローアンはうなずいた。「肝に銘じておこう」

グウェニスもうなずいたが、すぐに視線をそらした。ふたりのあいだにあったことを周囲の人々に悟られないよう、できるだけ平静を保っているのだろう。それは自分のしたことを恥ずべき行為と思っているからではなく、女王の意思に従って行動するのが最優先だと考えているからだ。メアリーがふたりのイングランド行きを、王国の未来と自分の支配権にとってきわめて重要なものと考えていることは、ローアンもグウェニスも承知していた。

「ギャビン、なにか歌ってちょうだい」グウェニスが頼んだ。

「いいですよ。ちょうどこういう旅にふさわしい歌を知っているんです」ギャビンが言って歌いだした。

ある朝、空が明け染めるころ、
旅の途中で美しい乙女に会った。
わたしは彼女に言い寄ってキスをし、
そうして再び旅を続けた。
旅の帰り道にそこを通りかかると、
彼女がわたしを見送りに出て、
小さな声で歌を歌った。

わたしを残していくあなた、
どうかわたしを裏切らないで。
哀れな娘を利用して、
なぜ簡単に捨てられるの？

グウェニスとアニーが拍手を送り、男たちは口々に、ギャビンは戦士にしては魅力があって歌がうますぎるとからかった。全員が上機嫌だった。

ローアンはギャビンに嫉妬《しっと》を覚えたことはなかったものの、彼の気楽な生き方をしばしばうらやましく思っていた。

「一緒に歌ってください」ギャビンが頼むとグウェニスが快く応じ、ふたりの歌声が美しく溶けあって、こんもり茂った木々のあいだを渡っていった。

「さて、もう寝よう」歌が終わるとローアンは言った。グウェニスとアニーは枝を張った大木の下に寝場所を定め、男たちは五人が寝て、残りの五人が最初の見張りに立った。

明け方、冷たい朝の空気にかすかな冬の気配が感じられた。彼らは森のなかを流れる小川で顔を洗って水を飲み、次の町を目指して出発した。途中に農家があったので立ち寄って頼んだところ、気前よくベーコンとパンと卵の朝食をふるまってくれた。

一行はハイランドを通り過ぎてさらに南を目指し、ついに国境を越えてイングランドのヨークシャーへ入った。ローアンが高い塀に囲まれた城壁都市のなかへは入らないと決めたので、彼らは迂回《うかい》して夜まで旅を続けたが、アニーは不平たらたらだった。

「女王の侍女ともあろうお方にこれほどきつい旅をさせるなんて、本当にどうかしています。さっきの立派なお城に寄ったら歓迎してもらえたかもしれないのに。いくらここがイングランドであっても」アニーはわざとほかの人たちに聞こえるよう不満をもらした。

「きっときみはこれから行く城が気に入るよ、アニー」ローアンが彼女のところへ馬を戻し、にっこりして請けあった。「そうだろう、ギャビン?」

ギャビンがまじめな顔で同意した。「本当にいいところだよ、アニー。期待してくれ」

とうとうローアンたちは城壁をめぐらした大きな要塞《ようさい》へ到着した。ギャビンが先に馬を走らせて知らせに行き、一行が着いたときはすでに跳ね橋がおりていたので、すんなり堀を渡ることができた。城壁のなかでは石造りの城が空高くそびえ、城壁の外には緑の牧草地や肥沃《ひよく》な畑地が広がって田舎家が点在していた。一行が馬をとめたとき、疲れた様子のグウェニスが興味深そうにローアンを見た。

「ここはどこ?」

「デルという場所だ」彼は答えた。

「そうなの」グウェニスはつぶやいたが、少しもわかっていないようだった。

「ぼくの領地だ」

「あなたの？」

「イングランドの女王から賜った土地だ」ローアンは急いでつけ加えた。ひょっとしたらグウェニスは、キャサリンとの結婚によって得た土地だと考えるかもしれない。そう思ったのだ。「以前、エリザベス女王の依頼でちょっとした任務を果たしたことがあって、その褒美としてもらった。ぼくはデルの領主というわけだ」

「そうなの」グウェニスは同じ言葉をくりかえし、今度は納得したらしく明るい顔でほほえんだ。

一行を出迎えたのはマーティンという名の愛想のいい執事だった。でっぷり太っていて陽気な性格のマーティンは、主人がイングランドの領地へ戻ってきたことを喜び、急いで食事の用意をした。旅をしてきた家臣たちも一緒に遅いディナーのテーブルを囲み、今年の作物の収穫量や城の保全などについて話が弾んだ。その最中に、食事をすませたグウェニスがもう休ませてもらうと断って退席した。

彼女があてがわれたのは、スコットランドとイングランドを行き来する大使や貴族が宿泊するのに備えて、いつでも使えるようになっている部屋だった。ベッドは大きく、マットレスもしっかりしていた。

グウェニスが部屋へ引きあげてしばらくしたころ、ローアンも断って席を立った。ほかの者たちは酒をふるまわれて、夜遅くまで騒いでいるだろう。

　今回はローアンが入浴中のグウェニスのところへ忍んでいくことになった。彼がそっと部屋へ入ってみると、グウェニスは浴槽の縁に頭をのせてあたたかい湯につかり、長旅の疲れを癒《いや》していた。

「グウェニス、タオルを持ってきたよ」

「アニーがもうすぐ戻ってくるわ。わたしがぐっすり眠れるように、ホットワインをとりに行ったの」ローアンを目にして、グウェニスが真剣な顔で忠告した。

「ドアに鍵《かぎ》をかけておこう」

「アニーになんて説明したらいいの？」

「もう眠ると言えばいい」

「不審に思うんじゃないかしら。わたしが危険な目に遭っているんじゃないかって」グウェニスがからかった。

「ぼくに出ていってほしいのかい？」

「とんでもないわ！」グウェニスが否定した。「だけど、あなたはクローゼットのなかに隠れたほうがいいかもしれない」

「やめてくれ、クローゼットに隠れるなんて、男の沽券《こけん》にかかわる」

　ローアンが言い終わらないうちにドアをノックする音がして、アニーの心配そうな声が聞こえた。「お嬢様、大丈夫ですか？　今、話し声がしたようですが。護衛を呼んできましょうか？」

ローアンは体の向きを変え、グウェニスが制止する間もなくドアを開けた。

廊下に立っていたアニーが口をぽかんと開けた。彼女がワインの入ったピッチャーとグラスののったトレイを落としそうなのを見て、ローアンは急いでトレイを受けとった。

「おいおい、アニー、そんな大きな口を開けていたら蜘蛛《くも》が入るじゃないか」ローアンはからかって、トレイをトランクの上に置いた。

アニーが慌てて口を閉じて室内へ入り、まだディナー用の正装を解いていないローアンからグウェニスへ視線を移した。

献身的なメイドから厳しく非難されると考え、グウェニスは身をかたくした。また、ローアンとすでにベッドをともにしたことを悟られるのではないかと恐れた。ところが驚いたことに、アニーは顔をほころばせ、やがて楽しそうに笑いだした。

「やれやれ。するとおふたりは、わたしたちにはずっと前からわかっていたことにやっと気づかれたんですね」

グウェニスは眉根を寄せた。

「あら、お嬢様はわたしたちが気づいているとは考えもしなかったんですか？」アニーは笑ったがすぐに真顔になり、両手を腰にあててローアンを見据えた。「レディ・グウェニスはあなたの欲望を満足させるための尻軽女とは違うんですからね。そこのところをお忘れなく、ローアンがおかしそうな顔をして壁に寄りかかった。「違うのかい?」

「違います」アニーは眉をひそめて激しく否定した。

ローアンはほほえみかけた。「アニー、ぼくはグウェニスに結婚を申しこんだんだ。今のところ彼女は拒絶しているけどね」

「なんですって?」アニーが再び口を大きく開けた。

「理由があるのよ」グウェニスが言った。

「まあ、これほど結構な申しこみを断る理由なんて、あるはずがありません」アニーがきっぱりと言いきった。

グウェニスは事情を説明しようとしたが、先にローアンが口を開いた。「女王は国内問題やご自身の王位継承権問題が片づかないあいだは、ぼくが再婚話を持ちだしても頑としてお許しにならないだろう。しかし、アニー、ぼくは約束を守る男だ。それにグウェニスが尻軽女でないことくらい、きみに言われなくてもわかっているよ」

アニーがグウェニスに視線を向けて、断固とした口調で言った。「お嬢様はローアン卿と結婚しなければいけません」

グウェニスは思わず笑い声をあげ、ローアンを見た。「女王のお許しが出るのを待つ必要はなさそうね。アニーが結婚しなければだめだと言っているんだもの」

「からかわないでください」アニーが憤慨した。

「からかってなんかいないよ、アニー」ローアンがまじめな口調で言った。「ここできみに誓おう。ぼくはきみの女主人と結婚する」

ローアンは真剣なのだ、とグウェニスは思った。この際、結婚する理由が間違っているか正しいかはどうでもいい。彼は今、この場で誓ってくれた。そしてローアンは誓いを簡単に翻す人間ではない。

アニーは首を振って部屋を出ていこうとした。「わたしのことは気にしないでください。このことは誰にも話しません」立ちどまって振りかえる。「ドアにはせっかく鍵がついているんですから、使ったらどうですか?」

「ここはぼくの城なんだけれどね」ローアンが応じた。

「わかっています」アニーは鼻を鳴らしたがうれしそうだった。「それでもやはりドアに鍵をかけてくださいね」

「ありがとう。忠告に従うことにしよう」

アニーが出ていくと、ローアンはドアに鍵をかけた。そして浴槽のところへ歩いてきて腕を伸ばすと、石鹸《せっけん》の泡がつくのも湯にぬれるのもかまわずにグウェニスを抱きしめた。はじめてのときが熱烈だったと言えるなら、今回はその倍も熱烈だった。前回のグウェニスがローアンを求めていたとするなら、このときの彼女は身を焦がすほどの情熱に駆られていた。

グウェニスは指先でローアンのなめらかな肌の弾力を味わい、その下にあるたくましい筋肉の力を感じた。彼のキスは、これまでの人生は淡い幻にすぎず、今この瞬間こそが現実なのだと教えてくれた。

立派な服がびしょぬれになろうがかまわなかった。浴槽からグウェニスを抱えあげたときから、ローアンは着ているものを脱ぎにかかっていたからだ。

脱ぎ捨てられた服がどこへ行ったのか、グウェニスはわからなかった。ただローアンの体を知りつくしたい思いに促されて、彼にふれつづけた。狂気にとらわれたようにローアンの肌をなで、活力に満ちた筋肉の収縮を感じ、肌と肌がふれあう感触を味わう。そして彼の手を自分のてのひらで包み、喉もとに唇を添えて力強い脈動を楽しんだ。グウェニスは愛撫《あいぶ》の方法やじらし方、欲望のあおり方を急速に学びつつあった。舌でローアンの肌をもてあそぶことによって、自らを官能的な気分に駆りたてた。ローアンと全身をぴったり合わせようと肌を押しつけたグウェニスは、彼の欲望の証《あかし》を感じて陶酔感を覚えた。ローアンの手の動きをまねて肌を探る。経験は乏しくても、ためらいはなかった。彼の熱いささやきに情熱をそそられ、高みへと追いたてられた。ローアンは手を休めなかったものの、まずは彼女の好きにさせようとそれ以上の行動には出なかった。グウェニスは彼の反応から、どうすれば歓《よろこ》ばせることができるのかを学んでいった。しだいに大胆さを増した彼女は、ローアンの情熱の証を愛撫した。彼の口から驚きと歓びのかすれたうめき声がもれる。ローアンが力強い腕でグウェニスを抱きしめてひとつになり、激しいながらも気遣いにあふれた動きで絶頂へといざなった。世界が震え、まばゆい光となってはじけ飛んだ。

濃密な時間が過ぎたあともローアンは部屋を出ていかず、ひと晩じゅう彼女のかたわらに横たわっていた。

矢狭間《やざま》から差しこむやわらかな朝の光で目覚めたグウェニスは、ローアンが頬杖《ほおづえ》を突いてじっと見つめていることに気づいた。「きみはどんなに年をとっても変わらずにきれいだろうな」

グウェニスは笑って額にしわを寄せた。「おばあさんになったときには、きっとしわだらけになっているわ」

「心は年をとらないんだよ。知っていたかい?」

「つまり、わたしの心がきれいだと言っているの?」グウェニスは尋ねた。

「そう、そのとおりだ」ローアンがまじめな口調で言った。「白状すると、今朝、目が覚めて真っ先にきれいだと思ったのはきみの顔だった。それに朝日を受けたきみの背中……差しこむ日の光のなかで燃えるように輝く髪も美しかった」

「この髪もやがては灰色に変わるわ」

「ああ、変わるだろう。しかしどんなに年老いても、きみの顔や目やほほえみの美しさは変わらない」

　これから先、今よりも幸せなときが来るのかしら？　グウェニスは彼に身を寄せてささやいた。「あなたはきっととても魅力的なおじいさんになるわね」

「筋肉は落ちるし、肌もたるむだろう。もしかしたら腰が曲がって、髪もなくなるかもしれない」

「まあ。だけどあなただって、その顔の魅力は変わらないわよ」

「残念ながら、きみほど見た目のよさは保てないだろうな」

「それほど力強い顎が弱々しくなるなんて、とうてい思えないわ。それにあなたの目……深い青色がたとえ年とともに色あせても、その目が放つ強い光はいつまでも変わらないに違いないわ」グウェニスは真剣な口調で言った。

　ローアンが彼女の頬を指でそっとなでた。「そう考えているにしては、きみは以前、ぼくのことをさんざんけなしたんじゃなかったかな」

「メアリーは立派な女王よ」グウェニスは熱をこめて言った。

「ああ、彼女はそれを証明したらしい」

「なんだか確信がなさそうな言い方ね」

「今から二十年後には、きっと確信を持てるだろう」ローアンはそう言うと、上掛けを払いのけてグウェニスの上になった。「きみは女王の部屋にいるときは献身的にメアリーに仕えているんだから、ここにいるときくらい彼女のことを忘れたらどうだい？」

ローアンはグウェニスの返答を待たなかった。朝になっていたが、彼は昨夜の続きを始める気のようだった。

しばらくのちに再びグウェニスのかたわらに身を横たえたローアンは、情熱的な言葉で彼女を驚かせた。

「ここにいつまでもいられたらいいのに」

「そんなことをしていたら、エリザベス女王のところへ行けないじゃない。そうしたらメアリーが人それぞれの信仰を尊重すると言っていることを伝えられないし、彼女がイングランドの正統な次期王位継承者であることを認めさせることもできないわ」

ローアンがグウェニスの髪を指ですいて力なく言った。「ぼくたちはメアリーのところへ戻っても、結婚の許可をもらうことができないかもしれない」

グウェニスは片肘を突き、彼の目をのぞきこんだ。「ローアン、誓ってもいいわ。わたしは男性を罠《わな》にかけて結婚しようなんて決して思わない」

「きみはずいぶん大胆だったけれどね」ローアンが愛情をこめてささやいた。「しかし、罠にかけたのはぼくのほうだろうな」

「そう信じておきたいのね」グウェニスがからかった。

「事実だからこそ、信じているんだ」ローアンがもう一度グウェニスを抱き寄せて、長々とキスをした。だが、そのキスが情熱的なものになりかけたとき、名残惜しそうに身を引いた。「できればいつまでもこうしていたい」やさしいまなざしでグウェニスを見つめ、ため息まじりに言う。「だが、もう少ししたら出発しなければならない。ぼくたちがいるのはまだイングランドの北の外れだ」

彼は起きあがってグウェニスの額にキスをし、ベッドを出て床に散らばっている服を拾って身につけた。それからドアへ歩いていって振りかえり、彼女に起きるよう促した。

「朝食をすませたら出発するよ」ローアンが言った。

「ええ、わたしもすぐに行くわ」グウェニスの言葉を聞いて、彼は部屋を出ていった。

ローアンの残り香を感じながら、グウェニスは羽根枕《まくら》を抱いて横たわっていた。

こんなにも幸せなのが信じられなかった。

わたしは絶対にローアンと離れない。

あの人が愛していると口にしようがしまいが、現にわたしを愛しているのはたしかだ。

そして彼は、いつまでもわたしを愛しつづけるだろう。

12

ロンドン。

この都市はとてつもなく大きく感じられた。

パリには慣れているのだし、ロンドンもたいして変わらないわ、とグウェニスは自分に言い聞かせた。ただロンドンはとても……。

イングランド的だ。

ローアンの屋敷はハンプトンコートの近く、テムズ川を少しくだったところにあった。屋敷の裏手の船着き場にきれいな小舟がつながれていて、それに乗れば短時間でエリザベス女王のところへ行くことができる。

グウェニスはキャサリンがイングランド人であることを知っていたが、ローアンが妻の母国の人々からこれほどあたたかい歓迎を受けようとは思いも寄らなかった。ふたりがロンドン市内へ出かけると、あちこちでローアンの知りあいが、よくイングランドへ戻ってきたとうれしそうに声をかけてくる。彼らは好奇心を隠そうともせずに、グウェニスを眺めまわした。

グウェニスはローアンに連れられて、イングランド国王の戴冠式《たいかん》が行われるウェストミンスター寺院や、現在は監獄として使われているロンドン塔を見学した。ローアンの屋敷では、グウェニスに翼棟が丸々ひとつ与えられた。彼女のベッドルームの奥にリビングルームがあって、そこの階段を二階へあがるとアニーの部屋がある。ローアンが居住する一角には、大きなオーク材のデスクと会計係や執事などのための椅子が数脚備わっている部屋があった。

ロンドンへ到着して最初の数日は夢心地のうちに過ぎた。ふたりはテムズ川で舟遊びをしたり、公園を散策したり、市場を見物しに行ったりした。ローアンが同行するのはあくまでも護衛としてであって、人目があるところではふたりは慎重にふるまった。

しかし、夜はグウェニスのものだった。

そして、ついにエリザベス女王からの手紙が届いた。それには〝最愛のローアン卿《きょう》〟と過ごすためにひと晩空けてあることや、〝親愛なるスコットランドのメアリー〟からの伝言がどのようなものかを早く知りたい旨がしたためてあった。

「エリザベス女王のメアリーへの愛情は本物に思えるわ」グウェニスがローアンに感想を述べた。

ローアンが愉快そうに眉をつりあげた。「〝親愛なる〟という言葉をまともに受けとってはいけないよ。エリザベスは悪賢いところがある。どんなときも用心を怠らないんだ」

屋敷の執事はトマスという名の陽気な老人で、ローアンとグウェニスの親密な関係に気づいていたのかもしれないが、それをおくびにも出さなかった。ローアンが語ったところによれば、トマスを雇ったのは絶対に秘密をもらさないと信用できたからだそうだ。ローアンは彼の前ではまったく警戒することなくふるまえるようだったが、グウェニスの名誉のために注意深い行動をとっていた。

エリザベス女王の手紙を主人の部屋へ持ってきたのは、そのトマスだった。ローアンはまだ着替えをすませていなかったが、グウェニスの部屋に向かって廊下を歩いていった。彼女はベッドのなかで朝食を楽しんでいるところだった。毎朝、アニーかトマスのどちらかがコーヒーとペストリーののったトレイを持ってくることになっているのだ。グウェニスはそれまでコーヒーというものを飲んだことがなかったが、コンスタンティノープルでは庶民に人気の飲み物だという。けれどもロンドンではまだあまり人々に知られておらず、地方では名前すら聞いたことがない人がほとんどだった。ずっと以前、まだ少年だったローアンは父親に連れられてヨーロッパ大陸をあちこち旅してまわった。そうして東方にまで足を伸ばした折に、この苦い飲み物に出合って好きになったそうだ。

「どんなものでも手に入ります、レディ・グウェニス」トマスが彼女に断言した。「適当な商人を知っていれば。もちろん支払う金があればですが」

グウェニスはローアンの領地がどこにあるのかすべて知ってはいなかったし、彼の財産がどれくらいなのかも気にしなかった。心からローアンを愛しているというだけで充分だった。

だが、ローアンにコーヒーを買う財力があることには感謝せずにいられなかった。彼女はコーヒーがすっかり気に入っていた。とりわけトマスがミルクと砂糖をたっぷり入れてくれるときは。それらもまた、庶民にはなかなか手が出ない高額な品だ。

その日の朝、朝食をすませたグウェニスがトレイを脇《わき》へ置いたところへ、ローアンがエリザベス女王の手紙を持って入ってきた。手紙を手にしたグウェニスは、それが手書きであることや、女王の封印が押されているのを見て目を丸くした。それはローアンとエリザベスが親しい間柄であることを示している。

「あなたはメアリー女王よりもエリザベス女王と親しいみたいね」グウェニスは少し刺《とげ》のある口調で言った。

ローアンが笑った。「前にも言ったかもしれないが、たまたまぼくがイングランドに滞在していたとき、エリザベスに不利な状況になりかけたことがあって、そのときに力を貸したんだ」

「そうなの」

彼はため息をつき、少し前まで寝ていたベッドへあお向けに寝そべった。「今のところメアリーが国民の支持を得ようと四苦八苦しているのに対し、エリザベスのほうは泰然として見える。しかし、エリザベスも最初からうまくことが運んだわけではないよ。だからこそ、メアリーの苦しい立場がよくわかるのさ。それにイングランドの王位継承権を主張する者はメアリーのほかにもいるが、彼女ほど王位を継ぐのに適した人間はひとりもいない。エリザベスだって個人的にはそう考えているはずだ」

「それなら話は簡単じゃない。エリザベス女王はすぐにでも署名すればいいのよ」グウェニスはローアンのほうへにじり寄った。

ローアンがほほえんだ。「そう簡単にはいかないさ。理由はわかっているだろう。メアリーはまだエディンバラ条約に署名していないんだよ」

「そんなものに署名できるはずがないでしょう。そこにある条文に従えば、メアリーはイングランドの王位継承権をあきらめなければならないんだもの」

「ほかにもあるんだ」ローアンは肩をすくめると、にっこりしてグウェニスの体に腕をまわした。「たとえば……そうだな、エリザベスは若くて美しい盛りの二十五歳で王位についた。男たちにとって最高に望ましい結婚相手だったのはたしかだ」

「だけど彼女は、結婚の申しこみをすべて拒絶したんでしょう？」

「エリザベスはよく言っていたよ、結婚するとしたら女王として結婚するのだと」

「どういう意味？」

ローアンはグウェニスの髪にやさしくふれ、顔にかかる房をかきあげた。「愛されたいと願っているという意味さ。エリザベスは男の世界においてでさえ際立っている女性だ。カトリックの王子と結婚して自分の権利をよその国へ与えるようなまねは断じてしないだろうし、かといって特定の一族に権利を与えたくもないから、イングランドの貴族とも結婚しないだろう。たとえ結婚するにしても、彼女は名目上も実質上も女王の地位を保つ気でいる。自分が国を支配しなければ気がすまないんだ。しかしエリザベスは、女王でありながら女の心を持つ女性でいることの難しさを学んだに違いない。エリザベスの寵臣《ちょうしん》のひとりにロバート・ダッドリーという貴族がいるが、彼は妻がいるにもかかわらず女王と親密すぎるとみなが考えた。そのうちにダッドリーの妻が亡くなると、実際は事故死だったにもかかわらず、誰もが自殺ではないかと噂《うわさ》した。夫と女王の不貞を疑った末に、精神を病んで命を絶ったのだろうと。だがエリザベスはそうした醜聞の渦中でも堂々と胸を張り、ダッドリーと結婚する気はないとはっきり言った。それどころか、メアリーの花婿にダッドリーを推薦したという噂さえあったくらいだ」

グウェニスは息をのんだ。胸に怒りがわきあがる。「エリザベスはそんな男性を……自分が捨てた男性をわたしたちの女王に押しつけようとしたの？」

ローアンは笑い声をあげてグウェニスを抱き寄せた。「そう怒ることはないさ。あくまでも噂だよ。メアリーみたいに誇り高い女王が、エリザベスの捨てた男なんかと結婚するわけがない。実際のところエリザベスにはユーモアのセンスがあるから、エリザベスが死んだときはメアリーと再婚するとダッドリーが約束すれば、彼と結婚してもいいと考えていたかもしれない。ダッドリーはふたりの女王と結婚することによって、王の世継ぎの父親になるチャンスが二倍になるわけだ」

彼女はまじまじとローアンを見つめた。「エリザベスはそれほど無邪気な女王ではないように思えるわ」

ローアンが首を振った。「他人がなにを考えているかなんて、誰にもわかりはしない。それはともかく、エリザベスが継母《ままはは》のキャサリン・パーやサマセット公と暮らしているときに、あるスキャンダルが持ちあがった。サマセット公はエリザベスの父親の未亡人であるキャサリン・パーではなく、できればエリザベスと結婚したかったんだろう。彼は何度となく最高権力者の座につこうと試みた結果、断頭台で首をはねられた。貴族でありながらあまりに大きな野心を抱くのは危険だという例だ」

グウェニスはローアンをじっと見てためらいがちに言った。「もしあなたに関する噂が本当なら……」

「噂ではなくて事実だよ。ぼくの母はスコットランド国王ジェームズ五世の子だ。国王は母をほかの子供たちと同じように実子だと認めて愛した」

「あなたは王位に対する野望を抱いていないの？」

「首をはねられたくはないから遠慮しておくよ。ぼくが王位を継承する可能性はほとんどないしね。それにぼくが愛しているのは、王座ではなくてスコットランドだ。ぼく自身の領地、ぼく自身の人生なんだよ」

最後の言葉をローアンはそっと口にし、やさしくほほえんだ。

グウェニスもほほえんだ。そして名残惜しそうに彼から離れて立ちあがった。「服を着替えるわ。女王に会いに行くんだから、せいぜいおめかししないとね」

ローアンが肩をすくめ、同じように立ちあがった。

「舟で行けば川くだりを楽しめるよ」彼はそう言い残して去っていった。

グウェニスとローアンはハンプトンコートにある宮殿でエリザベス女王に拝謁した。ふたりが案内されたのは知人が招じ入れられる応接室でも、女王が公式の客と会う謁見室でもなく、ごく親しい友人のみが入ることを許される女王の私室だった。ふたりが女王の従者についてドアを入ると、奥のベッドルームからエリザベスが出てきた。豪奢《ごうしゃ》なリビングルームにはディナー用の小さなテーブルがしつらえてあり、ワインかビールを注《つ》ごうと召使いがひとり控えていた。ローアンがエリザベスに深々と頭をさげた。グウェニスも礼儀に従って低くお辞儀をし、立ちなさいという女王の言葉を待って体を起こした。

三十歳になるかならないかのエリザベスを、グウェニスはすばやく値踏みせずにはいられなかった。エリザベスはかなり背が高いほうでグウェニスと同じくらいはあったが、堂々たるメアリーとはとうてい比べ物にならなかった。目は黒で、少し赤みがかったブロンドはきれいにセットされている。シルクのドレスにベルベットの胴衣をまとい、王冠を頭にのせていたが、それがいかにもしっくりきていた。特別美人なわけではないが、魅力的なのはたしかだった。

「久しぶりね、ローアン」エリザベスがローアンに声をかけ、近くへ寄るよう手招きして彼の両頬にキスをした。それからローアンの両肩に手を置いて体を遠ざけ、じっくり見つめたあとで納得したようにうなずいた。彼女の目はいたずらっぽい光を放っていた。「そしてそちらは……」グウェニスのほうを向いてうなずきかけた。「親愛なるスコットランドのメアリーの侍女、イズリントンのレディ・グウェニスね」

グウェニスは返事の代わりに低く頭をさげた。

「さあ、あなたの顔をよく見せてちょうだい」

エリザベスに言われて頭をあげたグウェニスは、イングランドの女王の目をまっすぐ見た。

「背が高いのね」

「それほどでもありません」グウェニスは言った。

エリザベスが笑った。「気をつけなさい。わたしはあなたよりも二、三センチは低いけれど、それでも自分では背が高いと思いたいのよ」

「陛下は背が高くていらっしゃいます」グウェニスがうやうやしく言うと、エリザベスの顔にうれしそうな笑みが広がった。

「あなたがフランスで一年間暮らしたと聞いたから、フランスのワインを用意させたの。気に入ってもらえるといいけれど」エリザベスがグウェニスに言った。

「ありがとうございます」

「実を言うと、あなたにはとても興味をそそられているのよ」エリザベスは言ったが、それ以上は踏みこまずにローアンを振りかえった。「キャサリンが亡くなったことは本当にお気の毒に思うわ。あれからかなりたったわね。少しは悲しみが薄らいだかしら？」

「はい、なんとか」

「あなたもメアリーとハントリー卿の戦いに巻きこまれたそうじゃない」

「ええ」

「無事解決してよかったわ。どのような経緯で争いに至ったのか、詳細を聞きたいと思っていたの。宗教に関して、メアリーとわたしは同じ考えだとわかって喜んでいるわ。相変わらず信仰のせいで人々が迫害されたり殺されたりしている。そういった事態をなくしたいと考えているの」

「はっきり申しあげておきます、陛下」グウェニスは熱をこめて言った。「メアリー女王にはどのような形であれ、スコットランド教会に干渉しようというお考えはまったくありません」

エリザベスがグウェニスを見た。「そつがないわね。もちろんあなたのことはいろいろと話に聞いているわ。メアリーは自分の熱狂的な信奉者であるあなたを使者として遣わした。そしてあなたは、彼女が正統な王位継承者であることを認めるよう、なんとかしてわたしを説得するつもりでいるんでしょう」

グウェニスは頬が真っ赤に染まるのを感じた。「事実、メアリー女王はイングランドの正統な王位継承者です」彼女は小さな声で言った。

「だけど、わたしはまだ死んでいないのよ」女王は愉快そうに応じた。「わたしがどのような決定を下したか知っているかしら、ローアン？」

ローアンは女王の態度をおもしろがって見ていたらしく、顔に笑みを浮かべていた。

「さあ。どのような決定を下されたのです？」

「わたしの後継者を指名する必要はないということよ。わたしは死ぬつもりはない、いえ、死なないと決めたの」

「わたしたちの誰ひとりとして死ぬつもりなどありません。とりわけそんなにお若いのであれば」グウェニスは言った。

「まあ！　あなたはわたしを若いというのね。あなたとはいい友達になれそうな気がするわ」エリザベスはますます愉快そうな顔をした。「ローアン、しばらく席を外してくれない？　あなたが来ると聞いて、侍女たちは心待ちにしていたのよ。会ってくれたら、きっとみな喜ぶでしょう」皮肉たっぷりに言い添える。

ローアンは立ちあがったものの、足をとめたまま女王を見つめた。

エリザベスが手を振って出ていくよう促した。「ローアン、行きなさい。わたしはこの愉快なお嬢さんとふたりきりで話をしたいの」

「お望みのとおりに」ローアンはようやく言うと、しぶしぶ部屋を出ていった。

エリザベスは部屋の中央の大きな椅子へ行って腰をおろし、向かいのソファを指さした。「座って」グウェニスが言われたとおりにすると、エリザベスが続けた。「さあ、あなたの女王のすばらしい点を教えてちょうだい」

「メアリー女王はすべてにおいて公正であろうとしています。ご存じないかもしれませんが、同じカトリックであるハントリー卿と戦わなければならなかったことに、ずいぶん胸を痛めておられました。ですが女王の心のなかでは、王国や国民がなによりも大切なのです。女王はエディンバラ条約を承認したいと切に願いながらも、承認するわけにいかないと思っています。フランスからスコットランドへ帰国する際に、陛下のご配慮で無事に航海を続けさせていただいたことを、女王はたいそう感謝しておりました。女王のいちばんの望みは嘘《うそ》偽りなく、陛下が心を許せる最愛の友人になることなのです」

「今後もメアリーがスペインのドン・カルロスとの結婚話を進めるようなら、彼女とはとうてい友人になれないわ」エリザベスが鋭い口調で言った。

グウェニスのあずかり知らないところで、今もスペイン皇太子との結婚の交渉が進められているかもしれなかったので、彼女は慎重に言葉を選んだ。「陛下と同じように、メアリー女王は国のために結婚しなければならないことをよくわきまえておられます」

「そうかしら？」

「メアリー女王は幼少のころにフランソワ公と婚約され、若くして結ばれたあとは、どのようなときも貞節でやさしい妻の立場を貫きました」

「簡単なことだわ。フランスの王妃である限りは」エリザベスが言った。

「それほど簡単ではありませんでした。国王の体がしだいに衰えてついに死に至るまでのあいだ、女王は片時もおそばを離れなかったのです」

「そう、やさしい心の持ち主なのね」

「ええ、とても」

「情熱的なの？」

「もちろんです。ことに立派な政府を組織することに関しては」

エリザベスはわずかに身を乗りだした。「ほかには？」

「メアリー女王は……友人に対して親切で、暴力を憎んでいます。非常に教養が高くて、趣味は読書と乗馬と狩猟です」

「狩猟の腕前はたいしたものだとか」

「はい」

エリザベスがほほえんだ。グウェニスの言葉の調子になにかを感じとったのだろう。

「あなたは違うの？」

「わたしは狩猟が好きではありません」

「あなたは正直ね。少なくともそれだけは言えるわ」

「メアリー女王も非常に正直な方です」

「女王にとっては、正直さが常に美徳であるとは限らないのよ。だけど、メアリーは運がいいわね」

「どうしてでしょう？」

「メアリーの臣下が全員、あなたと同じくらい強く主君の善良さを信じていたら、彼女の統治が長く続いて国は繁栄するに違いないわ」

「では、メアリー女王を陛下の後継者と認めることを検討していただけますか？」グウェニスは期待をこめて尋ねた。

エリザベスが椅子の背にもたれかかった。「いいえ」

女王のそっけない返事に驚き、グウェニスは困惑して黙りこんだ。

「できないわ」エリザベスが口調の厳しさを和らげようとするようににっこりした。「わたしの王座自体がまだそれほど安泰でないのに、わたし自身の統治を危うくする可能性がある選択をするわけにはいかないの。いずれはメアリーの要望どおりにできるだろうけれど、今はまだカトリック教徒の彼女に後継者の栄誉を与えることはできない。それを理解してもらわなくてはならないわね。ただメアリーを後継者と認めないのと同様に、ほかの誰も後継者として認めるつもりはないわ。わたしが死んだときは、彼女がイングランドの国の王位につく権利を誰よりも有しているのはたしかよ。だけど、権利は必ずしも権力を意味しない。それにたとえ誰かに権力が与えられたとしても、その人が権力を有するにふさわしい人間とは限らないわ。あなたはきっとわたしの宮廷で過ごすよう命令されてきたのでしょう。毎日わたしの前でメアリーを褒めたたえて、わたしの心と頭に彼女の名前を深く刻みこむよう命じられているのではない？　だったらあなたはこの宮廷で、わたしの家臣や侍女にまじってわたしの前で過ごしなさい。そしてイングランドではどのように物事を処理するのかを、その目でしっかり見ておくのよ」彼女は立ちあがり、慌てて腰を浮かしかけたグウェニスに手を振ってそのまま座っているよう命じた。それから、室内を行ったり来たりしはじめた。自分より身分の高い人が目の前を歩きまわっているのに、自分だけが座っているのは気づまりなものだ。グウェニスが当惑していると、女王は足をとめて彼女を見おろした。「きっとわたしは長生きするわ。わたしは男性の餌食《えじき》になる気はないの。あまりに深く愛するのは混乱のもとだと経験から学んだ。わたしはあらゆる点で申し分のない女王になるつもりよ。国民が世継ぎをやかましく求めているからいつかは夫を迎えるかもしれないけれど、わたしは情熱に駆られた結婚はしない。いつか、メアリーがわたしになんの脅威ももたらさないと確信できたら……でも、わたしたちがとっているのは待機戦術ね。待つのは得意なの」

「メアリー女王はかつて人の妻でした。いずれは再婚するでしょう。彼女はスコットランドに世継ぎを残すつもりでいます」グウェニスは言った。

エリザベスがほほえんだ。「現在、あの国は王族であふれかえっていて、自称王位継承者が数えきれないほどいるわ。たぶんメアリーはわたしを満足させる選択をするでしょうね。そうなったら、また考えましょう」

エリザベスは私室と外側の部屋とを仕切っているドアへ歩いていった。彼女がドアを開けると、女王に命じられたとおり数人の侍女と談笑しているローアンの姿があった。グウェニスは嫉妬《しっと》を覚えたが、それを態度に出さないよう必死に冷静を装った。女王が冷たい心の持ち主なら、彼女に仕える人々もまた冷たい心をしているに違いない。

「ローアン、食事にしましょう」エリザベスが言った。

「承知しました」ローアンは応じ、侍女たちにうなずいて部屋へ戻ってきた。

「彼はたいそう人気があるのよ」エリザベスがグウェニスに言った。「もっとも、あなたはすでにローアンの長所をよく知っているはずね。背の高いがっしりした剣士で、教養に富み、世界中を旅して各国の情勢に通じている。そのうえハンサムだし、髪は豊かで頑丈な歯をしているわ」

「彼は馬ではありません、陛下」グウェニスは思わず口走ったあとで、イングランドの女王をとがめてしまった自分にぞっとした。

しかし、エリザベスはほほえんだだけだった。「まあ、気丈なお嬢さんね。結構なことじゃない」

ローアンのあとからトレイを持った召使いがぞろぞろ入ってきた。トレイはどれも銀製だ。エリザベスがイングランドの豊かさをグウェニスに印象づけようとしているとは思えなかった。おそらく普段から、親しい友人との食事に銀器を用いているのだろう。

エリザベスがテーブルの上座につき、続いてグウェニスが、最後にローアンが座った。

「ローアン、あなたの国にも上等な牛肉があるけれど、イングランドの牛肉はまた格別よ。それから魚もおいしいわ。イズリントンのお嬢さん、その玉ねぎを食べてごらんなさい。こちらのほうれん草も。口に合うといいんだけれど」

「陛下とご一緒でしたら、どのような食べ物でもおいしくいただけそうです」グウェニスは言った。

「ローアン、彼女はたいした外交官ね」エリザベスはそう言うと、肉片を口もとへ持っていって手をとめ、グウェニスに尋ねた。「キャサリンが息を引きとったとき、あなたは口ーアンと一緒にいたの？」

「はい、レディ・グウェニスはわたしの庇護《ひご》下にありましたので」ローアンが代わって答えた。

「そう」女王がつぶやいた。

「メアリー女王はもっと早くレディ・グウェニスをイングランドへ旅立たせるつもりでいました」ローアンが言った。「ところがわたしは妻が亡くなったため予定よりも長くグレイ城にとどまり、レディ・グウェニスは故郷の島へ帰ることになったのです」

「そのとき、あなたたちはベッドをともにしていたの？」女王がずばりときいた。

グウェニスは息をのんだ。

ローアンは少しもたじろがずに女王をまっすぐ見つめかえした。「いいえ」彼はきっぱり否定した。

エリザベスは考えこみながらうなずいた。「だけど、それからかなり時間がたったわ」

グウェニスは席を立って女王の前から逃げだしたくなった。

「ねえ、人に悟られたくなかったら、彼の動きをいちいち目で追わないよう気をつけなくてはだめよ」エリザベスがグウェニスに言った。

「わたしは彼女と結婚するつもりです」ローアンが言った。

エリザベスがほほえんだ。「恋愛結婚というわけね。すてきだわ」

女王の声になんとなくうらやましそうな響きがこもっているのを聞いて、グウェニスは驚いた。

「その気になれば、あなたはいくらでも自分に有利な結婚ができるのよ。わかっているでしょうね、ローアン。もちろん彼女は美しいし、メアリーのお気に入りの侍女ではあるけれど、それにしても……イズリントンですって?」エリザベスが言った。

「その彼女はここに座っているんですよ」グウェニスは口を挟んだあとで、突然の怒りに任せて口走ったことを後悔した。

「わたしは女王よ。あなたがここにいないものとして話したければそうできるの。あなたは聞こえないふりをしていなさい」エリザベスはそう言ったものの、声には愉快そうな調子が感じられた。

「陛下」ローアンが言った。「話しあっておかなければならない重要な問題が――」

「わかっているわ。ただ、今はそうした問題を話題にしたくないの。それよりもあなたたちふたりの関係に興味をそそられるわ。ローアン、マティルダ伯爵夫人が最近夫を亡くしたの。彼女はまだ若いし、広大な土地を持っている。伝え聞いたところでは、あなたとの結婚についてわたしと話をしたがっているらしいの」

　驚いたことに、ローアンはにやりとして首を振った。「陛下、わたしにはありがたくも陛下より賜ったイングランドの土地があります。ですが、わたしはスコットランドの女王に仕える身。よその国の土地と引き替えに身売りされるわけにはいきません」

エリザベスは怒りを爆発させるに違いない、とグウェニスは思った。事実、女王は爆発させた。

笑いを。

「あなたはもっと大きな力、もっと広い土地が欲しくないの？」女王がローアンに尋ねた。

「土地というものは……」ローアンは考えながら言った。「王冠と同じで、それを保持するために人は絶えず争いをくり広げなければなりません。幸い、わたしにはかなりの資産があります。キャサリンの遺産を相続しましたので。死を目前にした妻が頼ったのはレディ・グウェニスでした。彼女はわたしの名前すらわからなくなっているキャサリンに最後まで愛情を注ぎ、やさしく世話をしてくれました。当時、わたしたちふたりのあいだにはなにもなく、レディ・グウェニスの行為にもなんら恥ずべき点はありませんでした。メアリー女王の許可が得られたら、わたしはレディ・グウェニスと結婚するつもりです」

「よく言ったわ！」エリザベスが叫んだ。

ローアンがグウェニスのほうを向いた。「気をつけたほうがいいよ。彼女は癇癪《かんしやく》持ちですぐに怒るし、いろいろうるさく要求してくるからね。それに男を誘惑するのが好きなんだ」

「わたしはここに座っているのよ。それに、わたしは女王なんだから」エリザベスが笑い声をあげ、ふいにグウェニスの手に手を重ねて彼女を驚かせた。「あなたがキャサリンに慰めを与えたと聞いてうれしいわ。彼女はとても美しくて、わたしの大切な友人だったの。病気になる前のキャサリンと会っていたら、あなたも彼女を大好きになっていたわ」

「あのときの彼女も、わたしは大好きでした」グウェニスは言った。

エリザベスがローアンを見た。「気に入ったわ。このお嬢さんは愛らしいうえに話が上手なのね。身のまわりの品をとりにやらせなさい。あなたたちふたりをしばらくここに住まわせることにしたわ。明日は一緒にテニスをしましょう。ローアン、あなたはわたしと組むのよ。レディ・グウェニスはダッドリー卿と組みなさい。このところ貴族のなかにつけあがっている者たちがいるから、わたしが彼らよりもローアンを大事に思っているところを見せつけてやりたいの」

「お望みのとおりに」ローアンは言った。

「あなたはテニスをするの、レディ・グウェニス?」エリザベスがきいた。

「もちろんです。メアリー女王がテニスを得意とされているものですから。女王は外の新鮮な空気が好きなんです。ホリルードの庭園はそれはみごとなんですよ」

「わたしのことをメアリーに報告するときも、今と同じくらい褒めたたえてもらいたいものだわ」エリザベスが言った。

グウェニスは黙っていた。

「わかったわね。メアリーにきかれたら、わたしに関しては輝くほど美しいとか驚くほど聡明《そうめい》だとか、とにかく賞賛の言葉しか思いつかないと答えるのよ」

「陛下は非常に聡明な方だと、必ずお伝えします」グウェニスは応じた。

　エリザベスが笑い声をあげた。「それだけ？」

「陛下があらゆる点で女王であることをお伝えしましょう」

「彼女は本当にすてきなお嬢さんね、ローアン。あなたたちふたりが幸せになるよう祈っているわ。ただ残念なことに、人生はわたしたちが願っているほど単純なものではないの。さあ、レディ・グウェニス、食事も終わったことだし、今度はあなたに席を外してもらいましょう。ローアンと話しあっておきたいことがあるの」

　ふたりきりになると、エリザベスがローアンを真剣な目で見た。「あなたの国では相変わらず大変な騒動が持ちあがっているみたいよ、ローアン」

　彼は眉をひそめた。向こうを発《た》ったとき、ハイランドは平静をとり戻していた。それにもし事態が急変したら、すぐに知らせが届くだろうと考えていた。ロンドンとエディンバラを結ぶ道中のあちこちに馬を配してあって、伝令は次々に馬を乗り替えて一方の宮廷からもう一方の宮廷へ早く書状を届けられるようになっているのだ。

「メアリーがスコットランドへ帰るときに、フランスからついてきた男がいたそうじゃない。彼はメアリーに首ったけで、よく宮廷に出入りしたり、ふらっと旅に出たりしていたとか。その男が処刑されたそうよ」

フランスからついてきた家臣とスコットランド生まれの家臣の軋轢《あつれき》は、メアリーにとって常に悩みの種だった。スコットランドの家臣のあいだでさえさまざまに意見が異なり、それぞれ違う報酬を求め、あれこれと異なる助言を女王に与えるのだ。

「なにがあったんですか？」ローアンは尋ねた。

「あなたがメアリーのそばを離れたあとに起こったことを、知っている限り詳しく話したほうがよさそうね。ジョン・ゴードンは反逆罪で裁かれたわ」

「当然です。ハントリー卿に味方していた多くの者が、女王をさらってジョン・ゴードンと無理やり結婚させる計画があったことを認めました。彼はエディンバラの牢獄《ろうごく》を脱走し、女王に対して兵を起こしたのです」

エリザベスは大きな椅子の背もたれに背中を預け、肘掛けに品よく手を置いた。「わたしは処刑が大嫌いなの。例のフランス人が首をはねられたとき、メアリーはその場にいたそうよ。彼は愛する偉大な女王のためならいつでも死ぬ覚悟があると大声で叫んだらしいわ。どうやら死刑執行人の腕が悪かったらしくて、処刑の場は目を覆わずにいられないありさまだったみたいね」じっとローアンを見つめる。「一度で首を切り落とせる腕のいい死刑執行人を見つけるのはとても難しいことなの。ほとんどの人はわかっていないようだけれど、父がわたしの母を処刑させたときに、苦しまないですむようにとわざわざフランスからすぐれた剣士を呼び寄せたのは、とても思いやりのある行為だったのよ」

　ローアンは口をつぐんでいた。エリザベスが深い物思いにふけっているのが見てとれたので、邪魔をしたくなかったのだ。

「わたしは母のことをほとんど覚えていない」エリザベスが続けた。「母が処刑されたとき、わたしはまだ幼くて母とは別のところに住んでいたから。でも、きっと血のつながりにはなにかあるのね。母のことを耳にするたびに、わたしは胸を引き裂かれる思いがするの。姉のメアリーの家臣たちに言わせれば、母は魔女で、そのうえ娼婦《しょうふ》だった。だけど死ぬ間際にそばにいた人たちの話では、母は無実だったんですって。父は母に有罪を宣告させておきながら、ずっと母に魅了されつづけ、息子まで産ませたのよ。母の最期はみごとだったと誰もが言っているわ。死に際し、母は父を気遣って許すと言ったそうよ。死ぬ間際に、自分を不当に扱った人間を許すなんて驚くべきことよ。知っているかしら？　処刑される人間は、苦しみを長引かせずに一度で首を切り落としてくれるよう、死刑執行人に大金を弾むのよ」

「来世の存在を強く信じているために、現世における苦しみなどなんとも思わない人々を、わたしは数多く見てきました」ローアンは言った。

　エリザベスはかぶりを振った。「慈悲深い救世主を褒めたたえるべき書物の用語の解釈をめぐって、多くの人々が命を落としているわ。でも思い出にふけるのはこれくらいにしてさっきのフランス人の話に戻ると、メアリーは処刑を見てすっかり気が動転して、数日間寝こんでいたんですって」

ローアンは急いで尋ねた。「もうよくなったのですか?」

「ええ、すっかり。メアリーは感情の起伏が激しいのね。実際のところ、わたしだって病気もしたし恐怖も体験した。だけど女王たるべき者なら、感情に支配されないよう心がけなくてはならないわ。それはともかく、話はそれだけではないの。そのピエール・ド・シャトラールという名のフランス人は、恋するあまり頭がどうにかなってしまったらしくて、一度ならず二度までも女王のベッドルームへ忍んでいった。最初の夜は許されたけれど、二度目の夜はメアリーがすっかりうろたえて悲鳴をあげ、駆けつけたジェームズ卿が剣を抜いて彼を追いまわしたそうよ。当然ながらその男は逮捕されて裁判にかけられ、首をはねられたというわけ」

エリザベスは話しているあいだじゅう、ローアンから視線をそらさなかった。彼女が鋭い洞察力の持ち主であることはわかっていた。エリザベスは他人の言葉からだけでなく反応からも、その人間の考えを読みとるのだ。

「わたしに言えるのはただ、メアリー女王はうぶな娘のようにつつましやかだということです。彼女が男を誘惑してその気にさせたとはとうてい思えません」

エリザベスが肩をすくめた。「メアリーはわたしとは違うようね」

「陛下のような方はふたりとおられません」ローアンはあっさり言った。

「あなたは笑うまいと必死にこらえているけれど、目が笑っているわよ。とにかくわたしが言いたいのは、メアリーには夫が必要だということなの」

「メアリー女王にはジェームズ・スチュアート卿という立派な助言者がついています」

「ジェームズ卿はメアリーの異母兄でしょう。彼は非摘出子だから王位につけないわ」

「陛下と同じように、メアリー女王は慎重に考慮して結婚するつもりでいます。ご存じのように、男というのは愛のために愚かなことをしでかすもの。とりわけ女王への愛のためとなればなおさらです」

「王冠への愛でしょう」エリザベスがそっけなく言った。

「目の前に置かれた王冠はたしかに心をそそる宝です。しかしわたしの見るところ、陛下はご自身の能力に自信を欠くような女性ではありません」

「お世辞がうまいのね」

ローアンは首を振った。「このようなことを言ったからといって侮辱する気はまったくないのですが、陛下もメアリー女王も若くて非常に魅力的であるところに危険が潜んでいるのです」

エリザベスが笑いだした。「あなた、わたしがメアリーの大使のメイトランドをからかった話を聞いたんでしょう。かわいそうに、わたしとメアリーのどちらがきれいか無理やり言わせようとして、さんざんいじめてやったの。わたしのほうがメアリーよりも背が高いとまで言わせようとしたのよ。残念ながら、それには失敗したけれど」

「メイトランドは善良な男で、メアリー女王にとって欠かすことのできない優秀な大使です」

「あなたは用心深く言葉を選んで話すけれど、嘘はつかない」エリザベスが考えながら言った。「それにあなたはイングランドとスコットランドの両方に領地を持っていて、ふたつの国に忠誠を誓わなければならない難しい立場にある。はっきり言っておくわ、ローアン。わたしはなによりも平和を愛している。すぐれた統治と平和こそが国に繁栄をもたらすと信じているの。だから、これだけは覚えておいて」表情が真剣味を帯びる。「わたしはメアリーを外国の王室と結びつけるカトリックの結婚を断じて認めない。それを防ぐためなら、スコットランドやフランス、あるいはスウェーデンやスペインと戦争をしてもかまわないわ。今後ともわたしの不興を買いたくなかったら、メアリーは軽はずみな結婚をしないことね」

ローアンは不審に思った。「陛下、これまでのわたしとレディ・グウェニスの話から、そしてメイトランドが折にふれて申しあげていることから、メアリー女王が慎重に結婚話を進めるつもりでいることは充分納得していただけたとばかり思っていました。彼女は自分が女王であることをわきまえていますし、自分の結婚によって自国の貴族たちのあいだに争いが起こることを望んではいません。ましてや敬愛する陛下の国との戦争など、望むわけがありません。信じてください。メアリー女王は自分の行為のひとつひとつがきわめて重要な意味を持つことを心得ています」

エリザベスは椅子に深く座り直した。「メアリーが思いやりが深くてまじめで情熱的なことは間違いないし、手にした権力で最善をつくそうとしていることも疑いないわ。わたしが心配なのは、不安定な感情の荒波を上手に乗りきる能力がメアリーにあるかどうかなの」

ローアンは顔を伏せた。エリザベス自身が短気ですぐに癇癪を起こすことは、広く知られている。

「わたしはすぐにかっとなるけれど、怒りにわれを忘れることはないわ」ローアンの考えを読んだかのように彼女は言った。

「メアリー女王も怒りにわれを忘れたりはしません」

「それなら、わたしたちがいつまでも親愛なる友人同士でいられるよう祈りましょう」

「そうあるように、われわれ全員が祈っています」

エリザベスが片手をあげてにっこりした。「もちろん気づいているんでしょう？　わたしがこうしてあなたとふたりきりで会ったのは、単に噂を立てるのが目的ではないのよ」

「単に噂を立てるのが目的ではなくても、わたしをここにとどめ置けば、少なくとも陛下の家臣たちは、陛下がわたしに好意を寄せているとささやきあって、陛下とダッドリーの関係をとやかく言わなくなるでしょう」

「あら。でも、あなたは気づいていたかしら？　わたしがダッドリーにレスター伯爵の称号を与えたのは、彼をいっそう金持ちの重要人物にするため、そしてメアリーの結婚相手にふさわしい人物にするためだったのよ」

ローアンはためらったあとで言った。「メアリー女王は非常に誇り高い女性です」

「女王は誇り高くて当然だわ」エリザベスが言った。「まあ、今後どうなるか見守ることにしましょう」

実際、エリザベスは見守るのだろう。よく知られていることだが、彼女は難しい決断を迫られると、なにもしないでただなりゆきを見る待機戦術に出る。そうすればほかの者たちが決定を下さざるをえず、それが失敗したときは彼らに責任をなすりつけることができるからだ。

「未来になにが待ち構えていようと、こうしてあなたといられることをわたしは喜んでいるのよ、ローアン」

「今さら言うまでもありませんが、このように権力と美しさを兼ね備えた若い女王と一緒にいられることは、わたしにとって大きな喜びです」

「あなたをめぐってきっと嫉妬の嵐《あらし》が渦巻くわ」エリザベスはほがらかに笑った。

「それが陛下のお望みなら、できる限りご意向に添うよう努めます」

「それはそうと、あなたの新しい恋人は疑いを抱かないかしら？　正直に言って、あのお嬢さんには感銘を受けたわ。メアリーを褒めるのをやめなさいと命じても、レディ・グウェニスは決してやめないわね。だけどわたしがキャサリンがまだ生きているときにふたりはベッドをともにしていたのかと尋ねたら、彼女は心底ぞっとした顔をした。でも、あなたたちは当然、そうした噂に立ち向かわなければならなくなるのよ」

「レディ・グウェニスはわたしの命とも言える大切な人です。それに彼女は、わたしたちが不道徳なことをしているなどと疑ったりしません」ローアンは静かに言った。

エリザベスが笑った。「あなたがイングランド人だったらよかったのに」

「人は生まれを選ぶことができないのです、陛下」

「いつも知ったような口をたたくのね。さあ、遅いからもう行きなさい。あなたたちふたりにはしばらくのあいだ、わたしの宮廷に滞在してもらうわ」

ローアンが深々とお辞儀をして女王の部屋を出ると、衣装担当の従者がひとりドアの外で待機していて、すでに彼の荷物が運びこまれている部屋へ案内した。女王がそうしようと望めば、物事は速やかに進行する。

ハンプトンコート宮殿へは移りたくなかった。できればテムズ河畔の自分の屋敷で過ごしたかった。女王に拝謁するときを待ちながらふたりで過ごした日々は、このうえなく幸せだった。しかし、ローアンはエリザベスの性格をよく承知している。逆らったところで、結局は彼女の望みどおりになるのだ。しかもエリザベスは、彼をいじめる新たな口実を手にすることになる。

エリザベスはローアンを友人と呼ぶが、おそらくどの男に対しても同じことを言うのだろう。彼女はグウェニスを心底気に入ったようだ。エリザベスは虚栄心が強いが、好んで魅力的な女性たちを周囲にはべらせている――自分よりも華やかな輝きを放つ女性でない限りは。しかし女王は日ごろおべっかを使われることに慣れているので、グウェニスの率直さを快いと感じたようだった。

エリザベスはまた、ローアンとグウェニスの関係に興味を抱いている。心から愉快だと思っているようだ。ローアンたちにテムズ河畔の屋敷を出てここへ移るよう命じたのは、なにか考えがあってのことに違いない。ローアンはハンプトンコート宮殿の構造に通じており、とりわけあてがわれた部屋をよく知っていた。そこには暖炉脇の壁にあとからつけられたドアがあって、隣の部屋へ通じている。

グウェニスの部屋へ。

もしかしたらエリザベス女王は、自分自身には厳しい生き方を強いているにもかかわらず、周囲の人々が考えているよりもはるかにロマンティックな心を持っているのかもしれない。

　客は彼らふたりだけではなかった。エリザベス女王の宮廷には、貴族の官吏、侍女、主計官、顧問、役人、召使い、召使いの召使いなど、千五百人近い人間が常時出入りし、その多くがこの宮殿に住んでいる。夜になると数百人が大広間で食事をする。宮殿の敷地はローアンの領地内にある村ひとつ分よりも大きい。しかし、今はそんなことはどうでもよかった。彼は今夜起こりうる事柄に考えを向けた。

　グウェニスはふたつの部屋をつなぐドアの存在を知らない。

　ローアンとグウェニスが女王とディナーをとっているあいだに、トマスとアニーがトランクの中身を出し、すでに整理を終えていた。今ごろ彼らは広大な宮殿内のどこかの部屋に落ちついているだろう。ローアンがグウェニスの部屋へ行きたいと思えばいつでも行ける。

　ふたつの部屋を隔てるドアを開けると、暖炉の火の薄明かりで、鏡台に並べられたブラシと髪飾りが見えた。扉が半開きになっているクローゼットのなかには、衣服が使いやすいようにきちんと並べてかけてある。

　グウェニスは眠っていた。ローアンは彼女がベッドへ入る前にとった行動を思い浮かべた。まず身につけているアクセサリーを外し、ドレスを脱いでゆったりしたネグリジェに着替えてから、鏡台に向かって座りブラシで髪をとかす。今、枕《まくら》の周囲に広がったグウェニスの髪は暖炉の火明かりを受けて輝いている。ベッドに横たわる姿はまるで天使のようだ。

ローアンがグウェニスの横へ忍び寄ったとたん、彼女が目を覚まして悲鳴をあげようとしたので、慌ててグウェニスの口に手をあてた。

「夜中に襲いかかったかどで、ぼくを処刑台送りにしたいのかい?」ローアンはささやきかけた。

目を見開いていたグウェニスが薄明かりのなかでローアンの顔を認め、表情を和らげた。彼のてのひらの下で、グウェニスがほほえんだのが感じられた。「まさか」ローアンが手を離すと彼女は小声で言い、彼の体に腕をまわした。

グウェニスはローアンがエリザベスとふたりきりで過ごした時間についてなにも聞こうとせず、ただ唇を求めてきて舌で彼の唇や口のなかを探り、たちまちローアンの体に熱い炎をともした。

ふたりの体が絡みあった。

彼女は生涯の恋人となるだろう。それはすばらしいことだ。ふたりのあいだに不安はなにひとつない。あるのはただ、輝かしい道となってどこまでも延びる未来だけ、ふたりのあいだに燃え盛っている炎のように輝かしい未来だけだった。

グウェニスが腕に力をこめた。唇が情熱的に求めてくる。そして彼女の動きといったら……。

ふたりが一緒なら、横たわっているのがスコットランドの森のなかであろうと、テムズ河畔の屋敷であろうと、あるいは貴族の恋人同士のために特別に造られた宮殿内の部屋であろうとかまわない。

情熱の炎を燃やしつくしたあとも、ローアンはグウェニスをしっかり抱きしめていた。まるで彼女が……。

どこかへ行ってしまうのを恐れるかのように。

そんな恐れを抱く理由はどこにもないと自分に言い聞かせたものの、そのあとも夜遅くまで眠れず、心にとりついた奇妙な疑惑について考えつづけた。

グウェニスのそばをようやく離れたのは朝になってからで、それも後ろ髪を引かれる思いをしながらだった。

夜にはまたふたりきりになれるじゃないか、とローアンは自分をしかりつけてベッドを出た。グウェニスは金色の陽光のような髪を枕に広げ、美しく穏やかな寝顔を見せている。

それなのに、ローアンの心を説明しがたい恐怖がさいなんでいた。

13

いつだってテニスは楽しい、とグウェニスは思った。それにハンプトンコート宮殿の芝生は美しい。

ロバート・ダッドリーは背が高くとてもハンサムな男性で、宮廷の礼儀作法やしきたりに精通していた。けれどもグウェニスは彼がなにかにつけてエリザベスに近づこうとするのを見て、いくら魅力的でもあれでは人々の顰蹙《ひんしゅく》を買うし、やがて女王にもうるさがられるのではないかと思った。

グウェニスはまたエリザベスが、女王の心を動かせると思いこんでいる男たちをもてあそんで楽しんでいるらしいことに気づいた。女王はさっきまでダッドリーにやさしくしたり一緒に笑ったりしていたかと思うと、次はローアンに同じことをする。家臣たちのあいだに嫉妬《しっと》をかきたてては楽しんでいるのだ。グウェニスの見たところ、エリザベスはそうしたやり方で、家臣たちが自分は女王に特別気に入られているなどと思いあがらないようにしていた。

この分なら、エリザベスは長く権力の座にありつづけることだろう。

ダッドリーが簡単なはずのボレーをミスすると、エリザベスはわざと自分を勝たせようとしていると彼をなじった。しかしグウェニスは、相手が誰であろうと簡単に勝たせる気はなかった。下手なふりをして勝ちを譲ったところで、女王が喜ぶとは思えない。

それに、グウェニスはメアリーの代理としてこの場にいるのだ。だったら立派に代理を務めて、メアリーの統治や王国がすぐれていることを示さなければならない。グウェニスは全力でプレーし、ダッドリーに真剣にプレーするよう無言の圧力をかけた。

そのうちに同じボールを追いかけてふたりがぶつかった。するとダッドリーがグウェニスを興味深そうに――そして値踏みするように見て、慌てて脇《わき》へどいた。

ここにいるのは、大胆にもエリザベスと浮き名を流したあげく、彼女の評判に傷をつけた男性だ。醜聞にまみれたイングランドの女王は冗談か本気かはわからないが、彼をスコットランドの女王の結婚相手にどうかとほのめかした。その男性が、今度はグウェニスに言い寄ろうとしているのだろうか？

グウェニスはイングランドの宮廷生活をあまり好きになれそうになかった。エリザベスに向かってそんなことは言えないが、メアリーの宮廷のほうがはるかに健全な感じがする。

「気をつけたまえ」ダッドリーがグウェニスの腕をつかみ、顔いっぱいに笑みを浮かべて忠告した。「エリザベスは負けるのが嫌いなんだ」

「わたしだって嫌いです」グウェニスは応じた。

「彼女は女王だよ」

「ですが、わたしがお仕えしているのは別の女王です」

「ぼくの未来の花嫁かい？」ダッドリーがからかった。

「そうはならないのではないでしょうか」グウェニスは言った。

「プレーを続けるわよ！」女王の鋭い声が響き、ふたりは試合に戻った。

ダッドリーの卑屈な試合運びのせいで、結局、グウェニスたちのチームの負けに終わった。

　エリザベスは意気揚々としていた。だが彼女が勝利の喜びを分かちあった相手はダッドリーではなく、パートナーを務めたローアンだった。

　女王とその寵臣《ちょうしん》の相手をするのにうんざりしたグウェニスは、試合が終わったのを潮に、足首を痛めたふりをして先に引きあげさせてもらうと断り、宮殿内の長くてこみ入った廊下をたどって自分の部屋を目指した。人に見られたときのために足を引きずって歩き、ようやく自分の部屋へ着くと、アニーが鼻歌まじりにグウェニスの服を整理していた。

「まあ、大丈夫ですか？」グウェニスの様子を見て、アニーが心配そうに尋ねた。

「なんでもないの。捻挫《ねんざ》したふりをしていただけよ。本当にいやになるわ。ひどいゲームといったらないの」

「テニスがお好きなのに」アニーが言った。

「ほうっておいて」

「さては負けたんでしょう」

「負けたことはどうでもいいの」グウェニスは言いかえし、ためらってから続けた。「エリザベス女王は分別があって賢そうだし、やさしい気持ちも持っている。それなのに、どうでもいいテニスの勝ち負けなんかにこだわるのよ。早くスコットランドへ帰りたいわ」

「お嬢様はロンドンがすっかりお好きになったと思っていました」

「ええ、好きよ。ねえ、今すぐあたたかいお風呂に入りたいんだけど、用意できる?」

さっそくアニーは浴槽と湯の手配をしに行った。まもなく浴槽が運ばれて湯が満たされ、グウェニスはアニーに手伝ってもらって服を脱ぎにかかった。アニーがコルセットの傷み具合や不格好に曲がった鯨骨を見て舌打ちをし、グウェニスの財布が空っぽだから、イングランドへ来てからは買いたいものも買えないと不平をこぼした。

グウェニスは気にしなかった。湯につかって浴槽の縁に頭をのせ、早くアニーが出ていってくれたらいいのにと願いながら目を閉じて眠ったふりをした。

ようやくアニーが立ち去ったので、グウェニスは目を開け、なぜ今日の出来事にこれほどいらだちを覚えているのだろうと考えた。そしてその理由に思い至った。

エリザベスを信用していないからだ。

彼女が頭の切れる有能な女王であることは間違いない。しかし、自分の目的を達するために、自分より身分の低い人間を思いのままに利用しているのも疑いのない事実だった。

ローアンはロバート・ダッドリーが気に入らなかった。これまで一度も好きになったことはないし、今後も好きになれそうになかった。ダッドリーの父親は王室内の陰謀に連座して首をはねられたが、彼が厚かましい態度を控える様子はなかった。背が高くてがっしりした体格のダッドリーは、自分の魅力を鼻にかけていて、たいていのことは許されると思いこんでいる。しかもエリザベスはそうした彼の高慢さを許しているふしがあった。

反対側のコートにいるグウェニスとダッドリーを見ていると、ローアンは平静を失いそうになった。彼の考えなら読める。ダッドリーはエリザベス女王のお気に入りではあるものの、女王が実際に彼とベッドをともにしていると断言できる者はひとりもいない。ダッドリーはいまだに女王への愛に執着しながらも、少しぐらいなら若い女性をつまみぐいしても許されるだろうと考えている。今ではエリザベスにメアリーと結婚してはどうかと言われている身なのに、メアリーの侍女を誘惑してものにするくらいかまわないと思っているのだ。ある程度地位が高くて権力もある男の多くが、こうした軽率な行為をしても大目に見てもらえるだろうと慢心している。しかし資産が少ないとはいえ、グウェニスはれっきとしたスコットランドの貴族であって、ダッドリーやその同類の餌食《えじき》になっていい人間ではない。

それにローアンにも嫉妬心はある。

グウェニスは最後まで礼儀正しく控えめにふるまっていたが、彼女のことをよく知っているローアンには、テニスコートを去るときのグウェニスが怒りに燃えているのがわかった。だがエリザベスに一緒に大広間へ来るよう命じられたので、グウェニスを追うわけにはいかなかった。テニスコートから大広間へ歩いていくとき、エリザベスがさりげない口調でローアンに、レノックス伯爵夫妻にスコットランドへの帰国許可を与えたと打ち明けた。ローアンは不審に思い、警戒心を抱いてエリザベスを見つめた。レノックス伯爵夫妻はダーンリー卿《きょう》ヘンリー・スチュアートの両親だからだ。

「陛下はレノックス伯爵夫妻の息子をメアリー女王の結婚相手にと考えておられるのですか？」ローアンは尋ねた。ダーンリーを知っている彼は、ダッドリーよりもさらにダーンリーを嫌っていた。少なくともダッドリーは、自分が好色で野心的な人間であることを隠そうとはしない。

ダーンリーはまだ少年と言っていい若者で、見た目はいかにもハンサムで華やかだ。狩りができるし、ダンスやリュートの演奏もうまい。その一方で、甘やかされて育ったためにわがままでもある。ローアンはダーンリーが戦場で戦っている場面を想像できなかったし、彼が自らの大義を説いて民衆を集めることができるとも思えなかった。

エリザベスは首を振った。「いいえ。わたしがレノックス伯爵夫妻に帰国を許すのは、罰せられてからあまりに長い期間が過ぎたからなの。わたしが夫妻の息子とメアリーが結婚すればいいと考えているなんて思ったら大間違いよ。ダーンリーはメアリーのいとこであると同時に、わたしとも血がつながっている。つまり、彼にはイングランドとスコットランド両方の王位を継ぐ資格があるということよ。そんな人間をメアリーと結婚させたくはないわ。わたしの死後に近親者が王位を求めるのは許せても、わたしがまだ生きているのに王位を欲しがるのは我慢できない。あなたならわかってくれていると思っていたわ」

「そうでしたか」ローアンは女王に頭をさげた。「お考えを率直に打ち明けてくださって感謝します」

「ふたりがいとこ同士だということを忘れないで。あなたがメアリーの忠実な臣下のメイトランドや、わたしの大使のスログモートンと会う機会を手配しているところなの」エリザベスはローアンと腕を組んだ。「メイトランドはドン・カルロスとメアリーの結婚話をスペインとひそかに交渉しているけれど、メイトランドもスログモートンもそのことをわたしが知らないと考えているみたい」

ローアンは身を引いてエリザベスをじっと見た。「陛下がいまだに進んで各国の求婚者たちと結婚の交渉を続けていることは誰もが知っています」

女王がにっこりした。「交渉には力があるのよ」

「なるほど。ヨーロッパ大陸の愚かな君主たちの前に、イングランドというおいしい餌《えさ》をぶらさげておくのですね。そうしておけば、なにかあればすぐに同盟関係を築けると考えておられるのでしょう」

「必要があれば、わたしはメアリーとフランスの結びつきから自分を守ることができるし、双方の昔の敵意をかきたてることもできるわ」

「メアリー女王に慎重に行動するよう、忘れずに忠告しておきます。もう失礼してよろしいでしょうか？」

女王と並んで歩いていたローアンは、あたりを見まわしてもダッドリーの姿が見えなかったので不安を覚えた。

エリザベスが女王らしくうなずきかけた。「今夜のディナーにあなたとグウェニスも同席してちょうだい」

「はい、陛下、お望みのとおりに」

「わたし、その〝お望みのとおりに〟という言葉が好きよ」

「陛下は女王ですから」

「でも、最初からそうだったわけではないのよ。もちろんあなたも知ってのとおり、わたしは反逆者の門《トレイターズ・ゲート》を通ってロンドン塔に入り、しばらくそこに幽閉されていた。王の頭にのっている王冠がどんなに軽いものか、よく知っているわ。だけどわたしは王冠を、そしてこの首をなんとしても守り抜くつもりよ。さあ、もうさがっていいわ」

気が焦るあまり、ローアンは宮殿内の長い廊下を急ぎ足で歩いていった。一刻も早くグウェニスの部屋へ行きたかったので、顔見知りや古い友人に会ったときも会釈はしたが足をとめなかった。

やっと部屋の近くへ来たときは、ほっと安堵《あんど》の吐息をついた。だがさらに近づくと、ドアが開いていてなかに人の姿が見えた。

誰かが室内にいる！

ローアンは駆けだした。ドアの正面まで来たとき、彼をしめだそうとするかのようにドアが閉まりかけたので、体あたりをして押し開けた。なかへ飛びこんだローアンは、室内の光景を目にして激しい怒りに駆られた。

グウェニスは入浴中で、浴槽の縁を指で強くつかんでいた。ロバート・ダッドリーもそこにいた。彼はまさに浴槽へ近づこうとしていたが、飛びこんできたローアンを見て立ちどまった。

ローアンはふくらはぎにくくりつけてある鞘《さや》からナイフを抜き、ダッドリーをにらみつけた。

武器を携えていないダッドリーがあとずさりをする。

「おいおい、なにを考えているんだ？　ぼくはレディ・グウェニスの足首の具合を見に来ただけだ！」彼は大声で言った。

ローアンは自分でもなにを叫んでいるのかわからなかった。ただ思わず父親から習った古いゲール語で相手をののしっていた。言葉が理解できなくても意味は伝わったのか、ダッドリーはさらに後ろへさがった。

「ぼくに怪我《けが》をさせてみろ。エリザベス女王はきみの首をはねさせるだろう」

「女王の宮殿内でおまえが女性を襲おうとしていてもか？」ローアンは息巻いてやりかえした。

ダッドリーは衝撃を受けたふりをしているように見えた。顎を引き、目を細めてローアンを軽蔑《けいべつ》したように見る。「ぼくの地位を知っているのかい？」

「そんなものは知ったことか！」

「するときみは、丸腰の人間にナイフを向けようというんだな？」

ローアンが驚いたことに、ダッドリーの言葉を聞いてグウェニスが行動に移った。それまでは目を見開いてふたりのやりとりを見守っていたが、すばやく手を伸ばしてかたわらのタオルをとり、体に巻いて浴槽を出るとローアンに走り寄った。「ローアン、ナイフを捨てて！」

彼は言われたとおりナイフを部屋の反対側へ投げ捨てた。

「武器なしで勝負しよう」ローアンはすごみのきいた声で言った。

「争い事はやめて！」グウェニスが懇願した。

彼女を見たローアンの目には炎が燃えあがり、張りつめた筋肉は怒りのはけ口を求めていた。

「争い事はやめてちょうだい」グウェニスが再び懇願した。

ダッドリーの言うとおり、エリザベスは彼を寵愛している。たとえ嘘《うそ》をつかれたとしても、女王はダッドリーの言葉を信じてしまうのではないだろうか。エリザベスは決して愚かな人間ではないが、常に自分の思いどおりにしたがる――たとえそれが重罪を許す結果につながろうとも。なぜなら彼女の胸にはもっと大きな目的があるからだ。

ダッドリーに対する憎悪はこらえきれないほど大きく膨れあがっていて、素手でダッドリーを絞め殺してやりたいほどだった。けれどもそんなことをしたら、ぼくは縛り首になるだろう。

ぼくが縛り首になったら……。

グウェニスの命は大きな危険にさらされる。

「ローアン」グウェニスがささやいて彼から離れ、湯につかってほてっているなめらかな背中を向けた。そしてタオルをいっそうしっかり巻くと、ダッドリーに歩み寄って顔を平手で打った。

ダッドリーが驚いて顎をかいた。

「あなたは女王のお気に入りなんでしょう。わたしに手を出さないほうがいいわ」グウェニスは厳しい口調で言った。「これからもわたしの不意をついて襲おうと思っているなら、はっきり言っておくわ。ローアン卿の手をわずらわすことなく、わたしがこの手であなたを殺す。スコットランドの女は愛想よくふるまうよう教えられるだけでなく、外国の脅威から自分を守るために幼いころから訓練を受けて育つのよ」

ローアンの脅しにはたいして動じていなかったダッドリーも、グウェニスの攻撃にはすっかり気おされていた。それでもローアンはグウェニスの言葉に裏づけを与えずにはいられなかった。「二度と彼女に近づくな、ダッドリー。今度近づいたら本当におまえを殺してやる」

急にダッドリーが笑いだしたが、少しもおかしそうではなかった。「知らなかったよ、ローアン卿。そのお嬢さんはきみの愛人だったんだな」

「そんなことはおまえの知ったことではない。彼女はスコットランドの女王の侍女なんだから、おまえもそれなりの敬意をもって接するのが当然じゃないか」

ダッドリーがグウェニスを見た。「きみは見当違いのところに権力を求めている。ローアン卿は王家の非嫡出の血筋なんだよ」

「わたしは権力なんか求めていないわ。それどころか、権力を目のあたりにすればするほど嫌いになるのよ。さあ、出ていって」

「ぼくがエリザベス女王の許しを得てここへ来たと言ったらどうする?」ダッドリーが低い声できいた。

「嘘をつくな」怒鳴りつけたものの、ローアンは不安を抑えられなかった。エリザベスがそこまで不誠実ということがありうるだろうか。「出ていけ」彼はグウェニスの言葉をくりかえした。

「ローアンにダッドリー、それにグウェニスも! いったいなにがあったの?」突然、声が聞こえた。

ローアンは振りかえった。エリザベス女王が数人の家臣を従えてドアのところに立っている。彼女の顔には衝撃の色がありありと表れていて、その奥にどんな考えが潜んでいるのかは読みとれなかった。

ダッドリーが慌てて答えた。「レディ・グウェニスがテニスで足を捻挫したので、われわれは様子を見に来たのです」

「誰か彼女にローブを渡してやりなさい」エリザベスが鋭い声で命じた。侍女のひとりの不器量ではあったが心根のやさしいレディ・アースキンが、体をこわばらせて立っているダッドリーとローアンのかたわらを走り抜け、ベルベットのローブを見つけてグウェニスの肩にはおらせた。「あなたたちはレディ・グウェニスの足の状態が心配でならなかったのね。そうでしょう？」エリザベスがダッドリーとローアンに言った。「だけど、彼女はひとりにしてほしいみたいよ。あなたたちは出ていったほうがいいわ、さあ」

　ダッドリーが女王に深々とお辞儀をした。「実を言うと、あとで陛下のお部屋へうかがおうと思っていたのです。差し迫った問題がありまして」

　黙ってエリザベスを見ていたローアンは、目を伏せた彼女の頬がかすかに赤くなっているのに気づいて驚いた。

「ローアン、ずいぶん心を乱しているようね。きっとあなたの忠実なトマスが部屋に上等のワインを用意してあるんじゃないかしら。運動をして疲れたでしょう。少し休んだらいいわ。ダッドリー、あなたはわたしと一緒に来なさい」

　ほかにどうしようもなかったので、ローアンは廊下へ出て自分の部屋へ歩いていくと、女王に一礼して部屋へ入り、ドアを閉めた。

　そして爆発しそうな気持ちを抑えてドアに身を寄せ、聞き耳を立てた。女王とダッドリーの話し声がしだいに廊下を遠ざかっていき、やがて聞こえなくなった。

　ローアンが隣室へ通じる暖炉脇のドアを開けようとした直前、ドアが勢いよく開いてグウェニスが腕のなかへ飛びこんできた。ローブもタオルもまとわずに生まれたままの姿で震えている。

「エリザベスは恐ろしい人だわ！」グウェニスは叫んだ。「全部、彼女が仕組んだのよ。

ダッドリーと結婚の約束を交わす気なんてさらさらないくせに、彼を思いどおりに動かせるようにしておきたいから、気に入りそうな女を生け贄《にえ》に差しだすつもりなんだわ。そうすれば尻尾《しっぽ》を振って言いなりになると考えているのよ」

「しいっ、もう大丈夫だ。二度とこんなことは起こさせない」張りつめた声で言ったローアンは、さっきエリザベスの顔に浮かんでいた表情を思いだした。女王がこの茶番を仕組んだとは思えなかった。彼女の顔に浮かんでいたのは、心の底からの驚きだったからだ。しかし、それをグウェニスに説明したところで納得してもらえそうになかった。

彼女が身を引いて、大きな目でローアンを見つめた。「だめよ、あなたはすぐにでもダッドリーを殺しに行きかねない顔をしているわ。そんなことをしたら……ああ、ローアン！」グウェニスは再びローアンの腕のなかへ身を投げだして体を震わせた。

グウェニスの言うとおりだ。ダッドリーを殺しに行きたいのはやまやまだが、それが不可能なことはわかっている。だとすれば、彼女にどんな約束ができるだろう？

ローアンは大声で言った。「二度とやつをきみに近づけないと誓うよ」

「もっといいのは、彼が……彼が……」

ダッドリーが死ねばいいと彼女が考えているのを悟り、ローアンはグウェニスの顎に手を添えて上を向かせた。

「そんな考えを口にしてはいけない」彼はささやき、グウェニスの顔にかかっている湿った髪を払った。それから震えている彼女の前にひざまずいて手をとった。「グウェニス、ぼくは誓うよ。命を懸けてきみを悪い連中から守ると」グウェニスを見あげて続けた。「死ぬまできみを愛すると」

グウェニスは息をのんで同じようにひざまずいた。ローアンがグウェニスの後頭部に両手を添えると、彼女は涙が光る目で探るように彼の目を見つめ、唇を重ねてきた。甘くやさしいキスはローアンの魂を、五感を満たした。

ローアンはグウェニスを抱えあげて天蓋《てんがい》つきの大きなベッドへ運んでやさしく寝かせ、かたわらに横たわってささやきかけた。彼女の肌にあたるローアンの息はやわらかだったが、言葉には激しい思いがこもっていた。「名誉に懸けて誓うよ。この先どんなことが起ころうとも、死ぬまできみを愛しつづける。血管を流れる血が一滴残らずなくなるまで、ぼくは全身全霊できみを愛しつづけるから……」

「ローアン」グウェニスがささやいて再び唇を重ねてきた。唇へのキスが終わると肩へ移り、歯と舌による心地よい愛撫《あいぶ》を加えてきた。そのあいだも両手はローアンの肌をくまなく探りつづける。先ほどは言葉で愛を誓ったが、今度は体で誓わなければならないと感じたローアンは、グウェニスをあお向けにして覆いかぶさった。そして高まりゆく情熱に促され、欲望の赴くままに彼女を愛した。湿った熱い舌で歓《よろこ》びをそそり、手で、指で、唇で肌を味わう。今まで誰ともこれほどの激しさと熱意とやさしさを同時にこめて愛しあったことはない。どんなに熱く燃える体でグウェニスを愛そうとも、彼の心に燃えている炎の熱さを伝えることはできない気がした。彼女に飽きてしまうことは永久にないだろう。愛を交わすたびに、グウェニスは新たな魅力でローアンを魅了し、欲望をかきたてるからだ。やがてふたりは声を弾ませ、体を震わせて……高みに達したあとも、手足を絡ませたまま横たわっていた。情熱の証《あかし》がグウェニスのなかでしだいに力を失っていったが、ローアンは彼女から離れたくなかった。

「今夜、宮殿を出よう」彼はそっと言った。

「そんなことはできないわ。わたしたちはスコットランドの女王の命令でここへ来て、今はイングランドの女王の客人なのよ」

「ぼくはイングランドに領地を持っているから、出ていく権利がある」ローアンは激しい口調で言った。

ようやくグウェニスが体を離し、口もとに笑みを浮かべてローアンの顔をなでた。「ローアン！　わたしたちはしょっちゅう、メアリー女王が情熱に駆られて理性を失わなければいいと願っているじゃない。そのわたしたちが怒りに駆られて、許可も得ずに宮殿を出るなんてできないわ。エリザベスはあなたをとても尊敬している。彼女ともう一度話しあってちょうだい。エリザベスを敵にまわすわけにはいかないわ」

ローアンは体をこわばらせて横たわったまま、敵にまわそうがかまうものかと考えていたが、しばらくしてため息をついた。「アニーをここへ呼ぼう。きみをひとりにしておきたくない」

「アニーを呼んだら、必ずエリザベスとふたりきりで話をしてね。彼女が騒ぎを起こしたがっていることは間違いないわ。ただ、わたしはまだエリザベスのことをよく知らないけど、よく考えてみたらさっきの事件を彼女が仕組んだとは思えなくなってきたの。こんなくだらない理由で、ふたつの国のあいだに争いの種を作ろうともくろむなんて、とうてい信じられないわ……」グウェニスは言いよどみ、唇をかんで首を振った。「ひとりの男性が別の男性の愛人を横どりしようとしたというくだらない理由で」

ローアンは顔をこわばらせて彼女から身を引き、眉間《みけん》にしわを寄せた。「ぼくの言葉を聞いていなかったのか？」

グウェニスがほほえんだ。「反対よ。ひと言残らず聞いて、うれしさに体が震えたわ。だけどダッドリーにしてみれば、あなたは大領主のローアン卿だけど、わたしはちっぽけな土地しか持たない領主にすぎない。あなたは以前、わたしとは比べ物にならない大きな遺産を相続する女性と結婚していた。わたしはメアリー女王の代理としてここへ来ているけれど、それでわたしが男性にとって魅力的な存在になるわけではないわ」

「きみほど魅力的な女性はいないよ」ローアンはかすれた声で言った。

「わたしは怖いの。朝になって目が覚めたら、すべて夢だったということになっているんじゃないかって」

ローアンはグウェニスを胸に抱いた。「夢なんかじゃないさ」そう言うと彼女を放して立ちあがった。「隣の部屋にアニーの声がするまで、きみはここにいるんだよ」彼は話しながらすばやく服を着た。選んだのはハイランドの正装だ。

廊下に誰もいないことを確かめてから、ローアンは部屋を出た。廊下の突きあたりの部屋にいたトマスにアニーを捜してレディ・グウェニスの世話をしに行くよう伝え、それがすんだら自分の部屋へ戻って待機しろと命じた。主人の命令を果たすべくトマスが去ると、ローアンはエリザベス女王を捜しに行った。


ローアンに彼の部屋にいるよう言われたが、グウェニスはじっとしていられずに自分の部屋へ戻り、服を身につけはじめた。リネンのワンピースを身につけたあと、アニーが来たらコルセットやペチコート、それから今夜のディナーのための華やかなドレスを着るのを手伝ってもらおうと思い、彼女が来るのを待った。メアリーの侍女として、エリザベス女王の宮廷の女性たちよりもやぼったい格好をするわけにはいかない。グウェニスの怒りはまだおさまらなかった。さっきはローアンにエリザベスが仕組んだとは思えないと言ったものの、裏切られたという思いは消えなかったし、実際になにが起こったのか理解できていなかった。エリザベスはダッドリーがことに及ぶ寸前にローアンを自分の前からさがらせ、ダッドリーを阻止させたのかしら？　あれは、彼女が常に陰で糸を引いているのだというダッドリーへの警告だったの？

わからない。グウェニスにわかっているのは、ときがたてばたつほど故郷が恋しくなることだった。

「あの非道なヘンリー七世の血を引く子孫は、みんな地獄に落ちればいいのよ」グウェニスはひとり言を言ったあとで、自分の言葉にぎくりとした。ローアンがスコットランド国王ジェームズ五世の孫で、そのジェームズ五世はイングランド国王ヘンリー七世の孫であることを思いだしたのだ。「ヘンリー七世の正統な子孫はということよ」彼女は言い直した。「とりわけあのいまいましいエリザベス女王はね」さらにつけ加え、今のところはこれで充分だと思った。

そのとき、ようやくアニーが来た。「今日の午後のいらだちがまだおさまっていないようですね、お嬢様」

「わたしには宮廷生活が合わないんだわ」グウェニスは言った。

「ここの生活はすばらしいと思いますけれどね」

グウェニスはアニーをにらんで、やりきれなさそうにうめいた。「もうたくさんよ。さあ、服を着るのを手伝って。ディナーにふさわしい服装をしないといけないわ。わたしはただ……操られるのがいやなのよ」

「いっそのこと庶民になられてはどうですか?」アニーがそっけなく言った。

グウェニスは身を引いた。「わたしは扱いにくいかしら?」

アニーは手伝うのをやめ、腰に両手をあてて首を振った。「お嬢様はイズリントンの領主で、わたしは召使い。お嬢様は女王のすぐ下に位置するお方で、わたしはいちばん位の低い駒《ポーン》。それが世の中というものですから」

「いくら女王でも、愚かなまねをしてポーンを危険にさらしてはいけないのよ」

「ですが、犠牲が必要なときはやっぱりポーンを犠牲にすると決まっています」

グウェニスは笑いだした。「あなたがチェスを好きだなんて知らなかったわ」

「そのうちうまくいくようになりますよ、お嬢様。必ずうまくいきます」アニーがやさしく言った。

グウェニスは体の向きを変えて、アニーに着替えの仕上げをさせた。ドアをノックする音が聞こえたのは、アニーがグウェニスの髪に最後のピンをとめていたときだ。

グウェニスは飛びあがった。

「ノックの音ですよ。死刑を宣告しに来たんじゃありません」アニーが言い、ドアを開けに行った。

部屋に入ってきたのはローアンだった。タータンのマントをまとった姿は、いつにもまして背が高くてたくましく見えた。ほほえんでいる顔には、後ろめたさとおかしさの入りまじったいたずらっぽい表情が浮かんでいる。以前はその表情にいらだったものだが、今では彼女の心をやさしく包んでくれる気がした。

「約束があるんだ」ローアンがグウェニスに言った。

「約束？」

「来てくれないか」ローアンが手を差し伸べた。グウェニスがそろそろとローアンに手を預けると、彼は笑った。「この計画をきっと気に入ってもらえると思うんだ。アニー、きみも来るだろう？」

「わたしも行っていいんですか？」アニーが驚いて問いかえした。

「そうだ、アニー、一緒に来なさい」

アニーはおずおずと言いつけに従った。部屋を出ると、トマスが緊張した様子で廊下に立っていた。「よかったらどうだい？」トマスがアニーに腕を差しだした。

「なんの冗談なの？」アニーがきいた。

「冗談ではないよ。そのうちわかるさ」ローアンがまじめな口調で言った。「アニー、レディ・グウェニスとぼくの式に立ちあってほしいんだ」

「式ですって？」

ローアンは笑い声をあげて廊下を歩きだした。グウェニスは彼が低い声で歌を口ずさんでいることに気づいた。彼女を見つめるたびに、ローアンの目が輝く。グウェニスは彼を見ているうちに、人生においてこの男性ほど大切なものはなにひとつなかったことを悟った。ローアンの腕のなかで知った幸せの味ほどすばらしいものはほかにないことも。彼と出会うまで、彼女は愛の本当の深さを知らなかった。

「どこへ行くの？」グウェニスは小声で尋ねた。

「すぐにわかるよ」

廊下はどこまでも続いているように思われた。やがてグウェニスは礼拝堂へ向かっているのだと気づいた。

礼拝堂へ来ると、ローアンがドアを開けて彼女になかへ入るよう促した。なかに人がひとりいた。白襟の黒衣をまとった牧師で、祭壇で彼らを待ち受けていた。

「こちらへどうぞ」牧師が言って、グウェニスを差し招いた。「それからあなたたちはこちらへ」トマスとアニーに言う。「本来ならもっとご身分にふさわしい作法やしきたりにのっとって華やかに行いたいところですが、なにしろ急だったので……実際のところ、少々不安でなりません。エリザベス女王がただちに執り行うようにと仰せになったゆえに、準備に時間をかけることができなかったのです」

グウェニスはローアンを見た。

彼はにっこりした。「レディ・グウェニス、せっかくの愛らしい顔が台無しじゃないか。それではまるで魚だよ。口を閉じたほうがいい。オームズビー師、さっそく始めてくれ」

「でも……」グウェニスはいまだに理解できずにいた。

「まったくきみときたら」ローアンは片膝を突いてグウェニスの手をとった。「愛するイズリントンのレディ・グウェニス・マクラウド、ぼくをきみの夫となる栄誉に浴させてもらえないだろうか？」

グウェニスの目に涙がにじんだ。「だけど、これで正式に結婚したことになるの？」彼女は小声で尋ねた。

「神に懸けて誓おう。たとえ世界中の王の誰ひとりとしてぼくたちの結婚を認めなくても、ぼくの心はきみのものだ」

「では、おふた方、どうぞわたしの前へ」オームズビー師が咳払《せきばら》いをした。

「ぼくたちのことだ」ローアンがグウェニスに言った。

「ああ、なんてことかしら」彼女は言葉をつまらせ、ローアンの顔にふれた。

「いいんだね？　ぼくの妻になると誓うんだね？」

「心から誓うわ！」

ローアンは立ちあがり、グウェニスの手を引いて祭壇の前へ連れていった。牧師が話を始めたが、彼女はほとんど聞いていなかった。

オームズビー師が話しているときに礼拝堂の後方で音がした。グウェニスが振りかえると、エリザベス女王とロバート・ダッドリーが入ってくるところだった。ダッドリーは無理やり連れてこられたようだ。エリザベスは、自分のものだと言わんばかりに彼の腕に手をかけていた。不思議なことに、彼女はずいぶんやさしい表情でグウェニスにほほえみかけていた。

大きな幸福感に浸りながらも、グウェニスはこのときもまたイングランドの女王が切り札を隠し持っていることを悟った。秘密裏に執り行われているこの急な結婚の許可を、ローアンがエリザベス女王に求めたのは間違いない。そして女王は公式の立会人としてではないが、とにかく列席するためにやってきた。そうしておけば、いざというときに自分の考えひとつでローアンとグウェニスを擁護することができる。

あるいは手を引くことが。

突然、グウェニスはローアンが話していることに気づいた。熱をこめた声で彼女を永久に愛し、大切にすることを……ほかになにを話したのか、夢心地のグウェニスの耳には入らなかった。

礼拝堂のなかはがらんとしていた。結婚式につきものの花もなければ、音楽を奏でる楽士もいない。それでもグウェニスは、その質素な装飾しかない漆喰《しっくい》塗りの礼拝堂ほどすばらしい場所はこの地上のどこにもない気がした。彼女は自分を軽んじたエリザベスを憎んでいたが、イングランドの最高権力者であるその彼女が、こうして自分の結婚式に立ちあっているのが信じられなかった。

さらに信じられなかったのは、ローアンがかたわらに立っていること、彼女を愛し、妻にしようとしていることだ。

部屋がぐるぐるまわっているようだったが、グウェニスはふらつかないようになんとかこらえた。

そして彼女が話す番になった。ローアンへの愛は本物だったし気持ちもかたまっていたが、声の震えを抑えられなかった。

それはたしかにすばらしい結婚式だった。グウェニスにはローアンの完璧《かんぺき》な誓いの言葉だけで充分に思われた。

そしてついに、オームズビー師がふたりを夫婦であると宣言した。

「花嫁にキスを、ローアン卿」牧師が言った。

ローアンが彼女にキスをした。ほかの多くのキスと同じキスを……。

まったく異なるキスを。

驚くべきことに、信じがたいことに、奇跡のように……グウェニスはローアンの妻になった。

14

それは世の中のすべてが正しいと思われた時期だった。あまりにもその思いが強いために、ときどきグウェニスは罪悪感を覚えずにいられなかったほどだ。異国の女王のもとで暮らしていながら、かつてこれほど幸せだったことは一度もなかった。

クリスマスがやってきた。信じられないほど満ち足りたひとときだった。

クリスマスが過ぎても、ふたりはロンドンに滞在しつづけた。

やがて復活祭がめぐってきた。これもまた楽しい行事だったが、グウェニスはエディンバラのメアリーの宮廷で復活祭を迎えていたらと思わずにいられなかった。ロンドンでも壮麗な儀式があったものの、メアリーの命令で催される華やかな儀式に比べたらずっと簡素だった。

聖金曜日に彼らは罪の償いをした。復活祭の日曜日にはお祝いをした。

そうして新しい季節が到来した。

けれどもグウェニスは、エリザベスのような女性がなんの見かえりも求めずに結婚の祝福を与えるなどありえないと思っていたので、いつ、どのような代償を払わなければならないのだろうと不安でしかたがなかった。だが普段は不安を心からしめだし、幸せな気分で毎日を過ごした。気が向いたときに王室の外出や遠乗りにつきあいはするが、たいていは昼も夜も夫婦水入らずの時間を過ごす。ときどき彼女はあまりの幸福ゆえに怖くなることがあった。というのも、エリザベスに結婚の無効を宣告されてロンドン塔へ入れられ、現在も幽閉されたままのキャサリン・グレイという女性がいることを知っていたからだ。キャサリンの夫もまたロンドン塔内の別の場所に幽閉されており、彼女のふたりの子供はきちんと世話をされているものの、非嫡出子とされた。しかし正式な立会人であったにしろなかったにしろ、ともかくエリザベスはグウェニスとローアンの結婚を承認したのだ。グウェニスとしてはエリザベスが懐柔され、スコットランドへ帰ってメアリーにふたりの結婚を報告するときはなんの障害もなくなっていることを祈るしかなかった。メアリーがやさしい心の持ち主であることを確信しているグウェニスは、それをくりかえしエリザベスに話して聞かせた。自分がイングランドへ送りこまれた目的を一瞬たりとも忘れることはなかった。

グウェニスは今や夫となったローアンを心から愛していた。過去にこれほどの幸せを手に入れた者は数えるほどしかいないとわかっていたので、怖くなるたびにその事実をかみしめることにした。

スコットランドからは頻繁に手紙が届いた。グウェニス宛《あて》のメアリーからの手紙には、任務に邁進《まいしん》するようにとの激励の言葉が書いてあった。そこにはまた、エリザベスから来た手紙に、彼女がメアリーを気に入るよう〝スコットランド生まれのやさしい妹〟が奮闘している旨がしたためてあったとも書かれていた。一方、ローアンもジェームズ・スチュアートからしばしば手紙を受けとったが、そちらには不満がつづられていた。

不満の原因は、ダーンリー卿《きょう》ヘンリー・スチュアートがスコットランドへ帰ってきたことだ。

最初のうち、ダーンリーはメアリーのお気に入りのひとりにすぎなかった。メアリーよりも少しだけ背が高い彼は、女王の相手が務まるように特別の教育を受けて育ったために、狩猟やスポーツや庭園を散歩するのが好きで、とりわけメアリーが好むダンスが得意だった。

だが、やがてダーンリーが病気になった。

彼が病気になると、メアリーは恋におちた。

ローアンとグウェニスがロンドンで幸せな生活を始めて数カ月が過ぎたころ、ローアンにスコットランドへ帰るようにとの伝言がもたらされた。ふたりはハンプトンコート宮殿を出てもよいというエリザベス女王の許しを得て、テムズ河畔のローアンの屋敷で暮らしていた。

グウェニスが夢のように幸福な一時期が終わったことを知ったのは、宮殿の庭園でエリザベスやスペインの大使たちとクロッケーに興じているときだった。

メアリーの命令でロンドンへ来た大使のメイトランドが、エリザベスの前へ進みでて丁寧にお辞儀をし、メアリーからの挨拶《あいさつ》の言葉を伝えてイングランドの女王とその宮廷を褒めたたえた。それがすむと、グウェニスのところへ来て言った。「レディ・グウェニス、ついさっき、きみのご主人に会ってきたところだ。今ごろ彼は、帰国の準備をしているだろう」

「帰国の？」

グウェニスの心は沈んだ。メイトランドの話しぶりからして、グウェニスは別行動になりそうだったからだ。

「ローアン卿はただちに帰国するよう命令を受けたが、きみはこちらへ残ることになる」

グウェニスは大声で、そんなことは認められないと叫びたかった。

エリザベスが手にしたマレットでボールを打ち、きっぱりと言った。「あなたはここへ残るのがいちばんいいのよ」

女王の口調にはどことなく刺々《とげとげ》しさがあった。彼女の機嫌を損ねるようなことをしただろうか、とグウェニスは首をかしげた。あったとすれば、ダーンリー卿と関係があることに違いない。

エリザベスが目をあげてグウェニスを見た。「もちろんあなたは敬愛するメアリーに手紙を書くでしょう？　そのときに、わたしが彼女とダーンリー卿の結婚に大反対していると書いてちょうだい」

グウェニスは腹を立てたが、態度には出さなかった。エリザベスとメイトランドがグウェニスの知らない情報を握っているのは明らかだった。

メアリーは本当にダーンリー卿と結婚することに決めたのだろうか？

そうだとしても、驚くには値しないのかもしれない。ただし、グウェニスはメアリーをよく知っていた。メアリーが臣下を夫にすることは絶対にないだろう。メアリーは女王としての権利と義務に確固たる信念を抱いており、常々自分自身のためではなく国家のために結婚するのだと口にしていた。

「あの……メアリー女王は、ダーンリー卿と結婚すると言ってきたのですか？」グウェニスは尋ねた。

エリザベスが再びボールを打った。

力をこめて。

彼女は猛烈に怒っているのだ。

しかし、エリザベスは複雑な性格をしている。ダーンリー卿が〝親愛なるスコットランドのメアリー〟の求婚者として名乗りをあげるのが気に入らないなら、なぜ彼にスコットランドへの帰国を許可したのだろう？　メアリーの誠実さを試しているのだろうか？　彼女の目の前に誘惑するものをぶらさげておき、最後の段になって引っこめる気だろうか？

　エリザベスがグウェニスのほうを向いた。「メアリーはキリスト教世界の君主たちの承認を求めている。ダーンリー卿はプロテスタントの説教者の話に耳を傾ける一方で、カトリックのミサにも参列するから、多くの国の王族はふたりの結婚を適切だと認めるわ」またもや力任せに打ったので、ボールは完全に芝生の外へ出た。「でも、わたしは認めないわよ」

「わたしも夫とともに帰国してメアリー女王に会うべきではないかと思います」グウェニスは言った。

「ローアンはメアリーと兄のジェームズ卿のあいだにできた溝を埋めるために行くのよ。あなたはイングランドに残りなさい」

「ですが――」

「わたしが命じているのではないの。直接の命令はメアリーから出ているわ。この件に関して、あなたがわたしの心を変えられると考えているみたいね」

「わたしにそんなことができるとは、とうてい思えません！」グウェニスは言った。

　エリザベスが肩をすくめて目をそらした。まったく謎《なぞ》めいた女性だ。「ローアンはすぐに戻ってくるわ」

その夜テムズ河畔の屋敷へ帰ったグウェニスは、ローアンのもとへ駆けていき、両腕をまわしてしがみついた。

「心配するな。ほんのしばしの別れだよ」ローアンが言った。

そう言われても、体の震えを抑えられなかった。

いい、しばしの別れ。

グウェニスはローアンに、ふたりでメアリーに反抗しようと言いたかった。あなたがスコットランド内の土地をあきらめると言えば、わたしも進んで同じようにするわと。だが、そんなことはできないとわかっていた。ローアンはスコットランドを愛しているし、グウェニスも同じだ。彼女の見たところ、ローアンはジェームズとメアリーを仲直りさせられると考えているようだった。

「いつ発《た》つの?」

「明日の朝だ」

「今夜は一緒にいられるのね」

それで終わりだった。その夜を、ふたりは一緒に過ごした。

たった一夜。

グウェニスはふたりで過ごす最後の夜の一瞬一瞬を大切にし、味わいつくそうとした。

これからの長い日々を、ローアンの指が肌をなでる感触や、耳もとでささやいてくれた言葉、彼の肌のあたたかさや力強い愛撫《あいぶ》を思いだしながら過ごすのだと思うと、過ぎていく一分一秒が惜しまれた。

情熱にわれを忘れる瞬間と、このうえなくやさしい気持ちになる瞬間があった。ふたりは夜遅くまで眠らなかった。そうして目覚めたまま横たわっているときに、別れはほんのいっときだけだと確認しあった。けれども、言葉は言葉にすぎない。いくら熱のこもった言葉を交わしても、グウェニスの不安は消えなかった。

それでもふたりがこれほど激しく愛しあえるのは、ふたりともが確固たる自己を持っているからだと知っていた。仮にローアンがグウェニスの説得に屈して祖国への愛と義務感を放棄するようなことがあれば、彼女はローアンをローアンたらしめている彼の本質そのものを壊してしまうことになる。

だが自分自身について言えば、グウェニスはローアンほどの確信が持てなかった。彼女はメアリーに全身全霊をささげてきた。けれども帰国したときに、かつて心から信頼を寄せ支持していた女王が、同じ人物だとわからないほど変わり果てているのではないかと不安だった。

夜明けの光のなかで、ローアンがグウェニスを抱き寄せた。彼は最後にもう一度、激しい情熱と痛ましいほどのやさしさをこめて愛を交わした。終わったあとも、彼女を魂のなかへ迎え入れようとするかのように両腕で抱きしめていた。グウェニスはローアンにしがみついて目を閉じた。

最後まで彼に抱かれていたいという心からの願いにもかかわらず、グウェニスは眠りに征服された。

再び目を開けたとき、ローアンはいなかった。

第三部　情熱と敗北

15

　ジェームズ・スチュアート卿《きょう》はかんかんに怒っていた。

　彼は宮廷にはいなかった。メアリーから呼びだしがかかっても、なにかと口実を設けては宮廷へ出向くのを避けていたのだ。

「失望したよ」ジェームズがローアンに言った。「フランスから帰ってきたときのメアリーは、この国を立派におさめようという熱意と善意にあふれていた。そして事実、人々を魅了し、国民の尊敬を勝ちとった。それがどうだ……今では政策や統治のことなどまるで頭にない」

　ローアンは黙っていた。心には不安が重くのしかかっている。メアリーとジェームズのあいだにこれほど大きな亀裂《きれつ》が生じたのを見ると、痛ましさだけでなく、恐ろしささえ覚えた。

　返事をする必要はなかった。ジェームズは身ぶりをまじえて話しつづけた。「あのイングランド育ちの男はエリザベスの召使いみたいなやつだ。あいつの母親は、自分にはイングランドの王位を継ぐ資格があると考えていて、かわいい息子をスコットランドのメアリーと結婚させれば一族にいっそう箔《はく》がつくと考えている」

「エリザベス女王はこの結婚に反対だとはっきり言われました」ローアンはジェームズに言った。

ジェームズは失望した様子だった。「メアリーのところへ行って、自分の目で確かめたらいい。妹は完全に分別を失ってしまって結婚式の準備を進めている」

「あなたは式に出席なさらないのですか?」ローアンは尋ねた。

「結婚式に出たりするものか！　メアリーはこの国をあの若造の両親に、レノックス伯爵夫妻に渡そうとしている。断言してもいいが、国内の領主たちがそんなことを認めるはずがない」ジェームズが吐き捨てた。

「しかし、ときがたてば認めるかもしれません。結婚によって世継ぎができれば、国民はメアリーのもとに結集するでしょう。たとえ彼女が夫に選んだ男を気に入らないとしてもです」

「議会も枢密院も認めていないのに、妹はすでにあの男を王と呼んでいる」ジェームズは腹立たしそうに言った。

「女王とあなたに和解してもらわないと、再び内乱にまで発展しかねません」ローアンは言った。

「妹が父の王国を他人に譲り渡すのを黙って見ているつもりはない」ジェームズがきっぱりと言った。「きみに手紙を持って妹のところへ行ってもらおう」

ローアンがエディンバラへ着いたのは、メアリーとダーンリー卿ヘンリー・スチュアートの結婚式が執り行われる直前だった。

彼は宮廷内に変化があったことを見てとった。メアリーにはデイビッド・リッチオという名の新しいイタリア人秘書がついていた。四人のメアリーは相変わらず女王に仕えていたが、新しい侍女として、高貴な生まれの若いフランス人女性とスコットランド人女性が何人か入っていた。

到着の次の日にホリルード宮殿の礼拝堂で結婚式が行われることになっていて、持参したジェームズの手紙はなんとかメアリーに渡してもらえたものの、ローアン自身が拝謁することは許されなかった。やっと女王に会えたのは翌日の結婚式の場においてだった。

女王は伝統的な白い衣装ではなく、大きな黒いフードがついた黒衣をまとっていた。たいそう優雅でよく似合っていたが、その黒衣はメアリーが未亡人として、すなわちフランスの皇太后として結婚するのだという意思を明確に示すものだった。彼女とダーンリーのあいだで結婚の誓いが交わされるのを見たローアンは、深い憂慮の念を抱いた。メアリーのことならよく知っている。彼女は情熱と強い意志の持ち主であり、生まれながらにして国を立派におさめる義務があるという自覚を持っていた。その女王が、なぜこれほど浅薄な男に恋をしてしまったのだろう？

ローアンは他人を批判する権利はないと自分をいましめた。そして、メアリーがダーンリーと激しい恋におちたのは、単に彼がメアリーよりも二、三センチ背が高いからではないかと考えて愉快になった。ダーンリーは華やかでほっそりしていて、狩猟とダンスが得意だという。どちらもメアリーがことのほか好んでいるものだ。

しかし、ダーンリーには見る者を不安にさせるなにかがあった。あまりにも華々しすぎるうえに、年も若すぎる。彼にはスコットランドの人々が国王に求める力強さが欠けていた。

式が終わるとすぐにメアリーは未亡人用の優雅な黒衣を脱いで、披露パーティ用のきらびやかなドレスをまとった。ローアンがようやく女王と話ができたのは、彼女をパーティの席からダンスフロアへ連れだしたときだった。

メアリーは幸福感に浸りきっていて、ローアンがイングランドから持ち帰った情報について尋ねもしなければ、異母兄とのいさかいについてもふれたがらなかった。「ああ、ローアン、彼は本当にすてきでしょう？」

ローアンは嘘《うそ》をつきたくなかった。「陛下が幸せそうにしていらっしゃるのを見ると、わたしもうれしくなります」

メアリーが顔をゆがめた。「彼女はうらやんでいるだけよ」

「なんのことですか？」

「エリザベスよ。彼女は自分で夫を選ぼうとしないくせに、ほかの君主が結婚してなおかつ責任を全うできるという事実を受け入れられないんだわ。ねえ、グウェニスはどうしているの？　うまくやっているんでしょうね。メイトランドから聞いたけれど、エリザベスはグウェニスのことを率直で魅力的だと思っているらしいじゃない。今後もグウェニスを向こうに置いて、わたしをエリザベスに売りこませないと。わたしと夫のあいだにすぐにでも跡継ぎができるようなら、ぜひとも王位継承権をわたしのほうへたぐり寄せなくてはならないわね」

ローアンはうつむいた。王族たちの野心は理解できるものの、なぜスコットランドを支配するだけで満足できないのかが不思議でならなかった。

「ほかの人間には無理でも、あの忠義心に篤《あつ》いグウェニスならエリザベスの心を変えさせることができるわ」メアリーは冷然と言った。

「陛下はまだエリザベスとお会いになったことがないでしょう」ローアンはうんざりして言った。

「ないわ。彼女がなんだかんだと理由をつけて会うのを避けているんだもの」

「陛下、ぜひともお話ししたい重要な問題があります」

「あとにしてちょうだい。それより、あなたに帰国してもらったのには理由があるの。兄はわたしの許しを求めに来るかしら？」

「ジェームズ卿は陛下を愛しておられるのです」

「兄が愛しているのは権力よ」メアリーは曲の途中にもかかわらず踊るのをやめ、あとずさりをしてローアンをにらんだ。「兄のところへ帰って、わたしが絶対に夫を見捨てないと言っていたと伝えなさい。許しを請わなければ反逆者として扱うと言うのよ」

「必ずお伝えします」ローアンは言った。「陛下にお願いがあるのですが、レディ・グウェニスをこちらへ呼び戻してはいただけないでしょうか」

メアリーが目をみはった。「あなた、頭がどうかしてしまったの？　グウェニスには向こうにいてもらわないと困るのよ。わたしの侍女にはスコットランド生まれの者もいれば、そうでない者もいる。だけど、わたしの代理が務まる人間はグウェニス以外にいないわ」

「わたしは彼女と結婚しました、陛下」ローアンは静かに言った。

にわかに女王の目に怒りの炎が燃えあがったので、彼は驚いた。「どうして誰も彼もがわたしに逆らいたがるの？　あなたたちふたりが旅行中にどんな関係になろうとわたしの知ったことではないけれど、結婚はだめよ！　断じて認めないわ！　結婚の許可をわたしにではなくエリザベスに求めるなんて、よくもそんなことができたものね！」

ローアンはあっけにとられた。「今の陛下なら、情熱に駆られた男女ならどんなことでもしかねないことをご存じのはずです。どうか――」

「あなたのせいで気分が悪くなったわ。臣下の不誠実さを見せつけられるのはもうたくさん。せっかくのお祝い気分をぶち壊さないで。さっさと兄のところへ行きなさい。そしてふたりで後悔して過ごすのね！」

メアリーは冷たく言い捨ててダンスフロアを出ると、結婚したばかりの年下の夫のもとへ行って、彼の腕のなかへ体をすべりこませた。ローアンはショックが覚めやらない目で女王の後ろ姿を見つめた。

女王がダーンリーと一緒に部屋の中央へ歩みでるのを見て、ローアンは憂えた。この結婚は、決して女王が夢見ているようなものにはならないだろう。だが、それを女王に教える勇気のある者はここにはひとりもいない。たとえいたとしても、女王は絶対に耳を傾けないに違いなかった。ダーンリーは背が高い。しかし背が高いからといって知恵や力があるとは限らないことに、女王は永久に気づかないだろう。

馬でエディンバラを去るとき、ローアンはメアリーの治世はなんとか続くだろうと考えた。というより、続けなければならないのだ。父親である国王が亡くなったとき、メアリーはまだ乳飲み子だったため、母親であるギーズのメアリーが摂政になった。そして絶え間ないイングランドの脅威をものともせず、また国内では貴族たちが政争に明け暮れていたにもかかわらず、立派に国をおさめてきた。

ギーズのメアリーが亡くなったあとは、ジェームズが摂政の座につき、慎重にそして巧みに統治を行った。

けれども今は……。

世継ぎ。

スコットランドの女王には世継ぎが必要だ。

跡とりさえできれば、多くのことは大目に見られるはずだ。ひょっとしたらエリザベスの合意さえとりつけられるかもしれない。エリザベスは相変わらず自らの結婚問題を餌《えさ》にして男たちを利用しているが、自分の統治権を危うくする結婚の申しこみを受けることは決してないだろう。そこがメアリーとは違う。

しかし、いずれメアリーにも道理がわかる日が必ず来るに違いない。

だが今のところ、ローアンは不名誉な立場に置かれている。

かまうものか。ぼくはスコットランドを愛しているが、その気になればひとりの男として、夫として、幸せに生きることができる。

ローアンはジェームズのもとへ馬を走らせた。ジェームズは自分の領地で待ち受けていた。

ローアンが恐れたとおり、彼は待ちながら計画を練っていた。

女王の侍女のメアリー・フレミングの手紙を読んでいるうちに、グウェニスは絶望感にとらわれた。メアリー・フレミングは大使のメイトランドに口説かれて彼の妻になることに同意し、女王がふたりの結婚を認めたという。グウェニスは憤りを覚えずにいられなかった。女王はほかの人たちにはいくらでも思いやり深くなれるのに、グウェニスの結婚話には断固としてふれたがらない。

けれどもメアリー・フレミングの手紙を受けとることができたのはメイトランドのおかげだった。グウェニスは手紙をむさぼるように読んだ。

わたしたちの誰ひとりとしてダーンリー卿を快く思っていないし、いまだにみな衝撃から立ち直れずにいます。ですからこの手紙を読み終えたら、悪い人の手に渡らないように必ず焼き捨ててください。グウェニス、あなたにはわたしたちがダーンリー卿をどう見ているか、そして女王が彼をどう見ているか想像もつかないでしょうね。まったく狂気の沙汰《さた》としか思えません。ダーンリー卿が口にするのは愚痴ばかりで、まるで子供みたいにわがままです。自分を尊敬に値する人間とでも思いこんでいるのか、貴族全員が彼の前にひれ伏すのが当然だと考えています。誰もがダーンリー卿や彼の無節操な両親を毛嫌いしていながらも、スコットランドにおけるレノックス家の力が恐ろしくて黙っているだけなのに、それをまったくわかっていないのです。

あなたと同じようにわたしも女王を愛していますが、この結婚には懸念を覚えずにいられません。わたしが忠義心を欠いていると思わないでくださいね。いやな予感はするけれど、最後はいい結果に終わるかもしれないんですもの。そうなるよう祈っています。

女王が話そうとしないのでなにがあったのか正確なところは知りませんが、女王はローアン卿と口論しました。それも結婚披露パーティの最中にダンスフロアで！　あなたも気をつけてくださいさい。女王は気性の激しい方だから、たとえ心を許している人の忠告であっても、それが大事なダーンリー卿をないがしろにしたり彼の名誉を傷つけたりするものだと思えば怒りをあらわにしますから。女王は今も、国家しか論じない何百人の男性よりあなたのほうがエリザベスに大きな影響を及ぼせると確信しています。あなたがいなくて寂しいです。ほかのみんなもそう言っています。言葉や行動にはくれぐれも気をつけてください。今はとても危険な時期ですから。


グウェニスは手紙を置いて、テムズ河畔の屋敷の暖炉で燃えている火を見つめた。

少し前に受けとったローアンの手紙では、女王の結婚式については書かれていたが、彼女との口論にはひと言もふれていなかった。彼が書いてよこしたのは、メアリーと異母兄のジェームズ卿のあいだの溝が広がりつつあることや、ローアンがふたりを和解させようとむなしい努力を続けていることだけだった。

グウェニスは思い悩んで立ちあがった。

ここでの暮らしはみじめではない。アニーがいるし、有能でやさしいトマスが生活に不自由がないよう気を配ってくれる。

エリザベスの臣下でないグウェニスは、なるべく宮廷とは距離を置くようにしていた。たまに呼びだされてエリザベスの前に出るときは、メアリーの臣下としての自分の役割を思いだすよう心がけた。あまりうるさくメアリーを売りこんでエリザベスを不快にさせるのは避けつつ、機会をとらえてはメアリーの才能やすぐれた人間性や不屈の精神について、さらにはスコットランドの女王としての力やイングランドの王位を継承する資格があることについて話した。けれどもエリザベスには、グウェニスをもてあそんで楽しんでいるようなふしがあった。気晴らしがしたくなると、彼女は結論の出ない議論を延々とくりかえすためにグウェニスを呼びだした。

しかしメアリーがダーンリー卿と結婚して以来、エリザベスとグウェニスの会話はあまり弾まなくなった。それどころか、エリザベスはグウェニスのちょっとした言葉にも腹を立てたりするので、レノックス一家がスコットランドへ帰国することを許可したのはエリザベス自身だという事実を持ちだすことさえ難しかった。彼女がダーンリー卿にメアリーの宮廷へ赴くよう命じたようなものだとはとても言えずにいた。

ときどきグウェニスは、現在のスコットランド女王が味わっているような幸福をエリザベスは望んでいないのではないかと思うことがあった。エリザベスが若いダーンリー卿という誘惑をメアリーの目の前にぶらさげたのは、彼女がどういう行動に出るのか見定めるためだったのではないかしら？　たとえダーンリー卿を好きになったとしても、メアリーは一国の君主という立場上、単なる一臣下と結婚するわけにいかないと考えるはずだ——エリザベスはそう決めてかかっていたのではないの？

ドアをノックする音を聞いて、グウェニスは胸を高鳴らせた。愚かだとわかっていても、ノックの音がするたびに、ローアンが戻ったことを誰かが知らせに来たのだと期待した。もちろんローアンが自分の家のドアをたたくわけがないと自分自身に言い聞かせて苦笑いするものの、実際に彼でないことがわかると心は失望感でいっぱいになった。

ノックのあとにトマスが入ってきた。「奥様、女王陛下がお呼びだということです」

「そう。なんの用かしら？」エリザベスはわたしをディナーに同席させたがっているのかしら？　またなにかのゲームを始めるつもり？

「奥様にお知らせしたいことがあるそうですよ」

「そうなの」トマスがもっとなにかを知っているのではないかと思って、グウェニスは執事を見つめた。

だが、トマスは首を振った。「なにがあったのか、わたしは存じておりません、奥様」

「ありがとう。宮廷へ出かける支度をするわ」

小舟でテムズ川をくだっていくとき、グウェニスはローアンが去ってからの日数を数えあげた。まるで永遠の時間がたったように思われ、ローアンに会いたくてしかたがなかった。ふたりが離れ離れになることは最初から覚悟していた。彼は長いあいだスコットランドを愛し女王に仕えてきたのだから、国が危機に瀕《ひん》しているときに個人の生活を優先するわけにいかない。

そして運命は、グウェニスをも同じ立場に置いた。彼女は心の底で、長いあいだ自分を遠方へ送ったままでいるメアリーを恨めしく思っていた。

宮廷に着いたグウェニスが最初に会ったのはメイトランドだった。彼女を見るメイトランドの目は悲しげだった。

「なにかあったのですか?」グウェニスは不安に駆られて小声で言った。

「ますます面倒な事態になってきた。困ったことに、最近の女王は癇癪《かんしゃく》を起こしてばかりいる」

どちらの女王かは尋ねるまでもなかった。メイトランドが仕えているのはメアリーだ。

エリザベスの召使いのひとりが女王の部屋の前でふたりを待ち受けていた。メイトランドが立ちどまった。「エリザベスはきみとふたりきりで話したがっておられた」

いっそう不安になったグウェニスを、召使いが部屋のなかへ案内した。エリザベスはベッドのなかだった。いくぶんやつれ、いらだっているようだ。

「陛下、お加減がよくないのですね」グウェニスは心配になった。

エリザベスが手を振った。「悪寒がするの。疲れがたまったんだろうけれど、たいしたことはないわ。前に言ったでしょう、わたしは死なないって」

グウェニスはほほえんだ。

「あら、笑ってはだめよ。本気なんだから。わたしが死んだら王座をめぐって争いが起こる……だから生きつづけなくてはならないの」

「陛下がいつまでも長生きなさることを祈っています」グウェニスは言った。

エリザベスがにっこりした。「本気でそう言ってくれているのね」そうささやいて、やさしい目でグウェニスを見た。「あなたを呼んだのは、信頼できる筋から聞いた話を教えるためなの。その前にまず、あなたをロンドン塔に送ると決めたことを話しておかなくてはならないわ」

グウェニスは息をのみ、驚きのあまりその場にくずおれそうになった。

「座りなさい」エリザベスがそっけなく言った。「あなたを投獄するのは、わたしがどれほど怒っているかを示すためなの」

「陛下が怒っておられる?」グウェニスは問いかえした。

「ダーンリー卿なんかと結婚したメアリーに対してよ。あのふたりは正式に結婚し、今では見さげ果てたことに世継ぎを作ろうとしている。そうやってわたしに圧力をかけるつもりなんだわ」

グウェニスはためらったあとで言った。「スコットランドへ帰国したばかりのころ、メアリー女王がわたしに、ハンサムなダーンリー卿にたいそう心を引かれていると打ち明けたことがあります。そうなったのはひとえに、国王だったフランソワが亡くなられた際に、陛下がダーンリー卿を彼女のもとへ弔問に送られたからです。お願いですからどうかご理解ください。メアリー女王は心から陛下を喜ばせたいと願っています。ですが、彼女は陛下を存じあげていません。それにメアリー女王は……とても気性が激しいのです」

「そうらしいわね」エリザベスはつぶやいた。

「わたしが申しあげたいのは、メアリー女王は非常に心が広い方で、彼女にふさわしい夫を必要としているということです」

「ダーンリー卿はメアリーにふさわしい夫ではないわ」

「メアリー女王は彼を愛しています」

「あなたにはそれがよくわかっているのね」

「はい」

「それこそが、わたしがあなたをロンドン塔送りにする理由なの」エリザベスは静かな口調で言った。

「どういうことかよくわかりません」グウェニスは言った。

エリザベスの目がきらりと光った。「ほんの短い期間ですむわ」

「それを聞いて安心しました。感謝いたします」

「メアリーは、あなたの結婚は正式なものではないと断言したわ。ローアンが女王と貴族たちを和解させようと奮闘しているのに、メアリーは彼に対して猛烈に腹を立てている。彼女は兄のジェームズ卿ばかりかローアンまで逆賊扱いしたのよ。ジェームズ卿はわたしに助けを求めてきたわ。わたしは事態の推移を見守るつもりよ。わたしは正当な君主から王位を剥奪《はくだつ》するのをいいことだとは思わないけれど、スコットランドの貴族の多くがジェームズ卿と同様に、メアリーはもはや君主にふさわしくないと考えているようね。彼女は新しい夫の気まぐれな言動に左右されて、今ではスコットランドの繁栄と平和を考えている人たちの分別ある忠告や建設的な意見に耳を貸さないらしいわ」

グウェニスは脚から力が抜けそうだったが、かろうじて立っていた。彼女にはエリザベスの最初の言葉しか聞こえていなかった。

〝あなたの結婚は正式なものではない〟

「メアリーはあなたに帰国するよう手紙に書いてきたわ」

グウェニスは大きく息を吐いた。「そうですか。ですが……わたしはロンドン塔へ行くのでしょう?」

「ええ。なぜなら、わたしはあなたに味方することに決めたから。あなたはわたしにいつも正直に接してくれた。メアリーは愚かな情熱にうつつを抜かしながら、自分に無断で結婚したあなたに仕返しをしようとしている。なんて狭い了見かしら」

「きっと……きっとメアリー女王はそのうち目が覚めます」グウェニスはどうにか小声で言った。

メアリーに完全に背を向けられたことがいまだに信じられなかった。しかし、エリザベスが嘘をついていないこともわかっていた。

「そんなわけだから、あなたをロンドン塔に送る理由は理解してもらえるわね。メアリーはあなたの結婚を認めようとしないし、ローアンをジェームズ卿に加担した罪で反逆者扱いしている。そんな彼女のもとへ帰るよりも、わたしの客人としてこちらにいるほうがあなたの体にとってもずっといいのよ。なにしろあなたのおなかには赤ちゃんがいるんですもの」

グウェニスは目を伏せた。ますます世界が遠ざかっていくような気がした。自分が身ごもっていることを知ったのはつい最近のことだった。

子供が生まれようとしているのだから、このうえなく幸せなときであってもいいはずだ。

事実、このうえなく幸せだった。

けれどもグウェニスは、生まれてくる子の父親にそばにいてほしかったし、誠実につくしてきたメアリーが彼女の幸せを無視したことに激しい憤《いきどお》りを覚えずにいられなかった。

そしてまた、かつては異母兄のジェームズ卿をあれほど信頼し、その助言に真摯《しんし》に耳を傾けたというのに、今では反逆者呼ばわりするばかりか、彼の友人たちまで逆賊扱いしていることが信じられなかった。

「ロンドン塔では過去にいろいろと恐ろしいことが行われてきたけれど、住んでみればそれほどひどいところではないわ。知ってのとおり、わたしもしばらくあそこにいたのよ。塀のなかではいくらでも自由に動きまわれるし」エリザベスが言った。

「ありがとうございます」グウェニスはささやいた。

「あなたの逮捕は明日になってからよ」

「アニーを連れていってもかまいませんか?」

「もちろん」

女王の部屋の前でメイトランドがグウェニスを待っていた。

「わたしはロンドン塔へ行きます」

メイトランドがうなずいた。「今はそれがきみにとって最善だろう」

グウェニスは眉をひそめた。「なぜメアリー女王はわたしにこんな仕打ちをするのでしょう?」

メイトランドが目をそらした。「きみをロンドン塔送りにするのはエリザベスだ。メアリーではない」

「メアリー女王はローアンを逆賊として見放し、わたしたちの結婚が無効だと宣言したそうです。いったいなにがあったのかしら？　あれほどわたしを信頼し、必要としてくれていたのに。今のわたしは……使い捨ててもいい人間なんです！」

「少し落ちつきなさい。ときがたてばメアリーも、ジェームズと折りあう気になるかもしれない。しかしきみも知っておいたほうがいいだろうが、ジェームズは反乱を起こすと妹を脅している。おそらく彼は、エリザベスに助力を求めたのではないかな」

「エリザベス女王はメアリー女王と戦うのでしょうか？」

　メイトランドが首を振った。「わたしはエリザベスの大使のスログモートン卿と、実に長い時間をかけて話しあった。エリザベスはメアリーの女王としての権利を守るべきだと主張しているそうだ。さもなければエリザベス自身の地位をも危うくすることになりかねないからね」

「たとえプロテスタントの大義のためであっても、エリザベス女王は戦わないと思いますか？」

　彼は笑い声をあげたが、少しもおかしそうではなかった。「メアリーはスコットランド教会になんら不満はないが、スコットランドのカトリック教徒が迫害されるのは見過ごせないと主張し、一方のジェームズは、メアリーがカトリックの大義にのめりこみすぎていると主張している。率直なところ、現時点では権力闘争以外のなにものでもない。しかしスコットランド貴族の多くは、今はジェームズに肩入れするると明言するだけの勇気はないものの、ダーンリーとその支配を忌み嫌っている。もっともそれを言うなら、彼らの多くは自分たちが決起しないときに勝手にことを起こす人間を嫌うだろうが」

「いったいどうなるんでしょう？」グウェニスは不安になって尋ねた。

「平和を祈るしかないだろう。きみはメアリーの忠実な臣下と見なされているから、彼女のために喜んでロンドン塔に幽閉されるのだと思われるに違いない。そのうちに……」メイトランドは静かに言い添えた。「きみには子供が生まれる。心配しなくても大丈夫だ。ときが来れば、メアリーはきみたちの結婚を祝福するだろう。気をもみすぎるのはきみ自身の体やおなかの子供によくない。辛抱するんだよ」

「わたしはローアンの居場所さえ知らないんです」

「現在の居場所はわたしも知らないんだ。しかし、心配はいらないさ。そのうちすべてが丸くおさまるだろう。そう信じていなかったら、とてもじゃないが一日一日を生き抜くことなどできない」

「わたしには一日一日が永遠に思われます」グウェニスは言った。

「しかし、われわれは日々争っている」メイトランドの目がきらめいた。「剣で戦う者もいれば、言葉で闘う者もいる。わたしは今後も女王につくそうと思う。わたしの女王に。そして事態はよい方向に向かうと信じているし、そうなるよう祈っている。きみも同じだろう」

「ですが、ローアンが――」

「ローアンは困難を切り抜けるすべを知っているよ」

「知っているだろう、きみも反逆者の烙印《らくいん》を押されたんだ」ジェームズ・スチュアートがローアンに向かって息巻いた。ジェームズは逃亡するための荷造りをしているところだった。

ローアンは女王を相手に戦うつもりなどなかったが、ジェームズは腹違いの妹に対抗し、いざとなれば戦いも辞さない構えだった。けれども今のメアリーは、かつて彼らが渇望していたスコットランド国民の敬愛の念を手にしている。妹と新しい夫が王家の直轄領を訪問しようと北方へ旅をしている隙《すき》にエディンバラへ入ったジェームズは、妹たちと対決するのに必要な貴族や民衆の支持を得られなかった。これでは王権を握ろうとたくらむダーンリーとその一族の野望を打ち砕くために蜂起《ほうき》することはかなわない。

そのうちに、ジェームズが女王に反旗を翻そうと企てていることを耳にしたメアリーが、彼を逮捕するよう命じたとの知らせが届いた。ジェームズはひそかにロンドンへ使いを出してエリザベスに庇護《ひご》を求め、今回の逃亡計画へとつながったのだ。ローアンの懸念は、ジェームズがイングランドの女王の気質をローアンほどには知らないことだった。

エリザベスはあいまいな物言いをする達人だ。ジェームズの頼みを拒みはしなかったが、かといってなにかを約束したわけでもない。

例によって、エリザベスは風向きを見守っているのだろう。

ローアンは自分もまた反逆者だと宣告されたと聞いていたものの、メアリーが本気で脅迫しているとは思えなかった。ローアンのしたことといえば、ただメアリーをなだめようと努めただけだ。彼は使者として何度も彼女と異母兄のあいだを行き来したが、それも女王の要望があったからだった。ローアンは祖国の繁栄と平和を願いこそすれ、権力を求めたことは一度もない。

もちろんローアンはメアリーを恨みに思っているし、それにはれっきとした理由があったが、彼女を裏切ったこともなければ反抗的な言葉を口にしたこともない。グウェニスとの結婚を言下に否定されたときでさえ、女王に刃向かいはしなかった。

「なにか解決策があるはずです」ローアンはジェームズに言った。

「あるとも。わたしは国境の南へ行く」ジェームズが言った。ローアンは驚かなかった。今、ジェームズと会っているこの場所は、ローランド最南部のマッコナーフ卿の城だ。筋金入りのプロテスタントであるマッコナーフ卿は国境近くに領地を持っていて、イングランドとスコットランドを頻繁に往来している。「わたしはロンドンへ行ってエリザベスに会おうと思う。きみも来てくれないか？　きみが一緒なら、エリザベスはすぐに会ってくれるだろう」

「なんとかしてこの状況を打破するためには、メアリーと和解していただかなければなりません。あなたは多くの国民にとって、スコットランドの心そのものです。多くの貴族にとって――」

「わが国の貴族どもは風のように気まぐれだ」

「風向きは必ず変わります。どうかご理解ください。ぼくはこちらに残り、女王を諭して分別をとり戻させます」ローアンは辛抱強く言った。

「妹はあの軽薄な男にぞっこんだから、生半可なことでは分別をとり戻さないだろう」

「ええ」ローアンはためらってから続けた。「しかし、いずれ熱は冷めます」

ジェームズが迷ったあとで言った。「では残ってくれ。わたしが国を出なければならない理由を妹に伝えてくれないか。メアリーが完全に夫やその一族の支配下に置かれてしまったからには、国内にいたのでは命がいくつあっても足りない。それにしてもローアン、メアリーが早くダーンリーの欠点に気づかなければ……スコットランドに真の平和が訪れることはまず望めないだろう」

「ぼくはスコットランドを愛しています。だから、この国を平和で長く家族を住まわせられる国にしたいのです。息子が成長したときに誇りにできる国に」

ジェームズが暗い笑みを浮かべた。「それなら、わたしと一緒に来たほうがいいんじゃないのか？　そして、法的には認められていない妻に会ったらどうだ」

ローアンは首を振った。「妻に会いたいのはやまやまですが、その前にまずメアリーと話しあわなければなりません」

「わかった。では成功を祈る」ジェームズが言った。


その夜、ステュクスにまたがってひとり旅をしてきたローアンがエディンバラ近くまで来たとき、馬に乗った二十人ほどの男たちがやってきた。

先頭に立っているのは知らない男だったが、驚いたことにローアンに名前で呼びかけた。

「ローアン・グレアム卿ですか？」

「そうだ。女王の帰りを待たせてもらおうと思って参上した。ジェームズ・スチュアート卿のために、さらには王国の繁栄のために女王に拝謁を願いたい」ローアンは答えた。

「あなたを逮捕します」

「逮捕する？」ローアンは問いかえした。

「反逆罪で」

「冗談だろう」

「いいえ」男が不安そうに唾《つば》をのみこみ、喉仏が上下した。それから彼は声を低くして続けた。「これが冗談ならどんなにいいでしょう」

「きみは何者だ？」ローアンがきいた。

「サー・アラン・ミラーと申します」

「イングランド訛《なまり》があるな」

「わたしが仕えているのは……ダーンリー卿です」アラン・ミラーと名乗った男はうなだれた。「あなたを逮捕するよう命令を受けたのです」

その命令をミラーが実行したくないと考えているのは明らかだった。

ローアンはほかの男たちを見まわした。知っている顔はひとつもなかった。彼らは過去の戦闘でスコットランドを守るために命を懸けた戦士たちではなく、ダーンリーやその父親のレノックス伯爵の威を借りてのしあがった男たちだ。手ごわい相手ではない。彼らが乗っている馬のなかに、ステュクスほどみごとな馬は一頭もいない。おそらくこのなかに剣術に長《た》けた者はひとりもいないだろう。

逃げようと思えば逃げられる……。

ローアンは戦いたくなかった。自分の命が惜しいからではない。戦えば多くの命を奪わざるをえないことに耐えられなかったのだ。しかも反逆罪のうえに殺人罪まで負わなければならなくなる。メアリーは彼を反逆罪で裁こうとしているのだ。それに反対の立場をとる正直で穏健な貴族は大勢いるが、ローアンが何人もの人間を殺したとなればかばいきれなくなるだろう。

「女王の命令ならしかたがない。おとなしくつかまることにしよう」ローアンは言った。

ミラーは大きく安堵《あんど》の吐息をついた。「あなたはエディンバラ城へ連行され、裁判までそこにとめ置かれます」

「好きにしてくれ」

ミラーが馬を進ませてローアンに近づいた。「剣を渡していただけますか」

ローアンは武器を渡した。寒い夜だというのに、若いミラーは汗をびっしょりかいていて、剣を受けとる手が震えていた。

ローアンは若者の腕に手を置いた。「心配するな。手向かう気はまったくない」

ミラーがローアンを見て唾をのみ、うなずいて静かに言った。「あなたに神のご加護がありますように」

「行こうか」ローアンが促した。

こういう形でエディンバラの女王のもとへ戻るとは思いもしなかった、とローアンは苦々しい気持ちで考えた。

16

ローアンがエディンバラで投獄されたという知らせは、残酷な形でグウェニスの耳に入った。

　出産が間近に迫っていたが、ゆったりしたケープをまとっていればおなかの膨らみはあまり目立たなかった。置かれた立場が微妙なだけに、グウェニスは妊娠している事実を信頼できるごく少数の人にしか打ち明けていなかった。自分の身にこのような運命の変化が起きようとは予想もしていなかったし、仕えている女王からあまりにも寵愛《ちょうあい》されていたために、もうひとりの女王に幽閉されることによって身の安全をはかる事態になるとは考えたこともなかった。

　不安に満ちた最初のつらい数カ月が過ぎるころには、辛抱強く待つ以外にないとあきらめがつき、いろいろとすべきことを見つけては気を紛らわせるようになった。最初に届いた手紙はメアリーからのものだった。そこに書かれていたのは、従順さを忘れるなというグウェニスへの強い調子の言葉と、これまでどおり機を見てはエリザベス女王と話し、イングランドの運命はメアリーをエリザベスの後継者と認めることにかかっていると説得しろという命令だった。メアリーは手紙のなかでグウェニスを信頼のおける親友と呼んでいたが、ローアンについてもグウェニスの結婚についても、ひと言もふれていなかった。

四人のメアリーたちからも頻繁に手紙が来たが、差し障りのないことしか書かれておらず、読んでも実情をうかがい知ることはできなかった。メアリーたちは手紙が他人の目にふれるのを恐れたのかもしれなかった。

ときはゆっくりと過ぎていったが、いつまでたってもローアンから便りがないので、グウェニスはしだいに不安を募らせた。ときには心配のあまり頭がどうにかなってしまいそうだったものの、くよくよして病に倒れるわけにはいかなかった。

おなかの子供のことを第一に考えなければならない。気分が落ちこんだときは、出産で死んだりするものですか、と自分に言い聞かせて気持ちを奮いたたせた。自分を苦しめている人々を楽にさせる気はなかった。その筆頭は、言わずと知れたメアリーだ。グウェニスは女王への手紙にしたためる言葉にとりわけ神経を遣い、真情を吐露してよいものかどうかでさんざん頭を悩ませた。メアリーはダーンリー卿《きょう》への恋にわれを忘れているのだから、本来なら臣下の同じような気持ちを理解してくれてもいいはずだった。

しかし、エリザベスからあんな話を聞き、メイトランドの話で祖国の現状を知るにつけ、メアリーに心中の思いを打ち明けるのはためらわれた。今のメアリーはもはやグウェニスが知っていたメアリーではない。ダーンリー卿によってすっかり変えられてしまったのだ。

　グウェニスはできるだけ気楽に過ごそうと努め、中庭を散歩しては心身の健康を保つよう心がけた。メアリーは閣議が行われているあいだ刺繍《ししゅう》をして過ごすことが多かったが、残念ながらグウェニスは刺繍が得意なほうではない。その代わりに日記をつけた。囚人としての生活は思ったほどみじめではなかった。グウェニスが幽閉されているのはロンドン塔内のビーチャム・タワーで、日曜日にはホワイト・タワーで行われる礼拝に出席し、広間や廊下を自由に歩きまわることができた。ロンドン塔には少し前から新旧さまざまな武器が展示されるようになったため、そこへ行けば世の中にどのような武器があって、それらが時代とともにどのように移り変わってきたのかを知ることができる。ロンドン塔にはまた、いつでも利用できる立派な図書館が備わっていた。

　エリザベスはグウェニスを幽閉したまま放置しておくほど冷酷ではなかった。ひそかにではあったが、ときおり使いをよこしてグウェニスを宮殿へ招いてくれた。ときがたつにつれて、エリザベスはますますメアリーとその夫の話をしたがらなくなった。けれどもエリザベスがグウェニスの不幸を願っていないことはよくわかっていた。

　ある日、アニーを連れて中庭を散歩していたグウェニスは、ロンドン塔に住むもうひとりの〝客人〟とばったり出会った。

　それまでグウェニスはダーンリー卿の母親であるレノックス伯爵夫人マーガレット・ダ

グラスに会ったこともなければ、最近になるまでイングランドへ戻ってきたことすら知らなかった。噂《うわさ》によれば、息子がエリザベス女王の認めない結婚をしたために、女王の命令によってとらえられ、このロンドン塔に幽閉されているのだという。

マーガレットはイングランドの王族の血を引いている。彼女の母親はメアリーの祖母のマーガレット・チューダーだ。マーガレット・チューダーがスコットランドの伯爵と再婚してマーガレット・ダグラスが生まれた。彼女はまたヘンリー七世の孫でもあるため、イングランドの王位継承者のひとりに名を連ねている。

マーガレットはエリザベスに冷遇されて相当頭にきていたらしく、憤然とした足どりでグウェニスのほうへ歩いてきた。ほっそりした体形のマーガレットは、動きが機敏で、たいそう魅力的な力強い顔つきをした堂々たる態度の女性だった。

初対面だったが、グウェニスは相手が何者かを即座に悟り、丁寧に挨拶《あいさつ》をしようとしたものの、その暇はなかった。

マーガレットがグウェニスに指を突きつけた。「聞いたところでは、メアリー女王はほかの誰よりもあなた宛《あて》にたくさんの手紙を書くそうじゃない。でも、そんなのは嘘《うそ》に決まっているわ。わたしはヘンリーの母親よ！　わたしの体には王族の血が流れているけれど、あなたはあの卑劣なローアンの妻じゃないの。彼は女王を裏切って、ジェームズ五世の非嫡出子にすぎない恩知らずのジェームズ・スチュアートに加担したんですってね。きっと小ざかしい魔女のあなたが女王に魔法をかけたんでしょう。はっきり言っておくけれど、あなたは地獄で朽ち果てるのよ。ちょうど今、エディンバラ城でローアンが朽ち果てようとしているようにね。彼は反逆者の宣告を下され、反逆者として死ぬのよ！」

脇《わき》に控えていたメイドが慌ててマーガレットの腕に手をかけた。アニーはすばやくグウェニスの前に立ちふさがって、ブルドッグのように身構え、マーガレットが暴力をふるった場合に備えた。衛兵のひとりが急いで駆けつけてきた。

チューダー家の血を引いているからなにをしても許されると思っているのか、マーガレットは傍若無人な態度に出たものの、完全にわれを忘れはしなかった。彼女はグウェニスの足もとに唾《つば》を吐くだけで満足して歩み去った。

「まあ、なんてことでしょう！」アニーがグウェニスを振り向いた。

グウェニスの顔は真っ青だった。それまで誰もローアンがエディンバラ城にとらわれていることを教えてくれなかった。彼が反逆者とされていることを。

「わたしなら大丈夫よ」グウェニスはアニーをにらんだ。「それよりもアニー、どうして教えてくれなかったの？　知っていたんでしょう？」

アニーの顔に本心が表れていた。やはり彼女は知っていたのだ。

エリザベスが知っていたように。

「どうか、どうかうろたえないでください。おなかの赤ちゃんのことを考えて……」アニーが懇願してグウェニスを見つめた。グウェニスは苦痛と皮肉の入りまじった笑みを口もとに浮かべて見つめかえした。

「赤ちゃんですって?」彼女は尋ねるように言った。「赤ちゃんなら今すぐにでも生まれそうよ」

グウェニスは陣痛が来てくれてありがたかった。生まれてくる子の父親の運命に思いを馳《は》せるときの、あの頭がおかしくなりそうな不安を忘れさせてくれたからだ。

反逆。

なんてひどい言いがかりだろう。反逆の罪で処刑された人は大勢いる。ローアンは自分の子供の顔を見ることなく死んでしまうかもしれない。それどころか、わたしが身ごもっていることすら知らされていないのではないかと考えて、グウェニスは悲しくなった。

やがて生まれた赤ん坊が大きな産声をあげ、アニーがかわいらしい元気な男の子だと告げたとき、グウェニスはローアンのことをしばし忘れてわが子をそっと胸に抱いた。

赤ん坊の頭はすでに髪で覆われていて、目は青かった。数えてみたら、手の指も足の指もちゃんと十本そろっている。すばらしい赤ちゃん。完璧《かんぺき》な赤ちゃん。この子はわたしの子だわ。

そして、ローアンの子だ。

グウェニスは気持ちを奮いたたせてしばらくのあいだ恐怖を心から追いだし、新しい命をうっとり眺めながら横たわっていた。泣き声を心地よく感じ、母乳を吸う姿を見ていっそういとおしさが募る。彼女はアニーが赤ん坊を抱きとろうとしても許さず、助産婦に休息が必要だと説得されてようやく渡したが、そのあとも興奮状態が続き、強いブランデーの力を借りてやっと眠りに落ちた。

目覚めたグウェニスが大声をあげると、すぐにアニーが赤ん坊を抱えてきて彼女のかたわらに横たえた。グウェニスは再び手と足の指を数え、驚異の念に打たれてつぶらなひとみをじっと見つめた。赤ん坊が真剣な目で彼女の目を見つめかえす。

恐怖が猛烈な勢いで戻ってきたのは、それからしばらくたってからだった。

この子の父親が首をはねられたらどうすればいいの？　あるいは縛り首になったら？　もっと恐ろしいことに、四つ裂きの刑に処されるかもしれない。スコットランドでは、しばしば反逆者は公衆の前へ引きだされ、四つに裂かれて……。

グウェニスが大声で泣きわめくと、アニーが厳しい声でたしなめた。「赤ちゃんを病気にしたいんですか？　そんなに泣いたらお乳の質が悪くなります。そうしたらご自分のお乳を飲ませられなくなりますよ」

母乳の出が悪くなるとはよく聞くけれど、質が悪くなるなんてことがあるのだろうかとグウェニスは思ったが、アニーの警告を無視する勇気はなかったので、ローアンが処刑されるはずはないと自分に言い聞かせて気持ちを落ちつかせようとした。きっと人々は、ローアンが反逆者だとは信じないだろう。

しかし、信じるかもしれない。ここロンドン塔でも、どれほど多くの人たちが反逆者として処刑されたことだろう。この壁のすぐ向こうには絞首台がある。そこで数えきれないほど多くの人々が命を落とした。そのほとんどは無実だったのではないだろうか。

ここはイングランドだが、わたしの愛するスコットランドでも、同じように残酷な刑が行われている。法が正しく執行されるのは、その地をおさめる人間が正しい場合に限られる。そしてメアリーは――今のメアリーは、わたしが知っていたかつての公明正大な女王ではない。

トマスが様子を見にやってきた。彼は赤ん坊をやさしく抱いて、アニーと同じようにグウェニスを元気づけようとした。

「メアリー女王にはローアン卿に危害を加える気はないでしょう。女王は裁判を延期しています。スコットランドのために戦ってきた勇敢で正義感あふれるローアン卿に手をあげたりしたら、多くの貴族がジェームズ卿のもとへ馳せ参じることを知っているのです。心配はいりません、奥様。だんな様は大丈夫ですよ」

「トマス、教えてくれればよかったのに。ローアンはどんな罪を犯したのかしら？　女王に反旗を翻したの？」

「いいえ、そうではありません。ジェームズ卿と親密だというだけの理由でとらえられたのです。人々はローアン卿の味方です。だんな様は逃げようと思えば逃げられたし、戦うこともできたのですがそうしませんでした。女王を信用していらしたのです。処刑されるはずはありませんよ。権力を求めたこともなければ、むやみに人の命を奪ったこともないだんな様が処刑されるとなれば、国民も貴族も黙ってはいません。女王もそのことをよくご存じなのです」

「あなたはなにも教えてくれなかったのね」グウェニスはなじった。

「お教えしないほうがいいだろうと判断したんです。奥様を動揺させたくなかったですし、おなかの子に障るかもしれないと思ったので」トマスは言った。

「赤ちゃんに名前をつけてあげないと」アニーがグウェニスに言った。「立派なお子さんにふさわしい、立派な名前を考えないといけませんね」

「父親の名前を受け継いで、ローアンというのはどうかしら」グウェニスは言った。

「あの、ほんの思いつきなのですが、だんな様の父君は、だんな様のことをダニエルと呼んでいらっしゃいました。ですから、ダニエル・ローアンというのはどうでしょう」トマスが言った。

　グウェニスはその名前を口に出してみた。「ダニエル・ローアン・グレアム」

「もちろん奥様の気に入る名前でなければいけません」トマスが言った。

「ダニエル・ローアン・グレアム」グウェニスはくりかえした。「その名前にするわ。それから、この子に洗礼を受けさせないと。なるべく早く、控えめにね」

トマスもアニーもしばらく黙りこんでいた。できるだけ早く洗礼を受けさせる必要があることは、ふたりともよくわかっていた。赤ん坊はちょっとしたことですぐに死んでしまう。仮にも洗礼を受けさせずにあの世へ旅立たせることがあってはならない。

さっそくその手配をすることになった。結婚式に立ちあってもらったように、洗礼にもトマスとアニーに名づけ親として立ちあってもらおうとグウェニスは考えた。

「しかし名づけ親は、わたしたちなんかよりももっと立派な方々のほうがいいのではないでしょうか。富と権力を兼ね備えた人が――」トマスが言った。

「いいえ。ぜひあなたたちふたりになってほしいの。この子を愛し、どんなときも味方になってくれるあなたたちに」グウェニスはきっぱりと言った。富と権力を兼ね備えた人たちには背を向けられた気がしていたのだ。

トマスとアニーは目を見交わし、グウェニスの申し出を受け入れた。


数日後、ロンドン塔内の礼拝堂でダニエルは正式に洗礼を受けた。式を執り行ったのは、グウェニスとローアンの結婚式で話をしたオームズビー師だったので、彼女は喜んだ。

式が終わりに近づいたころ、礼拝堂の後ろのほうで音が聞こえた。グウェニスが幼いわが子を守ろうと身構えて振りかえると、エリザベスが入ってきたところだった。「続けてちょうだい」グウェニスはオームズビー師に言った。なぜ女王が姿を見せたのだろう？

エリザベスは洗礼式にまったく関与しないで、グウェニスとローアンの結婚式のときと同様にただその場にいるだけだった。

式が終わるとエリザベスが、ビーチャム・タワーにささやかなディナーを用意してあり、その席で話をしたい旨をグウェニスに告げた。

ディナーの席についたとき、エリザベスはダニエルにふれようとはしなかったが、立派な赤ちゃんだと言って褒めた。女王は自分にもイングランドの王位を継がせる男子がいたらと感慨にふけっているのだろうか。けれども女王の断固たる態度からは、生涯誰にも頼らずにイングランドをひとりで統治していこうという決意が感じられる。メアリーが直面している困難な事態を見て、エリザベスは今さらながら男性社会における女性支配者の難しさを痛感しているに違いない。彼女は頑固であり、終生の伴侶《はんりょ》に関する自分の決定には、誰にも異を唱えさせない。それゆえ、今後も伴侶を持つことはないだろう。

ダニエルはトマスがテムズ河畔の屋敷から持参した、初代ダニエル・グレアムのものだった揺りかごに寝かせられていた。揺りかごの横で、エリザベスがグウェニスに王の印章が押してある一巻の羊皮紙を手渡した。

「ありがとうございます」グウェニスは小声で礼を述べた。なんだろうと興味をそそられたが、礼儀上その場で開くのはためらわれた。

エリザベスがほほえんだ。「土地の授与を証したものなの。ヨークシャー内の土地で国境よりも少し南に位置しているから安全だし、あなたの祖国スコットランドにもすぐ行ける近さよ。土地は……」エリザベスはダニエルにうなずきかけた。「その子のものよ。つまり、彼はアレンシャーの新領主というわけなの。だけど今はまだ、赤ん坊が生まれたことを公表しないほうがいいわね。でもいずれふさわしい時機が来たら、両親の立ちあいのもとに公にすればいい。わたしは喜んでその子を保護すると約束するわ」

グウェニスは黙っていた。女王に感謝する一方で、背筋を冷たいものが走るのを感じた。この子の父親はすでに死んでいるかもしれないのだ。グウェニスにしても、祖国へは永久に帰れないかもしれない。

しかし、ダニエルには女王が庇護者《ひご》としてついている。

グウェニスは片膝を突いてエリザベスの手をとった。「陛下の贈り物に心から感謝いたします」

「いいのよ。わたしにこれほど正直な態度で接してくれる人はめったにいないの。とりわけあなたみたいにほかの君主に仕えているとあっては」エリザベスがふいにほほえんだ。

「あなたにもっといい贈り物があるの」

「この子を守ってくださるという陛下のお約束以上にいい贈り物などありえません」グウ

エニスは言った。

　エリザベスはうれしそうな顔をした。「でも、あるのよ。メアリーがまもなく子供を産むらしいわ。メアリーからわたし宛に、あなたを彼女のもとへ返してほしいという手紙が来たの。わたしは、不当に投獄している囚人たちを釈放したらどうかと返事を書いた」エリザベスは声を低くして続けた。「わたしからあなたへの贈り物というのは、ダニエルと離れて過ごす時間よ。はっきり言っておくけれど、その子をスコットランドへ連れて帰らないほうがいいわ。あなたはまずローアンとの結婚を認めるようメアリーを説得しなさい。ダニエルを非嫡出子呼ばわりされたくないでしょう?」

　グウェニスは歯をくいしばってうなだれた。世界がぐるぐるまわっているように思えた。そのとき突然、ほかの人のために進んで死ぬというのがどういうことかを悟った。この子のためなら、わたしは息絶えるまで死に物狂いで闘おう。たとえスコットランドへ戻って自分と夫のために闘うあいだ、ダニエルをイングランドへ残すことになっても、最終的にそれがこの子のためになるなら喜んでそうしよう。

「陛下は思いも寄らない大きな贈り物を与えてくださいました」グウェニスは顔をあげた。「いくら感謝しても足りません。この恩をお返しできるかどうかわからないほどです」

「恩がえしをしたかったら、いつまでもわたしに正直でいてくれたらいいわ。王位にある者は日夜おべっかを使われるのに慣れているから、率直な言葉をうれしく思うのよ。話は変わるけれど、今週末あたり、その子に会いに来る人がいるわ。彼自身がつらい目に遭っている気の毒な人なの」

「どなたですか?」

「ジェームズ・スチュアート卿よ。彼は庇護を求めてわたしの国へ来たの。わたしはたとえジェームズ卿の大義を正しいと思っても、スコットランドの正当な君主であるメアリーに戦いを挑むのを認めるわけにはいかないし、彼に武器を与えることもできないわ」

グウェニスは足もとが揺れたような気がした。ジェームズ卿がロンドンにいる。大義を捨てて逃げてきたのだ。今すぐスコットランドへ戻る勇気はないのだろう。そしてローアンは、彼の反逆を手助けしたとして責められている!

「そうですか」グウェニスはどうにか言った。

エリザベスが彼女を見つめた。「事態は必ずよくなると言えればいいけれど、残念ながら嘘はつけない。でも、これだけは言えるわ。あなたは常に正しい道を歩む。そして神は必ずご加護を与えてくださるわよ」

神は本当にご加護を与えてくださるだろうか?

なんじ、王家の人間を信用するなかれ……。

わたしは強くあろうとし、そして信じなければならない。

週末にジェームズ卿がやってきた。生来気難しくて感情を表に出さない彼にしては、やけに陽気だった。

　ジェームズ卿は常にローアンのよき友であり、メアリーとも仲がよかった。その兄と妹がこれほどひどい仲たがいをするとは、なんて悲しいことだろう。

「ローアン卿と最後に会われたのはいつですか？」グウェニスは不安に駆られて尋ねた。

　ジェームズはマッコナーフ卿の城で最後にローアンと会ったときのことを話した。「いずれローアンが反逆者でないことが証明されるだろう。レノックス一族は彼の力を恐れている。そういえば、レノックス伯爵夫人はここにいるんじゃなかったかな？」彼はいくぶん愉快そうに尋ね、赤ん坊をじっと見た。「なんて小さいんだろう。それにしてもきれいな髪をしている。髪は父親似らしいね」グウェニスを見て続ける。「それに、この子の体にも王家の血が流れているんだ」

「そう聞いても、わたしはうれしくありません」グウェニスは言った。

「どういうことだい？」

「王の子供は、王のほかの子供たちがなにを望んでいるのだろうと常に恐れている。そう思えてならないんです」

　ジェームズがグウェニスを見つめた。「わたしは一度として妹を傷つけようと思ったことはない。妹が結婚した愚か者の暴挙や、彼の一族による狂気の沙汰《さた》をくいとめ、権力に飢えた貴族たちが支配権を握ろうと争って国を破壊するのをやめさせようとしただけだ」

グウェニスは黙っていた。ジェームズ卿には妹に危害を加えるつもりがなかったことを、メアリーは知っているの？　わたしがそう話したら、メアリーは信じてくれるかしら？

グウェニスはそう考えて身震いした。

ジェームズが父親のようにグウェニスの肩に腕をまわしてきたので、彼女は驚いた。

「メアリーは絶対にローアンを処刑しない」彼はグウェニスの考えを読んだかのように言った。「彼女が暴力をどう思っているか、きみは知っているだろう」

「ええ」

「だから安心しなさい。きみはメアリーのもとへ戻るように命じられている。彼女はきみを帰国させてほしいとエリザベスに懇願した。自分では気づいていないだろうが、メアリーは良識をとり戻すのにきみを必要としているんだ」

「投獄させるほどですから、女王はローアンに対して相当お怒りなのでしょうね」

「きみはまず友人としてメアリーに接し、そのあとでローアンを釈放するよう頼んだほうがいい」

「ご忠告を忘れないようにします。あなたと一緒に過ごした経験から学んだことも」

ジェームズはうれしそうにほほえんだ。「きみはまもなく北へ旅立つ。道中の無事を祈っているよ」

グウェニスは礼を述べ、ジェームズ卿もいつかメアリーと仲直りできるだろうと請けあったが、内心では危ぶみ、恐れていた。王家の血を引く人々の人生を思い起こすと、和解に至った例はあまりにも少ないからだった。

それからさらにひと月、グウェニスはロンドン塔で静かに暮らした。

心は引き裂かれていた。幼いわが子を残していくのはつらかったが、いつまでもぐずぐずしてはいられない。もっともスコットランドから届く知らせには、すべてグウェニスを安心させるようなことが書かれてあった。手紙によれば、メアリーはときどきローアンと会っているらしい。女王はあれこれ理由をつけて裁判を先に延ばし、ローアンが女王とその夫である新しい王に忠誠を誓うよう求めている。

そうした知らせに接するたびに、グウェニスはひそかにローアンを呪《のろ》った。女王の望みどおりになんでも誓えばいいじゃないのと、心のなかで彼を責めた。自分で自分を救えばいいのにと。

けれども、ローアンのことならよくわかっていた。彼は慎重さや熟慮、真実を大切にする。うわべだけ誓ったりすることなど断じてないだろう。それにローアンは、メアリーに本気で盾突いているわけではない。ダーンリー卿に忠誠を誓いたくない、あるいはジェームズ卿を非難したくないというだけなのだ。

とうとう北へ旅立つ日がやってきた。心残りではあっても、幼い息子をトマスとアニーと乳母に預けていかなければならない。

「とてもお美しいですよ。すっかり出産前のお嬢様の姿に戻りましたね。この子を産んだようにはとても見えません」アニーはそう言って涙ぐみ、女主人と一緒にスコットランドへ行けないことを心底悲しんだ。グウェニスはダニエルを信頼して託せるのは名づけ親以外にいないと言って、アニーを納得させなければならなかった。

グウェニスはダニエルを抱いてしばし涙に暮れ、それからトマスとアニーに別れのキスをした。

彼女にはイングランドの護衛隊があてがわれた。彼らはボーダーズまでグウェニスを送り、そこでスコットランドの兵と交代して、あとは彼らがエディンバラまで護衛することになっている。

小舟に乗ってひとりロンドン塔を去るとき、グウェニスは後ろを振りかえった。

レノックス伯爵夫人マーガレット・ダグラスが芝生にいた。まだ幽閉されているのだ。メアリーがグウェニスの帰国を求めてきたのに、マーガレットの帰国は求めなかったことを知っているに違いない。マーガレットが叫ぶのを聞いて、グウェニスはぞっとした。

「魔女め！　さっさと帰るがいいわ、この売女《ばいた》！　メアリーがわたしでなくおまえを帰すのは、おまえが裏切り者だからよ。わたしの釈放を求めていないなどとは考えないで。メアリーは何通も手紙を書いて、わたしを釈放するようエリザベスに訴えている。わたしは不当にとめ置かれているけれど、おまえは女王に、そして今では王であるわたしの息子に魔術を用いるつもりなのね！　不和の原因を作ったのがおまえだということはわかっているのよ。みんながわたしの息子に背を向けるのは、おまえみたいな魔女のせいだわ。見ていなさい、そのうちに罰があたるから。おまえは魔女として処刑されて、地獄の業火で永遠に焼かれるのよ！」

マーガレットは狂気にとらわれている。息子をスコットランドの女王と結婚させようと画策したのはいいが、その代償を払わなければならなくなって頭がどうにかなってしまったのだ。

いいえ、あの人は頭がどうにかなったわけではない。いちばん恐ろしいのはそこだ。彼女は怒り狂っている。母親として息子を守ろうとしているのだ。

マーガレットにこれほどひどいことを言う権利はないとグウェニスは思ったが、それは問題ではなかった。いずれグウェニスが彼女を許さなければならない日が、味方にならなければならない日が来る。なぜならマーガレットは女王の義母で、グウェニスは女王の侍女だからだ。

気がつくとグウェニスは、エリザベスがマーガレットを永遠にロンドン塔に閉じこめておきますようにと祈っていた。

エディンバラ城における幽閉生活は不快なものではなかったが、閉じこめられている部屋から一歩も出られなかったので、活動的なローアンの欲求不満は募る一方だった。彼は毎日室内を歩きまわったり、運動で筋肉を鍛えたりして、鬱積《うっせき》したエネルギーを発散させた。扱いは丁重だったので、メアリーがローアンに害意を抱いているとは思えなかった。メアリーは彼がジェームズと共謀したと考えていて、怒りはもっぱらジェームズに向けられていた。メアリーに言わせれば、ジェームズはせっかく称号や土地を与えてとりたててやったというのに恩知らずにも刃向かった裏切り者というわけだ。彼女の最大の欠点は率直さにある。メアリーは進んで陰謀を働くような人物ではない。ローアンは自分がなかなか裁判にかけられない理由を知っていた。彼が反逆者である証拠を女王がいつまでも吟味していて結論を出そうとしないからだ。

春の初めにメアリーがローアンを訪ねてきた。わずか数カ月のあいだに、彼女はすっかり変わっていた。

メアリーが妊娠していることはローアンの耳にも届いていた。噂が広まりだしたのは十二月だったが、女王は病気なのだとささやく者もいた。そのうちにまもなく出産を迎えるという知らせを聞いたローアンは、スコットランドにとって大いに喜ばしいことだと考えた。仮にメアリーが子供を産まずに死ぬようなことがあれば、スコットランドは大変な混乱に陥るだろう。人物からしていちばん王にふさわしいジェームズは非摘出子だ。彼が王位につくとなれば、ほかにも王になりたい非摘出子は大勢いる。ダーンリーも候補者のひとりだが、人々からこれほど嫌われていては、いくらレノックス家の後ろ盾があっても国をおさめるのは難しい。

しかし〝反逆者〟ローアンと話をしにエディンバラ城へやってきたメアリーは、母親になる喜びにあふれているようには見えなかった。側近を大勢引き連れてきたが、そのなかに新しく女王の寵愛を得た音楽家で、今は秘書の椅子におさまっている小柄なデイビッド・リッチオがいた。

このリッチオという男がジェームズばかりか、女王やその夫に忠実な貴族たちからも毛嫌いされていることを知っていたので、ローアンは思わず身構えた。女王がリッチオを誰よりも頼るようになったのは、つい最近のことだ。ローアンに言わせれば、それもまた女王の犯した過ちのひとつだった。

しかし、彼女の夫は一緒ではなかった。

ローアンは慌てて立ちあがり、女王を迎えるにふさわしい礼をした。「ふたりきりにして」メアリーがほかの者たちに命じた。看守は立ち去るのをためらった。ローアンを忠実な臣下ではなく血に飢えた殺人鬼とでも考えているのだろうか。どうやらこの看守は、抵抗して何人も殺すよりはと、ローアンが自ら投降して囚人の身に甘んじていることを知らないらしい。ローアンは腹を立てかけたが、その前に女王がじれったそうに言った。「出ていきなさい。彼はわたしの甥《おい》だから心配しないで」

全員が廊下を遠ざかって姿を消した。心配そうに残っていた看守も、ようやくドアを閉めた。

「おめでとうございます」ローアンはメアリーの大きな腹部を見てうなずきかけた。

メアリーが眉をつりあげた。「少なくともこの点では、わたしの結婚は成功だったと言えるわね」

ローアンは口をつぐんでいた。たとえ自分では後悔しているようなことを言っていても、メアリーは結婚相手のことで他人に説教されたくはないだろう。「おそらく陛下はこれから先もご自分が正しいと思われることをなさるでしょう。いずれにしても世継ぎができるのは、スコットランドにとって喜ばしいことです」

「無事に生まれてくるかどうかはわからないのよ」

「心配する理由はなにひとつありません。陛下は若くて丈夫な体をしていらっしゃいます」ローアンは静かに言った。

「こんな扱いをして、本当に悪いと思っているわ」メアリーがローアンに言った。

「そうでしょうね」

「でも、あなたはわたしを裏切った」

「断じてそんなことはしていません」

「あなたはジェームズを反逆者と呼ばないじゃないの」

「わたしが陛下に盾突いたことなどないでしょう」

「そうね」メアリーは認め、だだをこねるような口調で続けた。「あなたはわたしの侍女を口説くのに忙しかったんだから」

「わたしは彼女を愛しています」

「くだらないわ」

「なんですって?」

メアリーは手を振ってローアンを脇へどかせ、椅子に腰をおろしてそっぽを向いた。彼は立ったままでいた。「愛を信じるのは愚かな人間だけよ」ふいに彼女はなにかにとりつかれたような大きな黒い目でローアンを振りかえった。「わたしは神の御前《みまえ》でヘンリーと結婚し、彼をとりたてた。そのあとでヘンリーが愚か者だとわかったの。とてもハンサムだけれど、愚かなことに変わりはないわ」

「彼はあなたの子供の父親です」

「残念だわ」メアリーが苦々しい声で言った。

下手なことを口にしないほうが無難だと考え、ローアンは黙っていた。

「自業自得というものね」メアリーがつぶやいた。

ローアンは女王の前にひざまずいて両手をとり、彼女の顔を探るように見た。「あなたはわたしの女王、スコットランドの女王です。あなたは強く望まれてダーンリー卿と結婚なさった。そして彼をあなたの夫以上の存在に仕立てあげた」

メアリーが苦笑した。「スコットランド議会はヘンリーに王の称号を名乗る権利があるとは絶対に認めないでしょうね。今になってやっとその理由がわかったの。彼は政治にまったく関心がない。虚栄心が強くて自分本位で、好きなのは狩猟と賭事《かけごと》とお酒だけ。夜は娼婦《しょうふ》たちと過ごしているわ。わたしはなんということをしてしまったのかしら」

「陛下は立派な女王でしたし、今後も立派な女王でありつづけなければなりません。あなたはこの国の君主なのです。陛下のすぐれた判断を迷わせるようなことを進言する者がいても耳を貸さず、いつまでも国民に愛される女王でいてください。誰かにそそのかされて愚かな行為に走り、国民の愛を失うようなことがあってはいけません」

メアリーはかすかにほほえんでうなずいた。「あなたを釈放することはできないわ。わかっているわね」

「わたしは陛下に危害を加えようとしたことは一度もありません。常に忠実に仕えてきました」

「あなたを信じているわ」

「でしたら――」

「釈放はできない。わたしはあなたを反逆者と見なしたの。それに反証しない限りは無理よ」

「どうやって証明すればいいとおっしゃるんですか？」

「ジェームズを公然と非難するの。みんなの前で彼を反逆者と呼びなさい」

ローアンはうなだれた。「陛下、あなたがさっき言われたのは――」

「ええ、言ったわ。わたしが結婚した相手は虚栄心ばかりが強くて意志の弱い、身勝手な放蕩《ほうとう》者だって」

ローアンは眉をつりあげて女王を見たが、例によってそんな言葉に同意するよりは黙っているほうがいいと思ってなにも言わなかった。

「ジェームズはわたしをだましたのよ。こういう縁組を貴族たちは喜ぶだろうと言っておきながら、あとになって否定するんだもの。エリザベスの身の処し方は正しいわ。彼女は国民がすんなり受け入れる結婚相手なんていないとわかっているのね。王と違って、女王はこんなくだらないことで悩まなければならない。不公平もいいところだわ。だけど問題は、ジェームズがヘンリーのことをよく知っていて嫌っているのではないということよ。彼は権力がヘンリーの手に移るのを恐れているの」

「ダーンリー卿に会って以来、あなたがジェームズ卿の助言を聞き入れなくなったので、彼は侮辱されたと感じているのでしょう」

メアリーは悲しそうに首を振った。「わたしたちの仲がこんなふうになるなんて本当につらいわ。ヘンリーの母親はメアリー・チューダーの親しい友人だったし、わたしはカトリックだから、ジェームズはプロテスタントの信者たちをわたしにけしかけられると考えたのね。わたしはなにもしていないのに！」

「陛下、お願いですからジェームズ卿への処遇を考え直していただけませんか？　おふたりはとても仲がよかった。いつまでも仲たがいをしているのはよくありません」

女王は真剣なまなざしでローアンを見た。「あなたの忠告を尊重すべきなのはわかっているけれど、あなたはジェームズにばかり肩入れするのね」

「しかし、陛下に盾突いてもいません」

ふいにメアリーは立ちあがり、部屋を横切って歩きだした。「以前、わたしがボスウェル卿に激怒してこの城へ監禁したことを覚えているわね。彼はここを脱走し、今ではわたしの寵臣のひとりになっているわ」

ローアンはにやりとした。「わたしに脱走しろとおっしゃるんですか？」

「女王がそんなことをほのめかすと思うの？　とんでもないわ！」メアリーはきっぱり否定した。だが、片膝を突いたままのローアンのところへ戻ってきて身をかがめ、彼の頬にキスをした。「あなたにどうしても会いたかったの。あなたを信用できることはわかっているわ。あなたがわたしの言葉を決してほかへもらさないことも。では、ごきげんよう、ロッホレイブン伯爵」

メアリーが部屋を出ていったあと、ドアに鍵《かぎ》をかける音がしなかった。それでもローアンは暗くなるまで待った。行動に移ったのは、月が城壁の上高くのぼってからだった。

ドアに鍵はかかっていなかった。

ローアンはそっと廊下へ出た。看守はいない。彼は廊下を静かに歩いて、幽閉されていた塔から直接庭へ出られる螺旋《らせん》階段をおりた。暗い庭へ出たあと、建物の壁に沿って進む。ちらりと見あげた視線の先に、城壁の手すり近くに立って見張りをしている衛兵たちの姿があった。

暗がりのなかでなにかが動いた。ローアンは進むのをやめてじっと待った。相手が何者であれ、殺したくなかった。

近くを誰かがこそこそ動きまわっている。ローアンは闇《やみ》のなかで息を殺して待ち、腕を伸ばせば届くところまで来るのを見はからってつかまえた。一方の腕を背後から相手の体にまわし、もう片方の手で口をふさぐ。

「声をたてるな。殺したくはない」

低いくぐもった男の声がもれた。ローアンは腕の力を緩めずに男の顔を見ようと振り向かせたところで、ぱっと顔を輝かせた。

男はギャビンだった。

ローアンは手を離して安堵《あんど》の声をもらした。「ギャビンか」

「ローアン卿、こちらへ。急がなければなりません。なにがどうなっているのか、わたしにもよくわからないんです。実は女王のお気に入りのリッチオに、今夜干し草を積んだ荷馬車でここへ来るよう言われたんです。修道士のマントを持っていけと」

「リッチオだと？」

その名前を聞いてローアンは不安になったが、メアリーはリッチオをずいぶん信用していると聞くし、その男が女王の命令で動いているとすれば……。

「マントはどこにある？」

「ここです。さっき閣下につかまったときに落としたんです。衛兵かと思いましたよ。喉をかききられると覚悟しました」

「悪かった。おまえのほうこそ衛兵だと思ったんだ」

「さあ、急ぎましょう」

ギャビンがかがみこんで茶色のウールのマントを拾いあげた。ローアンはさっそく粗末なマントをまとい、フードを深くかぶった。

「こっちです」ギャビンが低い声で言った。

ローアンは一心に祈りをささげているかのように頭を垂れ、両手を胸の前で握りあわせた。夜も遅い時間なのに、まだかなりの人々が仕事にいそしんでいた。ふたりはタール塗りの防水布を巻いている銀細工師や、針などこまごました品物が入っているかごの蓋《ふた》を閉めている修理屋のかたわらを通り過ぎた。

「荷馬車はあちらにあります」ギャビンが言った。

ふたりは目立たないように速すぎも遅すぎもしない足どりで歩いた。干し草を積んだ荷馬車を引いているのは一頭の白馬だった。グレイ城の馬小屋から連れてきたエイジャックスという名の軍馬で、年老いたとはいえ、今なお力が強くて頼りになる。この馬なら、いったん城門を出たあとはかなりの速度で走れるだろう。

「干し草のなかに隠れたほうがいいですよ、ローアン卿」

「やめておくよ。おまえの隣に座っているほうが安全だろう」

「かまいませんが、修道士のふりをできますか?」

「自信はないが、やってみるさ。衛兵は密売品を捜そうと干し草に武器を突き刺すかもしれない。串刺《くしざ》しにされたらかなわないからな」

「わかりました。それでは乗ってください」

ふたりは古い荷馬車の御者台に並んで座り、ローアンが手綱をとった。中庭を横切って城門のところへ来ると、衛兵が不審そうにふたりを見た。ローアンの予想どおり、衛兵は長い槍《やり》を持っていた。

「こんな夜中にどこへ行く?」衛兵がきいた。

「丘の上の修道院です。陛下の侍女のひとりに呼びだされたんですよ」ローアンが答えた。

衛兵はしかめっ面をしたが、ローアンにフードをあげて顔を見せろとは言わなかった。代わりに荷馬車の後ろへまわって、ローアンが恐れたとおり干し草へ槍を突き刺しはじめた。

「こんな時間に修道士を呼ぶとは、まったく信心深いことだな」衛兵はぶつぶつつぶやいた。「行け」

ローアンがなにも言わずに手綱を振ると、エイジャックスはおとなしく進みだした。

町を出てからも、人家があるところは誰が見ているのかわからないのでゆっくりと荷馬車を進ませたが、畑地や牧草地を過ぎて林のなかへ入ったとたん、再び手綱をふるってエイジャックスに速度をあげるよう促した。ギャビンが言うには、これから一軒の農家へ行って、そこで荷馬車から馬へ乗り替えるという。

目指す農家の手前まで来たとき、ローアンはあとをつけられていることに気づいた。彼は荷馬車を木立のなかへ入れた。

「何人ですか?」ギャビンが緊張した声で尋ねた。

ローアンは耳を澄ました。「ふたりだけのようだ」

ギャビンはふくらはぎにくくりつけてある鞘《さや》からナイフを抜いてローアンに渡した。

「これより大きな武器は持ってこられませんでした」

「かまわないさ。やつらをつかまえて縛りあげよう。殺したくはない」

ギャビンが気はたしかかと尋ねるようにローアンを見た。「向こうは剣を持っていますよ。今夜、ここで死ぬつもりですか？」

「いいや、慎重にいこう」ローアンは邪魔なマントとフードを脱いで周囲を見まわした。ありがたいことに林のなかは真っ暗だった。「おまえはあの木にのぼれ」ギャビンに道の反対側の木を指し示し、彼自身は手近な古いオークの枝をつかんですばやくよじのぼった。

ギャビンが反対側の木へのぼった直後に、ふたりの男が馬で駆けてきた。思ったとおり、城の衛兵たちだ。

「やつは北へ向かったんだ！　ハイランドにある自分の城へ」片方の衛兵が大声を出した。

「ああ、だから南側の捜索に送りだされたのは、おれたちふたりだけなのさ」もうひとりの衛兵が不平をこぼした。

彼らは剣を携えているが、襲撃されるとは夢にも考えていない。ローアンはギャビンに合図を送り、蜘蛛《くも》のように音もなく男たちの上へ飛びおりた。

ふたりは苦もなく衛兵たちを馬から引きずりおろした。地面へ転げ落ちた衛兵たちは慌てて立ちあがって剣に手を伸ばしたが、不意をつかれて焦っているのかなかなか抜けない。ローアンが相手をした男は太っていてすぐに息を切らしたので、たやすく組み伏せて剣を奪うことができた。ギャビンが相手をした若い男のほうは、簡単にはいかなかった。ローアンはあえいでいる太った男を離れて若い男に襲いかかり、相手よりも先に腰の剣を抜いて、切っ先を男の喉もとへ突きつけた。

「ギャビン、この男の馬の馬勒《ばろく》を外せ。縛るのに手綱がいる」

「馬が城へ戻ってしまいますよ」ギャビンが指摘した。

「やむをえないだろう」ローアンは静かに言った。

ギャビンは命じられたとおりに馬勒を外し、衛兵たちを縛るのに使う革製の手綱をとってきた。

「おまえが逃げたことはもう知れ渡っているんだからな、この反逆者め」若いほうの男が勇気を奮って言った。

「そうだろうな」ローアンは落ちつき払って応じた。若い衛兵を縛り終えて、もうひとりの衛兵を縛りに行くと、太った男は座ったままあとずさりをした。「じっとしていろ。怪《け》我《が》をさせるつもりはない」ローアンはそう言ったが、男は不安そうに彼を見つめた。

「反逆者め」若い男が再びつぶやいた。

「いいや、この男は反逆者じゃない。反逆者だったら、おれたちはとっくに死んでいるだろう」年上の男が若い男に言った。

「しかし――」

「殺さないでくれて感謝する」年上の男がローアンに言った。

ローアンは男を縛り終えてうなずいた。「ここは人通りの多い道だ。夜が明けるころには誰かが助けてくれるだろう」

「あの木のところまで引きずっていってもらえないか？」年上の男が頼んだ。「せっかく戦いで死なずにすんでも……」男は言いかけてやめた。実際は戦う前にやられてしまったのだ。「せっかくあんたが殺さずにおいてくれても、暗がりで馬車にひき殺されたり馬に踏み殺されたりしたんじゃたまらない」

「わかった、そうしよう」ローアンは請けあい、ギャビンと協力してふたりの衛兵を木の根もとへ引っ張っていった。そして残っていた衛兵の馬を木につないでおいたところへ来ると、その馬を見つめてからギャビンを振りかえった。「まさかこの林のどこかにステュクスを隠してあるんじゃないだろうな？」

ギャビンがにやりとした。「いいえ。それよりも荷馬車を農家へ返しに行かないといけません。本当に女王はあなたに危害を加えたくなかったんですね。あなたが逮捕されてすぐ、ステュクスはグレイ城へ戻されました。今は農家に置いてあります」

「それはありがたい」

「わかっていらっしゃるでしょうが、われわれはスコットランドを離れなければなりません」ギャビンがまじめな口調で言った。

「荷馬車を置いて、この馬に乗っていこう。急いだほうがいい。女王の家臣たちは大部分がハイランドを目指しただろうが、北へ逃げたのでないとわかれば、こちらへ捜索隊を差し向けるだろう」

彼らは残っていた一頭の馬にふたりで乗って農家を目指した。そこでは農夫が待っていた。ローアンは荷馬車を置いてきた場所を教え、明るくなって衛兵たちに発見される前にとりに行くほうがいいと忠告した。

「荷馬車と一緒に馬を残してきた。エイジャックスという優秀な馬だ。ギャビン、いろいろと手を貸してくれたこの男に礼をしたい。金貨を持っているだろう？」

「もちろんです」

「われわれが戻るまで馬の世話を頼む」ローアンは言った。

「安心してください。わたしがこの手でりんごをたっぷり食べさせます」農夫が約束した。

ふたりはそれぞれ新しい馬にまたがり、急いで農家をあとにした。農夫を危険に巻きこみたくなかったのだ。ローアンはステュクスとの再会を大いに喜んだ。

「ロンドンへ向かうんですか？」ギャビンが尋ねた。

「ああ」

それ以外考えられなかった。幽閉されているあいだ頭を占めていたのは、グウェニスに会いたいという思いだけだった。その執念だけで、なんとか生き延びられたのだ。だが、ギャビンにロンドンへ向かうのかときかれたとき、ローアンの心は激しく揺れた。スコットランドを離れることになるのだ。それも大使として南へ向かうのではない。

亡命者として行くのだ。

「ほかにとるべき道はありませんからね」ギャビンが言った。

「わかっている」

ギャビンがほほえみかけた。「ひとつ明るい知らせがあります」

「グウェニスのことか」

ギャビンは相変わらずにこにこしていた。「そうではなくて、息子さんのことです」

ローアンは口を大きく開けた。自分でも愚か者のような顔をしているのがわかったが、どうしようもなかった。しばらくしてやっと口をきけるようになったものの、かすれた声しか出てこなかった。「なんだって？」

「メイトランドから聞いたので、噂ではなくてたしかな話です。ただし、生まれたことは公になっていません。あなたには生後数カ月になる元気な息子さんがいます。名前はダニエル・ローアン。レディ・グウェニスが命名しました」

17

グウェニスは一日じゅう馬に乗りどおしで、エディンバラへ到着したのは夕方だった。城壁の外で馬に乗ったメアリー・フレミングが待っていた。

「グウェニス！」

彼女を送ってきた十人のスコットランド人護衛隊は、ふたりが再会を喜びあうあいだ、おとなしく脇《わき》に控えていた。ボーダーズで一行を待ち受けていて、そこまで護衛してきたイングランドの一隊から任務を引き継いだ者たちだ。エリザベスがメイドとしてつけてくれた若い娘も、声の届かないところで礼儀正しく控えていた。彼女はここから父親のいるスターリングへさらに旅を続けることになっている。

メアリー・フレミングに鞍《くら》に乗ったまま力強く抱きしめられて、グウェニスはクローイの背から落ちるのではないかと心配だった。抱擁を終えて体を離すと、メアリー・フレミングが言った。「話すことがいっぱいあるのよ。あなたをホリルード宮殿へ連れていくことになっているの。着いたらここのところの出来事を詳しく話してあげるわ」

「ローアンの最近の様子を知っている？」グウェニスはやきもきして尋ねた。

「彼はエディンバラ城から脱走したわ。誰もが女王はローアン卿《きょう》を逃がすつもりだったと信じているの。昨日、議会が開かれて、女王は逆らっている貴族たちに反逆罪を適用できる法案を議会に要求したけれど、ローアン卿の名前を含めようとはしなかった。もっとも、彼がスコットランドから追放処分になっているのは変わりないわ」

「脱走した？」グウェニスは呆然《ぼうぜん》としてメアリー・フレミングの言葉をくりかえした。

そんなのは嘘《うそ》だわ。神様がそれほど意地悪なはずがない。長旅の末にようやくエディンバラへ着いていよいよローアンに会えると思ったら、彼はすでに消えたあとだったなんて。

「ええ。すでに国境を越えて、ニューカッスルでジェームズ卿と合流したと聞いたわ」メアリー・フレミングは真剣な口調で言うと、悲しげな顔になって慰めるようにグウェニスの肩に手を置いた。「ローアン卿は無事よ。追っ手の衛兵たちが縛りあげられているのが見つかったの。その衛兵たちがローアン卿を褒めたたえたから、貴族や大衆のあいだで彼の評判はますます高まった。女王がローアン卿に危害を加えるつもりだったと信じている人はひとりもいないわ。女王はただ自分に逆らう人間が我慢ならなかっただけで――」

「ホリルード宮殿へ行きましょう。こんなところで話していたら人目につくわ」

やがて一行は宮殿に着いた。グウェニスはかつてあてがわれていた部屋へメアリー・フレミングとともに行き、ベッドに座って友人の話に耳を傾けた。

「長いあいだ留守にしていたわね。わたしたちはみんな、あなたがいなくて寂しかったわ。あなたはよく女王に面と向かって、わたしたちには絶対に口にできないようなことを言っていたわね。わたしたちもスコットランド人だけどフランスでの生活が長かったから、女王はわたしたちよりもあなたの言葉を信用したわ。もちろん以前は兄であるジェームズ卿にも信頼を寄せていた。それがおかしくなったのはダーンリー卿が来てからよ。今では女王が身ごもっているのをいいことに、ダーンリー卿は毎晩飲みに出かけている。ほかにもどんな気晴らしをしているのかわかったものじゃないわ。わたしの印象では、ひそかに陰謀が企てられているみたいよ」

「女王に対して？」

「たぶんね。どこまでが噂《うわさ》でどこまでが本当なのかはっきりしないけど、たしかなのは一部の貴族がいまだに女王とダーンリー卿の結婚に腹を立てているということよ。彼らはダーンリー卿が強くカトリック色を出しすぎるようになったと言っている。多くの貴族が彼を毛嫌いしているわ。聞くところによれば、ダーンリー卿にもっと権力を与えたらどうかとほのめかす貴族さえいるそうよ。そうすれば反乱が起こって女王は王位を追われ、プロテスタントの君主を後釜《あとがま》に据えることができるからといってね。とにかくいろいろな陰謀が渦巻いているらしくて、さまざまな噂が耳に入ってくるの。女王の身が心配だわ」

「でも……女王は身ごもっていらっしゃるんでしょう？　まもなくスコットランドの王位

継承者を出産される。そうなったらきっと国民の支持を勝ちとるわ」

「そうならいいけれどね。さあ、もう支度をしないと。女王は今夜、ちょっとしたディナー・パーティを予定しているの。あなたが戻ってきたのを聞いて、とても喜んでおられたわ」

「ダーンリー卿は出席するの？」

「冗談を言わないで」メアリー・フレミングが冷ややかに言った。「出席するわけがないでしょう。ダーンリー卿……というよりヘンリー国王は、例によってどこかへ飲みに出かけるに決まっているもの。知っている？　あの人は自分を国王と呼んでいるし、女王もそれを許しているのよ。彼の部屋は女王の部屋の下にあって、個人用の階段で女王の部屋に行けるようになっているけど、今ではその階段を利用することはめったにないわ」

　メアリー・フレミングが出ていったあと、グウェニスは長いあいだベッドに横たわっていた。ローアンに会えないのはつらかったが、彼の身から危険は去ったのだと考えて自分を慰めた。それにしてもようやくイングランドから帰ってきたというのに、ローアンがスコットランドを出たあとだったなんて！

　彼女は起きあがり、宮殿のメイドに手伝ってもらって服を着替えた。しばらくするとドアをノックする音がして女王の部屋つきのメイドが顔を出し、ディナーの時間になったことを告げた。

メアリーの住居はホリルード宮殿の北西の塔にあって、四つの部屋からなっていた。廊下を入ったところが謁見室で、その奥がベッドルーム、さらにその奥にふたつの小部屋がある。もちろん一般の基準からすれば小さいどころではない部屋だったが。女王のベッドルームに入ったグウェニスは、奥の部屋の一方から女王の声が聞こえてくるのを耳にした。そちらにディナーが用意されているのだろうと向かいかけて、今では国王気どりのダーンリー卿の部屋へ通じる階段がベッドルームから続いていることに気づいた。

だが、グウェニスはたちまち過去のいっさいを忘れ去った。彼女に気づいた女王がとり巻きの人々から離れ、部屋を横切って足早に歩いてきたからだ。グウェニスはメアリーが別人のように変わり果てているのを見て驚き、女王に対して憤慨していたことを忘れた。いつも笑みをたたえてきらきらしていた目はすっかり輝きを失い、顔はげっそりやつれてひどく老けて見えた。

「ああ、会いたかったわ、グウェニス」メアリーが彼女をやさしく抱きしめた。そのしぐさからして、言葉に嘘はなさそうだった。

「陛下」グウェニスは礼儀正しく膝を折ってお辞儀をした。

女王は彼女を奥の部屋へ招き入れた。「もちろんあなたは友達のメアリーたちを忘れてはいないわね。それからアーガイル伯爵夫人のジーンとロバート・スチュアートを覚えているでしょう?」

もちろんグウェニスは覚えていた。ジーンは女王の異母姉、ロバートは異母兄で、ふたりとも亡き国王ジェームズ五世の非摘出子だ。同じ異母兄のジェームズ卿は女王の寵愛《ちようあい》を失ったが、ロバートは失わなかったらしい。

メアリーが紹介を続けた。「小姓のアンソニー・スタンデンに、侍従のアーサー・アースキン……それからこちらは音楽家で、わたしが最も頼りにしている秘書のデイビッド・リッチオ」女王はほかの人たちを振りかえった。「彼女はレディ・グウェニスよ。やっとエリザベスに釈放してもらえたの」

全員がグウェニスに挨拶《あいさつ》をした。アンソニーやアーサーとは前にも会っているので、ふたりが裏表のない人間であり、女王に心から仕えていることを知っていた。ジーンは常にメアリーを愛し支えてきたし、ロバートもまた心からメアリーのことを思っているようだ。四人のメアリーは変わることなく女王を支えている。少なくともその夜女王を囲んでいたのは、忠義心に一点の曇りもない人たちばかりだった。ただしデイビッド・リッチオだけは、どのような人物なのかまだわからなかった。

ディナーの席上でグウェニスは、顔も容姿も美しいとは言いがたいリッチオがなかなかの切れ者で、しかも美声の持ち主であることを知った。彼は女王をよく笑わせた。グウェニスの見たところ、最近の女王はあまり笑わないようだった。

背の低いリッチオがグウェニスにほほえみかけた。「おかえりなさい。スコットランドへ来て何年もたつのに、わたしはいまだにこの国の広大な荒野をほとんど知らないのです。ここの人々が情熱的で激しい気性の持ち主だということはわかりましたが」

彼女がほほえんでこたえようとしたとき、ベッドルームのほうで大きな音がした。振り向くと、ドアからダーンリーが入ってくるところだった。

グウェニスはメアリーがダーンリーに愛想をつかした理由を理解した。まだ若いにもかかわらず、彼は年老いた放蕩《ほうとう》者のようだった。「国王がご到着あそばしたぞ！」ダーンリーは大声で言った。

人々はいっせいに立ちあがったが、メアリーだけは座ったままだった。「ヘンリー、忙しい時間を割いてディナーに同席してくれるのね。うれしいわ」

ダーンリーはにやりとした。遠くにいても、ビールを頭からかぶったようなにおいが漂ってくる。室内へ踏みだしたとき、彼はぐらりとよろめいた。

階段のほうからふたりめの男が姿を現した。ルースベン卿パトリックだ。グウェニスはルースベンのことを知っていたが、彼を見て驚いた。メアリー・フレミングが彼は病の床にふせっていると話していたからだ。実際、ルースベンはまだ具合が悪そうで、しゃべりだしたときもうわ言を言っているように聞こえた。

「陛下におかれましてはご機嫌うるわしくあられるようでなによりです」メアリーに深々と頭をさげたルースベンは、ふらついて前へ倒れこみそうになった。「申しあげたいことがあります。そのデイビッド・リッチオなる男は、あまりにも長く陛下のおそばに、陛下のベッドルームにとどまりすぎました」

「あなた、頭がどうかしたんじゃないの？　リッチオはわたしの要請でここにいるのよ」メアリーは激高してルースベンをにらみつけ、ダーンリーに視線を移した。「またあなたはくだらない策略をめぐらしているのね」

「国王を責めてはいけません、陛下」ルースベンが主張した。「リッチオが魔術を用いてあなたを誘惑したのです。世間の人々がなんと言っているかご存じですか？　女王は人のいい国王を寝とられ男にしていると噂しています」

「わたしは身ごもっているのよ！　聖人面した夫がどこかへ遊びに行っているあいだ、わたしはトランプをしたり音楽を聴いたりしていたわ」メアリーは怒鳴ったが、まだ事態をよくのみこめていない顔つきだった。

　メアリーの憤り方があまりに激しかったので、グウェニスは女王が情緒不安定に陥って泣きわめくのではないかと不安になった。そんなことをすれば、女王の体にもおなかの子供にも障る。

　突然、室内に人がなだれこんできた。その全員を知っていたわけではないが、グウェニスはジョージ・ダグラスや、トマス・スコット、アンドリュー・カーらの顔を認めた。

「リッチオと議論したいことがあるのなら、彼を議会に出席させるわ」メアリーは冷静に言った。

だが、女王の言葉は効果がなかった。ここへ来た男たちがあとでどのような申し開きをするにせよ、グウェニスは彼らが暴力をふるいに来たことを即座に見てとった。

リッチオもなにかそら恐ろしいことが起ころうとしているのに感づき、急いで椅子を立って逃げようとしたが、どこにも逃げ場はなかった。彼は女王の背後の大きな窓へ向かった。

勢いよく駆けてきた男たちがテーブルを引っくりかえす直前、グウェニスは慌てて後ろへ飛びのいた。テーブルが倒れる前に、誰かがすばやくろうそくを一本とりあげた。ほかのろうそくは消えて火事の恐れはなくなり、今や室内を照らしているのは一本のろうそくと暖炉の火だけとなった。

気が動転したリッチオはフランス語とイタリア語の入りまじった叫びを発した。「正義を、正義を！　陛下、お願いです、助けてください！」

男たちは拳銃《けんじゅう》や短剣を持っており、おびえきったリッチオは女王のスカートにしがみついて、その後ろに隠れようとした。

われに返ったグウェニスはメアリー・フレミングの手を握りしめた。「助けて！　誰か助けに来て！　あの人たちはリッチオを殺そうとしているの？」彼女はメアリー・フレミングに尋ねた。

「もしかしたら女王のことも殺そうとしているのかもしれないわ！」メアリー・フレミングが叫んだ。

男たちはリッチオをつかまえて女王のスカートから引き離し、悲鳴をあげて暴れる彼をベッドルームのほうへ引きずっていった。

「正義《ユスティツィア》を、正義《ユスティツィア》を、命だけは助けて《ソベ・マ・ビー》くれ！」

グウェニスはリッチオが階段から投げ落とされる音を聞き、声を限りに叫んだ。「助けて！　助けて！　女王を助けに来て！　女王の命がねらわれているわ！」

急に室内は混乱の極みに達した。狼狽《ろうばい》したメアリーのメイドたちが手に手にほうきやモップなど武器になりそうなものを持って駆けこんできた。続いて走ってきたのは、いつのまにか宮殿内に入りこんでいたダグラス一族の面々で、そのあとから女王の護衛たちが剣を振りかざしてなだれこんできた。

怒声と非難の声が渦巻くなか、血なまぐさい戦いが続いた。

グウェニスと四人のメアリーたちは女王のまわりに集まって必死に守ろうとしたが、ルースベンは仲間たちがリッチオを引きずっていくあいだ、女王の腹部に銃口を突きつけていた。

やがて騒ぎはおさまった。

小柄なリッチオは体じゅうを短剣で切り刻まれ、人間とは思えないほど変わり果てた血まみれの死体となって横たわっていた。彼が死んだという知らせを聞いたとたん、メアリーは叫び声をあげた。けれどもすぐに勇気ある態度をとり戻し、ホリルード宮殿を乗っとった暴漢たちをにらみつけた。

「気分が悪いわ」メアリーは大声で言った。「わたしはスコットランドの王位継承者を宿しているのよ。仕えている者以外は全員出ていきなさい。横になりたいわ」

男たちはぎこちなく顔を見あわせ、命令に従って部屋から出ていきはじめた。

だがグウェニスは、自分たちがまだ大きな危険の渦中に置かれていることがわかっていた。謀反人たちのほとんどが部屋を出ていったのを潮に、メアリーはベッドへ引きあげた。彼女についていったグウェニスは、女王への愛情と忠誠心が新たにわきあがるのを覚えた。

ベッドへ入るための着替えを手伝っているときに、メアリーがささやいた。「このままではすまさないわ。なんとかして復讐《ふくしゅう》しなくてはならない。わたしたちをとらえている者たちの話に耳を澄ましていなさい。どんなささいな言葉も聞き逃してはだめよ。ここを脱出しましょう」

女王の目には炎が燃え盛っていた。彼女はまだ室内に残っている謀反人たちが出ていくことを期待して、さも具合が悪そうにグウェニスの腕にもたれかかった。そして苦痛に満ちたうめき声をあげたので、とうとう残っているのは侍女たちと女王の支持者だけになった。

「もっと近くへ来て」メアリーがグウェニスにささやき、ふたりは計画を立てはじめた。

ローアンがロンドンへ着いたのは不思議なほどうららかな日だった。彼は穏やかな気候のなかをテムズ河畔の屋敷へ急いだ。まだ玄関にも達しないうちにトマスとアニーが階段を駆けおりてきて、ローアンが困惑するほど熱のこもった挨拶で出迎えた。

家に帰ったらいろいろときかなければならないことがあったのに、いざ着いてみると、ローアンの頭にはひとつのことしか浮かばなかった。「グウェニスは？」

ふたりの顔に困ったような表情が浮かんだ。

「レディ・グウェニスは……エディンバラへおいでになりました」トマスが言った。

「なんてことだ！」ローアンは大声をあげた。

「ですが、赤ちゃんが、ダニエル様がこちらにいます。奥様に世話を頼まれたのです」アニーが慰めるように言った。

ふたりをすれ違わせた気まぐれな運命をいまいましく思いながら、ローアンは息子のいる部屋へ案内された。

「ああ！」ローアンは畏怖《いふ》の念に打たれてつぶやいた。眠っているダニエルを抱きあげると、赤ん坊はひとつ大きく身震いして火がついたように泣きだした。しかし、やがて泣くのをやめて父親の顔をじっと見た。大きな青い目にブロンドの巻き毛をしている。かつてなかったほど心を揺さぶられたローアンは、息子を抱いたまましばらく椅子に座っていた。

数時間後、ようやくダニエルを乳母の若い娘に返したローアンは、ギャビンを従えて馬に乗り、エリザベス女王の謁見を求めに行った。

驚いたことに、さっそく女王の私室へ通された。

「最初に教えてあげるけれど、あなたの大胆な脱走は国じゅうの評判になっているわ」エリザベスが愉快そうに言った。

ローアンは肩をすくめた。「それほど大胆なものではありませんでした。予想もしない方面から助けの手が差し伸べられたんです」

「そうじゃないかと思っていたわ。わたしたち君主はその血筋の力ゆえに、他人に危害を加えることに嫌悪感を抱いているの」エリザベスはローアンに背を向けて考えにふけった。

「最高顧問や議員たちにレディ・ジェーン・グレイを処刑するよう要求されたとき、姉のメアリー・チューダーが何時間も泣いていたことを覚えているわ。権力の座にある者は最も近しい人たちと……わたしたちにとって代わろうとしている者たちとしばしば戦わなければならない。これほど痛ましいことはないわね」

「陛下はまだスコットランドの女王と会われたことがありません」ローアンが指摘した。

「メアリーはずいぶんと苦しい立場に置かれているそうじゃない」

ローアンは大きく息を吐いた。「メアリー女王は結婚を後悔しているようです、陛下」

「あなたは最近の出来事をなにも知らないようね」

彼の心は沈んだ。「妻のグウェニスのことですか？」

「彼女をこちらへ残すべきだったわ」

ローアンは心臓が喉もとまでせりあがってくるような気がした。

「知らせによれば、グウェニスは元気だそうよ。だけど、話がとてもこみ入っているの」

「お願いですから話してください」

「ええ、話すわ」エリザベスは真剣な口調で言った。


翌朝、グウェニスは情報を仕入れようと、できるだけ目立たないように宮殿内を動きまわった。謀反人たちは宮殿を制圧したことに安心しきっていて、表向きは女王の用事で動きまわっている侍女になど目もくれなかった。

グウェニスはカトリック司祭のブラック神父も殺されたことを耳にしたが、やはり暗殺の対象だった第五代ハントリー卿ジョージ・ゴードンとボスウェル卿ジェームズ・ヘプバーンのふたりはどうにか逃げ延びたと知った。ジョージ・ゴードンは馬から突然転げ落ちて死んだ第四代ハントリー卿ジョージ・ゴードンの長男で、父と同じ名を持ち恩赦を受けた。それから彼女は戸口の陰に身を潜め、見張りをしているルースベンのふたりの家臣がことが簡単に運んだと笑いながら話しあうのに耳を澄ました。

「聞いた話では、女王はスターリングへ連れていかれて、赤ん坊が生まれるまでそこにとめ置かれるそうだ。女王にとっては幸せな暮らしだと思うがな」ひとりが言った。

「まったくだ。音楽を聴いたり刺繍《ししゅう》をしたりして過ごせばいいんだからな。国の統治は有能な国王に任せて、子供の世話や狩りに精を出していればいいのさ」もうひとりが笑った。

「有能な国王とはダーンリー卿のことか？　彼は早くも後悔しているそうじゃないか。すっかりおびえきっているらしい」最初の男が言った。

「実際にダーンリー卿が国をおさめるわけじゃない。頭のいい領主たちが彼の名前で政治を行うだろう」

「手荒に扱われたら女王は死んでしまうかもしれないな」

「そうなってもダーンリー卿には王家の血が流れているから、立派な名目上の君主になれる。女好きだから、いくらでも別の女とのあいだに世継ぎを作れるさ」

グウェニスは女王の部屋へ戻り、仕入れてきた情報を話して聞かせた。そこには四人のメアリーたちのほかに、今では女王に仕える身となったハントリー伯爵夫人レディ・ゴードンもいた。

「なんとしてもここから逃げなくてはならないわ。そうすれば、わたしを支持する者たちが至るところで兵をあげるに違いない。きっとわたしたちはエディンバラへ凱旋《がいせん》できるわ」メアリーが言った。

「まず逃げなくては」レディ・ゴードンがささやいた。

グウェニスは不安に駆られて黙っていた。女王への襲撃計画は非常に危険でよく練られていた。それを考えると、謀反人たちを簡単に打ち負かすことができるとは思えなかった。

「グウェニス？」メアリーが声をかけた。

考えにふけっていたグウェニスは目をしばたたいた。

「ちゃんと聞いていなくてはだめよ」レディ・ゴードンが注意した。

女王がベッドのシーツで縄梯子《なわばしご》を作り、それを伝って窓から逃げたらどうかと言いだしたので、グウェニスは強硬に反対した。妊娠している身でそんなことをするのは危険だし、上の部屋や隣の塔から見られるかもしれない。それに外には衛兵がいる。「協力者が必要です。共謀者の一味にいる誰かを説得しましょう」グウェニスは言った。

女王がにわかに活気づいた。「誰がいいかはわかっているわ」彼女は苦々しげに言った。

翌朝、ダーンリーが妻の部屋へ戻ってきた。侍女たちは奥の部屋へ引きあげたが、四人のメアリーのうちひとりが廊下へ出るドアに耳を押しあてて見張りをし、そのあいだにほかの侍女たちは壁に耳をあてて隣室の話を盗み聞きした。

ダーンリーは今にも泣きだしそうな様子で、声を絞りだして苦しい胸の内を語った。

「メアリー、殺人まで犯すことは計画になかったんだ」

グウェニスからメアリーの表情は見えなかったが、夫に対する憎しみがいっそう募っているのは間違いなかった。彼が陰謀に加わらなかったら、今回の事件は起こらなかったに違いない。しかし、夫を許すと告げたときの彼女の声はとてもやさしかった。それから女王は、ダーンリーもまた捕虜にされていたかもしれないことや、ふたりともが一部の野心家の貴族にいいように利用されたことなどを話して聞かせ、うまくダーンリーを説得したようだった。

その日の午後、ダーンリーが襲撃に加わった貴族たちを室内へ入らせたところで、メアリーは夫を説得したときと同じくらい確信に満ちた声で、彼ら全員を許すと請けあった。ちょうどそのとき、ジェームズ卿がホリルード宮殿へ到着したとの知らせがもたらされた。

「兄上が来たの？」メアリーは喜びに満ちた声で尋ねた。

グウェニスはそう楽天的になれなかった。なんといってもジェームズ卿は女王に反旗を翻そうとしたのだ。だがメアリーは、若くして祖国スコットランドに関する知識がほとんどないまま帰国したときに、ジェームズ卿が手助けしようと待ち受けていたことしか頭にないようだった。

しかしメアリーがジェームズ卿に駆け寄って身を投げだし、彼がついていてくれたら今回の恐ろしい事件は起こらなかったはずだと言ったとき、ジェームズ卿は厳しい言葉で応じた。そのあとのメアリーの声は聞こえなかったが、グウェニスは彼女の表情から憤慨していることを知った。

そのとき突然、女王が苦しそうなうめき声をあげて、陣痛が始まったから助産婦を呼んでくれと訴えた。すぐに使いが出された。

メアリーは侍女たちを除いて全員部屋から出るよう言った。ほかの人々が出ていったとたん、彼女は演技をやめて侍女たちと慎重に計画を練りはじめた。

その夜、脱出計画が実行に移された。

真夜中になってダーンリーが来ると、メアリーは殺人者たちがディナー・パーティの部屋へ乱入するのに使った個人用の階段を、彼とともに足音を忍ばせておりた。階下には脱出計画を前もって知らされていたフランス人の召使いたちが待っていて、女王とダーンリーを宮殿の出口まで案内した。

玄関先で見張っていたグウェニスは女王とダーンリーに合図を送り、先に立って修道院脇の墓地のなかを急いだ。途中、女王が新しい墓のそばで悲しげな顔をして立ちどまった。グウェニスはそれがリッチオの墓だと確信した。ダーンリーは青ざめて女王に謝りだした。

「お静かに」グウェニスは警告した。「急いでください。悔やんでいる暇はありません、陛下」

修道院の外で、やはり前もって計画を教えられていたほかの人たちが待ち構えていた。

メアリーは侍従のアーサー・アースキンの後ろに乗った。ダーンリーとグウェニスにもそれぞれ馬が用意されていた。

　ダンバー城を目指して真夜中の逃避行が始まった。ふたりと行動をともにするうちに、グウェニスはメアリーが夫を毛嫌いするようになった理由がますますよく理解できた。妻のもとへ戻ったダーンリーは、裏切ったばかりの謀反人たちにつかまることを恐れ、馬に鞭《むち》をあてて先を急いだ。

「ヘンリー、もう少しゆっくり行ってちょうだい。わたしの体のことも考えてよ」女王が懇願した。

「流産したら、また作ればすむことだ」ダーンリーが無頓着《むとんちやく》に応じた。「早く来い！」

　五時間も馬を走らせつづけて、やっとダンバー城に到着した。メアリーはようやく休むことができた。

　グウェニスも着くなりベッドに倒れこんだが、疲れているにもかかわらずなかなか眠れなかった。少しうとうとしたかと思うとすぐに目が覚めることのくりかえしだった。しかし短い夢のなかでさえ、身勝手なダーンリー卿の冷淡な言葉が聞こえた。〝流産したら、また作ればすむことだ〟

　いいえ、もしおなかの赤ちゃんが亡くなったら……。

　ダーンリー卿は決して王の父親にはなれないだろう。たとえ国のため、女王としての義務のためであれ、メアリーは二度とダーンリー卿が自分の体にふれるのを許さないに違いなかった。

グウェニスは完全に目を覚まして嘆き悲しんだ。ロンドンへ残してきた息子に会いたかった。そして、その子の父親の頼もしい腕のなかに慰めを見いだしたかった。ローアンなら決して自分の意志を翻したりしないだろう。彼は策略をめぐらして謀反に加担しておきながら、すぐに後悔して泣いたり許しを求めたりする浅ましい男性ではない。

ベッドに横たわって物思いにふけっていると、かつて経験したことのない大きな孤独感に襲われて体が震えた。

メアリーは脱出に成功した。第五代ハントリー卿ジョージ・ゴードンと、ボスウェル卿ジェームズ・ヘプバーンのふたりは、早くも地方で女王のために兵を集結している。グウェニスはうまく宮殿を抜けだせたことを喜んでいいはずだった。下手をすると襲撃の最中や、脱出する際に殺されていたかもしれないのだ。事実、彼女は喜んでいた。ただ、喜んでいるのと同時に……。

寂しかった。

ハントリー卿とボスウェル卿は驚嘆すべき早さで女王への義務を果たした。

彼らはわずか二、三日で八千の兵を集めた。ダンバー城の近隣住民は八日分の食糧を携えてハディントンに集結せよという女王本人の布告も、兵の数を増やすのに役立った。

三月末、メアリーは大きなおなかを抱えて馬に乗り、部隊の先頭に立って進んだ。馬を並べているダーンリーは世にも不幸な顔をしていた。進軍している途中、襲撃の首謀者たちがエディンバラを捨てて逃走したという情報がもたらされた。ダーンリーの裏切りを知り、抵抗しても無駄だと悟ったのだ。

約束したとおり、メアリーはエディンバラへ凱旋した。

グウェニスはメアリーが戦争をしなくてすんだことをうれしく思った。そしてまた、殺人罪で処刑されるであろう謀反人たちのほとんどが逃げ去ったと聞いて、内心ほっとした。彼女はまた、今回の一件が契機となってメアリーが異母兄のジェームズ卿を許す気になったことを喜んだ。しかし、共謀者たちのあいだで交わされた誓約書に彼の署名があったという噂はいつまでも消えなかった。

グウェニスが喜んだのは、女王がジェームズ卿を許したのなら、きっとローアンも許してくれるに違いないと考えたからだ。

ローアンからは手紙の一通さえ届かなかったので、どこかでばったり会っても彼だとわからないのではないかと心配になることさえあった。そうかと思えば、忘れたくても永久に忘れられないほど深くローアンを愛していると確信し、深い苦悩に襲われるときもあった。

エディンバラへ戻って最初の数日間は興奮のうちに慌ただしく過ぎた。

メアリーが最初に熱意を傾けたのは、デイビッド・リッチオの遺体を仮の墓から掘りかえして、立派なカトリックの葬儀を執り行うことだった。次にとり組んだのは、今回の件にかかわった貴族たちの処遇だ。彼女は女王の側に立った者たちに褒賞を与え、裏切った者たちを厳しく罰した。共謀者の手下の何人かは逮捕されて死刑を宣告された。

それ以外にもメアリーは、生まれてくる子供の心配をしなければならなかった。

「わたしの赤ちゃんが混乱の世界へ生まれてこなければならないと思うと、胸が引き裂かれそうだわ」彼女は室内を歩きまわりながら言った。

「それでダーンリー卿にやさしくされているんですね?」メアリー・フレミングが小声で尋ねた。「赤ちゃんに多少なりとも人生の調和を教えてあげるために」

「子供が生まれるまでは、わたしたち夫婦のあいだに不協和音があってはならないわ。わたしの子は嫡出子で正統な王位継承者だという事実に、一点の曇りもないようにしておきたいの」そう言ったものの、メアリーの顔には夫に対する嫌悪感がありありと表れていた。

しかし、グウェニスはメアリーのことをよく知っていた。子供が生まれるまでは、彼女はよき妻の役割を演じきるだろう。グウェニスは、生まれてくる子に対するメアリーの愛情と、早くも芽生えたわが子を守ろうとする母性愛を理解した。機会が訪れしだい、女王にローアンと息子のダニエルのことを話そうと、彼女は心に決めた。

機会は数日後に訪れた。ジェームズ卿やハントリー卿ら多くの貴族と和解したメアリーは、自分をとり巻く世界の支配権をとり戻していた。満足した女王はようやく落ちついて座り、生まれてくる子供のために小さな服を縫いだした。女王がひとりで縫い物をしているのを見たグウェニスは、思いきって話しかけた。

「ローアンのことはどうなさるおつもりですか?」

驚いたことに、女王は険しい目でグウェニスをにらみつけた。「彼がどうかしたの?」

「陛下はジェームズ卿をお許しになったのですから、ローアン――」

メアリーは立ちあがった。「わたしの前であの男の名前を口にしないで。彼が自由になったとたん、わたしの苦難が始まったのよ。わたしは愚かだったわ」

グウェニスは息をのんで立ちあがった。女王の言葉が信じられなかった。「なぜローアンに非があるようなことをおっしゃるんですか? 彼はイングランドへ逃げたんですよ。ローアンは――」

メアリーが目を細めた。「どうしてイングランドへ逃げたとわかるの? わたしはローアンに逃亡するよう促した。そうしたらわたしの部屋で人が殺されたわ。あなたも利口になりなさい。わたしは男についていろいろ学んだ。それに警告したはずよ、彼に恋してはいけないと」

室内にはふたりだけしかいなかった。グウェニスはあまりにも落胆して腹が立ったので抑えがきかなくなり、思ったことをはっきり口に出した。「陛下はわたしに警告しておきながら、ご自身はダーンリー卿のような男性と恋におちたじゃありませんか！」

「わたしは女王よ。女王にはふさわしい夫が必要だったの」

「彼は陛下にふさわしくありませんでした。エリザベスは――」

「エリザベスは策略家で誠実さに欠けた狡猾《こうかつ》な女だわ！　ヘンリーをここへよこしたのはエリザベスじゃない。彼女はヘンリーをわたしにとり入らせて結婚させようとたくらんだ。そうすれば、わたしがイングランドの王位継承者であることを認めずにすむと思ったのよ！」

グウェニスは大きく深呼吸をし、メアリーがくぐり抜けてきた苦難の数々を理解しようとした。何年にもわたって国を統治するあいだに、女王が人の心の裏表について多くを学んだことは明らかだ。だけど……。「陛下、わたしはローアンの妻です」

女王が冷たい目でグウェニスを見た。「いいえ、違うわ。あなたはスコットランドの臣民であり、わたしの臣下なの。しかもわたしは以前、あなたの結婚は無効だと断言した。それがどういうことかわかるわね？　あなたはあの反逆者の妻ではない。あんな男は一生イングランドへ追放処分にしておくつもりよ。断じて戻ってこさせるものですか！」

「陛下！」

「わたしの言っていることはわかるわね？」

「いいえ、わかりません。謀反にローアンが加担していた証拠なんかどこにもないじゃありませんか」

「ヘンリーはローアンが加担していたと教えてくれたわ」

グウェニスは息をのんだ。「ダーンリー卿の言葉をうのみにするんですか？」

「あの人はいろいろなことを白状したのよ」

「彼は自分が助かりたかったから適当な名前を口にしたんです。陛下の良識はどこへ行ってしまったんですか？　ローアンは最初からダーンリー卿を軽蔑《けいべつ》していました！」

「そうね。それにほかの者たちもヘンリーを軽蔑していたわ。でも、彼らはわたしに対抗するための操り人形としてヘンリーを利用しようとした。自分たちが好き勝手に操れる人間は、ほかの人からもいいように操られるのだということを、彼らは忘れていたようね」

「ダーンリー卿は嘘をついています」

「愛する人間に裏切られるほどつらいことはないわ」女王が言った。

「ローアンは陛下を裏切ったことは一度もありません！」

「グウェニス、よく聞きなさい。ヘンリーは見さげ果てた人間だけれど、わたしが再び権力を握ったことを恐れている。その彼がローアンの名前を告げたのよ。ローアンは今回の陰謀に加担していた。それがあなたにはわからないの？」

「そんなことはとても信じられません」

「だったら、あなたは愚かよ。わたしなんかよりもはるかに愚か者だわ」メアリーがきっぱり言いきった。

「わたしはローアンの子供を産んだんです」

メアリーは驚いた顔でグウェニスを見つめた。一瞬、表情が和らいだかに見えたが、つらい経験をしすぎたあまり心がかたくなになっていたのか、彼女は冷たく言い放った。

「だったら、その子は非嫡出子ということになるわね」

グウェニスは両手をきつく握りしめてメアリーを見つめた。「わたしはローアンを愛しています。神の目から見ても、彼はわたしの夫であり、わたしの子の父親です。陛下がローアンのことをそれほど嫌っているのなら、わたしの良心に照らして、これ以上陛下にお仕えすることはできません」

メアリーは頬を張られたような顔をした。「じゃあ、あなたもわたしを裏切るのね」

「そうではありません」

「だったらわたしに仕えなくてもいいようにしてあげるわ」

「スコットランドを出ることくらい自分でできます」

メアリーは首を振った。「わたしをさげすんでいる国へあなたを行かせて、ローアンに会わせるとでも？　エリザベスはイングランドから助けも同情もよこさないわよ。わたしは密偵を送りこんであるから、向こうの事情は知っている。兄上がわたしと戦うための軍隊を求めたときエリザベスは断ったけれど、金銭的な援助はしていた。あなたはイングランドへ戻ってはだめよ」

「では、わたしをエディンバラ城へ閉じこめるのですか?」グウェニスは声に軽蔑をにじませて尋ねた。

「エディンバラ城にではないわ」メアリーは低い声で言って、グウェニスに背を向けた。

「さがりなさい」

「陛下、どうかもう一度よく考えて――」

「さがりなさい。早く」

グウェニスは意気消沈して自分の部屋へ戻り、室内を歩きまわってこれからどうなるのだろうと考えた。

長く考える必要はなかった。

ドアをノックする音がした。ドアを開けると、先日ボーダーズからエディンバラまでグウェニスを護衛してきた兵士たちが廊下に立っていた。

隊長が彼女を見て大きなため息をつき、申し訳なさそうに言った。「われわれと一緒に来ていただきます」

「どこへ?」

「申しあげられません」

「わたしは囚人なの？」

「はい。お気の毒ですが、そうとしか言えません」

「着るものはどんなものを用意していったらいいかしら？」グウェニスは尋ねた。

「われわれが向かうのは北です」

「すぐに支度をするわ」

ここにはアニーさえいない。今でも大切なわが子から遠く離れているのに、さらに遠くへ連れていかれようとしているのだ。

それ以上に悪いのは、ローアンがまたもや反逆者の烙印《らくいん》を押されたことだ。しかも、今回は女王がそれを信じている。

グウェニスはベッドへ身を投げだして、女王なんか大嫌いだと大声で泣きわめきたかった。

しかし、真実を見据えようとしないメアリーに対して激しい怒りは覚えても、憎む気持ちはなかった。グウェニスはまた、危険に対して盲目だった自分自身にも怒りを覚えた。

彼女は手早く荷造りをした。そしてドアを開け、廊下にいた護衛のひとりに荷物を示してから、ここを去る前にもう一度メアリーに会えるかと尋ねた。

女王はすぐに会ってくれた。部屋へ通されたグウェニスは、女王もまた泣いていたことに気づいた。彼女はグウェニスを両腕で抱きしめた。

「なにがあろうとわたしは決して陛下を裏切りません」グウェニスはささやいた。

メアリーは後ろへさがった。「だからこそ、わたしはあなたをすべての誘惑から遠ざけるのよ」

「なんですって?」グウェニスは当惑して問いかえした。

「悲しいことに、あなたもわたしも人を愛して激しい情熱に身を焦がすのがどういうことかを知っている。わたしは目の前のきらきら輝くものに心を奪われてしまった。でも、そうした美しさは表面的なものにすぎないわ。わたしは今、その代償を払っているの」

「陛下はローアンのことをよくご存じです」グウェニスはローアンがメアリーと同じ血を引いていると指摘したかったが、やめておいた。なぜならダーンリー卿もメアリーと同じ血を引いているからだ。ヘンリー七世の血が流れているからといって、ダーンリー卿は賞賛に値する人間にはならなかった。

「ええ」メアリーは真剣な口調で言って、かぶりを振った。「ローアンのことならよく知っているわ。心の底から信じていた。だから、ヘンリーがわたしに嘘をついたと、ローアンがどうにかして証明できることを祈っているわ」

グウェニスはためらいながら言った。「あなたを裏切ったのはダーンリー卿です。それをなぜ今になって信じるんですか?」

「今のヘンリーはわたしを恐れているからよ。彼は一度わたしを裏切り、そのあとで一緒になってわたしに刃向かった者たちを裏切った。ヘンリーにとってはわたしが唯一の希望なの。いずれ査問会議が開かれるだろうけれど、今は……あなたたちを愛しているからこそ、あなたを安全なところへ行かせるの」

「陛下――」

「連れていきなさい」女王はドアのところで待っていた護衛隊に穏やかな声で命じた。

涙がメアリーの頬を伝い落ちたが、つらい経験を経て非情になっていたのか、彼女は心を和らげなかった。

18

「イングランドにとどまることをすすめるわ、ローアン」スコットランドの出来事をローアンに話し終えたあとで、エリザベスが言った。

ローアンは首を振った。「それはできません」

「あなたの国は反逆者の温床になっているうえに、今回のリッチオ殺害事件にかかわった貴族の処遇についても、許された者とそうでない者の区別がでたらめだったらしいわ。メアリーは感情的な手紙を長々と書いてよこすのよ。あなたの潔白を願っていながら、それを信じる勇気がないのね」エリザベスはかぶりを振った。「信頼できる筋から聞いたところでは、実際に策略があったんですって。メアリーの忠臣のメイトランドは貴族のあいだで交わされた誓約書に署名こそしなかったものの、陰謀がたくらまれていることは知っていたみたいよ。書面では殺人のことまでは明記されていなかったようだけれど、メアリーをリッチオの影響から引き離し、王冠をダーンリー卿《きょう》の頭にのせようという誓約書に貴族たちが署名したことはたしかなの。ジェームズ卿も陰謀にかかわっていたという噂《うわさ》があるのに、メアリーは今では彼を呼び戻して頼りにしている。あなたの大切な領地はずいぶん厄介なことになっているようよ、ローアン」

「わたしがエディンバラを出たあとにそんなことがあったとは、まったく知りませんでした。しかもわたしの領地が面倒な状況に置かれているなんて。グウェニスがそこにいるんです」

「メアリーはあなたたちの結婚が法的に無効だという宣言を出したわ。それに彼女がグウェニスをどこへ幽閉するよう命じたのか、誰も知らないの」

「わたしが捜しだします」

「首をはねられるかもしれないわよ」

「覚悟のうえです」

エリザベスは椅子に深く座り直し、ローアンをじっと見つめた。興味深いといった表情であると同時に愉快そうでもあった。「状況をじっくり観察してから行動に移したほうがいいわよ。スコットランドの貴族たちは絶えず互いの首をねらっている。ひとりがつかまったら、残りの貴族たちは飢えた狼《おおかみ》の群れみたいにその者に襲いかかるわ」

「どこも似たようなものではありませんか？」ローアンは尋ねた。

彼女は顔をほころばせた。「イングランドでは、そう簡単には暴力沙汰《ざた》に発展しない。わたしはメアリーよりも大きな権力を握っているの。盾突きそうな人間は片っ端から投獄できるし、事実そうしているわ。わたしは油断なく見張り、耳をそばだてて、ときには許しを与える。あなたの身が心配だわ、ローアン。あなたは泥棒たちに囲まれた正直者みたいなものだから」

ローアンは思わず考えていることを口に出した。「まったく理解できません。わたしはダーンリー卿のことはほとんど知らないのです。何度か会った印象や人の話からダーンリー卿を好きにはなれませんでしたが、彼に対して行動を起こしたことはありません。なぜメアリーはわたしに背を向けたのでしょう?」

「メアリーがあなたの脱走を手配し、あなたが逃げたとたんに例の暴力事件が起こった。あなたは都合よく真犯人たちの身代わりにされたのよ。あなたは常に自分の立場を変えず、どんなときもジェームズ卿を支えてきた。スコットランドの統一が保たれて強国になればおのずと平和がもたらされると、あなたが信じているのは知っているわ。だけど残念ながらメアリーがとった行動のせいで、事態は予想もできない方向へ展開しはじめた。わたしが耳にしたことをあれこれ考えあわせると、彼女はダーンリー卿を毛嫌いしているみたいよ。でも、今となっては彼を支えつづけるしかないでしょうね。メアリーが婚姻の無効や離婚を求めることはないわ」

「おなかに子供がいるからですね」ローアンは苦々しい口調で言った。

エリザベスがうなずいた。「世継ぎのために、メアリーは表向きダーンリー卿を支持しつづけなければならない。出産を終えるまでは、赤ん坊の父親が誰であるのか疑惑を招くような行動はいっさいとらないに決まっている。さもないと嫡出子と認められない恐れがあるもの。だからこそ、あなたに用心するよう忠告しているの。子供が生まれるまで待ちなさい。そうしたらたちまちダーンリー卿はメアリーに見放されるでしょうよ」

「グウェニスの身が心配です」ローアンは静かに言った。

「あなたたちがうらやましいわ」エリザベスが言った。

「うらやましい？」

「ずいぶん不当な目に遭わされてきたのに、あなたたちは強く信頼しあっている。いつかその強い信頼と深い愛情がふたりを救ってくれるわ。それとも破滅をもたらすことになるのかしら。この世界にありがちなように、時間と苦難があなたたちを敵同士にし、思いやりはさげすみに、愛は憎しみに変わるのかもしれない」

「そんなことにはなりません」

「あなたの同類がよくするように無謀な行動に走ってはだめよ」

ローアンは尋ねかえさずにいられなかった。「わたしの同類？」

「ハイランド人のことよ」エリザベスが言ったが、顔には笑みが浮かんでいた。「もちろん、わたしは助言をしているだけ。結局、あなたは自分のしたいようにするでしょう」

メアリーが男子を出産したという知らせがグウェニスのところへ届いたのは、七月のはじめだった。激しい陣痛が長時間続いたが、生まれた子は五体満足で元気だという。

さっそくグウェニスは長い祝福の手紙を書き、世継ぎの誕生を喜んでいる旨を伝えたが、実際はみじめな気持ちだった。一生とらわれの身として過ごさなければならないのだろうか。いっそのことロンドンへ使いを出して、アニーとトマスにダニエルを連れて北へ来るよう頼もうかしら。何時間も思い悩んで過ごしたが、スコットランドにおける一連の出来事を考えると実行に移す勇気はなかった。ダニエルはロンドンにいるほうが安全だと考えて満足するほかなかった。

ロンドン塔での幽閉生活と同じように、ここでの生活も完全な監禁状態ではなく、ある程度の自由が許されたものの、場所が場所だけにわびしさは否めなかった。そこは女王のエディンバラ脱出に力を貸した功績で新たにとりたてられたボスウェル卿ジェームズ・ヘプバーンの領地内の、荒涼とした土地にある城のひとつだった。グウェニスは多くの時間を女王や家族や友人たちへ手紙を書くことに費やした。それらは一応彼女のもとから運び去られる。しかし、おそらく先方には届いていないのだろう。

訪問客との面会は許されていて、メアリーの出産の知らせがもたらされた数日後、叔父のアンガス・マクラウドがグウェニスを訪ねてきた。彼はグウェニスに、結婚の件で女王の怒りをあおるのはやめ、ローアンの妻だという主張を撤回するよう忠告した。彼女はアンガスがローアンに敬服していることを知っていただけに、あっさり気持ちを変えた叔父に愕然《がくぜん》とした。

アンガスが重々しい口調で言った。「その気になれば、女王はおまえやローアン卿の全財産を没収できる。これまでは出産に気をとられていたが、子供が生まれた今、女王がどんな行動に出るのかは誰にもわからない」彼は首を振り、うんざりした口調で続けた。「愛か。愛がなんだというんだ？　結婚は家族同士を結びつけ、協力関係をたしかなものにするための契約だ。それくらいはおまえも知っているだろう」

「わたしは愛が奇跡を起こすのを何度も見てきたわ」グウェニスはそっけなく言った。

アンガスがためらいがちに言った。「教えておいたほうがいいだろうな。女王は機会あるごとにおまえの名前を利用しているんだ」

「なんですって？」

「女王は支持を表明する貴族たちに、おまえを褒美として与えようとしている」

「たいして財産のないわたしが褒美になるわけがないでしょう！」グウェニスは叫んだ。

「おまえを結婚させる際に、謀反人どもから没収した土地をつけて与えると女王はほのめかしているのさ」アンガスはかぶりを振り、暖炉の前へ歩いていった。「さっきも言ったように、結婚は家族と家族を結びつけるための契約だ。六十歳の未亡人が二十歳の若者と結婚した例もある。二十歳前の若い娘が生ける屍《しかばね》みたいな老いぼれの嫁にされるのもよくある話だ。それが世の習いというもの。しかし家の跡継ぎを望む男にとっては、若い嫁が望ましい。そのうえ美人とくれば言うことはないだろう」

「いくら女王でも、わたしの同意なしに結婚させることなんてできないわ。それにメアリーがそんなことをするなんて信じられない」

「おまえは今でも女王を愛しているんだな？」アンガスが言った。

「もちろん恨みはあるわ。でも、わたしはメアリーが変わるのを見てきたの。フランスから戻ってきたときの彼女はスコットランドへの愛と希望に満ちていて、立派な女王になって国を統一するのだと自信をみなぎらせていた。今は間違った方向へ進んでいても、いつか真実に気づいて正しい道へ戻るに違いないとわたしは信じているわ」

「おまえの思い違いでなければいいが」アンガスがやさしく言った。「しかしおまえがそう思っているなら、わたしはおとなしくイズリントンに引っこんで、政治にはいっさいかかわらず、おまえのためにできるだけのことをするさ」そしてしばらく黙ったあとで言い添えた。「そして、なにがあってもダニエルを守り抜こう」

以前はなぜ叔父を厳格で冷酷な人間だと考えていたのだろう。フランスから帰国したあとに接したアンガスは、誠実で尊敬に値する人物だった。グウェニスが率直にそのことを述べてきつく抱きしめたので、アンガスは当惑したらしかった。やがて彼は帰っていった。

そのあともグウェニスはメアリーに、アニーとトマスに、そしてローアンに、せっせと手紙を書きつづけた。もっとも、それらは一通として届けられないとわかっていた。彼女のところへ運ばれてくる手紙はほとんどなく、届くのはメアリーからの手紙だけだった。

そのなかの一通でメアリーは、新しくストラサーンの領主になったドナルド・ハサウェイとの結婚を考えてみてはどうかとすすめてきた。手紙には熱心な調子で、ドナルドは将来性のある溌剌《はつらつ》とした若者だと書いてあった。

グウェニスはかっとなって手紙を投げ捨てたが、そこにはほかのことも書かれていたので、拾い直して先を読んだ。

わたしがこうするのは、愛すればこそだということを理解してください。信頼できる筋から聞いたところによれば、ローアンは祖国への義務をすっかりないがしろにし、さる伯爵家の令嬢エリシア・ストラトフィールドと結婚して、今ではイングランドの女王に忠誠を誓って仕えているそうです。

グウェニスは手紙に書かれていることを信じなかったが、そのあと一時間あまりを怒ったり泣いたりして過ごし、最後には絶望感に浸った。

年の瀬も押し迫ったころ、突然護衛隊がやってきてグウェニスを驚かせた。クリスマスが終わりしだい、彼女を宮廷へ呼び戻すためにメアリーが送ってよこした護衛隊だった。心の傷と怒りがまだ癒《い》えていなかったので、グウェニスは宮廷へ戻るのを拒絶したかったが、女王の望みとあっては、しかもたくましい兵士を六人も前にしては断れるわけがなかった。

それに、残りの人生を女王に軟禁された状態で送りたくなかった。

たとえローアンの裏切りが真実であろうとも。

「あそこです」ギャビンが指さした。

岩山の頂にいるローアンのところから、女王の兵士たちがやってくるのが木々の隙間《すきま》から見えた。グウェニスのまとっている美しいケープが、彼女の牝馬《ひんば》を覆っている。先頭を進んでくるのは護衛隊長で、その後ろにグウェニスが続き、彼女の後ろにメイド、さらに後ろに五人の護衛兵が続いていた。

「なるほど」ローアンはつぶやいた。

「襲撃するのは狂気の沙汰です。ここはボスウェル卿の領地で、彼の手下が大勢います。それに閣下は、任務を果たしている男たちに危害を加えないよう慎重に行動してきたじゃないですか」ギャビンが言った。

「たしかにそうだ」ローアンは道を進んでいく一行を見守った。彼は戦いを挑みたくてうずうずしていた。勝とうが負けようが、とにかく戦いたかった。しかしふたつの理由から、はやる気持ちをなんとか抑えた。ひとつは罪もない男たちを殺したくなかったからで、もうひとつはここまで常につき従ってくれた十人の家臣の命を危険にさらしたくなかったからだ。

人々はローアンがスコットランドへ戻ってきたことに気づいていたし、彼自身も気づかれていることを知っていた。だがローアンが追放処分を受けていることを知りながらも、誰もが敬愛の念をもって彼を迎えた。宮廷と距離を置いて沈黙を保ってきた友人たちはローアン一行に宿と食事を提供してくれたし、行く先々で出会う人々はローアンだと気づいても騒ぎたてはしなかった。

しかしこの場にいるのは、今や女王の寵愛《ちょうあい》を一身に浴びている非常に野心的な男、ボスウェル卿の手下と領民たちだ。

「襲撃はしないで、あとをつけていこう」ローアンは言った。

彼らはグウェニスたちの一行からかなり距離を置いてついていった。

目立たない点ではローアンの比でないギャビンが、斥候として先に行った。夕暮れが迫るころ、彼は森のなかに潜んでいるローアンたちのところへ戻ってきた。

「彼らの今夜の宿泊先はエルウッド館です」ギャビンが報告した。

「行ったことがないな」ローアンは言った。

ギャビンがにやりとした。「わたしはあります」

エルウッド館は牧師館で、ボスウェル卿のいとこであるヘプバーン師が住んでいた。広い敷地内に美しい建物がいくつも立ち並び、芝生が植えられた屋敷の前庭を羊や鶏が歩いている。屋敷の周囲には藁葺《わらぶ》き屋根の美しい田舎家が点在していた。

ヘプバーン師はグウェニスたちがやってくることを知らされていたらしく、屋敷の前で一行を待っていた。恰幅《かっぷく》がよくふさふさした灰色の髪の持ち主で、体全体から厳格な雰囲気が漂っていた。

女王の家臣たちは近くの田舎家へ泊まることになり、グウェニスのメイドは屋根裏の部屋をあてがわれた。グウェニスは母屋の一室を提供され、彼女だけが牧師とディナーをともにすることになった。

ヘプバーン師は礼儀正しい人物だったが、閉口したことに大変な話し好きだった。そればかりか、説教をしようと決めていたらしい。グウェニスがおいしい魚料理を味わっているときに、彼はスコットランドの現状について話しだした。「女王が世継ぎを産まれたことは実にめでたいことです。これでわが国の将来は安泰だと、われわれはみな喜んでいます。しかしスコットランドに平和をもたらすためには、国民ひとりひとりが自分の役割を果たさなければなりません」

「もちろんです」グウェニスは小声で応じたものの、内心いったいなにが言いたいのだろうと首をかしげた。

「つまり、われわれはみな女王に従順であるべきです」ヘプバーン師はきっぱり言ってグウェニスにフォークを突きつけ、彼女をぎくりとさせた。「われわれは誰しも義務を負っています。現実の生活に幻想が入りこむ余地はないのです。反逆者どもを許してはなりません」

　意に介さずに早く食事をすませたほうがいいとわかっていたが、グウェニスは黙っていられなかった。「ローアン卿のことをおっしゃっているのなら、彼は反逆者ではありません。きっと女王も心のなかでは反逆者と思っていないでしょう。女王はローアン卿の領地を没収しなかったのですよ」

　ヘプバーン師は目を細め、嫌悪感をあらわにした。「するときみは、真実を見ようとしない浅はかな連中の同類というわけか。街頭でローアンの名前を叫んでいるやつらの」

「いずれ彼の潔白が証明されるわ」

「女王に害を及ぼす者はただではすまない」牧師はにやりとした。「このあたりでローアンの姿を見かけたら、女王の重荷は速やかにとり除かれることになるだろう。われわれがやつの死体を女王のもとへ届けるからだ」

「女王は決して殺人をお許しにならないわよ。あなたは頭がどうかしているんじゃないかしら?」グウェニスは憤慨して立ちあがった。これ以上会話を続けても、理解しあえるとは思えない。「長旅で疲れているから、失礼して部屋で休ませていただくわ」

ヘプバーン師も立ちあがったので、グウェニスは彼がこの話題をあくまでも続けるつもりなのだと悟り、引きとめられる前に東翼の一階の部屋へさっさと引きあげた。

幽閉中にグウェニスの世話をしていたオードリーという名前の若いメイドが部屋へ来たが、グウェニスはひとりにしてほしいと丁寧に言って引きとらせた。オードリーのことはよく知らないので一緒にいるとくつろげないし、彼女に相談する気にもなれない。このときもアニーがいてくれたらと思ったけれど、彼女にはダニエルのそばにいてもらう必要があるのだと自分に言い聞かせた。

ヘプバーン師にひとつだけ長所があるとすれば、それは皮肉の精神を持っていたことだ。彼は粗末な木製の浴槽をグウェニスの部屋へ運びこませた。湯につかって罪を洗い流せという無言の非難だった。

彼女はひとり湯に入って物思いにふけった。心は怒りと絶望のあいだを揺れ動いていた。この世は嘘《うそ》と噂が渦巻く狂気の場所だ。そこにいるのは、自らの欲望を満たすことしか頭にない野心家と嘘つきばかりだった。

たとえそれがヘプバーン師の思っていた罪ではなかったにせよ、ようやく罪のいくつかを洗い流すことができたと感じたグウェニスは、浴槽から出てやわらかなリネンのネグリジェを身につけ、ベッドへ入って眠ろうとした。

眠りはなかなか訪れなかった。

ヘプバーン師はもう少しグウェニスに苦難を与えたら、彼女がさらにいくつかの罪を償えるに違いないと考えたのだろう。ベッドに敷かれていたのは、わざわざどこかで見つけてきたとしか思えないほどごつごつしたかたいマットレスだった。

心のなかでヘプバーン師を呪《のろ》ったら、本当にわたしには罪があることになるのかしら、とグウェニスは自問した。


エルウッド館はなだらかな谷にあって、弱い月明かりのなかでも美しく見えた。その谷もまた美しく、ローアンが愛してきた祖国の魅力を端的に表す土地のように思われた。

一行は近くの林のなかで馬を降り、ひとりだけを馬の番に残して、徒歩で屋敷へ近づいていった。屋敷は静まりかえっていて、見張りはついていなかった。

ローアンの見たところ、メアリーが送ってよこした護衛隊は、なにか問題が起こるとは予想もしていないようだ。彼らの任務は侍女のひとりを女王のもとへ送り届けることだけだ。問題が起こると考える理由はどこにもない。そのため、ローアンたちが屋敷の入口を見つけるのはたやすかった。

何箇所か試したあげくに客間の窓から邸内へ忍びこんだとき、ローアンのかたわらにはいつものようにギャビンがいた。

牧師が寝ている部屋はすぐにわかった。彼は雷のような大いびきをかいて眠っていた。ローアンは部屋のドアを閉めて廊下を先へ進んだ。どの部屋のドアにも内側にかんぬきがついている。ローアンはグウェニスが危険を感じてドアにかんぬきをかけていませんようにと祈った。

ようやくグウェニスの寝ている部屋を探しあてたローアンは、軽くふれただけでドアが開いたので神に感謝した。

月明かりのなかで、彼はしばらくグウェニスの眠っている姿を見守った。彼女と別れたのがはるか昔のような気がする。あのときもグウェニスは今と同じように眠っていた。枕《まくら》の上に広がった髪が、暖炉の燃えさしの明かりを受けて金色の炎のように見えたものだ。白いネグリジェをまとった姿は、天使のようにも海の精《セイレーン》のようにも見える。体にまつわりついている薄い生地を通して、しなやかな体の完璧《かんぺき》さがしのばれた。

ローアンはしばらく戸口に立っていたあと、ドアを静かに閉めた。ギャビンが廊下で見張りに立っていると知っていたが、念のためにかんぬきをかけた。

それからベッドへ歩いていって腰をおろした。グウェニスの頬がぬれて光っているのを目にしたローアンは、彼女が泣きながら眠ったことを悟った。スコットランドへ戻って以来、彼はメアリーがグウェニスを新しい寵臣のひとりと結婚させようとしているという噂を何度となく耳にした。

もっともそれを言うなら、ローアン自身がほかの女性と結婚したという噂も広まっていた。なんともくだらないと言うしかない。グウェニスは噂を耳にしてもばかばかしいと笑い飛ばして、ぼくを信じつづけるだけの心の強さを持ちあわせているだろうか。世の中には女王の寵愛を得るために他人をおとしめる人間がいて、そういう者は平気で嘘をつくものだと考えてくれるだろうか。

グウェニスが目を開けた。

悲鳴をあげられたら困ると思い、ローアンは慌ててグウェニスの口を手で覆おうとした。だが彼女は声をあげず、ただローアンを見つめてささやいた。「まだ夢を見ているのね」ローアンは感動の声をのみこんで身をかがめ、グウェニスの唇に唇を重ねた。「じゃあ、きみの夢をぼくにも見させてくれ」彼はささやきかけた。

あとになってローアンは、もっと話をするべきだった、ふたりのあいだで理解しあっておくべきことがたくさんあったのにと悔やんだ。しかしそのとき、ふたりは胸がいっぱいになっていた。唇がふれあったとたん、ローアンは情熱の荒波にさらわれて分別も言葉も失った。離れ離れになっていた時間を永遠のように長く感じる一方で、彼女の唇をむさぼり夢中になって肌を探っていると、世界が正しさをとり戻しつつあると感じられた。彼はグウェニスと並んで横たわり、リネンのネグリジェの上に手を滑らせて、彼女の肌のあたたかさとすばらしい体の曲線を味わった。グウェニスがローアンのほうを向いて体を押しつけてくる。ローアンは唇を合わせたまま彼女にふれ、きつく抱きしめた。グウェニスの手も彼の肌を動きまわった。彼女にふれられているうちに下腹部がこわばり、時間も場所も、そして命さえもがどうでもよくなった。ふたりの唇が離れたが、それは別のところへ熱いキスをするまでの短い間にすぎなかった。

グウェニスの胸を指と唇に感じ、体のなかを焼けるような欲望が荒々しく走り抜けた。熱い欲望の証《あかし》を彼女の指と舌でやさしく愛撫《あいぶ》されるのは耐えがたかった。半ば脱ぎ捨てられた衣服がまつわりついたまま、とうとうふたりはひとつになった。グウェニスが肌をぴったり合わせたまま体を動かす。激しく力強く身をくねらせる彼女に情熱をあおりたてられ、ローアンは欲望をほとんど制御できなくなって、頭の片隅にわずかな理性を残すのみとなった。けれども誇りと思いやりに根ざしたその理性がどうにか勝利をおさめ、自分の欲望を解き放つのをなんとかこらえてグウェニスを興奮の高みへといざなった。やがて世界がはじけた。

ローアンはすっかり満足感に浸っていたので、最初のうち、窓をたたく小さな音に気づかなかった。音を聞きつけたのはグウェニスだ。彼女は急いで起きあがり、警戒の目でローアンを見た。

「ローアン卿！」

切迫感に満ちたギャビンの声が聞こえた。ローアンは立ちあがってすばやく衣服を整えた。ギャビンは廊下で見張っていたはずなのに、声は窓の外から聞こえてくる。

「大変な騒ぎです。女王の兵士たちが起きだして武器を手にしています」

ギャビンの話がまだ終わらないうちに、ドアを激しくたたく音がした。

グウェニスがベッドを出てローアンを見つめた。「早く出ていって」彼女は緊迫した声でささやいた。

「きみも一緒に来るんだ」

驚いたことにグウェニスはあとずさりをし、苦悶《くもん》のまなざしを向けてきた。「いいえ」

「来てくれ！」

「レディ・グウェニス？」誰かが廊下から呼びかけた。

「出ていって」彼女はローアンに命じて、彼の胸を押しやった。「早く。わたし……わたしは結婚するの。早く行ってちょうだい。見つかったら首をはねられるか、庶民のように縛り首になるわ。それでいいの？　出ていきなさい！」

ローアンは歯ぎしりした。この夜中にどこから秘密がもれてこんな騒ぎになったのか、さっぱりわからなかった。

「きみも一緒に来なくてはだめだ」

「もう一度わたしにふれてごらんなさい、大声で叫んでやるわ。そうすればあなたの部下たちが目の前で殺され、あなた自身も不名誉な死を迎えることになるのよ」グウェニスが警告した。「さあ、行って」

「レディ・グウェニス？」廊下から呼ぶ声はさっきよりも大きかった。

「行きなさい。あなたは追放されている身なのよ。女王を裏切ったあなたを、わたしは軽《けい》蔑《べつ》するわ」グウェニスが冷たく言い放った。「わたしはまもなく女王が選んでくれた領主と正式に結婚する。そうしたら、あなたはこれから先わたしの敵になるのよ」

ローアンは頬を張られたとしてもこれほど驚きはしなかっただろう。

グウェニスは彼の驚きをよそにドアのほうへ歩いていくと、今にも開けようとするかのように呼びかけた。「わたしならここにいるわ。あなたの声で目が覚めたところなの。服を着るから少し待っていて」

ローアンは彼女をつかんで振り向かせ、怒りをぶつけたかった。きみはぼくの妻だ、ぼくが女王を裏切ったことは一度もないと怒鳴りたかった。だがそのときギャビンの叫び声がした。ローアンは急いで窓を開け、ギャビンが女王の護衛のひとりに襲われたことを知った。

窓から身を躍らせたローアンは、ギャビンにのしかかろうとしている男を殺したくなかったので、彼の頭を殴りつけた。

「いったいなにがあったんだ？」ローアンはギャビンを引っ張って立たせた。男は窓の下で伸びていた。

「人々は武器をとって戦いの準備をしています」ギャビンが言った。「わたしが屋敷のなかにいたとき、伝令が到着して家の者を起こし、知らせを告げました。ダーンリー卿ヘンリー・スチュアートが……」

「どうした？」

「殺されたんです」


ローアンが逃げたのを確認したグウェニスは、急いでガウンを身につけてドアを開けようとしたが、手が震えてなかなかかんぬきを外せなかった。

「ドアを開けてくれ！　危険が迫っているんだ！」

やっとかんぬきが外れ、彼女は後ろへさがった。

剣を手にしたヘプバーン師が飛びこんできて、グウェニスにぶつかりそうになった。不安そうに室内を見まわしている。

「なにがあったの？」グウェニスは大声で尋ねた。

「たしかなことはまだわからないが、国じゅうが大騒ぎをしている。まるで恐怖が国を覆いつくしてしまったかのようだ。ダーンリー卿が殺されて、誰もが互いに相手を殺人犯と疑っている」

グウェニスは驚愕《きょうがく》して大きく息を吸いこんだ。背筋に悪寒が走る。「それで……女王は？」

「女王はダーンリー卿と一緒ではなかったらしく無事だそうだ」

ヘプバーン師は目を細めていっそう念入りに室内を調べた。そこへ女王が送ってよこした護衛隊の隊長が入ってきた。

「レディ・グウェニスの身に危険が及ぼうとしています。何者かはわかりませんが、窓の外に怪しい男がいて、部下がとらえようとしたところ、もうひとりの男に襲われました」

「きみはなにか知っているのか？」ヘプバーン師がグウェニスにきいた。

彼女は首を振り、おびえているふりをして尋ねた。「もう安全かしら？」

「落ちついてください、レディ・グウェニス」護衛隊の隊長が言った。「屋敷の周囲に兵を配備します。しばらくおひとりになりますので、急いで服を着替えて――」

「誰もつかまえられなかったの？　わたしに危害を加えようとしたのが何者なのかわからないの？」グウェニスは動転しているふうを装って叫んだ。

隊長はかすかにうなだれた。「はい、残念ながら。やつらは亡霊のように森のなかへ消えてしまいました」

「命を落とした人はいるのかしら？」彼女は小声で尋ねた。

「いいえ。こぶができて痛がっている者がひとりいますが」

「夜が明けしだい、エディンバラへ向けて出発しましょう」

「かしこまりました、レディ・グウェニス」隊長は同意して部屋を出ていった。

ヘプバーン師が疑わしそうにグウェニスを見つめたが、彼女を非難する理由を思いつけないようだった。グウェニスはヘプバーン師にもう寝ると告げた。

「ドアにかんぬきをかけないままにしておくんだ。再び危険が迫ったとき、すぐに部屋に入れない」

グウェニスはかんぬきをかけないと約束し、窓の外に見張りを立たせてほしいと頼んだ。ヘプバーン師は同意して、やっと部屋を出ていった。グウェニスは震える手でドアを閉め、ふらつきながらベッドへ戻った。かたくてでこぼこしているベッド。その上でついさっき、魔法のようなすばらしい経験をしたのだ。それなのに、早くもあれは夢だったのではないかと思いはじめていた。

それどころか、今では人生そのものが悪夢のように思われた。

ローアンが訪れ、そして無事に逃げ去った。けれどもグウェニスは、逃げるよう説得するために口にした言葉が彼の心を引き裂いたとわかっていた。

人々はローアンのために立ちあがっている。

そして今度はメアリーの夫が死んだ。殺されたのだ。

ダーンリー卿の死はどのような意味を持つのだろうかと考えて、グウェニスはそら恐ろしくなった。彼女はダーンリー卿の死を悲しみ、女王の身を案じ、この国の未来を心配していいはずだった。

ところが頭のなかにあるのはただ、ローアンの身に危険が迫りませんようにという願いだけだった。

それと同時に、彼にどう思われているかが不安だった。ローアンはわたしがどれほど彼の命を心配しているか理解してくれているかしら？　それとも、女王と同じようにわたしにも裏切られたと考えるかしら？

グウェニスは泣かなかった。そして眠らなかった。

心が麻痺《まひ》したような気がして、ただ体を震わせながら、ひと晩じゅうベッドの上に座っていた。

宮廷へ到着したグウェニスはただちに女王のところへ案内された。メアリーは落ちついているように見え、ヒステリックに泣きわめいた様子はなかった。彼女もまた心が麻痺しているようだった。

「ああ、グウェニス！」メアリーはグウェニスを見て大声をあげ、椅子から立ちあがった。グウェニスは膝を折って低くお辞儀をした。女王は彼女を引き寄せて、ふたりのあいだに激しい言葉のやりとりがあったことを忘れたかのように強く抱きしめた。

グウェニスも女王を強く抱きかえした。

「殺人が」メアリーがささやいた。「殺人がわたしの人生につきまとっているの」

グウェニスは異を唱えなかった。護衛隊に守られてエディンバラへ近づくにつれ、彼女は多くの情報に接するようになった。それによれば、火薬を用いた暗殺計画が企てられ、実際に大きな爆発があったという。その日ダーンリー卿は病気のためカーク・オ・フィールドにある女王の別邸で休んでおり、翌日ホリルード宮殿へ戻る予定だった。本来なら彼は、その爆発で命を落としているはずだった。ところが、そうはならなかった。ダーンリー卿の遺体は別邸の外で発見された。

死因は絞殺だった。

なんという皮肉ないきさつだろう。メアリーはダーンリー卿を毛嫌いしていた。夫に対する不満をあからさまに示しながらも我慢しつづけたのは、ひとえに赤ん坊のジェームズが嫡出子であることを世界中の人々に認めてもらうためだった。

「死んでいたのはわたしだったかもしれないのよ！　あの日は急に仮面舞踏会に出ることになったけれど、そうでなければわたしはヘンリーと一緒にいたかもしれない」

そのとおりだ、とグウェニスは思った。いくらメアリーが強く公正な女王であろうとしても、多くの敵を作ってきたことは否めない。しかも移り気な貴族たちは、またもや心変わりをしはじめている。なんといってもスコットランドには男子の世継ぎができたのだ。まだ生後数カ月とはいえ、メアリーとダーンリー卿の血を引く正統な王位継承者が。

そして今、ダーンリー卿が死んだ。

わたしたちはなんという危険な時代を生きているのだろう。


ローアンはハイランドにとどまりつづけたが、女王をとり巻く権力者たちの怒りが愛する者たちに向かうのを恐れて、自分の領地には足を踏み入れなかった。ハイランドで支援者を見つけるのは難しくなかったし、昔からローアンの一族に忠誠を誓ってきた人々が多かったので、彼の居場所がもれることはなかった。ローアンと従者たちはハイ・ティアニーのマグレガー家に滞在していた。そこは不毛な岩山と多くの農園からなる土地で、周囲には複雑に入り組んだ洞窟《どうくつ》が数多くある丘が連なっている。何世紀も前から多くのスコットランド貴族がこの洞窟を避難所にしてきた。

今、ローアンは海を見おろす高い岩山の頂に腰をおろし、物思いにふけっていた。強い風が吹くのも、彼はまったく気にしなかった。遠くの山々の頂は雪に覆われているが、眼下の大地は緑に包まれている。ローアンは草の葉をかみながら、女王にどのように懇願しようかと知恵を絞った。女王への手紙に書く言葉は慎重に選ばなければならない。

だが、ローアンの考えはたちまち横道にそれていった。

グウェニスのせいで危うくつかまるところだったと思うと、はらわたが煮えくりかえる思いだった。ローアンばかりか家臣たちまでが危険にさらされたのだ。

とても信じられなかったが、実際にその場にいたのだから信じるよりしかたがない。

彼女は女王が選んだ男と結婚するつもりだと言った。

心のなかの声が、女というものは移り気だから用心しろと警告した。そしてもうひとつの声が、グウェニスがあんな態度に出たのは彼を守るためだったのだと告げた。あれほど情熱的に愛しあったあとで、彼女が裏切るわけはないと。

ベッドで愛しあう前に話をしなかったのが間違いなのだ。だがふたりが分かちあったものは、言葉よりもずっと深い意味を持っていたのではないだろうか。

しかし別の見方をすれば、あれは長いあいだ飢えていた男女の体の交わりにすぎなかったのかもしれない。

ローアンはその考えを退けた。キャサリンの病気がひどくなったとき、彼は単なる肉体的な快楽を求めたことがあった。なんの意味も持たない男女の関係を望んだのは、妻への愛をけがさないためだ。ベッドでグウェニスと分かちあったのは、単なる体の快楽ではなかった。

ローアンは歯ぎしりをして腰をあげ、吹きすさぶ風に向かって立った。

当面のところは、時機が来るのを待つことに決めた。自分でも理由はよくわからないが、ハイランドにおけるローアンへの支持は日ごとに高まっている。女王の夫に共謀者のひとりと名指しされ、女王によって追放処分になっているにもかかわらず、彼は民衆の英雄になりつつある。人を殺さないよう努めてきたローアンが、皮肉にも殺人の汚名を着せられようとしているとは。

彼の思考は、女王にどのように接触するかという最初の問題に立ちかえった。

女王は四十日間、正式に喪に服するだろう。そのあいだグウェニスは女王のそばにつくに違いないし、急を要する重要問題を除いて、なにかが決定することはないだろう。

そしてそのあと……どちらに向かって風が吹くかは、神のみぞ知ることだ。

19

ダーンリー卿《きょう》の死後、なんて奇妙な日々が続いているのだろうとグウェニスは思った。宮殿内を長いあいだ悲しみと静寂が支配した。国外からは公式の弔問客が次々に訪れ、犯行を非難した。

ロンドン塔から釈放されたレノックス伯爵夫人マーガレット・ダグラスは息子であるダーンリー卿の死を悲しみ、怒り狂っている。

レノックス伯爵はボスウェル卿ジェームズ・ヘプバーンを裁判にかけるよう要求した。ジェームズ・スチュアート卿は犯行に加わらなかったことをエリザベス女王に理解してもらおうとロンドンへ急行した。

こうした事態の推移のなかで、メアリーは自分が標的でなかったことや、貴族たちがたくらんだのは夫の殺害であったことを悟るに至った。ダーンリー卿が殺されたのは、メアリーが結婚生活に不満を抱いていたからではない。彼女をとり巻く貴族たちが、ダーンリー卿を権力闘争の場から排除しようと望んだからだ。

エディンバラを脱出する際に助けてもらったにもかかわらず、メアリーはボスウェル卿を裁判にかけるよう手配し、死者のための厳粛なミサとともにダーンリー卿の喪が正式に明けた直後、裁判が開かれた。

レノックス伯爵はイングランドで何者かの待ち伏せを受けて拘束されていたために、裁判に出席できなかった。おしゃべりでもめ事ばかり起こしている彼を寄せつけないためだろうと思われた。グウェニスはエリザベスがメアリーに使いを送って裁判の延期を要求したことをあとになって知った。メアリーは要望書を受けとらなかったか、あるいは受けとっても意に介さなかったかのどちらかだ。

裁判官たちは文書に、ボスウェル卿が極悪行為の首謀者だったことは世間一般の知るところであると記した。しかし犯行を目撃したと証言する者はいなかったので、彼は裁判のあと釈放され、エディンバラの通りを誇らしげに馬で乗りまわした。

メアリーは裁判の結果がどちらに転ぼうとかまわないようだった。以前と同じように、人々の前では冷静な態度で政務をこなしていたが、ひとりになるとよく喪失感に襲われて鬱《うつ》状態に陥り、さめざめと泣いて過ごした。泣いたあともショックから覚めやらないように静かだった。

メアリー・フレミングがしばしば女王に話しかけて慰めようとしたが、無駄だった。彼女の夫のメイトランドはリッチオ殺害に関与したと疑われて女王の不興を買ったが、のちに疑いが晴れて名誉を回復した。権力中枢部の周辺でなにが起こっているのかをグウェニスが知ったのは、メアリー・フレミングを通してだ。

「貴族たちはすっかり頭にきていて、すぐにでもことを起こそうとしているみたい。女王は危険な事態が迫りつつあることに気づいていないんじゃないかしら」メアリー・フレミングがグウェニスにささやいた。「問題は、女王は人がよすぎて、まわりの人々のいいところしか見たがらないということよ」女王が休んでいるベッドルームのほうへ不安そうに視線を走らせ、声を低くして続けた。「男たちがどれほど情け容赦がなくて野心的か、女王はわかっていないんだわ。レノックス伯爵はすでにボスウェル卿を討つための兵をあげた。彼に味方する人々のボスウェル卿に対する怒りが日増しに高まっているの」ためらいながらグウェニスを見る。「あなたもこれだけはわきまえておきなさい。今はまだ女王の前でローアン卿の名前を口にしてはだめよ。枢密院で敵味方に分かれて激しく口論していた貴族たちも、彼に関しては口をそろえて無実を主張したんですって。そこで女王もようやく目が覚めたのか、ローアン卿を許すとはっきりおっしゃった。ローアン卿は正式に告訴されていたわけではないから、たとえ非難する人がいたとしても彼はもう自由の身ということになるわ。だけどローアン卿が許されたと聞いて、ボスウェル卿はすごく腹を立てたみたい。たとえ国じゅうの人々から敬愛され、女王に許されたとしても、ローアン卿が危険な立場にあることに変わりはないのよ」

グウェニスは大きく息を吐き、大きな目に期待をみなぎらせてメアリー・フレミングを見た。「きっと神様がわたしの願いを聞き届けてくださったんだわ。でも……犯してもいない罪を許されるなんてありうるの？」

「ローアン卿がなにもしていないということが認められたということよ」

グウェニスはためらったあとで尋ねた。「彼がイングランドで結婚したという噂《うわさ》についてなにか知っている？」

メアリー・フレミングは悲しそうに首を振った。「それが本当かどうかは、わたしの夫でさえ知らないの。夫がエリザベス女王に謁見したときに尋ねたんだけど、彼女は嘘《うそ》か本当か教えてくれなかったんですって。グウェニス、ローアン卿を信じて辛抱しないとだめよ。メアリー女王はあなたとドナルド・ハサウェイの結婚話を二度と持ちださないでしょう。ドナルドはボスウェル卿の子分なの。女王は愚か者ではないから、権力の移り変わりに関しては用心深くなっているわよ」

グウェニスは友人を信用することに決め、エルウッド館での出来事をメアリー・フレミングに話して聞かせた。そのあいだ、ふたりとも女王の部屋のドアに注意を払うのを忘れなかった。

「じゃあ……あなたはローアン卿の命を救うために、一緒に逃げるのを拒んだのね？」メアリー・フレミングが頬を紅潮させた。

「だけど、彼は理由をわかってくれているかしら？」グウェニスは尋ねた。

「きっと心のなかではわかっているに違いないわ！」昔からロマンティストだったメアリー・フレミングが言った。

そのとき、女王の呼ぶ声がした。ふたりが急いで駆けつけると、具合悪そうにベッドへ横たわっていたメアリーが起きあがった。「この地を離れようと思うの。地方を見てまわらなくては……エディンバラではない場所を。ここは争いが多すぎるわ」


メアリーは体調がすぐれなかったが、こっそりスターリングへ行くと言って聞かなかった。エディンバラよりは安全だと考えて、スターリングに幼い息子を住まわせていたのだ。グウェニスはなだらかな丘と谷に恵まれた美しい土地であるスターリングが嫌いではなかった。そこはまた、すべてのスコットランド国民が誇りにしている土地でもある。その昔、ウィリアム・ウォレス率いるスコットランド軍がイングランド軍を撃破したのがスターリング橋の近辺だ。そこにあるスターリング城は美しい城で、住むのに快適でありながら防御も堅固だった。

グウェニスがスターリングを訪問するのは、ローアンとともに来たとき以来だ。

メアリー・フレミングの忠告どおり、グウェニスは女王の前でローアンの名前を持ちださないよう気をつけた。人々がローアンの名前を口にするときは常に敬意がこめられていることを知って、彼女はうれしかった。

しかしメアリーの健康状態はスターリングへ来てもいっこうに回復せず、憂慮すべき問題が持ちだされたりすると体力がないためにしばしば気を失った。女王が幸せそうにしているのは子供と一緒にいるときだけで、それを見るにつけグウェニスの胸は痛んだ。世界はなんて残酷にできているのだろう。

今のわたしはダニエルに会っても母親と認めてもらえないのではないだろうか。わが子と離れていると、グウェニスは体の一部を失ったような気がした。

だが、この世における息子の権利が確実に認められるまでは会うわけにいかない。しかしメアリーが自分の子供の世話をしたり遊んだりしているのを目にすると、グウェニスは不満や恨みを覚えずにいられなかった。

メアリーからはスコットランドへ帰ってきたときの情熱と自信がすっかり消えうせていた。女王を愛する者たちは、彼女が神経衰弱に陥っているのではないかと心配した。リッチオ殺害直後の女王は勇気と才気をもって行動し、すばやく決断を下して危険な状況を回避した。

ところが今の女王はまるで魂の抜け殻だ。スターリングからエディンバラへ戻るときも体調が思わしくなかったので、途中のリンリスゴーで一泊しなければならなかった。一行が宿泊したのはグウェニスが以前泊まったことがあるメアリーが生まれた美しい宮殿で、そこからきらきらと輝くきれいな湖を望むことができた。

一行は少人数で構成されていた――メアリー女王、女王の侍女たち、ハントリー卿、メイトランド、枢密顧問官のメルビル、そして小規模の護衛隊だ。翌朝、リンリスゴーを発《た》った彼らがエディンバラまでわずか十キロ足らずのアーモンド橋の近くへ来ると、武装して馬に乗った八百人以上の大部隊が待ち受けていた。部隊の先頭にいたのはボスウェル卿だ。彼はまっすぐ女王のところへ進んできて、エディンバラには大きな危険が待ち構えているので、このまま自分と一緒に安全なダンバー城へ行くべきだと忠告した。

そこで意見が対立した。メイトランドはボスウェル卿を信用していなかったので彼の言葉に疑いを差し挟んだが、メアリーが片手をあげて制し、これ以上言い争いたくない、ダンバー城へ行くほうが安全だというならそうしようと言った。ダンバー城は一年前に女王がボスウェル卿に管理を任せた城だ。

そのときの女王にはほかにとるべき道がなかったし、グウェニスもそれ以外の選択肢を思いつけなかった。ボスウェル卿の後ろには大部隊が控えているのに対し、女王を護衛しているのはわずか三十人の兵士にすぎないのだ。

夜までに一行はダンバー城に入って、城門が閉じられた。ボスウェル卿が率いる兵士たちは、メアリーをとらえに来る者たちがいた場合に備えて配置についた。城へ入ってすぐグウェニスたちは、エディンバラには女王を待ち構えている危険などなかったことを知った。早い話が、女王は拉致《らち》されたのだ。

　メアリーは数日間、側近たちと引き離されてボスウェル卿と一緒に過ごした。そのうちにダンバー城内においてさえ、今回の拉致は女王とボスウェル卿が共謀して仕組んだのだという噂が広まった。だが女王がボスウェル卿の誘惑に屈して結婚に同意したという噂まで広まったときには、グウェニスは嘘に決まっていると思った。メアリーはいつも厳しい道徳規範を守ってきたのだ。

　グウェニスたちのところへ戻ってきたメアリーは、以前よりもさらに元気がなかった。「ボスウェルとの結婚に同意したわ」侍女たちに向かって打ち明けたときの声には、まったく喜びが感じられなかった。

　グウェニスは仰天した。「でも、彼は結婚しているんですよ！」

　メアリーはただ片手をあげただけだった。「ボスウェルがどれほど大きな権力を握っているか知っているでしょう？　女王の支配する国で、その女王をさらうほどなのよ。彼は今、離婚の手続きをしているわ」彼女は視線をそらしたが、目はうつろだった。「妻のジーンがボスウェルと結婚したのは、両家にとって有利な縁組だったからよ。彼女は結婚を解消されても気にしないんじゃないかしら。おそらく婚姻無効の宣言が出されるわ。わたしたちの結婚はプロテスタントの儀式にのっとって行われることになる」

　ダンバー城にいる女王の側近や従者たちは愕然《がくぜん》としたが、なすすべはなかった。

メアリー・フレミングとグウェニスは同室だったので、夜遅くまで語りあった。「女王は恐怖にとらわれているみたい」メアリー・フレミングが言った。「ボスウェル卿に無理やり体を奪われたのよ。それなのに抗議する気力さえない。あんなに気が抜けた状態の女王は見たことがないわ。ダーンリー卿が亡くなる前から女王はボスウェル卿と愛人関係にあったなんて恐ろしい噂まで広まっている。だけど、そんなのは嘘よ。女王がはじめてダーンリー卿に恋したときのことを覚えている？　たちまち彼に夢中になっていたわ。その彼女がボスウェル卿と結婚すると言いだすなんて信じられない」

「狂気の沙汰《さた》としか言いようがないわね。国じゅうが武器をとって立ちあがるわよ」

「そうね」メアリー・フレミングは深刻な顔でうなずいた。

「こんなことはありえないわ」

「でも、現実なのよ」

ついに一行はエディンバラへの帰路についたが、メアリーのかたわらには馬に乗ったボスウェル卿がいた。女王の帰還を祝して号砲が鳴らされた。彼女を愛している人たちの目にも、ボスウェル卿がいっさいをとり仕切っているのは明らかだった。

不自然なほど早く、ボスウェル卿とジーンの結婚は解消された。

そしてその十二日後、メアリーとボスウェル卿はプロテスタントの儀式にのっとって結婚式を挙げた。メアリーをよく知る人々は彼女がすっかり変わってしまったと嘆いた。スコットランドへ帰国したときのメアリーなら、自分の信じる神と信仰をないがしろにすることは絶対になかっただろう。

ふたりが結婚の誓いを交わしているあいだに、エディンバラでは人々が抗議の声をあげはじめていた。通りでは〝五月に結婚するのはふしだらな女だけだ！〟とか〝五月に結婚なんかしたら永久に後悔するぞ！〟といった叫び声が聞かれた。

結婚後の数日間、グウェニスは幸せそうにしているメアリーを一度も見たことがなかった。女王が教養ある人間にふさわしく穏やかにふるまう一方で、嫉妬《しっと》深いボスウェル卿は暴力的で冷酷な態度をとった。かつては彼の権力を賞賛した女王が、今ではしばしば侍女たちをさがらせて涙にかき暮れていた。

その月が終わるころには、反乱が差し迫っていることが明らかになった。

こうした一連の出来事が続くあいだ、グウェニスはローアンの姿を一度も見ることはなかった。彼からの便りもなければ、噂を聞くこともなかった。

結婚からわずか数週間後、ボスウェル卿とメアリーは従者の一団を引き連れてボースウィックの城へ移ったが、落ちつく暇もなく城は暴徒の大群に囲まれた。ボスウェル卿は味方を募るため、城が包囲攻撃に持ちこたえられないとわかっていながら、防備をメアリーに任せ、夜の闇《やみ》に乗じて城を抜けだした。

グウェニスはメアリーが男性の扮装《ふんそう》をするのを手伝い、自らも労働者の服を着て顔に煤《すす》を塗った。そして夜中、ふたりは城を出た。

逃げこむ予定のブラック城の近くまで来たとき、ふたりは大きな呼び声を耳にして立ちどまった。呼んだのは、ボスウェル卿の隣人で支持者のウォーコップ家がよこした使者だった。

馬に乗った若者がそばへ来たとき、メアリーは今にも倒れそうな状態だった。

「女王陛下ですか？」使者は心配そうに尋ね、馬を降りてグウェニスを見た。

「ええ。女王を連れていってちょうだい。急いでね。気を失ってしまいそうなの」グウェニスは彼に頼んだ。

「あなたはどうします？」

「道を教えてもらえれば、わたしは歩いていくわ」

使者はメアリーを馬の背に乗せ、自分も女王の後ろにまたがった。そしてグウェニスを見おろして、彼女たちが歩いてきた道を不安そうに振りかえった。

「早く行って」グウェニスは命じた。

「できるだけ早くあなたを迎えに来ます」

「ありがとう。気をつけてちょうだい」

彼は馬を駆ってたちまち闇のなかへ姿を消した。グウェニスは女王を信頼できる人間の手にゆだねられてほっとするかたわら、暗い夜道にたったひとりで残されたことが急に恐ろしくなった。ふいに風の音や木々のざわめきを意識し、慌てて先を急いだ。

夜の音がしているだけよ、と彼女は自分に言い聞かせた。

森には猪《いのしし》やほかにも恐ろしい生き物がいるかもしれないが、野心的な人間のほうがなお恐ろしい。

突然、左手で大きな音がした。森がたてる音ではない。グウェニスは駆けだした。にわかに森が活気づいたように思われ、どこもかしこも人だらけになった。

「女王だ！」誰かが叫んだ。

「見つけたぞ！」別の大声が聞こえた。

「愚かなことを言うな。女王のわけがないだろう。女王はもっと背が高い」

グウェニスは心臓が破裂しそうなのも脚が折れそうなのもかまわず、死に物狂いで走った。しかしいくら走っても、至るところから男たちがわいてでてくる。彼らが来る前に女王が森を抜けだせましたように、とグウェニスは祈った。

彼女は木立のなかへ紛れこもうとジグザグに走った。だが努力もむなしくつかまって地面へ倒され、ひとりの男に胸を踏みつけられて身動きできなくなった。

帽子がとれて、髪が地面に広がった。グウェニスは男を挑戦的な目で見あげるしかなかった。恐ろしいことに、相手は知っている男だった。最後に会ってから何年にもなるが、彼のことを忘れてはいなかった。

男のほうもグウェニスを忘れていなかったようだ。

「これはイズリントンの領主、グウェニス・マクラウドじゃないか」男が言った。

グウェニスを見おろしている男はでっぷりした体格で、ひげを生やしていた。ファーガス・マッキーベイ。グウェニスがグレイ城から馬で遠乗りに出かけた日、そしてまた下働きの女の格好をしてアバディーンの町へ偵察に出かけた日に彼女をいたぶった男だ。

あのときはローアンが助けに来てくれた。

だが、今回彼が来ることはないだろう。

内戦――それはローアンが心の底でずっと恐れていたことだった。

メアリーは無事にブラック城へたどりついて夫のボスウェルと再会し、彼と一緒にダンバー城へ戻った。そのあとボスウェルはもっと多くの味方を集めるために、再びメアリーを残して去った。

バルフォア卿が女王に、エディンバラのほうが安全だからそちらへ戻ったらどうかと提言した。ダンバー城を去るとき、女王には数百人の兵士が従っており、反逆者の側にもほぼ同数の兵士が集結していた。メアリーは恐れていないだろうとローアンは確信していた。

女王は国民に愛されていると思いこんでいるし、戦場でボスウェルと再合流できると期待しているに違いない。事実、メアリーは途中で部隊を従えたボスウェルと合流した。

両軍はエディンバラの市街から十数キロのところで対峙《たいじ》した。メアリーが深い信頼を寄せていた貴族の多くが寝がえって敵方についた。防衛軍の先頭に立っていたのはメアリーとボスウェルで、バルフォア卿が女王夫妻のかたわらに控えていた。

一方、反乱軍の騎兵隊を率いているのはモートンとホームで、ほかにアソル、マー、グレンケアン、リンゼイ、ルースベンといった貴族が、それぞれの部隊を引き連れて参戦していた。

ローアンの姿はその戦場になかった。彼はすでにグレイ城へ帰り、いつでも行動に移ることができるよう兵を集めて準備させているところだった。女王から正式に許された以上、一刻も早くグウェニスを捜したかったが、過去の苦い経験から慎重に行動しなければならないことを学んでいた。ボスウェルがメアリーを拉致して強引に結婚してからというもの、国じゅうが騒乱状態にあった。ローアンはロンドンのトマスとアニーに手紙を書いてダニエルをロッホレイブンへ連れてくるよう指示するとともに、エリザベスにも手紙を出して、息子と忠実なふたりの召使いが無事にたどりつくために護衛隊をつけてほしいと頼んだ。

結局、大規模な戦闘には至らなかった。メアリーの味方はひとり消えふたり消えして、しだいに少なくなっていった。たとえ今は敵であっても自分の臣下は良識をわきまえていると信じて疑わない女王は、ボスウェルの身の安全を要求し、それを条件に投降した。女王自らは、エディンバラへ戻ってどのような審問にも応じると申しでた。

だが、メアリーは女王らしい扱いを受けなかった。貴族たちが彼女を恐れたからで、ローアンは彼らが恐れる理由を知っていた。貴族たちはダーンリー卿殺害を声高に非難しているが、実際はその多くが殺害に加担していたため、女王が民衆を動かす力をとり戻せば自分たちが非難されると思ったのだ。メアリーはエディンバラにとどまることを許されず、ダグラス家の領地のひとつへ連れていかれて幽閉された。

ローアンは貴族たちが女王に危害を加えるとは考えていなかったが、不穏な知らせが次々に届くのでしだいに不安が募り、馬でエディンバラへ行ってメイトランドに会った。それまでローアンは、貴族たちが女王に対して起こした最初の反乱にメイトランドはかかわっていないと信じてきたが、話を始めても彼が顔をそむけているので、メイトランドもかかわっていたのだと確信した。

「歴史を通じて、わが国が外国にくりかえし征服されてきたのも不思議ではない。われわれは同じスコットランド人に対してでさえ忠実でいられないのだからな」ローアンはメイトランドに言った。

「ローアン、やめてくれ、わたしだって後ろめたい思いをしているんだ。わたしがどのくらい長く女王に仕えてきたか知っているだろう？　メアリーがスコットランドへ帰国して以来ずっとだ。彼女の窮状を見ると胸が痛むが、わかってくれないか。フランスからついてきた側近たちでさえ、機会のあるうちにボスウェルと手を切るようメアリーに対して懇願したが、彼女は聞く耳を持たなかった」メイトランドが言った。

「女王と話をさせてくれないか」

メイトランドはためらった。「貴族たちはダーンリーの死をボスウェルに償わせろと要求するだろう。噂を広めた者たちは正しかった。ダーンリー殺害は彼がたくらんだんだ」

「だったら女王にではなくボスウェルに償わせよう」

「貴族たちはメアリーが退位して王位を息子へ譲ることを望んでいる」

「そうすれば自分たちが支配権を握れるからだろう」

しばらく黙っていたあと、メイトランドが言った。「女王はきみに攻撃の矛先を向けたじゃないか。投獄したうえ、きみの結婚は無効だと宣言した」

「彼女は女王だ。それにぼくの名誉は回復された」

「双方から信頼されている人間は、おそらくきみくらいだろう。メアリーを幽閉したのはモートンとグレンケアン、ホームの三人だ。彼らに頼めば女王に会わせてくれる」

ローアンは反乱側の貴族たちと会った。メアリーを救う手立てはひとつしかない。ボスウェルと縁を切るよう彼女を説得するのだ。

メアリーのもとへ行ったローアンは愕然とした。女王が手荒に扱われているのは明らかで、侍女はひとりもついておらず、悲惨な暮らしぶりが見てとれた。幽閉されているのは、ダーンリーの母親のレノックス伯爵夫人マーガレット・ダグラスの家だった。

部屋へ入ってきたローアンを見て、メアリーは礼儀正しく立ちあがったが、その顔はやせこけて青白かった。「ローアン！」彼女は愛情のこもった声で呼びかけてほほえんだ。「この争いが始まるずっと前に、わたしがあなたの罪をすべて許したことは知っているわね。今度はわたしがあなたの許しを求める立場になってしまったわ」

ローアンは女王の前にひざまずいて彼女の手をとり、涙で潤んでいる目を見つめた。

「わたしは常に力の及ぶ限り陛下につくしてきました」

「知っているわ。わたしはしょっちゅうだまされて、誰を信用したらいいかわからなくなっていたの。だから信頼すべきでない人を何度も信頼してしまったのよ」メアリーはほほえみ、ローアンを立たせた。

ローアンは深く息を吸った。「だからこそ、わたしがここへ来たのです」

「ええ、そうね、あなたが来た理由はわかっているの。あなたは誰からも信頼されている。わたしが残酷な運命の坂を転がり落ちたのに、あなたは国じゅうの人々から賞賛されているわ。あなたにボスウェルを見つけて力を貸してやってと頼むことさえできない。彼は北方で拘束されているのだもの」

「陛下はボスウェルとの結婚を解消しなければなりません。そうしなければ貴族たちと和解することは不可能でしょう」

「そんなことはできないわ」メアリーが静かに言った。

「解消しなければなりません」ローアンはくりかえした。

「結婚の解消はできないし、するつもりもないの」メアリーの口調は驚くほどきっぱりとしていた。「わたしは身ごもっている。なにがあろうと生まれてくる子を非嫡出子にはしたくないわ」

これ以上説得しても無駄だと悟って、ローアンの気持ちは沈んだ。

「ここへは情報がほとんど届かないのよ。グウェニスはどうしているのかしら？　あなたの子供をこちらへ呼び寄せる手配はしたの？」

「なんですって？」

女王はほほえんだ。「自分の愛する者をあれほど一生懸命になってかばう女性は、ほかに見たことがないわ。わたしのせいでグウェニスと仲たがいしたようだけれど、もう和解したんでしょう？」

「グウェニスはまだ陛下にお仕えしているものと思っていました。ほかの侍女たちと一緒なのだろうと」

メアリーが額に深いしわを寄せた。「グウェニスとはブラック城へ逃れる途中で別れたきり会っていないわ」

ローアンは体じゅうから力が抜けていく気がした。「会っていない？」信じられない思いで問いかえした。

「グウェニスのことは話にも聞いていないのよ。たとえあのときつかまったとしても……彼女に危害を加えたがる者なんていないでしょう」

その瞬間、ローアンはスコットランドの未来や国益について話していられなくなった。恐ろしいことに、メアリーは国民にまったく誤った評価を下している。

ローアンは震えながらお辞儀をした。「お許しください、陛下。もう行かなければなりません。グウェニスを捜しに行きます」

昔は楽しい夢を見たものだが、今は悪夢しか見ない。

グウェニスをとらえたのは、誰よりも彼女を憎んでいる男だった。だがファーガス・マッキーベイと彼の息子で現領主のマイケルをとり巻く兵士たちは善良だった。兵士たちは領主親子にグウェニスを手荒に扱うことを許さなかったので、ファーガスは新たな復讐《ふくしゅう》手段を考えだした。

男たちがメアリーを売女《ばいた》だとか人殺しだとかののしるのを聞き、グウェニスは大声で彼らを非難した。「女王はいつも道徳的で善良な心の持ち主だった。あなたたちに女王をあざ笑ったりけなしたりする資格はないわ。そんなことを神様がお許しになるものですか」

「おまえは神に見放されたんだからな。悪魔の手先め」ファーガスがあざけった。目には狂気の光が宿り、声には聞く者をぞっとさせる歓喜の響きがあった。「神にも人にもだ。

誰もが知っているように、おまえが頼りにしている男はイングランドの娘を妻にした。おまえはあいつにさえ見放されたんだ」

本当かしら？

本当だとして、それが問題なの？

ローアンからすれば、わたしが彼を裏切ったのだ。

彼女はできるだけローアンのことを考えないよう努めた。そしてまた、自分を包む幸せが永遠に続くかに思えた時代を懐かしむのはやめようと思った。

グウェニスはサー・エドマンド・バクスターの家へ連れていかれて軟禁されたが、当初はそうひどい処遇を受けなかった。聞かされたところによれば、彼女は女王の逃亡を手助けした罪に問われているのだという。ファーガスと手下がどこかへ去ったことだけがせめてもの慰めだった。

幽閉されてから数週間が過ぎたころ、客間で興奮した様子で話している男たちの声がグウェニスの部屋まで聞こえてきた。それによると、戦闘で人が大勢死ぬよりはと女王は自ら投降したが、エディンバラへ戻ることを許されず、ダグラス家の領地へ連れていかれたという。

ファーガスが戻ってきたのは、その知らせを耳にした直後だった。

わざわざ戻ってこなくてもいいのにとグウェニスは思った。

彼はグウェニスがほとんど忘れかけていた人物を伴っていた。

昔、教会堂でグウェニスを罵倒《ばとう》した牧師、デイビッド・ドナヒューだ。ドナヒューの前へ連れていかれたときにはまだ、グウェニスは身の危険を感じていなかった。ようやく自分が深刻な立場へ置かれていることに気づいたのは、牧師が彼女に指を突きつけたときだ。

「魔女め！」ドナヒューは叫んだ。「そうとも、おまえをはじめて見た瞬間に魔女だとわかった。あのときも、この女はカトリックの売女を弁護した」

「その女は魔術を用いてブライス・マッキーベイを殺した。そのあとローアン卿をたぶらかし、今では彼の妻だと主張している」ファーガスが言った。

「あなたはどうしようもない愚か者だわ！」グウェニスは大声で言った。「どうしてそんなくだらないことを信じられるの？」

そしてファーガスとドナヒューの顔を見据えた。彼らは信じているのだ。あるいはグウェニスを憎むあまり、信じたがっているのだ。結局はどちらも同じだが。

「この女を今すぐ教会へ連れていけ」ドナヒューが命じた。

ファーガスとマイケルはグウェニスを引きずっていくのを心待ちにしているように見えたが、そんな事態を招いてふたりを満足させるわけにはいかなかった。

「自分の足で歩いていくわ。行き先が教会ならなおさらよ。神を恐れる理由なんかなにひとつないもの」

彼らはグウェニスの言葉を聞いてますますいきりたったが、手を出そうとはしなかった。

だが軟禁されていた家を出て歩きだしたグウェニスは、たちまち暗い気持ちになった。道の両側に武装した男や子供を抱いた女、農夫、職人などさまざまな人々がずらりと並んでいた。彼女に向かって干し草用の熊手《くまで》が振りあげられ、腐った玉ねぎが投げつけられた。

「淫乱《いんらん》な女王に仕える淫乱な魔女だ！」誰かが叫んだ。

「あれほど善良で慎み深い女王はいないわ」グウェニスは立ちどまり、落ちついた口調でメアリーを弁護した。

また玉ねぎが飛んできたが、グウェニスは意に介さなかった。しかし、いつまでも立ちどまっているとファーガスに手をかけられそうだったので、毅然《きぜん》とした態度で頭をあげ、再び歩きだした。

教会にはドナヒューとは別の牧師がいた。目つきから、グウェニスが来るのを待ち受けていたのだとわかった。

「わたしは魔女狩りを担当している牧師のマーティンだ。罪があるなら告白するように」マーティンが命じた。

グウェニスは周囲を見まわした。数百人の群衆が彼女をとり囲んでいた。彼らはメアリーが夫のダーンリー卿殺害に手を貸したとか、淫乱な女王は夫が生きているときからボスウェル卿を愛人にしていたといったでたらめを吹きこまれているのだ。

そしてまた、その女王に仕えてきたグウェニスは魔女であると信じきっているようだ。

彼女はファーガスに背中を乱暴に押された。そこには四人の女が待ち構えていた。力の強い農家の女たちだ。歯をくいしばって立っているグウェニスを女たちがつかんだ。とっさにまとっている服を守ろうとしたが無駄だった。すぐに生地の破ける音がして、女のひとりが大声をあげた。「ほら、見て！　しるしよ。悪魔のしるしがあるわ！」

ナイフを手にしたマーティンがグウェニスにのしかかるようにして立った。彼女はその場で殺されるに違いないと覚悟した。抵抗しても彼らを喜ばせるだけだとわかっていたので、暴れなかった。

「この女は泣き叫びもしなければ否定もしない。そこにあるのはまさしく悪魔のしるしだ」マーティンはグウェニスの髪をつかんで引きずりたたせた。「告白しろ！」

彼女は服を抱え、牧師をにらみつけた。「わたしが仕えてきたのは、立派に国をおさめたがっていた善良で道徳心の篤《あつ》い女王よ。それを告白しなさいというの？　ええ、いいわ、告白するわよ」

「おまえは悪魔と契約を交わした」マーティンが険しい声で非難した。

グウェニスは周囲を見まわした。彼女のまわりを囲んでいる人たちの顔には恐怖と憎悪が浮かんでいる。夫殺しに手を貸した女王を糾弾しようと呼びかけられて集まった何百人もの村人たちはみな、いきりたっていた。その女王に仕えてきたグウェニスがどんな弁明をしたところで、罪を免れることはないだろう。

「わたしは神のしもべよ」彼女は小声で言った。

マーティンの手が飛んできた。グウェニスは顔をしたたかに打たれた。口のなかに血の味が広がる。「おまえは自分の不死の魂がどうなろうとかまわないのか？」

グウェニスは黙っていた。

牧師は肩をすくめてゆっくりと笑みを浮かべた。「わたしにはおまえの運命を決める権利がある。旅をするときは常に聖職者の道具を携えているからな。地獄の業火からおまえを救ってやることもできるんだ」

彼女は頭を高く掲げて口を閉ざしていた。

再びマーティンの手がグウェニスの顔にたたきつけられた。彼女は耳鳴りがし、頭が割れるように痛んだ。

「なんだ？　どうした？」牧師は大声で尋ね、グウェニスがなにも言わないのに、自分の耳を彼女の口もとへ近づけた。そして手を離し、グウェニスが倒れるに任せた。周囲が暗闇に閉ざされはじめたが、意識はすぐにはなくならず、勝ち誇ったマーティンの声が聞こえてきた。「この女は告白した！　魔女が告白したぞ！」

それに続いてファーガスの高笑いがたしかに聞こえた。

20

　メアリーがグウェニスと最後に別れたのはブラック城へ逃れてくる途中だと言ったので、ローアンはその地へ馬を飛ばした。彼が長期間留守にしているうちに執事のトリスタンが訓練した数百騎の優秀な騎馬隊がいるものの、大部隊を引き連れていては迅速に動けない。今回もローアンに従っているのはギャビンとブレンダン、そしていつもの十人の家臣だけだった。

　ローアンはブラック城で、逃れてくる途中のメアリーを救った使者と会った。若者は女王と一緒にいたのが侍女のひとりだということは知っていたが、それがグウェニスであることは知らなかった。

　ブラック城を去ったあとにメアリーがなめた苦汁と現在の状況を聞いて胸を痛めたらしく、若者はローアンの役に立ちたがった。「あの晩は反乱者たちが大勢、女王のあとを追ってきていました。わたしは約束どおり侍女の方を助けに戻ろうとしたのですが、森のなかは男たちであふれかえっていて見つけられなかったのです」

おそらくグウェニスは貴族同盟に所属する誰かにつかまったに違いないと思い、ローアンは意気消沈した。それにしても、いったい誰が彼女をとらえたのだろう。その点に関しては、若者も見当がつかないようだった。そのとき、彼の同僚のひとりが歩みでた。

「森のなかにいたのは混成部隊です。わたしは偵察を命じられて彼らのあとをつけました。混成部隊のなかにはハイランド人もまじっていました。彼らが故郷ではなく南東の方角へ進んでいくので、奇妙だと思ったことを覚えています」

彼の話を聞き、ローアンは南東へ向かうことに決めた。しだいに不安が募って今にも頭がどうにかなりそうだったが、冷静にふるまおうと努めた。彼は家臣たちに、旅人のふりをして二、三人ずつに分かれ、田園地帯や村や町を捜したり農家に立ち寄って聞きこみをしたりするよう命じた。

夕方、一軒の酒場に集まった彼らは、そこで酒を飲んでいる一団と出会った。そのなかのひとりが女王をあざけるのを聞いて、かっとなったギャビンが立ちあがりかけたが、ローアンに目で制されて思いとどまった。

「聞いたところでは、女王の侍女のひとりもつかまったらしいが、エディンバラで彼女のことを知っている者は誰もいないようだ」ローアンはさりげない口調で言った。

ひとりの老人がビールを掲げて首を振った。「その侍女のことなら知っているよ。実に悲しい話だ。彼女は逃げる途中でつかまったけれども、女王への忠誠を曲げなかった。侍女をとらえた連中のなかにマッキーベイ一族の人間がいたが、過去のもめ事から彼女に恨みを抱いていたようだ」老人はまた首を振り、声を低くして続けた。「頭がどうかしたとしか思えない！　その女性の魔術のせいでマッキーベイ一族の先代の領主が殺されたのだと主張して、彼らは魔女狩り専門の牧師を連れてきた」

ローアンは必死に平静を装った。「連中は女王の侍女を魔女だと非難したのか？」

老人がうなずいた。「本来ならここでそんなことが起こるはずはなかった。ここの人々は穏やかな性格だし、ちゃんと分別を備えている。しかし、こうなっては手の打ちようがない。魔術を禁じる法律があるからな」

「彼女は今どこにいるんだ？」ローアンの声はかすれていた。すでにグウェニスは死んでいるかもしれないと思うと、いても立ってもいられなかった。

「国境近くの古い要塞《ようさい》のひとつへ連れていかれたと聞いた」老人が答えた。

要塞はここからそう遠くない。すぐに使いを出して騎兵隊を呼び寄せたほうがいい。好むと好まざるとにかかわらず戦いを挑み、マッキーベイ家のような見さげ果てた一族に従っている不運な兵士を大勢殺すことになるだろう。

老人が悲しそうな顔をしてローアンを見た。「侍女は明日殺されることになっているんだ」

驚いたローアンが立ちあがった拍子に、テーブルが倒れそうになった。

「ローアン卿《きょう》、いけません」ギャビンが思わずローアンの名を口にし、唇をかんだが遅すぎた。

しかし、ギャビンの叫びを聞いたのは老人だけだった。老人がにやりとした。「あなたはロッホレイブンの領主ですね?」低い声で尋ねると、返事を待たずにうなずいた。「騎兵を何百人も率いなければ、力ずくでとめるのは無理でしょう」

反論したかったものの、ローアンは老人の言うとおりだと思って口をつぐんだ。

「わたしはフィナン・クラフといいます。あまりあなたの役には立てそうもないが、秘密はもらしませんから心配しないでください」老人が言った。

ローアンはすばやく考えをめぐらした。「このあたりに薬剤師はいるか?」

「ええ、いますよ。わたしにできることならなんでも——」

「薬がいる。優秀な薬剤師ならきっと知っているだろう。心臓と肺の働きを遅くして、死んでいるように見せかける薬だ」

突然、フィナンが笑いだした。

「どうした?」

「そういう薬なら知っていますよ。わたし自身が何度も効きめを試したことがあります。見てのとおり、わたしはここの教会の墓掘りをしているんです」

「墓掘りを?」ローアンは問いかえした。

「ええ」

「それはありがたい。あなたは自分で思っている以上に役立ってくれそうだ。ぼくにひとつ計画がある」ローアンは言った。

ギャビンとフィナンが身を乗りだして彼の話に耳を傾けた。

「そいつは危険だ。策略を見抜かれたら、あなたも奥さんともども殺されてしまいますよ」ローアンが話し終えると、フィナンが言った。

「危険は承知のうえだ」ローアンは老人に言った。

その夜、一行はその酒場に宿をとり、空が白みだすころに起きだして身支度を整えた。ローアンは常に携帯しているタータンのうち最上のものを身にまとい、ふくらはぎに短剣を結びつけて、剣をおさめた鞘《さや》を腰につけた。家臣たちも同じように立派な服装をして馬に乗り、宿を出発した。最後尾には〝必需品〟をくるんだ毛布を背にくくりつけた一頭の馬が引かれていた。

一行を引き連れて町へ着いたローアンは、軽薄な雰囲気がみなぎっているのを見て不快感を覚えた。通りで浮かれ騒いでいる農夫や乳搾りの女、人のよさそうな主婦、武器を携えた兵士たちがいた。丘の上にはすでに足場が組まれて火刑柱を立ててある。ローアンの見たところ、積みあげられた薪には生乾きのものや緑の葉がついたものがまじっていた。

これでは火が燃えあがるのに時間がかかり、処刑される者の苦しみが長引くだろう。

ローアンの服装は人目を引き、多くの人々が彼の存在に気づいた。ローアンは満足した。わざわざ一族のタータンを着てきたのは、自分が何者なのかを人々に知らしめるためだったからだ。

一行が教会へ乗りつけると、マーティンとドナヒューは祈祷《きとう》の真っ最中だった。マッキーベイ一族の人間はひとりもいないようだ。おそらく火がつけられるころに来るつもりなのだろう。

ローアンは教会へ入るときにできるだけ大きな音をたてて、ふたりの牧師を驚かせた。ふたりともが立ちあがり、ドナヒューが小さく息をのんだ。「ロッホレイブンの領主のローアン卿だ」

マーティンがローアンのほうへ歩いてきた。「今日、ここで正義が行われます。かつてあなた方がどのような間柄にあったにせよ、気の毒ですが彼女は処刑されなければなりません」

「そのとおり、グウェニスは処刑されなければならない」ローアンは冷たく言い放った。「あの女の邪悪な行為には、わたしも腹立たしい思いでいる」

ドナヒューは安堵《あんど》のため息をつき、マーティンは大いにうれしそうな顔をした。

「彼女に会わせてもらえないだろうか。処刑に立ちあうために来たことを教えてやりたいからね」

　ふたりの牧師は不安そうに顔を見あわせた。

「公衆の面前へ引きだす前に会いたい。柱へくくりつけられれば、グウェニスは群衆に向かってどんな嘘《うそ》をつくかもわからないから、それをやめさせたいんだ」

「なるほど」ドナヒューが心得顔で言った。「しかし、時間が迫っています」

「だったら、急いで彼女のところへ連れていってくれ」ローアンは言った。

「わたしが独房へ案内しましょう」マーティンが申しでた。「一緒に来てください、ローアン卿」

　ローアンは牧師について教会を出て、一緒に荒れ果てた要塞へ向かった。かつての姿をしのばせるものはほとんど残っていなかったが、それでも屋根はついていて、なかでは武装した男たちが地面に座ってトランプに興じていた。彼らは全部で二十人いる。なにか弱い女性ひとりにたいそうな人数をあてがったものだ、とローアンは思った。黒いフードつきのマントを小脇《こわき》に抱えた男がひとり、男たちのなかから出てきてローアンとマーティンに加わった。

　死刑執行人に違いなかった。

　一行は階段をおり、地下牢《ろう》を目指して暗い廊下を進んだ。そしてついにローアンはグウェニスを目にした。

ローアンは胸が高鳴った。グウェニスの美しい髪はくしゃくしゃに乱れ、破れた服は泥で汚れている。だが、やせ細って汚らしい身なりをしていても、いつもよりさらに堂々たる威厳を備えているように見えた。

牧師が歩きながら言った。「邪悪な人間はこうするしかないのです。悪魔と契約を交わした者は、柱にくくりつけて焼き殺すしかありません。火によって魂は清められ、邪悪の根源は灰と化して風に吹き飛ばされるのです」

ローアンは思わず牧師を押しのけて前へ出たが、牧師はかまわずグウェニスに向かって話しつづけた。

「せいぜい用心することね、牧師さん」グウェニスが穏やかに言った。「わたしは有罪を宣告されたけれど、人々の前で話すことになったら自分は潔白だと言うわ。みんなの前で嘘の告白なんて絶対にしない。そんなことをしたら天にいらっしゃる主にまで見放されてしまうもの。わたしは死んだら天国へ行くのよ。主はわたしが無実であることも、あなたたちが政敵を追い落とすために神の名を利用していることもご存じだわ。お気の毒に、地獄で永遠の業火に焼かれるのはあなたのほうよ」

「冒涜《ぼうとく》だ!」ローアンは怒鳴った。グウェニスは牧師に向かって話すあいだもずっとローアンを挑戦的な目で見つめていたが、彼の怒鳴り声に驚いたようだった。ローアンが死刑執行役を務める男にうなずきかけると、男は独房の扉を大きく開けた。とるべき道はひとつしかない。ローアンは乱暴にグウェニスの腕をとると、髪をつかんで無理やり彼の目を見つめさせた。「この女に人々の前で話をさせてはならない。彼女はほかの人たちの魂をも地獄へ引きずりこむだろう」ローアンは憎悪と確信のこもった声でわめいた。「嘘ではない。こうした人間の魔術や呪文《じゅもん》の威力がどれほど強いかは知っている」彼はほかのふたりの男から自分たちの顔が見えないようにグウェニスを抱きかかえたまま、こっそりと袖《そで》からガラスの小瓶をとりだして彼女の唇にあてがった。そして耳もとへ口を寄せ、グウェニスだけが聞きとれるようにささやいた。「これをのむんだ。さあ、早く」

グウェニスがローアンを見つめた。彼女の目にはあからさまな軽蔑《けいべつ》と憎悪が浮かんでいたので、ローアンは歯をくいしばって自制心を保たなければならなかった。

「頼む、早くのんでくれ」彼は小瓶を握る手に力をこめた。

やがて薬が効果を発揮し、グウェニスの目がどんよりと光を失いはじめた。

「この女は悪魔の娘だ！　人々を愚弄《ぐろう》しようとしている」ローアンは怒鳴った。

意識が遠のいたグウェニスがローアンにぐったりともたれかかった。彼はグウェニスの喉に手をまわした。

「ろくでなし」彼女が絞りだすようにかすれた声で言った。

「地獄で会おう」

グウェニスが目を閉じたが、ローアンは彼女の首にまわした手を離さず、絞め殺すふりを続けた。

「やめてください！　死んでしまいます」マーティンが狼狽《ろうばい》して言った。

ローアンは凍りついた。グウェニスが強く床にぶつからないようにしたかったが、芝居を続けるためには彼女から手を離すしかなかった。彼は、冷たい石の床へ力なく倒れたグウェニスを見おろした。「この女は死んだ」

「火刑から逃れさせるつもりですか？」マーティンが憤慨した。

ローアンも憤慨したふりをして振りかえった。「おかしなことを言うな！　柱にくくりつけられたら群衆に向かってどんな言葉をわめき散らすかわかったものではないんだ。きみはこの処刑によって不利益をこうむりたいのか？」彼はしゃがんでグウェニスを抱き起こした。腕のなかの彼女はぐったりしていた。

グウェニスを揺さぶって生きていることを確かめたい衝動を、ローアンはなんとかこらえた。彼女は本当に死んでいるように見えた。ローアンは自分の肩にかけている毛皮の縁どりつきのマントをとってグウェニスにかけ、彼女の顔を覆った。急がなければならない。完璧《かんぺき》なタイミングでことを運ばないといけなかった。

「火刑に処せられるのが死体であることを、誰にも知られてはならない」ローアンはグウェニスを抱いて立ちあがった。「刑場へ案内してくれ」

彼らは荒れ果てた要塞の一階へあがり、陽光のなかへ出た。待ち構えていたギャビンと家臣たちが馬で駆けつけてきた。

「じゃあ、彼女は死んだんですね？」ギャビンが満足しきった声で尋ねた。馬に乗った家臣たちがローアンをとり囲んだ。

「人々が待っています」マーティンが焦った声で言った。

「待たせておけ。この上等なマントを燃やしてしまうのは惜しい」ローアンはいらだたしそうに言った。「毛布をくれ、ギャビン。群衆にこの女の顔を見られるのはまずい。火あぶりになる前に死んでいたとわかったら騒ぎになる」

彼らはすばやく行動した。ローアンはマントをわざと大きく空中に振って、粗末なウールの毛布と交換した。

そして背後に控えているほかの者たちを無視し、火刑台へ歩いていった。いよいよ処刑が始まるのだと悟った群衆が集まってきた。

ローアンが恐れていたことに、死刑執行人の男が火刑台に飛びのって、遺体を火刑柱へ縛りつけるのを手伝った。

「早く火をつけろ。顔を見せろと誰かが騒ぎだす前に」ローアンが死刑執行人に命じた。

「はい」男はうなずいたが、ふいにそわそわと周囲を見まわした。抗議の声があがって、自分が矢面に立たされるのではないかと不安になったのだろう。

男が急いで火をつけ、葉のついている生乾きの薪がもうもうと黒い煙をあげはじめたので、近くにいた人々が咳《せ》きこみだした。

「待て！」マーティンが怒ってわめいた。「まだ祈りの言葉を唱えていない――」

「見ろ！　魔女が焼かれるさまを。悪魔と契約を交わした者にふさわしい最期だ！」ローアンは群衆に向かって大声を張りあげた。その言葉が終わらぬ先に、地響きを立てて丘を駆けあがってくる騎馬隊が見えた。先頭に立っているのはファーガス・マッキーベイで、その横に若いマイケルがいる。

「ロッホレイブンのローアン・グレアムか！」ファーガスが怒鳴って手綱を引いた。ローアンを見て驚くと同時に不安になったようだ。煙と火におびえた馬が後ろ足で立ちあがった。「処刑をとめる気じゃないだろうな?」

ローアンは眉をつりあげた。「とめるだと？　わざわざこの女をここへ運んできてやったというのに」ぐずぐずしているのは危険だ。ローアンはファーガスに侮蔑の目を向けた。「もう終わった」それだけ言い残し、群衆をかき分けて馬のところへ戻った。ギャビンがステュクスの手綱を持って待っていた。ギャビンが馬の背に飛び乗ったとき、肉の焦げる不快なにおいが漂ってきた。

ローアンが振りかえると、ファーガスとマイケルは燃え盛る火を見つめていた。

「やつらを殺すことはできません」ギャビンがいさめた。「今、ここでは」

「わかっている」

ギャビンを従えたローアンは丘をくだり、町を大急ぎで駆け抜けた。ふたりはさらに馬を飛ばして、フィナンと薬剤師が待っている村へ着いた。

「彼女をベッドルームへ」サミュエル・マクヒースという名のやせた薬剤師が言った。

ここまで来れば安全に思えたし、人々もみな正直そうだったが、ローアンは用心して、グウェニスをくるんでいるマントをとらなかった。やっと外したのは、階段をあがって部屋へ入り、ドアを閉めてからだ。

「グウェニスは生きているんだろう？　頼む、生きていると言ってくれ」ローアンがサミュエルに言った。

薬剤師はグウェニスの脈を調べ、胸に耳をあてていたが、やがてゆっくりとほほえんで体を起こした。「はい。彼女はこのまましばらく眠りつづけるでしょう。おそらく三日ぐらいは。しかし、生きています」

一緒に部屋へついてきたフィナンがうれしそうに大きなため息をついた。「それはよかった。エイミー・マギーばあさんも死んだあとまで人の役に立てたと、あの世でさぞかし喜んでいることでしょう」

「ぼくがどんなに感謝しているかを、エイミーに知ってもらえないのが残念だ」ローアンはつぶやいた。

「せめて彼女の魂のために祈ってください、ローアン卿」

「ああ、そうしよう」

「できるだけ早くこの地を離れなければなりません」ギャビンがローアンに促した。

「そうだな」ローアンは手を貸してくれたふたりの男性の手に数枚の金貨を握らせた。皮肉にも女王の肖像が刻まれている金貨だった。

「こんなことをしてもらっては困ります。お金が欲しくて協力したんじゃありません」フィナンが言った。

「わかっている。だが、それではぼくの気持ちがすまないんだ。あなたたちのおかげで、ぼくはこの世でなによりも大切な存在をとり戻すことができた。どうか受けとってくれないか」

フィナンが顔をほころばせた。「戦士にして詩人というわけですね」

ふたりに別れを告げたローアンは、大切な宝物のように妻を抱きあげた。今ではグウェニスはリネンのシーツにやさしくくるまれていた。ローアンが階段をおりて外へ出たときには、家臣たちが水を飲ませ終えた馬にまたがり、いつでも出発する用意ができていた。

マッキーベイ一家が追いついてきたのは一時間後だ。

「グレアム！」背後で怒鳴り声がした。

ローアンはステュクスの向きを変えた。剣を振りかざしたファーガス・マッキーベイがローアンに襲いかかろうとしていた。

「よくもだましてくれたな。首尾よく逃げきれると思ったら大間違いだぞ」

「気をつけてください」ギャビンがローアンに警告した。

しかし、もはや慎重なふるまいなどしていられなかった。彼は妻をギャビンに託し、怒りの雄たけびをあげた。

そして野原に馬を駆けさせた。ファーガスもまっしぐらに馬で向かってくる。振りかざした剣が陽光を受けてきらめいた。

ふたりは野原の中央で出会った。剣と剣がぶつかりあったが、どちらも馬上に踏みとどまった。彼らは剣を打ちあわせ、かわし、受け流した。

やがてローアンの激しい剣のひと振りで、ファーガスが落馬した。ローアンはステュクスから飛びおりて、地面に落ちている剣をファーガスのほうへ蹴飛《けと》ばした。

ファーガスが剣をつかんで立ちあがり、憎悪の叫びをあげて突進してきた。激情にわれを忘れているようだ。ローアンはただ重心を移動させてやり過ごせばよかった。ファーガスがローアンの心臓をねらって剣を突きだした瞬間、ローアンはすばやく横へ飛びのいて、相手の首へ剣を振りおろした。

ファーガスが倒れるのと同時に、ギャビンの警告の叫びが聞こえた。

振りかえったローアンの目に、剣を振りかざしたマイケル・マッキーベイの姿が映った。マイケルはファーガスに気をとられているローアンの背中へ剣を突きたてようとしていた。

この男を生かすべきか殺すべきかと考えている余裕はなかった。ローアンが振り向きざまになぎ払った剣がマイケルの腹部をとらえ、彼の体を後方へはじき飛ばした。

ローアンは倒れた男を見おろした。

マイケルの目は開いたままで、口から血が垂れている。顔にショックの表情を張りつかせて死んでいた。

ローアンは目をあげ、マッキーベイの手下が次はどこから襲ってくるかと視線を走らせた。だが勝ちめがないと悟ったらしく、彼らは領主を見捨てて逃げ去ったあとだった。

ブレンダンがローアンのかたわらへ来た。「ローアン卿、終わりました。奥様を連れて家へ帰りましょう」

「ああ」ローアンはうなずいた。「家へ帰ろう」

グウェニスはゆっくりと目覚めた。まるで真っ暗な深い洞穴の底で眠っていたような気分だった。彼女はまずささいな事柄を意識した。

かすかな光。

体の下のやわらかなもの。

清潔なシーツの香り。

だけど、わたしは死んだのよ！　天国にも地上と同じ香りや感触があるなんて、どうかしているわ！

グウェニスはもっと大きく目を開けようとした。身につけているのは、汚れたぼろぼろの服ではなく、清潔で真っ白なネグリジェだった。

横たわっているのも、いい香りのする真っ白なベッドだ。

つかのま世界が白くかすんで見え、彼女は目をしばたたいた。

笑顔がふたつ、グウェニスをじっと見つめていた。彼女はもう一度まばたきをした。

アニー！

そしてライザ・ダフだ。

「ああ、よかった、目が覚めたわ！」アニーが叫んでベッドの上に身をかがめ、豊かな胸を押しつけてグウェニスを抱きしめた。アニーの頬を涙が伝い落ちた。

「だんな様、だんな様！　奥様がお目覚めになりました」ライザが大声で呼んだ。

すぐにローアンが駆けつけてきた。顔はこわばり、ブロンドの髪が燃えるように輝いて、目は不思議な青い炎のようだ。

「グウェニス！」

「ローアン？」

「ああ、そうだよ」ローアンが答えてベッドの端へ腰をおろした。指でグウェニスの指を軽くなでる。それから両腕でやさしく抱き起こし、彼女がもろいガラス細工であるかのようにそっと抱きしめた。

「信じられないわ」グウェニスがささやくと、ローアンは体を離した。彼を見つめるうちに、これは死に際に見る夢ではないかと思えて恐ろしくなった。だが、シーツやネグリジェは本物だし、あたたかな抱擁も現実のものだ。

「お目覚めになったのですね？　よかった。これからもお仕えできるのはうれしい限りです」別の声がした。ギャビンだった。

「神よ、感謝します！」

ローアンの後ろから声が聞こえたので、グウェニスが見やるとトマスも来ていた。

ローアンが手短に説明した。「あのときはきみを別の人の遺体ととり替えなければならなかったが、前もって教えている余裕がなかった。きみが死んでいるように見せかけるために薬をのませたんだ。苦しい思いをさせて本当にすまなかった」

グウェニスは目をしばたたいてローアンに両腕をまわした。「だけど、わたしは法律によって有罪を宣告されているのよ！」

「それについては今、無効にする手続きがとられている」

「マッキーベイ一族がほうってはおかないわ」グウェニスは体を引いて彼を見つめた。

「マッキーベイ一族はもういない」ローアンが厳しく低い声で言った。

「でも……」

ローアンが大きなため息をついた。「メアリーは退位して、王位を息子に譲ったよ。無理やりにだろうが、いずれにしてもそうなった。その前にメアリーは、ぼくたちの結婚を正式に認める文書や、ダニエルがぼくたちの嫡出子であることを証する書類を作り、摂政のジェームズ卿が署名した」

グウェニスは息をのんだ。悲しい情報もまじってはいるが、なんというれしい知らせだろう。

そのときの彼女にできるのは、自分が生きていることを神に感謝することだけだった。

グウェニスはローアンを抱きしめた。「ああ、ローアン、あなたを傷つけるつもりはなかったのよ。わたしは怖かったの。だって、聞いたところでは……」

ローアンは体を引いて彼女の髪をなで、そっと頰にふれた。そのふれ方があまりにもやさしかったので、グウェニスは気が遠くなりかけた。だが、意識を失ってしまったら、今感じている信じられないほどの喜びを味わえなくなる。

「ほかの女性を妻に迎えるなんて、ぼくは考えたこともない。それにきみがぼくにあんなことを言ったのは、なんとかしてぼくを立ち去らせるためだったこともわかっている」

グウェニスの胸に喜びがあふれた。

そのうえ……。

「レディ・グウェニス」ギャビンが咳払《せきばら》いをした。「あなたに会いたがっている人がいます。お体に障らなければですが」

グウェニスはベッドに近づいてくるギャビンを見て、彼がひとりではないことに気づいた。

彼女はギャビンが抱いている小さなものを驚きの目で見つめた。それは輝かしい青い目とブロンドの髪を持つ男の子だった。

男の子は警戒心と好奇心の入りまじった目でグウェニスを見た。

「ママ？」男の子が言った。

「もう歩けるんだ」ローアンが息子をギャビンから受けとり、ベッドの上のグウェニスと自分のあいだに置いた。

グウェニスは息子を見つめた。ダニエルはグウェニスを覚えているはずはなかったが、好奇と期待のこもった目で彼女をじっと見つめた。

「ダニエル」グウェニスはささやきかけた。そして息子からローアンへ視線を移し、急にわっと泣きだした。

「おいおい、どうした」ローアンに言われて、ダニエルを泣かせたくなかったグウェニスは必死に自制心をとり戻そうとした。

「わたし……」

「わかっているよ。心配しなくていい。すべて丸くおさまるさ」ローアンがきっぱり言ってにっこりした。「もう二度ときみのそばを離れないと誓うよ。ぼくたちは全身全霊をもって愛する女王に仕え、祖国のためにつくしてきた。しかし、今になってわかったんだ。ぼくの愛するスコットランドは、ぼくのこの土地に、ぼくの心のなかに存在するということが。ぼくに他人を変える力はないし、ましてや世界を変える力なんてありはしない。だからこれからもできる限り女王を擁護し、平和のためにつくすつもりではあるが、二度ときみのそばを離れないよ」

グウェニスはダニエルの髪をなで、ローアンを見てほほえんだが目はまだぬれていた。「わたしはあなたをずっと愛するわ」彼女はささやいた。「永遠に」

運命は彼らに寛大だった。

偉大な説教師ジョン・ノックスでさえ、人の魂が政治的な基準によって裁かれ、有罪の宣告が下されたことを知って激怒した。

マーティンとドナヒューは逮捕されて裁判にかけられた。当時の詩人たちがローアン卿による妻の救出劇を美しい物語にしたため、スコットランドにおけるふたりの地位は揺るぎないものになった。

メアリーは流産し、ボスウェル卿に執着する原因であった猛烈な母性本能は消えたが、国民は女王が愛人と結婚するために夫であるダーンリー卿の殺害に加担したと信じこんでいて、彼女を許そうとしなかった。

　ダグラス家の本拠地にとらわれていたメアリーは、内部の者の力を借りて脱走し、イングランドへ逃れた。

　メアリーはエリザベスに幽閉されていたが、エリザベスはメアリーと会うことをかたくなに拒みつづけた。ローアンとグウェニスはメアリーに会うため、何度もイングランドへ旅をした。メアリーの存在はイングランドにとって危険だから処刑すべきだと迫る臣下たちの進言をエリザベスが何年も無視しつづけていると知り、ふたりは感謝した。メアリーを処刑すればカトリック教徒が反乱を起こす可能性がある。賢明なエリザベスは反乱の原因を作りたくなかったのだ。

　月日が流れ、ダニエルの下にイアン、マーク、ユアン、ヘイブン、メアリー、エリザベスが次々に生まれた。ある日、グウェニスが子供たちと一緒にいるところへローアンが来て、スコットランドのメアリーが亡くなったと告げた。グウェニスに衝撃を与えないよう、彼はできるだけ冷静な口調で話した。メアリーは愛する人々に囲まれて断頭台へ歩いていったという。彼女の敵もエリザベスの召使いたちも、その場に居合わせた者はみな、メアリーが落ちつきと威厳をもって死に臨んだことを認めた。彼女は周囲の人々に向かって、あなたたちを恨むことなく愛している、わたしはきっと天国へ迎えられるだろう、もう疲れたので早く休みたいと述べたそうだ。

メアリーを処刑しろと迫る貴族たちの圧力が抑えきれないほど高まったので、エリザベスはついに折れて彼女を処刑場送りにしたのだった。

最高の君主になると決意していた情熱的で強情なメアリー、渦巻く陰謀や策略の犠牲になりながらも人間の善良さを信じつづけたメアリー、美しくて快活で気性の激しかったスコットランド女王メアリー。彼女は気品を保ったまま潔く生涯を終えた。

いくらローアンが慰めてもグウェニスの気持ちは晴れず、彼女は何日も泣き暮らした。ひとりきりの時間を求めていたグウェニスを、ローアンはそっとしておいた。イングランドとの戦争の兆しが見えていたため忙しかったということもあった。スコットランド国民は、メアリーが彼らを必要としたときは背を向けたかもしれないが、彼女を処刑したイングランドを許す気はなかった。しかし今や成人となったメアリーの息子ジェームズは、スコットランドとイングランド双方の国王になるという夢を幼いころからあたためていたので、憤慨しているスコットランド国民を鼓舞して戦争へ駆りたてることはなかった。

メアリーが処刑されて数週間後のある晩、家族のディナーが終わったときにグウェニスが立ちあがり、テーブルをまわっていって夫の後ろに立った。そしてローアンの体に腕をまわし、頬にキスをしてささやいた。「今夜はぜひあなたと過ごしたいの」

ローアンの立ちあがり方が少し慌ただしすぎた。

「やれやれ」ダニエルが首を振った。

「どうしたの?」娘のメアリーが尋ねた。

すでに一人前の男性に成長していたダニエルが笑い声をあげ、両親を見て謝った。「ごめん。だけど、父さんと母さんは結婚してから何度も何度も……」

「おい、ダニエル、言いたいことがあるならはっきり言ったらどうだ」ローアンが促した。

「あーあ、聞いているこっちのほうがどぎまぎしてしまうよ」イアンが口を挟んだ。

「いったいなんの話をしているの?」メアリーがなおもきいた。

「新しい赤ん坊の名前を考えないといけないってことさ」ダニエルが小さく舌打ちして言った。

「ダニエル、それについてはまたあとで話しあおう」ローアンはきっぱり言って、グウェニスにウインクをした。やがてこらえきれなくなった彼は抗議する妻をすばやく抱きあげ、あきれて見ている子供たちを尻目に、笑いながら階段をあがっていった。

訳者あとがき

　ヘザー・グレアムはミステリー、サスペンス、バンパイアもの、オカルトものと、幅広いジャンルの小説を数多く発表している作家だが、今回お届けするのは、やはり彼女が得意分野としているヒストリカル・ロマンスである。舞台は一五六〇年代のスコットランド。物語は、本書のヒロインであるグウェニスがメアリー女王と一緒に船でフランスから帰国する場面から始まる。当時のイギリスは現在のようなひとつの国ではなく、イングランドとスコットランドというふたつの王国に分かれ、宗教や領土をめぐって争っていた。

　本作品は史実をかなり忠実にたどって物語が展開されているので、ここでざっと時代背景について、とりわけヒロインとヒーローに次ぐ重要な登場人物であるスコットランド女王メアリー・スチュアートについて説明しておこう。

　メアリーはスコットランド国王ジェームズ五世の子として一五四二年十二月八日にリンリスゴー宮殿で生まれ、父親が急死したため生後わずか六日にして王位を継承した。イングランド国王のヘンリー八世にとっては隣国に王女が生まれて、その父親が亡くなったことはまたとない朗報だった。彼は何度となくスコットランドに攻め入り、息子エドワードとメアリーの婚約を強引にとりつける。専制君主ヘンリー八世に対して強い警戒心を抱くメアリーの母マリー・ド・ギーズ（ギーズのメアリー）は、幼い女王を人目につかない修道院にかくまった。なにしろヘンリー八世は離癖をつけては次々に妻と離婚し、結果的に六人の王妃を迎えて、そのうちのふたりを処刑した残忍な人物である。一方、マリー・ド・ギーズの母国フランスの王室も、スコットランドとの同盟を強化するためにメアリーと皇太子フランソワ（のちフランソワ二世）の婚約を望んでいた。そして折よくヘンリー八世が亡くなったためにメアリーとエドワードの婚約は解消され、フランソワとの縁談がまとまった。

こうして一五四八年の夏、メアリーは故国を離れてフランスへ渡ることになった。このとき彼女は五歳。スコットランドの有力貴族の家に生まれた名前も年齢も同じ〝四人のメアリー〟が侍女兼友人として一緒に海を渡った。これ以後フランスで暮らした十三年間が、メアリーの人生において最も幸福な時期だったと言えるだろう。十六世紀半ばのフランス宮廷は、数あるヨーロッパの宮廷のうちでも最も洗練された華やかな宮廷のひとつで、メアリーは恵まれた環境のなか、フランス語やスペイン語、イタリア語、ラテン語、ギリシア語などを身につけると同時に、乗馬や狩猟の手ほどきを受けた。一五五八年四月、メアリーはフランソワと結婚する。同年十一月にイングランドでメアリーより九歳年上のエリザベスが王位につくと、フランス国王アンリ二世は〝非嫡出子のエリザベスは王位につく資格がなく、メアリーこそがイングランドの正統な王位継承者である〟と発言し、これがメアリーとエリザベスの生涯にわたる確執を生む原因となった。ヘンリー八世の姉マーガレット・チューダーの孫であるメアリーには、イングランドに関しても順位の高い王位継承権があったのだ。この発言は、ヘンリー八世が二番目の王妃アン・ブーリンを処刑するに際して娘のエリザベスを非嫡出子の身分に落としたこと、さらにカトリックでは離婚が認められないため、旧教国フランスは最初の王妃のみがヘンリー八世の正式な妻で、アン・ブーリンは情婦にすぎず、彼女とのあいだに生まれたエリザベスを非嫡出子と見なしたことによる。現スコットランド女王にして未来のフランス王妃であり、しかも正統なイングランド王位継承者であるという言葉は、メアリーの耳に実に心地よく響いたに違いない。だが一方のエリザベスにしてみれば、イングランドの王位継承者を名乗るメアリーの存在は脅威であった。

一五五九年七月にアンリ二世が事故死し、その息子がフランソワ二世として即位、メアリーはフランス王妃となる。しかしフランソワは即位後わずか一年半で病死し、スコットランドでは摂政を務めていた母マリー・ド・ギーズが亡くなったため、メアリーは帰国を余儀なくされた。一五六一年八月、十三年ぶりに故国の土を踏んだ十八歳のメアリーを出迎えたのが、異母兄のマー伯（のちマリ伯）ジェームズ・スチュアートである。マー伯はジェームズ五世の息子でありながら非嫡出子であったため、すぐれた政治手腕を有しながらも王位につく資格がなかった。帰国したメアリー女王はイングランドのエリザベス女王と頻繁に手紙をやりとりし、〝親愛なる友人〟〝愛する姉上様〟〝最愛の妹〟といった言葉で愛情の深さを競いあったが、もちろんうわべだけの芝居にすぎなかった。メアリーはエリザベスを押しのけてイングランドの王位につく意思は示さなかったものの、後継者になる気は充分すぎるほどあり、使者を介して〝姉上様がご健在のあいだはイングランド女王と認めますが、そのあとは正統な血筋を引くわたしに王位をお譲りください〟と伝えている。本書でその使者の役割を担うのがヒロインのグウェニスだ。なんとも厚かましい申し出だが、当時の王侯貴族にとってこうした権力欲はごくあたり前のことだったらしい。

やがてメアリーは三つ年下のいとこダーンリー卿《きょう》ヘンリー・スチュアートを愛して結婚を考えるようになった。ダーンリーもまたマーガレット・チューダーの孫であるためにイングランドの王位継承権を有しており、このふたりが結婚することはエリザベスにとって大きな脅威となる。彼女はダーンリーにただちにロンドンへ帰還するよう命じ、命令に従わなければ反逆罪と見なすという厳しい態度を示すと同時に、ロンドンに残っていたダーンリーの母マーガレット・ダグラスをロンドン塔に幽閉した。本書でグウェニスがロンドン塔内でマーガレットから罵声《ばせい》を浴びせられる場面は、この時期に相当する。ともにカトリックであるメアリーとダーンリーの結婚には、マリ伯をはじめプロテスタント貴族の多くが異を唱えたが、ふたりは周囲の反対を押しきって一五六五年七月に結婚した。だが、夫が傲慢《ごうまん》で女たらしであることや、野心ばかり大きくて政治的には無能であること、短気で威張り散らすが意志薄弱であることに気づいたメアリーは、たちまち結婚を後悔し、イタリア人の秘書リッチオを重用するようになった。妻と秘書の関係を邪推したダーンリーは一五六六年三月、数名の貴族と共謀し、ホリルード宮殿で食事をとっていた身重のメアリーの目の前でリッチオを殺害する。本書ではロンドンからエディンバラへ戻ったばかりのグウェニスは、この殺害場面を目のあたりにすることになっている。これを境に、メアリーのダーンリーに対する愛情は完全に冷めきってしまった。この年の六月に彼女はジェームズ（のちジェームズ六世、イングランド国王としてはジェームズ一世）を出産する。

一五六七年二月、エディンバラのカーク・オ・フィールドでダーンリーの絞殺死体が発見された。殺害の首謀者はボスウェル卿と目されたが、メアリーは夫の死からわずか三カ月後の五月に当のボスウェルと結婚し、世間の顰蹙《ひんしゅく》を買うと同時に、夫殺害の共謀者の疑いを持たれた。彼女が結婚を急いだのは、ボスウェルとの不倫の子を宿していたからだという説がある。いずれにせよ、ふたりの結婚にはカトリックとプロテスタントの双方が反対し、貴族たちが結集して反乱を起こした。そして六月、メアリーは反乱軍に投降し、七月に退位させられて、息子のジェームズが王位についた。

翌一五六八年、監禁先の城を脱出したメアリーはイングランドへ逃れてエリザベスの保あげく、エリザベス女王暗殺計画に加担した罪で一五八七年に処刑された。
護を求めるものの、幽閉状態に置かれて十八年ものあいだイングランド各地を転々とした

本書にはフランスから帰国したばかりのメアリーがホリルード宮殿で狂信的な宗教改革者ジョン・ノックスと宗教論議をする場面が描かれている。これは実際にあったことで、まだ二十歳にもならないメアリーが老練なノックスと対等に渡りあったと記録されている。スコットランド史上最も有名な人物と言えるメアリー・スチュアートについては、これまでに小説や戯曲、映画などで何度となくとりあげられているから、詳しく知っている読者もおられることだろう。本作品はそうした歴史的背景を知らなくても充分に楽しめるようになっているが、知っていれば二倍楽しめるのではないだろうか。

この作品に登場する歴史上の重要人物のその後を簡単に紹介すると、メアリーの異母兄ジェームズ・スチュアートは一五七〇年にボスウェルハウという人物に暗殺された。メアリーの三番目の夫ボスウェルは外国へ逃れてデンマークで身柄を拘束され、精神を病んで一五七八年に獄死した。

二〇〇九年二月

風音さやか

訳者　風音さやか
長野県生まれ。編集業務に携わりながら翻訳学校に通い、翻訳の道に入る。1990年ごろよりハーレクイン社の作品を手がける。主な訳書に、ヘザー・グレアム『遙かな森の天使』『冷たい夢』『視線の先の狂気』『眠れぬ珊瑚礁』（以上、MIRA文庫）などがある。

心を捧げた侍女

2009年2月15日発行　第1刷

著　　者／ヘザー・グレアム
訳　　者／風音さやか（かざと　さやか）
発 行 人／立山昭彦
発 行 所／株式会社 ハーレクイン
東京都千代田区内神田1-14-6
電話／03-3292-8091（営業）
03-3292-8457（読者サービス係）

印刷・製本／凸版印刷株式会社
装 幀 者／岩崎恵美

ISBN978-4-596-91339-5

呪いの城の伯爵
ヘザー・グレアム
風音さやか 訳

大英博物館職員のカミールは、後見人を救うため古代エジプトの呪いがかけられたと噂される伯爵の城を訪れた。そこで彼女を待っていたのは…。

砂漠に消えた人魚
ヘザー・グレアム
風音さやか 訳

19世紀末、嵐のテムズ川に人魚のように現れた娘。彼女の特殊な才能に気づいたサー・ハンターは遺跡発掘旅行のアシスタントに彼女を抜擢するが…。

遙かな森の天使
ヘザー・グレアム
風音さやか 訳

カーライル伯爵の庇護の下、孤児のアリーは森のコテージで老三姉妹に大切に育てられてきた。ある晩、彼女の婚約が発表されるがアリーには寝耳に水で…。

独身貴族同盟
迷えるウォートン子爵の選択
ヴィクトリア・アレクサンダー
皆川孝子 訳

誰が一番長く独身でいられるか、という賭をした4人の独身貴族。勝者に最も近い子爵は愛人にするはずの未亡人に恋してしまい…。〈独身貴族同盟〉第1弾。

伯爵とシンデレラ
キャンディス・キャンプ
井野上悦子 訳

「いつか迎えに来る」と言い残し消えた初恋の人が伯爵となって現れた。15年ぶりの再会に喜ぶジュリアナだったが、愛なき契約結婚を望む彼に傷つき…。

ド・ウォーレン一族の系譜
仮面舞踏会はあさき夢
ブレンダ・ジョイス
立石ゆかり 訳

叶わぬ恋と知りながら次期伯爵を一途に想い続けるリジーを数奇な運命が襲う。アイルランド貴族の気高き愛と名誉の物語〈ド・ウォーレン一族の系譜〉第1弾。